Un franc le volume

NOUVELLE COLLECTION MICHEL LÉVY

1 FR. 25 C. PAR LA POSTE

LÉON GOZLAN

— ŒUVRES COMPLÈTES —

LES NUITS

DU

PÈRE LACHAISE

NOUVELLE ÉDITION

CALMANN LÉVY, ÉDITEUR

ANCIENNE MAISON MICHEL LÉVY FRÈRES

RUE AUBER, 3, ET BOULEVARD DES ITALIENS, 15

A LA LIBRAIRIE NOUVELLE

LES NUITS

DU

PÈRE LACHAISE

CALMANN LÉVY, ÉDITEUR

DU MÊME AUTEUR :

Coulommiers. — Imp. P. Brodard et Gallois.

LES NUITS

DU

PÈRE LACHAISE

PAR

LÉON GOZLAN

NOUVELLE ÉDITION

PARIS

CALMANN LÉVY, ÉDITEUR

ANCIENNE MAISON MICHEL LÉVY FRÈRES

3, RUE AUBER, 3

—

1890

LES NUITS

DU

PÈRE-LA-CHAISE

PROLOGUE

Quels sont ces hommes?

—Messieurs, ne nous pressons pas, je vous prie, il est encore jour, et la nuit prochaine est tout entière à nous; d'ailleurs nous sommes les maîtres ici; le feu des cuisines ne va flamber qu'à notre commandement : ainsi procédons avec ordre. Sans ordre nous n'arriverons à rien, songez que nous sommes ici cent cinquante. Que chacun à son tour nomme le mets qu'il préfère, je l'inscrirai... mais du silence !

Celui qui avait parlé prit de nouveau la plume au milieu du tumulte, et l'approchant d'une immense feuille de papier-écolier, il attendit l'effet de son allocution.

Il n'éleva encore la voix que pour dire : —Vous savez, messieurs, que nous en étions à la section : Potages. Bergamotte, comment les désires-tu, en purée ou à la tortue?

— Moitié de l'un, moitié de l'autre.

— Bien, et toi, Faucheux?

— Au macaroni, avec une pointe d'ail.

— Soit! et toi, la Pologne?

— A la turque, mêlé à la cassonade.

— Et toi, Mouffleton?

1

— A l'eau-de-vie

— Comment! à l'eau-de-vie! Il ne s'agit pas ici d'un punch, mais d'un potage... Si nous confondons tout...

— Je passe aux hors-d'œuvre.

— Qu'est-ce que ça, hors-d'œuvre?

— Par exemple, des huîtres, des crevettes, du beurre frais, du petit salé au choux, de la choucroûte au naturel, des saucisses, du poivre de Cayenne, des cornichons, des figues sèches, du thon mariné... Que choisissez-vous?

— Ne choisissons pas, prenons tout. C'est plus crâne!

— C'est votre avis?

— Oui! oui! oui!

Jean Pouilly, d'après ce tonnerre de *oui*, se hâta d'écrire sur la carte du menu : *Tous les hors-d'œuvre.* Il dit ensuite :

— Je passe aux entrées... Je compte sur la carte du restaurant: vingt-cinq entrées de bœuf divisées en beefteacks et en filets. A mesure que je nommerai une sorte d'entrée, celui qui la préférera lèvera la main. Je proclame :

— Bœuf au naturel!

Toutes les mains se lèvent.

— J'écris donc cent cinquante bœufs au naturel pour un. Poursuivons : Bœuf aux choux!

Toutes les mains se lèvent une seconde fois.

— J'écris donc encore un bœuf aux choux pour cent cinquante. Il serait plus simple, si cela doit se continuer ainsi, de demander en masse les vingt-cinq entrées de bœuf.

— Demandons-en la moitié seulement, dit une voix ; nous nous rabattrons sur le mouton.

— Est-ce convenu?

— C'est convenu.

Douze entrées de bœuf, écrivit sur la carte du menu Jean Pouilly, qui, s'adressant ensuite aux cent quarante-neuf convives, ses camarades, les interrogea ainsi : — Aimez-vous le gras-double?

— Quelle demande!

— Je le désirerais à l'eau-de-vie, si c'était possible.

— Bon! voilà Mouffleton qui revient encore à son eau-de-vie. Mais l'eau-de-vie, dans les meilleures sociétés, ne se prend qu'au second service. Nous arrêtons que nous mangerons du gras-double à la lyonnaise.

— Et à la façon de Caen.

— Et à la poulette.

— Autant dire que nous les prenons tous. Soit! Tous les gras-doubles. Je vous propose maintenant du veau!

On entendit murmurer autour de la salle : — Oh! le veau! Mais c'est très-bon, le veau! mais c'est délicieux...

— Comme il faut pourtant, messieurs, continua Jean Pouilly, que nous mangions aussi de la volaille, je serais d'avis que nous fussions sobres de veau... Bergamotte, qui a le goût fin et l'âme sensible, va nous dire, au nom de la société, quels sont les morceaux de l'animal qui auront le choix. J'écris sous sa dictée.

Bergamotte, flatté de cette distinction, se leva et dit :

— Je demande pour la société : de la tête de veau, des pieds de veau, du foie de veau, de la langue de veau, des oreilles de veau, des côtelettes de veau, des cervelles de veau, des rognons de veau, des ris de veau...

— Mais c'est tout le veau, fit observer Pétroquin.

Jean Pouilly fit un geste d'indulgente résignation et s'écria :

— Nous voici à la volaille! Je lis que la maison nous offre sur sa carte des pluviers dorés.

— Ah! bath! ah! bath! ils seraient mal dorés.

— Vanneaux...

— Non, non; ne donnons pas dans l'inconnu.

— Bécassines...

— Pas de ça non plus.

— Perdreaux rouges...

— Seront-ils rouges? Qui est-ce qui nous en répond?

— Que voulez-vous alors, en fait de gibier? demanda Jean Pouilly, qui répéta trois fois sa question avant qu'il lui fût répondu.

Une seule voix, formée de cent quarante-neuf voix, répondit enfin : — De l'oie aux marrons! de l'oie aux marrons!

— J'allais vous le proposer, dit celui qui avait la plume, le grave Jean Pouilly. Sous le titre *volailles*, je mets donc : oie aux marrons. Reste à savoir. messieurs, combien nous en de-

manderons. Une oie pour chacun, c'est trop; un quart ce n'est
pas assez. Une demi-oie pour chacun me paraît raisonnable.
Je propose donc soixante-quinze oies aux marrons.

— C'est peu, murmurèrent plusieurs.

— Ce n'est pas assez.

— Mettons-en quatre-vingts, répliqua Jean Pouilly; tant pis
s'il en reste.

Ce chiffre apaisa les mécontentements, et le secrétaire-gas-
tronome allait profiter de la trêve pour aborder le paragraphe:
Poissons, lorsqu'un des garçons du marchand de vin entra dans
la salle, suivi d'un autre garçon plus élégamment mis qui tenait
la serviette rejetée sur le bras gauche et une assiette dans la
main droite.

— Ces messieurs ont-ils arrêté le menu de leur dîner?

Il lui fut répondu sur ce ton:

— Est-ce que nous sommes à l'heure ici?

Les deux garçons se retirèrent.

Jean Pouilly reprit aussitôt:

— Quels poissons voulez-vous? Faucheux a la parole.

— Je la cède à Pétroquin, dit modestement Faucheux. C'est
l'orateur de la troupe. Dis-nous ton goût, Pétroquin, ce sera le nôtre.

— Vous voulez savoir mon goût? dit Pétroquin; je crois que
le poisson qu'il nous convient de manger, parce qu'il est irri-
tant, digestif, haut en goût, caustique, et qu'il est relevé d'ailleurs par une pointe de vinaigre et beaucoup de poivre, c'est le
hareng saur.

— Bravo, Pétroquin, bravo! cria-t-on sous les voûtes du
Bon-Vivant. Adopté à l'unanimité le hareng saur!

Il fut aussitôt demandé cent cinquante harengs saurs.

— Messieurs, dit ensuite le président Jean Pouilly, nous tou-
chons au dessert; nous avons à choisir entre l'omelette au
sucre, l'omelette aux pommes, l'omelette au rhum.

— Si nous la demandions au jambon? dit Faucheux.

— Non! aux rognons?

— Non! au petit salé?

— Mais, messieurs, nous sortons tout à fait des conditions
du dessert alors, et nous rentrons dans le dîner: vous rebrous-
sez au potage.

— Du moment où l'on n'est pas libre, murmura Faucheux, de dire le dessert qu'on souhaite, autant vaut s'en aller.

— Vous voulez une omelette au jambon pour dessert, je ne m'y oppose pas, reprit le président du banquet, chacun son goût. Mais, en ce cas, permettez-moi de suivre le mien : je prendrai pour mon dessert des haricots blancs.

— Je ne vois toujours pas venir les vins, ni les eaux-de-vie, grommela Mouffleton.

— Silence ! Mouffleton.

— Je te dis, Jean Pouilly, que je crève de soif, depuis que tu me fais passer tant de plats sous le nez.

— Je continue à mettre aux voix le dessert. Qui veut des fruits ?

— Personne. A bas les fruits !

— Mort aux fruits !

— Passons donc aux vins, cria une voix, écho de celle de Mouffleton.

— Messieurs, reprit alors gravement Jean Pouilly, je vous dirai que la cave nous offre une vingtaine d'espèces de vins différents, tant blancs que rouges.

— Pas de préférence ! du blanc et du rouge, et de l'eau-de-vie, dit Mouffleton, et abondamment !

— Et du mâcon vieux !

— Et du sauterne !

— Et du beaune !

— Et du bourgogne !

— Et du bordeaux !

Rien que l'émission des divers noms des vins mettait en feu la cervelle de ces cent cinquante convives. Quelle ivresse se préparait !

— J'ouvre un avis, dit Bergamotte.

— Voyons ton avis et vite, et que ce soit fini pour toujours, lui cria-t-on impatiemment de tous les coins de la salle ; voilà assez d'écriture ; cette encre nous fait mal à voir.

— Au lieu de nous tant chamailler pour savoir les vins que nous boirons, répartit Bergamotte, coupons court à la dispute en demandant la cave tout entière du marchand de vins : les bons et les mauvais, les rouges et les blancs y passeront.

La proposition étonna, mais elle fut acceptée.

Mouffleton courut se jeter dans les bras de Bergamotte.

Jean Pouilly se hâta d'écrire à l'article Vins : TOUTE LA CAVE.

Il sonna, les deux garçons se montrèrent.

L'un des deux frémit en parcourant cette hardie rédaction. Il se dit en lui-même :

— Grand Dieu ! que va-t-il se passer ici cette nuit.

L'autre, celui dont nous avons signalé l'élégance, fit cette réflexion :

— Je saurai tout ce qui se passera ici cette nuit.

Quelle fête nationale ou patronale célébrait donc Paris ce jour-là pour que ces cent cinquante hommes, tous à peu près de la même condition, ce qu'on voyait à leur visage, tous à peu près de la même profession, ce qu'on reconnaissait à leurs costumes, quoique la solennité du jour y eût ajouté quelque agrément, se réunissent avec la même intention de manger, de boire, de se réjouir dans des proportions surhumaines ? Le demanderons-nous à cette foule qui, depuis dix heures du matin, et il en est cinq bientôt, parcourt les rues de Paris, afflue dans les faubourgs, arrive de la campagne et s'amasse compacte sur les boulevards comme pour former un torrent ? Ce fleuve de huit cent mille habitants coule sans tarir de la Madeleine à la Bastille, battant les pieds des maisons, allant avec ordre au même endroit.

Cette fête est du petit nombre de celles que le Parisien n'a jamais mises en oubli, quoiqu'elle ne lui offre ni feu d'artifice à voir, ni occasion de se faire fusiller. C'est la fête des Morts ; c'est le jour des Morts.

Le Jour des Morts à Paris.

Paris ce jour-là, 2 novembre 183..., était froid et triste, comme il l'est ordinairement à cette époque de l'année. On eût dit que le ciel était dans le secret de la solennité qu'il éclairait à regret. La veille, il avait légèrement neigé ; l'air était devenu plus vif; un brouillard fin et grisâtre arrondissait les angles des maisons. Par moments, il ne faisait ni jour ni nuit, mais une clarté polaire. Les cloches, étouffées dans un espace cotonneux, ne rendaient que des sons sourds. Sur un pavé résistant, mais humide, glissait autant qu'elle marchait la presque population de la ville et celle de la banlieue : bruyantes, mais sans gaîté, elles suivaient les boulevards jusqu'à la naissance des rues qui montent, en coupant le canal, jusqu'au cimetière du Père-La-Chaise. Beaucoup de voitures, d'équipages armoriés s'ouvraient à chaque instant un passage au milieu de la foule et prenaient la même direction. La confusion n'entraînait pourtant aucun désordre. Les enfants n'abandonnaient pas la main de leurs parents. Après le déplacement, les grandes demoiselles se retrouvaient en tête de chaque petit cortége, et l'invasion générale, toujours défaite et toujours réunie, s'approchait par larges vagues du sommet de la montagne. Les deux côtés de la rue offraient aux passants ces inépuisables collections de tombeaux à tous prix que la douleur à tous les degrés peut désirer : cippes, mausolées, colonnes brisées, cénotaphes en marbre, en granit ou en tôle. Il ne reste presque rien à faire à la douleur pour approprier ces pierres d'occasion au premier mort venu. Nous avons tous été vertueux, et ceux que nous laissons sont naturellement inconsolables. Que reste-t-il à dire à l'inscription ? Nos noms et nos travaux sur la terre. On en est quitte à raison de 25 centimes la lettre ombrée, de 50 centimes la lettre en creux. Consultez-vous. Votre douleur rentre-t-elle dans la lettre en creux ou dans la lettre ombrée ? Voulez-vous des immortelles ? En voilà qui dureront un mois. Voulez-vous des anges en plâtre qui prieront pour vous ? Choisissez. Ce monsieur débite ce qu'il y a de mieux en anges. Du reste, rien de lugubre n'entoure ce commerce. Le débitant de tombeaux est gras comme les chérubins de ses mausolées ; sa jeune femme prend en souriant la mesure du monument que vous lui commandez. Et sur la ligne de ces magasins dont la vente ne chôme jamais, on vend des oranges, des pommes, des gâteaux, et la vapeur de la friture vous accompagne jusqu'aux gigantesques portes du Père-La-Chaise.

Devant cette porte stationnaient sur plusieurs lignes pressées

les plus riches équipages de Paris ; on remarquait particulièrement celui du marquis de Saint-Luc, et on avait raison de le
remarquer, car le jeune marquis ne passait pas dans le monde
pour avoir des idées fort mélancoliques. On ne lui connaissait
même aucun parent dont la perte lui fît un devoir de figurer
ostensiblement à la solennité du jour.

On se demande comment le Parisien. qui a si peu de mémoire pour les vivants, a ce soin si particulier, si délicat, si
respectable pour les morts ; comment le Parisien, qui se loge
si mal lorsqu'il est sur la terre, tient tant à se loger pittores-
quement et avec coquetterie lorsqu'il est sous la terre ? C'est une
de ces mille contradictions ; mais à cette contradiction l'étranger
qui nous visite doit une des plus originales beautés de la capitale de la France.

Il faut se transporter en Orient pour trouver tant de magnificence envers les morts.

La foule qui pénétrait dans le cimetière se portait par groupes sur des points divers ; chaque famille allait avec piété déposer sur le marbre des tombes le tribut annuel du souvenir.
Là, de charmants enfants remplaçaient les pots de fleurs brisés
par les dernières pluies ; ils relevaient les arbustes ployés par
les vents d'automne ; et sous le regard humide et résigné d'une
pauvre veuve, leur mère, ils priaient tout bas avec leurs lèvres
roses, et leurs petites mains qui commençaient à bleuir, car le
froid venait avec la nuit. Point de distinctions blessantes dans
la vaste enceinte ! Cette bonne et divine égalité que nous éta-
blirons un jour sur la terre, fût-ce une dernière fois, au prix de
tout notre sang, se retrouve là entre le cyprès vert et le marbre
blanc.

Et la foule, dont la chaîne n'était brisée nulle part, serpentait,
montait, fuyait, reparaissait à travers ces allées, les unes ma-
jestueuses comme les avenues des anciens châteaux, avec cette
différence qu'elles aboutissent ici à un mur, à rien, comme nos
projets, à un précipice, au bas duquel est une vallée ; les autres
étroites, ombreuses et fleuries, courent, les folles qu'elles sont,
comme des sentiers dans les bois ; elles sont vertes, elles sont
sauvages, elles embaument l'air de la résine de la solitude. Sui-
vez-les, marchez à leur ombre, arrivez à l'extrémité ; une pierre

blanche vous arrête et vous y lisez : *Ici repose ma petite Marie · je l'aimais; Dieu l'aima plus que moi, il me la prit. Adieu ! Marie, adieu !* Après cette allée s'ouvre un vaste carrefour. Sonnez clairons ! sonnez la chasse ! et le hallali ?—Quelle chasse ? celle de Freyschütz, la chasse aux fantômes ? Laissez ce carrefour, entrez, pénétrez dans cette autre ville funéraire, dans cette autre forêt, car les unes et les autres, villes et forêts, se succèdent, se croisent, se confondent si bien, qu'un jour elles formeront un vaste royaume. Ici la montagne finit ; c'est un de ses flancs ; laissez tomber la sonde du regard, une autre vallée s'étale sous vous et va rejoindre une autre montagne. Qu'elle est fraîche ! qu'elle est tranquille ! comme tout s'y cache bien ! et l'oiseau et la violette et le thym. C'est une mer faite de gazon ; quand le vent du soir couche cette chevelure verte, on ne voit que des tombes.

A travers ceux qui priaient et se recueillaient au son de la cloche de la petite chapelle qui s'élève au milieu même du cimetière, un homme s'insinuait et courait. Il passait d'une place à l'autre, malgré l'épaisseur de la multitude, avec une rapidité électrique. Parfois aussi, il s'arrêtait et parlait aux employés ou aux personnes éparses parmi les allées. On eût dit un maître de maison empressé de faire les honneurs de chez lui. Il recevait dans son château. Là il donnait galamment la main aux dames, pour franchir quelques-unes de ces marches gazonnées dont le Père-La-Chaise est sillonné : plus loin, après avoir examiné la figure de celui qui priait ou faisait semblant de prier sur une tombe, il laissait échapper un sourire si ironique, que le personnage deviné, percé à jour, baissait les yeux et allait porter son hypocrisie plus loin. Ici, il entrait familièrement en conversation avec un fossoyeur qui paraissait avoir pour lui une vénération très-voisine de la peur.

— Madame, disait-il à une dame jeune encore, vous négligez le pauvre vieux défunt. La grille de son monument est encore en bois et vous aviez promis de lui en donner une en fer avec des pommes de pin dorées. Convenez, madame, que l'héritage vaut bien ce sacrifice. Mais le jeune vivant a fait oublier le vieux défunt. Adieu, madame, à l'an prochain.

Et la jeune femme n'avait pas une parole à répondre à celui

1*

qui savait si bien les particularités de son existence. Elle ramassait les plis de sa fausse douleur et disparaissait.

— Vous pleurez trop, disait-il plus loin à un homme qui répandait abondamment des larmes dans un mouchoir blanc et dans un foulard jaune. L'an passé, vous pleuriez moins. Ce n'est pourtant pas l'âge qui a affaibli vos facultés.

— Monsieur...

— Si vous pleurez davantage cette année, c'est que vous n'avez volé que deux montres dans la foule qui se presse ici ; tandis que l'an dernier...

Et le voleur de s'esquiver mélancoliquement.

Il disait encore à un homme exténué de douleur qui déposait une énorme couronne d'immortelles sur la tombe de sa femme :

— La dose d'arsenic était un peu forte ; vous avez failli vous compromettre... Oh ! ne niez pas. Voici la quantité que j'en ai recueillie autour de sa tombe. C'était une bien belle personne.

La foule était si nombreuse, si agitée, si bruyante, les attentions si éparses, que peu de personnes avaient encore remarqué le bizarre personnage.

Cependant un incident parmi des milliers d'incidents appela l'attention générale sur lui.

Une jeune femme excessivement émue disait à un employé à la conservation des monuments funèbres : — Je vous répète, je vous soutiens que le tombeau de mon mari était ici. Il n'y est plus... d'où vient ?

— Il n'y a jamais été, répondit l'employé, car il y serait encore.

— Comment osez-vous soutenir cela ? Depuis quatre ans que je viens ici chaque jour des Morts, je dois le savoir... Mais je me plaindrai... j'écrirai au préfet de police...

— Vous venez ici depuis cinq ans et non depuis quatre ans, dit celui dont le Père-La-Chaise semblait être la propriété, le domaine.

La jeune femme se retourna brusquement et avec surprise. Elle recula même de quelques pas.

— Mais madame a raison, se hâta-t-il d'ajouter, la tombe que cherche madame était bien ici, elle y était encore il y a six mois ; mais depuis cette époque...

Qu'on juge si les personnes à portée d'entendre les premiers

mots de ce dialogue se rapprochèrent de celui qui parlait si ca-
tégoriquement des choses de l'endroit.

— Mais depuis six mois qu'est devenue cette tombe? s'informa
la jeune femme, qui cherchait à s'expliquer comment cet étranger lui donnait ces informations.

— Votre mari, madame, reprit sans hésiter l'inconnu, était
lieutenant dans l'armée d'Afrique...

— Oui, monsieur. Vous savez cela?...

— Il fut grièvement blessé au siége de Constantine...

— Oui, monsieur; mais d'où vient?

— Obligé de quitter le service, il vint se faire soigner à Paris...

— Oui, mais oui...

— Il mourut six mois après.

— Tout cela est vrai, monsieur... mais...

— Vous lui fîtes élever le tombeau que vous ne retrouvez plus
aujourd'hui...

— Ensuite, mais ensuite?

— Le tombeau et celui qu'il renfermait ne sont plus en France.

— Que dites-vous?...

— Je n'en dirai pas davantage à madame, à moins que...

— Monsieur, j'exige...

— Puisque vous l'exigez, répliqua-t-il en souriant, je vous
dirai, ce que vous savez aussi, sans doute, que votre mari avait
aimé, avant de vous connaître, une jeune Américaine qu'il avait
promis d'épouser. Des exigences de famille le forcèrent à manquer à sa première promesse et à vous donner sa main. Vous
l'avez eu vivant...

— Oh! mon Dieu!

— Elle l'a eu mort. A force d'or, elle a fait enlever d'ici celui
qu'elle aimait et sa tombe. Ainsi, lui et son tombeau, continua
l'inconnu, sont aujourd'hui en Amérique dans un des états de
l'Union.

La femme laissa tomber son voile sur son visage et disparut.

La foule, qui de minute en minute n'avait cessé de s'amasser
autour de ce groupe, regarda avec étonnement, puis avec effroi,
enfin avec une profonde terreur celui qui parmi ces milliers de
tombes pouvait dire sur-le-champ l'histoire détaillée d'une
tombe. L'endroit, l'heure, la physionomie du personnage aug-

mentaient prodigieusement cette curiosité et cette terreur.

Sa figure dépassait comme beauté, comme noblesse, comme grâce, les limites de l'idéal. Le burin anglais, le premier du monde, n'a jamais creusé dans la chair bleuâtre de l'acier de pareils contours. C'était le front olympique de Byron, l'œil profondément observateur de Molière, la bouche souffrante et railleuse de Sterne, trois figures que l'univers entier connaît aujourd'hui, car elles appartiennent à l'immense galerie des portraits de famille de l'humanité. Un glacis de tristesse voilait ces signes de haute intelligence. Cette tête sublime manquait pourtant d'une qualité distinctive chez les grands hommes. Elle n'avait pas cette animation, qui n'est qu'à eux, qui leur appartient comme leur âme ; cette figure n'avait pas de rayon. Elle était mate. C'était un milieu entre le marbre et la chair. On eût dit qu'elle avait déjà vécu. Des cheveux noirs naturellement bouclés, et cependant moelleux, couronnaient son front, et donnaient à sa physionomie une certaine ressemblance avec l'Apollon. C'était l'Apollon de la mélancolie et de la mort. La grande beauté répandue sur lui corrigeait la froideur apparente de sa personne. Il était grand, d'une taille déliée et fine, quoiqu'il parût avoir trente-six ans. Comme il s'était découvert pour parler à la dame qu'il avait étonnée par ses révélations, et qu'il était monté en ce moment sur un tertre de gazon, il se développait au milieu d'un air pur dans toutes ses belles proportions. Il était difficile de dire à quelle nation il appartenait. Les hommes de cette espèce indécise deviennent de jour en jour moins rares depuis que les peuples soumis à une longue paix se confondent et tendent à l'unité. Il offrait un admirable mélange d'élégance française, de distinction anglaise et de haute noblesse allemande. Son costume noir ou brun, car l'heure qui s'assombrissait n'en disait pas exactement la nuance, relevait comme le velours relève le diamant, la grâce de sa tournure et la blancheur presque sépulcrale de son teint. La dentelle courait à l'extrémité de ses manchettes et élégamment fripée en feuilles de mauve au bord de son jabot. Ce luxe d'autrefois, cette splendeur morte depuis un siècle prêtaient à toute sa personne un caractère particulier, indéfinissable, et qui tournait à l'avantage de cette terreur répandue autour de lui.

Un instant il fut admirable à contempler; ce fut celui où la foule, ébranlée pour partir, se partagea en deux ruisseaux sur l'un et l'autre de ses côtés et coula vers les portes babyloniennes du Père-La-Chaise, en retournant la tête à chaque pas pour voir l'étranger face à face avec le soleil. Le secret de la vie et celui de la mort semblaient être en présence. Le soleil s'enfouissait dans la brume de Paris en pesant de tous ses rayons sur les monuments qu'il semblait faire rentrer dans l'obscurité. Il se vautrait une dernière fois dans la flamme. Les toits des maisons, immense vallée d'ardoises superposées, formaient autant de marches de granit par où il descendait dans l'abîme. Des flèches d'or, épis étincelants, des clochers vaporeux, des dômes bleuâtres sortaient comme des fleurs mystiques de cette plaine de lumière et d'ombre.

Enfin, l'ombre l'emporta, et la foule qui descendait, qui descendait toujours, avec des murmures, dans l'obscurité, ressembla alors à ces torrents mystérieux qui courent dans les mines. On les entend courir, gronder, bouillonner, on ne les voit pas, on ne les verra jamais; ce sont des choses qui se perdent dans la terre où elles sont nées.

Lorsque le cimetière fut entièrement désert, un jeune homme, c'était le jeune marquis de Saint-Luc, dont on avait remarqué le magnifique équipage à la porte du Père-La-Chaise, courut à celui qui avait tant attiré l'attention de la foule, et il lui dit :

— A quand?

L'autre lui répondit en riant :

— Puisque vous le voulez, à ce soir, de minuit à une heure, là, chez le marchand de vins; ils y seront tous.

— Je vais vous y attendre, dit le marquis de Saint-Luc. J'ai déjà assisté aux préludes du dîner.

— Allez, mais prenez garde d'être reconnu.

Le Bon-Vivant.

Après la barrière des Trois-Couronnes et de Ménilmontant, on trouve celle des Amandiers; c'est entre cette dernière et celle d'Aulnay qu'est le *Bon-Vivant*, un de ces mille restaurants placés immédiatement à la sortie de Paris, afin que le Parisien n'ait qu'un pas à faire quand il veut manger du veau à quatre sous meilleur marché la livre et boire le vin sans droits.

L'été qui dore tout, prête à cette lisière poudreuse de la campagne une physionomie demi-civile, demi-rurale. On connaît la variété et le mouvement des boulevards extérieurs, le dimanche. C'est un cordon de huit ou dix lieues formé par une succession de cuisines et de bals. Chaque restaurant s'offre ainsi aux regards : la première couche se compose de gens étendus sous la table ; la seconde de gens qui mangent autour de la table ; la troisième de gens qui dansent sur la table. Voilà ce qu'on voit. Ce qu'on sent : c'est une odeur de hareng grillé, de lapin en matelote, de veau aux oignons, de pain chaud et de vin frelaté ; ce qu'on entend : c'est le cornet à piston, la flûte et le hautbois faisant danser les cuisinières et les ouvriers. Le spectacle ne manque pas de gaîté et mérite d'être vu.

Parmi ces restaurants qui bravent le fisc devant le sabre de l'octroi, le restaurant du *Bon-Vivant* n'est pas un des moins fameux.

La nuit était venue, et nos fougueux gastronomes s'attablaient sous le charme d'un appétit aiguisé par l'attente ; car on n'improvise pas à la minute un dîner comme celui qu'ils avaient ordonné. Douze tables étaient dressées autour desquelles ils s'assirent. Jean Pouilly, comme président, occupait celle du milieu et surveillait les autres. A la grande satisfaction de Mouffleton, il ouvrit le banquet par une large tournée de vin blanc accompagnée de ces seuls mots : *Bon appétit!* Cela voulait dire: *feu!* La bataille s'engagea.

Pendant une heure, il ne sortit aucune parole de ces bouches occupées à broyer, à avaler et à boire. Il ne restait rien de la

?ouble montagne de bœuf au naturel et de bœuf aux choux dé-
?osée sur la table par les garçons ; mais rien. Les tigres ne dé-
?orent ni mieux ni plus proprement.

Bergamotte poussa le premier soupir qui rompit le silence, et
Pétroquin dit alors :

— Voilà Bergamotte qui se plaint sans doute de ce que l'année
n'a pas été bonne.

— Je ne dis pas ça.

— Voyons, Bergamotte, combien as-tu mis de côté ?

— Mille francs.

— Tu mens, Bergamotte.

— Eh bien ! deux mille. Et toi, Pétroquin ?

— Moi, j'ai placé.

— Où ça ?

— Chez mon notaire.

— Fichtre ! prends garde ! ça déteint les notaires.

— Moi, dit Faucheux, j'aime mieux acheter des terrains ; on
sait ce qu'on a. on se promène sur ce qu'on a, on dort sur ce
qu'on a. J'ai acheté une petite ferme en Brie.

— Oh ! petite ! il n'y en a pas de petites.

— Je gage que Mouffleton a de l'or, reprit un autre.

— J'ai un million dans un pot à beurre, reprit Mouffleton
avec ironie.

— C'est ce sournois, là-bas, qui nous dame le pion.

— Moi ? répliqua Jean Pouilly, je suis ruiné. J'avais pris des
actions dans les bitumes et dans les brasseries de bières...

— Ah ! dans les bières !...

La salle trembla au rire universel qui éclata sous sa voûte.

— Il a dit dans les bières !

— Ce qu'il a gagné avec les bières s'en est allé avec les bières.

Pour comprendre le singulier jeu de mot qui égayait si fort en
ce moment la société du *Bon-Vivant*, équivoquant sur le mot
bière, boisson, et bière, cercueil, il faut remarquer que l'assemblée n'était composée que de croque-morts, de fossoyeurs, de
fabricants de tombes et d'employés aux pompes funèbres. Il est
temps de le dire : nous assistons au repas de corps qu'ils ont
l'habitude de faire, à frais communs, le jour des Morts, 2 novembre, et l'on conviendra que le jour ne saurait être mieux

choisi. Ils vivent de la mort, n'est-il pas naturel qu'ils se sou-
viennent avec reconnaissance de ce qui les fait vivre?

On ne pouvait d'ailleurs mettre en doute leur profession en
jetant un coup d'œil sur la ligne de champignons auxquelles
étaient accrochés leurs chapeaux de deuil et leurs pleureuses
qui s'agitaient aux mouvements qu'ils faisaient.

— Mais l'année qui vient sera meilleure, reprit Jean Pouilly.

— Oui, pour les riches, interrompit Mouffleton, qui représen-
tait le parti communiste des croque-morts. Ils ont tous les gros
convois, eux, et nous les morts de rien. Enfin, cela ne durera
pas toujours ainsi.

— Oui, je crois aussi qu'elle sera bonne, ajouta Pétroquin,
car on dit que le choléra, une maladie toute neuve, doit donner
cette année.

— Nous ne sommes pas assez heureux pour ça, répéta Mou-
fleton. La partie se gâte, elle ne vaut plus rien.

— Quitte-la donc, personne ne te force à y rester.

— Ne voulez-vous pas que je me fasse avocat?

— C'est que tu l'aimes, la partie...

— Je ne dis pas...

— Qu'est-ce qui t'y a poussé?

— Dame! mon père; c'est lui qui m'a mis la pioche à la main.
Un brave homme qui a enterré ce qu'il y avait de mieux sous
l'Empire.

— Moi, je ne cache pas, dit Pétroquin, que je me suis fait
croque-mort pour entendre des discours. C'est mon goût, c'est
mon faible. J'en entends quelquefois jusqu'à trois par jour. Et,
apportant la preuve de ce qu'il disait, Pétroquin chercha une
pose et dit : « Messieurs, cette tombe qui s'ouvre devant vous
» va se refermer sur les restes d'un de nos plus vertueux ci-
» toyens. »

— Bravo!

— Eh bien! ces choses-là me touchent au dernier point. J'en
ai pris l'habitude, je ne pourrais plus vivre sans discours. Et
toi, Bergamotte, dis-nous qui t'a fait prendre goût au métier...

— Moi, c'est la vengeance, répondit Bergamotte.

— Ceci devient comique, dit Faucheux, raconte-nous ça en
deux temps.

— La parole est à Bergamotte.

— Je propose une innocente tournée de cognac, dit Mouffleton, afin d'écouter Bergamotte, fossoyeur par vengeance.

— Il y a de l'amour dans cette affaire, je le gagerais, dit Pétroquin, comme on dit que c'est par amour que le chevalier *De Profundis*...

— Silence !

Vingt fourchettes tombèrent par terre.

— Qui parle ici du chevalier *De Profundis?*

— Qui l'a nommé?

— Justement je l'ai vu aujourd'hui au Père-La-Chaise, murmura une voix effrayée...

Enfin une inquiétude générale plana subitement sur toutes ces têtes, au seul nom du chevalier *De Profundis.* Les verres, pleins de cognac — qu'on juge par là si le saisissement fut profond, — s'arrêtèrent sur les lèvres.

Mouffleton, ceci dit tout, avala un verre d'eau.

Il fallut revenir à plusieurs reprises au cognac pour retrouver la chaleur cérébrale qui commençait à bouillonner et à se manifester par des discours plus ou moins incohérents, avant que Pétroquin n'eût lancé comme un obus le nom du chevalier *De Profundis.*

Avant de reprendre la parole, si énergiquement retirée de sa bouche, Bergamotte promena un regard autour de la salle pour s'assurer que personne d'étranger à la société n'était là pour l'entendre. Les garçons étaient trop occupés de leur effrayante besogne pour s'amuser à écouter; un seul cependant paraissait très-attentif à ce qu'on disait. Il était mieux mis que les autres; son air était infiniment plus distingué : il avait déjà laissé tomber deux assiettes par terre.

Bergamotte commença :

— Je suis enfant trouvé.

— Dans quoi? demanda Faucheux.

— Comment, dans quoi?

— Tu ne vois pas que Faucheux plaisante, lui dit-on; va toujours.

— Un beau jour, reprit Bergamotte, et j'avais, je crois, seize ans, un ébéniste du faubourg Saint-Antoine, nommé

Kleinberg, se présenta à l'hospice et demanda un enfant pour en faire un apprenti. On m'appela. Il me vit, m'examina et me trouva bien apparemment. On me donna à lui et il m'emmena. Sa famille se composait de sa femme et d'une jeune fille qui avait alors douze ans. Elle se nommait Baptistine. Elle était jolie, douce, active comme un fuseau... Bergamotte s'arrêta ; il sortit un mouchoir de coton bleu.

— Qu'as-tu ?

— Rien. Est-ce qu'il n'est pas permis de s'arrêter, de se moucher ?

— Moi, j'ai soif, s'écria Mouffleton.

— Son père, continua Bergamotte, eut toutes sortes de bons soins pour moi. Il m'apprit son état...

— C'est qu'il croyait que tu étais l'enfant de quelque gros richard, et il comptait...

— Il ne comptait sur rien du tout ; il m'aimait parce qu'il était enfant trouvé comme moi...

— Bon ! interrompit Faucheux, et de deux !

— Voyons, dit Pétroquin, tu aimas la fille. « Ah ! messieurs, » c'était un de ces anges que Dieu envoie de loin en loin sur la » terre, pour la consoler et lui faire prendre en patience les » misères de cette vallée. » Autre discours.

— Je ne dis plus rien, s'écria Bergamotte avec humeur. Je ne veux pas qu'on se moque d'une femme que j'ai aimée.

— On ne se moque pas, on pérore.

— Bergamotte, intervint le président, nous t'écoutons.

— Je m'aperçus, au bout de quelques années, que je n'étais pas seul à l'aimer. Un ouvrier en marqueterie employé dans la maison, riche autant que j'étais pauvre, demanda Baptistine à son père, qui la lui refusa.

— Je redemanderai du bœuf au naturel, interrompit un convive.

— Il n'y en a plus, répondit le garçon.

— Qu'on en tue !

Bergamotte continua :

— Il garda son plomb sur le cœur. J'ai oublié de vous dire son nom : il s'appelait Schmitt, un nom alsacien, allemand, un nom de choucroûte, enfin. Mais Baptistine ne l'aimait pas, j'étais pour lors fort tranquille de ce côté.

— J'ai soif! s'écria l'infatigable Mouffleton.

— Que veut boire monsieur? répondit un garçon; est-ce du bordeaux?

— Non, pas du bordeaux.

— Du beaune vieux?

— Non plus.

— Du...

— Du mauvais; oui, du mauvais. J'en ai assez comme ça de ces bons vins qui ne ratissent pas en passant sous le pont. Donne-moi du mauvais, à cinq sous le litre. C'est le bon pour moi, entends-tu?

— Voilà, reprit Bergamotte, qu'à cette époque je fus appelé pour le service militaire. Monsieur Kleinberg pouvait me faire un remplaçant, et il n'en était pas trop éloigné à cause de sa femme et de sa fille; mais il disait avec raison qu'il faut qu'un jeune homme ait vu le feu pour être plus tard vraiment homme. Il avait servi, lui aussi, et avec distinction. Du reste, il me dit. Pars, mon ami; au retour, je t'appellerai mon fils.

— Ah! voilà l'histoire, interrompit Faucheux; il se proposait de te donner sa fille si tu revenais capitaine; tu revins ébéniste, et il la maria à l'autre, à l'Allemand.

— Si c'est fini, dit Mouffleton, buvons.

Bergamotte, blessé comme auteur après avoir été froissé comme amant, gardait un silence digne.

— Ah! messieurs, dit Pétroquin en se levant et en donnant de l'émotion à sa voix, « ne cherchons pas à soulever le voile » derrière lequel se cachent nos destinées. Personne n'a pro- » phétisé aujourd'hui ce qui sera demain. » Autre discours. J'en conclus que nous ne savons pas le moins du monde ce qui arriva à Bergamotte après avoir quitté sa belle.

— Et partant pour la Syrie, acheva Faucheux.

Jean Pouilly eut encore besoin de recourir à son autorité pour obtenir de Bergamotte qu'il reprît le fil de sa narration.

— Si l'on m'interrompt encore une fois!...

— On ne t'interrompra plus.

— Je partis, comme vous dites; il y avait trois ans que, sans permis de chasse, je tuais des Bédouins de Constantine à Mascara, lorsque j'obtins un congé de six mois. Vous devinez si je

mis de l'empressement à me rendre à Paris. J'arrive, je cours
au faubourg Saint-Antoine, je vais au magasin de monsieur
Kleinberg ; plus de magasin. Je me frotte les yeux, je reconnais
bien le numéro, mais point de boutique d'ébéniste : un coiffeur
occupait la boutique. Enfin, je m'informe auprès du magasin en
face...

— D'où venez-vous ? me dit-on.

— Mais... d'Alger.

— C'est pour cela, en effet, que vous ignorez qu'ils sont tous
morts.

— Qui, morts ?

— Eh bien ! ceux que vous cherchez.

— Mort, monsieur Kleinberg ?

— Oui.

— Morte, madame Kleinberg ?

— Oui.

— Morte, leur fille ?

— Oui.

Bergamotte s'arrêta et tira une seconde fois son mouchoir de
coton bleu.

— Sais-tu s'ils eurent un convoi de première classe ? demanda Faucheux.

— Tu me feras raison de cette infâme plaisanterie ! s'écria
Bergamotte, terrible de colère, en larmes, laid, affreux, ému,
plein de douleur et barbouillé de tabac, hideux, sublime.

Mouffleton, broyant un verre sous sa main, s'écria de son côté :

— A la fin des fins, sommes-nous ici pour écouter des histoires ou pour transvaser jusqu'au jour ? C'est fini ! que ce soit
fini ! très-fini ! Garçon, du bœuf !

— J'ai déjà dit qu'il n'y en avait plus.

— Eh bien ! qu'on en fasse.

— Oui, avec du veau, dit Faucheux.

Quand cette ondée fut passée, le président du banquet, Jean
Pouilly, reprit :

— J'invite Bergamotte à achever, c'est le vœu de l'assemblée.

— Je me rends au vœu de notre honorable président, reprit
Bergamotte, non moins ivre que ses interrupteurs.

Je ne tardai pas à savoir ceci : Schmitt, un soir d'hiver, enleva, aidé par des artilleurs de Vincennes, autres choucroûtes comme lui, des Schmitt, des Schmaltz, des Schmültz, la fille de Kleinberg, et l'emmena par force dans une campagne à quelques lieues de Paris. De là il écrivit au père de la lui donner sinon... sinon qu'il la lui rendrait. Le brigand !... Mais je me suis vengé aux deux tiers... l'autre tiers, je le tiens entre la crosse et la tête, par le râble.

A ce moment les doigts nerveux et tremblants de Bergamotte parurent des griffes recourbées. Il semblait tenir et soulever un lièvre et se disposer à lui rompre les reins.

On ne faisait plus mine de l'interrompre.

— Pourquoi me venger, direz-vous? parce que lorsque madame Kleinberg apprit l'enlèvement de sa fille, elle se lança par la fenêtre du troisième étage, et se tua raide sur le coup. Et d'une. Désolé, fou, son mari court à l'endroit où était sa fille, donne deux soufflets à Schmitt, lui crache au visage et lui jette une épée à travers les jambes. Je vous ai dit qu'il avait servi. Schmitt, couvert de crachats et de soufflets, prend l'épée avec rage et se précipite sur monsieur Kleinberg qu'il traverse de part en part.

— Tué aussi?

Bergamotte fit un signe affirmatif.

— Les tribunaux déclarèrent que Schmitt était en état de légitime défense lorsqu'il avait tué Kleinberg, et il ne lui arriva rien.

Pétroquin ne put s'empêcher de murmurer:

« — Encore une de nos gloires militaires sur laquelle la tombe » vient de se fermer; et, chose triste à dire, messieurs, celui » qui avait assisté à cent combats, que la mitraille de vingt ar- » mées avait épargné, respecté, est venu périr d'un misérable » coup d'épée de la main d'un adversaire obscur. » Autre discours.

Cette fois, Bergamotte ne se fâcha pas, parce qu'il lui avait semblé entendre l'éloge de son ancien maître ébéniste, monsieur Kleinberg.

— Baptistine ne survécut que quelques mois à ce double malheur. Devenue folle, elle alla mourir à la Salpétrière, dans un cabanon. C'était mon tour.

— De mourir? demanda Faucheux.

— De tuer! répliqua Bergamotte.

— Bocage n'est pas plus terrible dans ses plus beaux moments.

— Bravo !

— Bravo !

— Bravo !

— Schmitt, ébéniste aussi, comme je vous l'ai dit, je crois se maria au bout d'un mois avec la fille d'un marchand de meubles du faubourg. Son beau-père lui céda la maison et le magasin pour aller vivre à la campagne. Il était marié depuis un an, et il avait un enfant, une petite fille, lorsque je me présentai chez lui, à mon retour de l'Algérie. Après quelques mots d'amitié entre Schmitt et moi, je lui dis :

— Schmitt, tu as enterré tous les miens. J'enterrerai tous les tiens. Il se mit à rire, et il me dit : « — A quand ? — Tout de suite, lui répondis-je. — Eh bien ! je tiens le pari. » fit-il. Je sortis. J'avais mon idée. J'allai du même pas au bureau de l'administration des pompes funèbres me faire recevoir croque-mort : c'était là mon idée.

— Je bois au souvenir de son honorable réception parmi nous, dit Faucheux.

— Un instant! dit Mouffleton, un instant ! Nous avons bu pas mal du blanc, pas mal du rouge, pas mal du jaune ; il montrait de l'eau-de-vie. Je propose une tournée de bleu. On revient toujours à ses premières amours. Voilà un broc de vin à cinq sous le litre, le vin de tous les jours. C'est le meilleur, comme le tabac de caporal est encore le meilleur tabac. Donc, garçon, verse... verse... verse !... (Mouffleton n'avait plus sa tête.) Verse du vin bleu à tous ces hommes noirs.

Le garçon saisit à deux mains le broc de vin bleu, et en abreuva les cent cinquante convives de la salle du *Bon-Vivant*.

— Je bois à la santé, dit Mouffleton, à la santé de...

— Qui donc se permet de boire à la santé de quelqu'un ici?

— Ohé ! l'autre qui veut célébrer la santé !

— Pourquoi **pas** l'immortalité ? Nous serions frais !

— On ne boit ici à la santé de personne.

— Non, de personne !

— De personne! voilà une plaisanterie!

—Je n'ai rien dit, répliqua tout honteux Mouffleton, je présente mes excuses à l'honorable société pour le propos que j'ai tenu.

Cet incident passé, Bergamotte reprit son récit, mais, en vérité, on ne saurait trop dire au profit de quelle attention; car sur les cent quarante-neuf compagnons qui l'entouraient, pas un n'était capable, on ne dit pas d'avoir, mais d'affecter l'attention nécessaire pour le comprendre. Le président lui-même, Jean Pouilly, avait roulé sous la table, et par une bizarrerie de sa chute, sa perruque seule était restée à la place qu'il occupait; elle était tombée au milieu de son assiette.

— Une fois croque-mort, je tâchai de m'introduire dans la chambre de la femme de mon ami Schmitt. Oui... je tâchai... car mes informations étaient bien prises. Je savais que monsieur descendait à l'atelier de bonne heure, que madame restait seule jusqu'à dix heures, moment du déjeuner, et que le berceau de leur enfant était dans leur chambre même. Une chambre bleue avec des fleurs... je la vois encore... Les fleurs font bien dans une chambre... Je disais donc... très-bien. Le difficile pour moi était, comme je vous le disais, ou comme je ne vous l'ai pas dit, de n'être pas rencontré dans l'allée de la maison, de traverser la cour sans être vu, et surtout de ne pas me croiser avec Schmitt en montant à la chambre de sa femme. Vous comprenez... de ne pas me croiser... Mais pourquoi voulais-je entrer chez sa femme?... Ah! j'y suis... Je choisis un jour d'hiver. Il y avait du brouillard partout; on ne voyait pas sa main... non pas même sa main. Voyez-vous votre main dans ce moment-ci? Eh bien! je ne voyais pas la mienne dans ce moment-là. J'entre chez Schmitt; je monte, je pénètre dans la chambre; il était déjà descendu, madame était encore couchée, ne dormant pas, mais sommeillant. Moi, j'étais ficelé comme vous voyez: habit gris, collet, parements noirs, pleureuse, tout le bataclan... en vrai croque-mort. J'avais, de plus, l'air qu'on nous recommande à l'administration: — affligé comme si nous avions perdu un héritage. Donc j'entre, je vais au lit de l'enfant, je le découvre; un bel enfant, ma foi!

— Que faites-vous là? qui êtes-vous? que voulez-vous? me demande avec effroi la mère.

Moi, je réponds : — N'est-ce pas ici, madame, qu'on m'a dit de venir chercher une petite fille morte de la rougeole?... Ah! j'avais oublié de vous dire que sa fille avait la rougeole. — Je suis croque-mort de mon état, je viens prendre l'enfant. C'est-il celle-là? La femme pousse un cri épouvantable, se jette sur la sonnette Je ne restai pas là, vous comprenez bien, à compter les clous des fauteuils. Je descendis quatre à quatre, et me rendis à mes occupations.

Savez-vous ce qui arriva? Savez-vous ce qui arriva? répéta Bergamotte chez qui l'orgueil du narrateur, l'orgueil de l'homme qui s'est vengé à fond n'avait pas encore été tout à fait noyé par le vin. A cet appel, celui-ci ouvrit un œil, celui-ci se détira, celui-ci fit un effort pour se mettre sur son séant, celui-là s'appuya contre le mur; enfin, chacun s'efforça de paraître un peu moins ivre-mort qu'il n'était.

— Savez-vous ce qui arriva? Que l'effroi fit tourner le lait à la femme, et que l'enfant, après avoir bu de ce lait empoisonné, mourut dans des convulsions atroces. Je l'enterrai le surlendemain. — Reste à deux, dis-je au mari, à mon bon ami Schmitt, en passant quelques jours après devant son magasin. Ce n'est pas tout... non, ce n'est pas tout... je vous dis que ce n'est pas tout... Ce lait empoisonné monta au cerveau de sa femme, qui finit par mourir folle comme la pauvre Baptistine. — Reste à un, dis-je encore à l'ami Schmitt, qui, au lieu de se mettre à rire comme la première fois, lorsque je lui annonçai la réalisation de ma menace, courut se cacher, pâle et effaré, au fond de sa boutique. Je lui avais fait peur. Depuis deux ans je passe tous les jours devant sa porte et je le regarde; il sait ce que cela veut dire : Je t'attends! Je t'enterrerai! Il est déjà jaune comme un coing. Et voilà comment je devins fossoyeur.

— Du vin! du vin! eurent encore la force de crier, mais d'une voix rauque, usée, brisée, tous ces forcenés, en apprenant le dernier mot de la terrible vengeance de Bergamotte.

— Il n'y a plus de vin, répondit un des garçons, celui qui se faisait remarquer par sa tournure et son inhabileté à servir.

— De l'eau-de-vie alors!

— Il n'y a plus d'eau-de-vie non plus; vous l'avez toute bue aussi.

— Quelque autre chose, en ce cas !

— Il n'y a plus rien : vous aviez demandé la cave, vous l'avez bue.

— Eh bien ! qu'on apporte du gaz ; nous boirons du gaz, s'écria Mouffleton.

— Le gaz est éteint, répondit le garçon.

— Nous t'étranglons, dit Mouffleton en se précipitant au cou du garçon, si tu ne nous montes pas du gaz. J'en veux un bec.

Le jeune marquis de Saint-Luc poussa un cri de douleur, car il s'était déguisé en garçon pour attendre au milieu de cette étrange société celui qui lui avait promis de venir l'y trouver.

Au même instant la porte de la salle s'ouvre, et ce fut alors aux cent cinquante convives à se lever et à se presser avec la terreur d'un troupeau de moutons aux approches du loup. Aucun d'eux ne fut plus ivre. Cette apparition les galvanisa, et ils se replièrent vers la porte ; on entendit alors courir ce murmure : C'est le chevalier De Profundis ! c'est le chevalier De Profundis !

C'était lui en effet.

Il alla droit à la croisée, l'ouvrit.

Les croisées du *Bon-Vivant* donnent sur le cimetière du Père-La-Chaise même.

La lune éclairait comme à midi. Il était une heure du matin environ. La ville des tombeaux s'étala avec toute sa magnifique blancheur aux regards du chevalier De Profundis et du jeune marquis de Saint-Luc qu'il venait de prendre sous sa protection. Leurs deux figures, si différentes d'expression, tranchèrent en noir dans le cadre de la croisée, sur le fond vaporeux de l'espace. Ils se prirent à examiner en silence la ville morte et ses milliers de rues, places, avenues faites de tombeaux. La lune avait jeté sur ces indéfinissables constructions sa gaze d'argent, et ni Balbec, ni Palmyre, qui sont pourtant aussi des villes mortes, ne peuvent donner une idée du calme et de la douceur que cette neige astrale ajoutait, imprimait au calme habituel de l'endroit. Un seul oiseau chantait quelque part dans un des étranges bosquets de ces étranges jardins. Était-ce l'âme rose d'un enfant? était-ce l'esprit d'une jeune fille partie la veille de ses noces, et qui venait redemander sa

nuit? Par instant, une fraîcheur qui n'était pas de notre terre
soufflait du fond de ces vallées endormies aux rayons de la
lune; elle rafraîchissait l'âme autant que le visage. Les sens se
raréfiaient, se spiritualisaient au contact moelleux de cette brise
calme, sans parfum, sans interruption, et qui semblait sortir
par quelque issue de l'antique Élysée où les arbres n'ont jamais été plantés et ne sont jamais morts. Grâce à cette assimi-
lation enivrante, le chevalier De Profundis espérait introduire
plus facilement son jeune compagnon, le marquis de Saint-Luc,
dans la voie où il avait voulu lui-même entrer. Il l'initiait par
là à sa parole, il le préparait à écouter sans effroi ce qu'il tenait
tant à savoir.

S'étant l'un et l'autre retournés pour savoir ce que devenaient
les fossoyeurs qui remplissaient la salle, ils ne les virent plus.
Tous étaient partis, l'épouvante les avait chassés.

— Eux aussi ont peur de moi; ils m'ont surnommé le *che-*
valier De Profundis. Ils me croient un être sinistre, surna-
turel. Vous aussi, peut-être?

— Un peu, répondit le jeune homme.

— C'est très-flatteur pour ma seigneurie.

— L'autre soir, dans un cercle, une vieille dame osa dire...
mais je ne vous rapporterai pas le propos.

— Non, parlez.

— C'est trop ridicule.

— Raison de plus pour ne pas craindre de me blesser. Que
disait cette vieille dame? que j'étais un loup-garou?

— Quelque chose d'approchant...

— Quoi donc?

— Un vampire.

— Cette dame se trompait. Je ne suis pas un vampire,
quoique je croie aux vampires.

— Vous y croyez?

— Très-fort. J'en ai connu deux. Mais je devine pourquoi
maintenant j'ai été traité comme tel par cette dame... N'est-
elle pas étrangère?

— Oui, Anglaise.

— Madame Cléphan?

— C'est elle.

— Elle se souvenait d'une histoire à laquelle j'ai été mêlé, une aventure déjà vieille de quinze ou seize ans... N'a-t-elle pas murmuré le nom d'une Italienne, la baronne Romanella?

— Précisément.

— L'accusation est plausible, quoique je n'aie été que témoin et non acteur dans l'histoire de la baronne Romanella. Je l'ai connue à Paris, où je la voyais souvent; mais je n'ai jamais été de complicité avec elle dans les actes terribles dont elle s'est rendue coupable, à ce qu'on dit, car ses crimes n'ont pas été prouvés aux yeux de la justice.

— Mais aux vôtres?

— Aux miens, ils sont réels; car j'ai la preuve chez moi...

— Ainsi, il est vrai qu'elle causait la mort de tous ceux qui avaient le malheur de l'aimer?

— Oui...

— Et sait-on le motif?

— C'était son secret; il est aujourd'hui le mien; il sera le vôtre... La baronne de Romanella n'est plus en Europe... D'ailleurs, si vous la rencontriez un jour, étant prévenu, vous prendriez garde à vous.

— Quelle femme! C'était une autre Marguerite de Bourgogne.

— C'était mieux que cela. Je vous montrerai dans la funèbre enceinte où nous allons descendre plusieurs tombes sans inscriptions, rayées à un certain endroit avec la pointe d'une forte aiguille.

— Et cela signifie?

— Beaucoup, monsieur le marquis. Ces marques ont été faites par la baronne de Romanella.

— Et qu'y a-t-il dans chacune de ces tombes blanches?

— Un de ses amants.

— Tous tués par elle?

— Tous tués par elle. Mais si nous voulons que le jour ne nous surprenne pas, entrons vite dans mon château. Je passe le premier, dit le chevalier De Profundis en riant; suivez-moi.

Le chevalier franchit d'un saut la distance qui séparait du sol le bord de la croisée. Ils se trouvèrent tous les deux dans le Père-La-Chaise.

— Allons de ce côté, dit au jeune marquis de Saint-Luc le chevalier De Profundis.

— Je dois d'abord vous remercier, monsieur...

— Appelez-moi, comme tous ces braves gens-là, le chevalier De Profundis; le nom est assez original.

— Je vous remercie, monsieur le chevalier, d'avoir consenti à m'accorder cet entretien dans l'endroit où vous pourrez le plus difficilement me convaincre de votre...

— De ma folie, dites le mot... C'est le nom, je le sais, qu'on donne dans les salons de Vienne, de Londres et de Paris à ma manière de voir.

— Je n'appellerai pas cela de la folie, mais de la singularité, de la bizarrerie, du paradoxe.

— Mon opinion n'est rien de tout cela, reprit le chevalier De Profundis en écartant une branche de cyprès qui gênait le passage; elle est la vérité même.

— J'attends que vous me la démontriez.

— Quoi qu'il en soit, on ne dira pas, monsieur le marquis, que je compte sur mon originalité pour faire fortune : une pareille idée ne rapporte rien.

— Ne vous saurait-on pas immensément riche, qu'on ne vous soupçonnerait pas de vouloir tirer un profit direct de votre excentricité.

— Encore une fois, mon jeune ami, ce n'est pas de l'excentricité. Croyez-vous que j'aurais voulu atteler ma vie à ce char périlleux pour le plaisir de briller dans les salons? Mon règne, d'ailleurs, eût été court; il serait déjà fini. Si l'on s'occupe encore de moi depuis bientôt quinze ans; si ma parole est désirée, attendue, écoutée, combattue sans doute, mais enfin écoutée; si j'inspire un intérêt profond à la jeunesse, une terreur indéfinissable aux esprits poétiques, une curiosité immense aux gens du monde comme vous, c'est que ma conviction ne s'appuie pas sur la base fragile d'une erreur. Ne croyez donc pas qu'on passionne ainsi les masses avec rien, avec le levier du hasard. Toute idée victorieuse, toute opinion triomphante, toute œuvre qui trouve le cœur de la foule, si difficile à trouver, a en elle une étincelle de cette vérité dont Dieu est le foyer.

— Quoi! s'écria le jeune marquis de Saint-Luc, vous êtes convaincu qu'on ne meurt pas?

— J'en suis convaincu

L'impétueux marquis frappa du pied.

— Quoi! ici, où nous ne respirons que la mort, où nous ne marchons que sur la mort, où deux ou trois populations comme celle de Paris sont enterrées, vous soutenez que la mort n'exist pas? En vérité, chevalier...

Le chevalier sourit.

— Mais vous-même si dangereux, si terrible à l'épée, à toutes sortes d'armes, n'avez-vous jamais tué personne?

La figure du chevalier De Profundis, déjà si pâle, devint tout à coup plus blanche que les marbres au milieu desquels lui et son compagnon marchaient, aussi blafarde que la lune dont les paisibles rayons les éclairaient.

— Mon histoire n'a rien de commun avec mes convictions, reprit le chevalier. Si l'on vous a parlé de quelques passions de jeunesse... mais ne nous écartons pas de notre conversation... Au surplus, si je vous racontais mon histoire, nous tomberions peut-être morts tous les deux, vous en l'écoutant, moi en la racontant.

— On meurt donc! puisque nous mourrions tous les deux, s'écria avec triomphe le marquis de Saint-Luc, heureux comme l'élève qui a surpris une faute dans le travail du maître; et si l'on meurt, ne soutenez plus...

— Quand j'ai dit qu'on ne mourait pas, reprit le chevalier De Profundis, en cherchant à se remettre de la secousse qu'il avait ressentie, je n'ai pas voulu soutenir pour cela qu'on ne cessait pas de vivre. J'ai prétendu dire que peu de personnes, — et ce peu nous ne le connaissons même pas, — meurent naturellement, s'éteignent faute d'huile dans la lampe, et parce que la vie s'est complétement tarie en eux. Je n'ai dit que cela, et j'avoue que cela seul est une révélation immense, aussi grande peut-être dans le monde psychologique que la découverte de l'Amérique dans le monde terrestre.

— Soit! dit avec inquiétude le marquis de Saint-Luc, qui fit semblant d'entrer dans l'opinion du chevalier De Profundis afin de ne pas l'irriter quand il s'agissait avant tout de bien le comprendre. Vous avez dit que...

— Que sans les maladies dont toutes sont notre ouvrage, toutes, entendez-vous! sans les passions, sans les chagrins, sans

2*

les vices de notre société, qui se jettent, qui s'acharnent sur le corps de l'homme, là avec les griffes, là avec les dents, avec les serres, on ne saurait pas où finit la vie et où commence la mort.

— Cela me semble plus ou moins vrai... Il faudrait, à l'appui d'un tel système...

— De cette vérité, reprit vivement le chevalier De Profundis.

— Il faudrait des exemples.

— En voilà cent mille rangés autour de nous; sur ces cent mille morts, les uns illustres, les autres obscurs, les uns jeunes, les autres vieux, les uns nés dans des palais, les autres nés dans la rue, les uns ayant vécu dans l'abondance, les autres dans la misère; ceux-ci mêlés aux luttes politiques, ceux-là aux déchirements de la guerre; ceux-là célèbres par leurs succès dans les arts, ceux-là fameux par leurs crimes; celles-ci belles, charmantes, aimées; celles-là reines par l'intrigue, la coquetterie, l'inconstance. Cherchez encore, aidez-moi, cherchez! Mettez l'étiquette d'une vertu, d'un défaut, d'un vice, d'une passion sur chacun de ces corps glacés, et je vous dirai hardiment, nettement, irrévocablement, non pas seulement le jour de leur mort, comme font les marbriers, mais ce qui les a tués. Bref, il n'y a ici que des gens assassinés...

Ce fut le tour du jeune marquis de Saint-Luc de reculer.

— Assassinés, entendez-vous! Ah! vous croyez que la vie, cette étoffe délicate brodée par Dieu, comme le voile le plus pur derrière lequel il se cache, vous la froisserez, vous la foulerez dans vos mains, et qu'elle résistera, comme s'il l'avait faite aussi immortelle que l'âme? Vous croyez que l'enveloppe choisie entre toutes, celle qu'il a mis la moitié d'une éternité peut-être à remplir, à animer de son souffle, sera un corps inerte, sur lequel vous essaierez impunément, à chaque instant, le fer, le feu et le poison?

— Ainsi, vous croyez, demanda le marquis, que la plupart de ceux qui sont ici pourraient tout aussi bien ne pas y être, s'ils n'avaient pas vécu au milieu d'une société meurtrière qui les a tués tout d'un coup ou peu à peu?

— Si je le crois! mais je ne crois que cela.

Le marquis de Saint-Luc ne savait plus que penser

— Mais ce qui a été d'abord un principe chez moi, reprit le

chevalier De Profundis, est devenu une éclatante vérité pour mon esprit, comme je vous le disais tantôt, lorsque j'ai voulu savoir et que j'ai su ce qui avait amené la mort de ceux qui reposent ici ; et après m'être fait raconter un à un les événements qui ont assailli leur vie, ou les passions qui l'ont déchirée et enfin anéantie, je me suis curieusement penché sur chaque tombe comme on se penche sur un puits afin d'en voir le fond, et chaque fois j'ai relevé la tête...

— Avec effroi, dit le jeune marquis de Saint-Luc.

— Pas toujours, très-souvent avec un joyeux éclat de rire. C'est chose si délicate que la vie, comme je viens de vous le dire à l'instant, que tout ce qui l'effleure lui fait une blessure, et que toute blessure est presque mortelle. Or, combien de causes ne sont-elles pas comiques, burlesques, incroyables, dans le nombre de celles qui tuent par l'exagération, la vanité, la jalousie ! Un exemple entre mille. Dans cette tombe luxueuse de granit et de marbre que nous avons aperçue tantôt au dernier rond-point, est une dame étrangère, morte pour avoir mal prononcé, au milieu d'un salon, le nom d'une fleur. On rit de son erreur de prononciation, qui malheureusement avait un sens équivoque, la honte amena la douleur d'esprit, la douleur d'esprit la fièvre, la fièvre le délire, le délire la mort. Elle est là !

— Mais qui donc vous instruit si fidèlement des particularités de l'existence de ceux qui peuplent cette enceinte?

— Vous avez dit tantôt que j'étais immensément riche; c'est vrai. Eh bien ! au lieu de dépenser mes revenus à courir tristement le monde pour savoir de quelle manière on salue en Chine, et de quelle façon on apprête le riz en Tartarie, j'ai mieux aimé savoir ce qui se passe dans ce pays si difficile, si peu visité, si peu accessible qu'on nomme le cœur humain. Pour le connaître, il faut le juger par ses actions, de même qu'on ne juge bien une machine qu'après l'avoir vue fonctionner. Qui me dira les actions du cœur humain? me suis-je demandé. La tombe ! me suis-je répondu : parce que la tombe offre à la fois la cause et l'effet des actions les plus secrètes du cœur humain. On remonte de la victime au meurtrier par des échelons qui existent. Il s'agit seulement de les trouver.

— C'était là le difficile, interrompit le marquis de Saint-Luc.

— J'en conviens ; mais le gouvernement le peut, pourquoi un homme ne le pourrait-il pas ? D'ailleurs, comment le gouvernement arrive-t-il à cette connaissance ? Par l'emploi de sa police. J'aurai, comme lui, ma police. Je l'ai eue, je l'ai : seulement, le gouvernement s'occupe beaucoup plus de ce que font les vivants, que de savoir ce qu'ont été les morts. S'il savait, comme moi, à quel point les uns et les autres se tiennent ; combien de fils galvaniques lient la ville silencieuse où nous sommes à la ville incommensurable qui, dans quelques heures, va s'éveiller à nos pieds, le gouvernement se dirait peut-être, répétant le verset sublime de la Bible écrit sur les portes du Père-La-Chaise : *Les vivants sont ici!* Mais quelle est la police secrète, me demanderez-vous, que j'ai à mes ordres, à ma disposition ? Vous en avez vu une partie dans les gens qui étaient cette nuit à table chez le marchand de vin où vous avez failli être étranglé. Dispersés sur cette mappemonde qu'on appelle Paris, ils n'en reviennent jamais avec un convoi sans m'apporter quelque renseignement. Dès qu'ils conduisent ici un nouveau locataire, ils accourent me dire le nom de sa famille, sa maison, son intérieur. C'est mon point de départ. Il est étroit, mais il est certain. De là, je m'élance partout sur les traces laissées par celui qui les a faites, et de découverte en découverte, j'arrive presque toujours à cette claire démonstration : qu'il a été tué soit par l'ambition, soit par l'envie, soit par l'orgueil, soit par les procès, soit par l'injustice, soit par l'égoïsme, ou qu'il a dans les entrailles le poison qu'y a versé sa femme ou son héritier.

Enfin, j'arrive toujours invariablement à cette conclusion formelle, incontestable, terrible, fatale, que peu, infiniment peu de personnes meurent au terme voulu par la nature, terme que, rigoureusement parlant, personne ne sait.

— Oui, murmura le marquis de Saint-Luc, je comprends maintenant l'effroi que vous répandez autour de vous, aussi bien que je m'explique la pâleur de votre visage. Que vous devez savoir d'effrayantes choses ! Si vous écriviez vos mémoires...

— On n'y croirait pas.

— Après tout, vous craindriez peut-être qu'on ne prévît toujours le dénoûment de chacune de vos histoires, dénoûment qui serait la mort, une tombe?

— Ce n'est pas cette crainte qui m'arrêterait, car elle n est pas fondée. Le corps qu'on apporte ici est rarement, quoique victime, le personnage principal, intéressant de l'histoire dans laquelle il figure. Il a été, sans doute, de la mêlée, il a pris part au combat, il est tombé sur le champ de bataille, c'est vrai, mais non comme général ou capitaine, mais souvent comme simple soldat, comme éclaireur sans grade, sans importance. Je passe par-dessus lui pour arriver à l'état-major qui est bien loin de là et qui est le cœur de l'armée. Souvent celui qui n'est plus ouvre une action, entame un drame sublime, dont tous les acteurs sont vivants, et c'est ainsi avec ce mort, je le répète, que je prends les autres, ceux qui se cachent dans les plis du vaste océan de la vie, comme à la mer on prend, avec un lambeau de requin mort, les poissons qui nagent à toutes les profondeurs.

— Ainsi vous pourriez me dire l'histoire simple, touchante ou terrible de tous ceux qui sont ici ?

— De presque tous. Mais je ne vous en dirai que quelques-unes, car si j'en sais beaucoup plus que la justice humaine, je dois un peu imiter la justice divine, qui retient ses secrets.

— Chevalier, s'écria le jeune marquis de Saint-Luc, me permettrez-vous encore un doute ?

— Lequel ? celui que nul de ceux dont les restes nous entourent n'est entré ici sans violence ?

— Non pas ce doute, reprit monsieur de Saint-Luc, quoique j'aie encore à cet égard quelques objections à soulever.

— Mais alors, quel doute avez-vous ?

— Pardonnez-moi d'avance.

Le chevalier De Profundis tendit amicalement la main à monsieur de Saint-Luc.

— Je doute que vous puissiez au hasard me dire le secret de telle tombe que je vous désignerai ; car vous comprenez que si c'est vous qui la choisissez...

— Eh bien ! mon ami, indiquez-m'en une, répondit le chevalier De Profundis, et je vous convaincrai peut-être de l'erreur de votre doute.

Le marquis de Saint-Luc prit aussitôt le chevalier De Profundis sous le bras, l'engagea rapidement avec lui dans une allée, le poussa sans ralentir le pas dans une autre allée, et arrivés à un endroit touffu, au milieu d'une espèce de labyrinthe, placé au sommet du Père-La-Chaise, il lui dit en le faisant passer par la voûte d'un bosquet où se trouvait une seule tombe :

— Racontez-moi l'histoire de la personne couchée là, dans ce tombeau.

Ils entrèrent alors dans le bosquet. C'était assurément un des plus gracieux de l'endroit, quoiqu'il y en ait et en très-grand nombre de charmants. Il reproduisait, avec les baguettes d'osier et les fils de fer dorés dont il était tressé, la forme du joli tombeau qu'il recouvrait. Il en était l'écrin végétal. L'été devait le rendre encore plus coquet lorsque les clématites, les roses, les volubilis et les fleurs rares dont on devait infailliblement l'orner, couraient dans les petits losanges d'or du treillage. Il n'y avait de vert, au moment où le chevalier De Profundis et le marquis de Saint-Luc y entrèrent, que les deux mélèzes placés à l'entrée, et les quatre cèdres nains plantés à chacun des angles du tombeau, lequel, pour le dire ici, était trop peu remarquable pour que le chevalier sût facilement l'histoire de la personne scellée sous son couvercle, mais assez beau cependant pour ne pas éveiller le souvenir de quelque existence élevée.

On lisait sur la face principale de l'urne funéraire posée sur la tombe :

Ici repose,
Et là-haut existe,
Sous
L'œil de Dieu et dans les bras des anges,
Ses frères,
Lady Flavy Glenmour,
Comtesse de Wisby,
De
Pennmore et de Glendaloug;
Jeune fille, elle fut dévouée;
Femme, elle fut digne
Du nom
De son mari, lord Glenmour,
Si le charme de sa beauté
Fut incomparable
Sur la terre,
Si elle fut surnommée la perle du lac

Par ses compagnes,

Et

Si ces qualités périssables

Se sont évanouies

Comme

Le brouillard du matin

Aux

Rayons du soleil,

Sa douceur, sa piété,

Sa sagesse,

Ne passeront pas, tant qu'il y aura

Du respect dans le monde

Pour

Les nobles et belles âmes,

⁓

Morte à dix-huit ans, mon Dieu!

—

Flavy! Flavy! la moitié de ton cœur,

Ton mari,

Te dit adieu dans le présent,

Et au revoir

Dans l'éternité.

Farewell, adieu! Farewell, adieu!

—

— Je vous écoute, chevalier, dit le marquis de Saint-Luc.

— Avant de vous dire l'histoire de la personne dont le nom est gravé sur ce marbre, permettez-moi de vous faire remarquer à l'un et à l'autre côté de son tombeau, et cachées sous l'herbe, deux petites plaques de granit rose qui recouvrent, l'un le corps d'un jeune homme, l'autre celui d'une jeune fille. Regardez.

— En effet, dit le marquis de Saint-Luc en se baissant et en écartant les herbes, elles sont presque invisibles. Pourquoi sont-elles là?

— Ces trois tombes ne sont qu'une même histoire. Quant à celle-ci, reprit le chevalier De Profundis en sortant une clef de sa poche et en heurtant le couvercle de la tombe en marbre

blanc, dont ils venaient de lire la longue et affectueuse inscription, quant à celle-ci, elle ne renferme personne.

— Personne! dites-vous, chevalier? Ce tombeau serait vide?

— Il l'a toujours été.

— Mais lady Glenmour, comtesse de Wisby?

— Elle n'y est pas.

— Quoi! elle n'a donc jamais été déposée dans cette tombe

— Elle y a passé une nuit

— Et elle était vivante?

— Vivante!

— Vous me faites frémir..

— Écoutez.

FIN DU PROLOGUE.

Maracaïbo.

Le chevalier De Profundis commença ainsi :

Une après-midi d'automne, il y a déjà quelques années, et
une heure avant le coucher du soleil, les personnes qui traver-
saient les bois délicieux de Ville-d'Avray, pouvaient entendre
une voix qui criait derrière le mur d'un parc : Descendez donc,
Tancrède! mais descendez donc! je vous en prie : vous allez
tomber.

C'étaient ensuite des éclats de rire sortis d'une poitrine plus
mâle, qui se mêlaient à cet ordre sans cesse répété et fort peu obéi.

Hors des murs de ce parc, qui entouraient une propriété magnifique, des paysans s'étaient amassés et attendaient avec curiosité le résultat d'un événement fort simple, et qui pourtant
faillit devenir tragique.

Un gros singe (jugez de la valeur de l'événement) s'était
échappé du château pour aller se percher sur un des plus hauts
et des plus vieux marronniers plantés devant la grille d'entrée,

et grimpait malicieusement de branche en branche, a mesure
que le jeune homme lancé à sa poursuite cherchait à l'attraper.
Il montait, il montait toujours ; il avait déjà gagné assez de hauteur pour que les curieux, amassés devant la grille, le vissent
aussi bien que les habitants du château. La voix qui avait invité
Tancrède à ne pas aller plus loin et à descendre, était, on le
devinait à la fraîcheur de l'organe, celle d'une très-jeune femme.
Mais Tancrède mettait de l'amour-propre à mener à bonne fin
son expédition aérienne : il affrontait, avec une intrépidité vraiment alarmante, les rameaux les plus déliés pour s'emparer de
l'orang-outang, car l'animal appartenait à cette famille de singes.
Pour comble de raillerie, celui-ci se mit à siffler et à ricaner, en
s'élevant encore plus haut. Maracaïbo était dans ses jours de folie.

Tout à coup une pierre lancée du chemin effleura le singe,
qui n'en tint pas compte ; au contraire, il grimaça de plus belle.
A l'instant, d'autres pierres assaillirent l'arbre comme une grêle ;
le feuillage fut déchiré, des branches cassèrent. Malheureusement, Tancrède offrant plus de surface que le malicieux orang-
outang, c'est lui qui reçut en plein la bordée, insulte à laquelle
le bouillant jeune homme crut devoir répondre avec les projec-
tiles dont il disposait, c'est-à-dire avec les fruits du marronnier.
Il en arracha avec colère le plus qu'il put, et il les lança sur la
tête de ses nombreux adversaires. De son côté, l'orang-outang
ne voulant pas demeurer en reste, imita Tancrède et fit pleuvoir
des marrons d'Inde.

Cela devint bientôt un combat acharné des deux parts. Pierres
et marrons d'Inde obscurcissaient l'air, et, à travers le bruit de
l'action, on distinguait toujours les cris stridents de Maracaïbo,
la voix de la jeune femme qui disait avec plus d'instance : Mais
descendez donc, Tancrède ! et les rires joyeux de l'homme qui
était avec elle de l'autre côté du mur.

Cependant le moment vint où la cime de l'arbre étant entièrement dépouillée par le choc violent et répété des pierres,
Tancrède fut exposé à un danger sérieux. Chaque coup de pierre
l'atteignait ; ses mains étaient en sang, ses habits déchirés. Il n'en
persistait pas moins avec héroïsme à ne pas céder ; et jusqu'à ce
qu'il eût saisi l'orang-outang, il voulut rester exposé aux bru-
talités des paysans. Lorsqu'après bien des efforts il s'en fut em-

paré, il opéra sa retraite avec calme, s'arrêtant de temps en temps pour braver ses adversaires, et donner le temps à Maracaïbo de les narguer, ce dont il s'acquittait avec le talent particulier à ceux de son espèce.

Tant que Tancrède ne serait pas abrité par le mur, il ne devait pas croire sa victoire complète, et l'événement le lui prouva. Se rapprochant de plus en plus de ses ennemis à mesure qu'il descendait, il fut bientôt presque au milieu d'eux lorsqu'il arriva enfin à la crête même du mur. Avec un peu moins d'entêtement, il se fût promptement délivré de leurs atteintes en se plaçant derrière cet abri; mais il considéra cette manœuvre comme une lâcheté. Debout sur le dos du mur, et l'orang-outang effrontément posé sur son épaule, il défia les paysans qui l'avaient provoqué, battu, ensanglanté. Il faut croire qu'il se permit contre eux, troupe irascible, quelques manifestations outrageuses, car ils lui lancèrent, outre des poignées de sable et de cailloux, les bâtons noueux qu'il avaient à la main. Tancrède était furieux. Ses cheveux blonds, mouillés de sueur, se hérissaient sur son front en colère; ses yeux bleus de mer, pétillaient, flamboyaient; sa bouche menaçante apostrophait ses ennemis, qu'il accusait de se mettre cent contre un, et de la seule main qu'il eût de libre, car il tenait Maracaïbo de l'autre, il démolissait le mur qu'il jetait par poignées au visage des paysans. Le col de sa chemise, trempé par l'eau qui ruisselait, qui descendait de ses joues empourprées, pendait en lambeaux; et l'on voyait sa poitrine imberbe palpiter d'émotion.

Ni Bayard, ni Byron, ces deux illustres mutins, n'offrirent jamais, dans leur enfance colère, plus d'énergie, de résistance et d'intrépidité. Il serait mort à cette place, si la grille ne se fût alors ouverte, et si une jeune dame, fort pâle et fort émue, enveloppée d'un cachemire blanc, n'eût couru vers cette multitude en criant : « Eh! messieurs, prenez donc garde! c'est un enfant que vous allez tuer. » Et se tournant vers Tancrède, elle lui dit d'un ton sévère : « Je vous ai déjà dit de descendre, monsieur; descendez! »

— Oui, madame, répondit Tancrède, qui, interprétant à l'avantage de son obstination et de sa témérité l'injonction qu'il avait reçue, sauta non dans le parc, mais à pieds joints, avec

Maracaïbo, sur le chemin même et au milieu des paysans irrités.

Le singe malin et furieux, se jeta aussitôt sur tous les bonnets des paysans, les arracha, les dispersa, les jeta en l'air, en sifflant, en grimaçant, en ricanant, en piétinant.

La jeune dame allait se trouver impuissante contre ce nouvel outrage, dont les résultats étaient incalculables, lorsque la personne qu'on avait, tout le temps de la bataille, entendu rire derrière le mur du parc, arriva à pas lents, prit Tancrède par le coude, et le ramena presque de force au château, où celui-ci rentra à la fois vaincu et triomphant. La grille se referma sur les trois acteurs de cette petite scène, et peu après les paysans et les bûcherons, que la nuit allait surprendre, s'en allèrent par les divers sentiers du bois, se demandant comment en France le gouvernement pouvait permettre aux gens d'avoir chez eux des singes si dangereux qu'ils se défendaient quand on les attaquait.

— Êtes-vous fou, dit la jeune lady Glenmour à Tancrède, quand ils furent arrivés devant le château, de vous exposer ainsi à vous faire fendre la tête pour la gloire d'attraper un singe?

— Milady, répondit Tancrède, ce singe est à vous, et c'est votre bien que j'ai défendu et que je défendrai toujours avec ce zèle.

— Que ferez-vous donc lorsqu'il s'agira pour vous de défendre le pavillon anglais, — quand vous serez capitaine?

— Je ne ferai rien de plus, madame, et je sauverai le drapeau comme j'ai sauvé cet orang-outang.

— Tancrède, vous êtes un enfant : allez dans votre chambre, et priez le docteur Patrick de visiter vos blessures; j'espère qu'elles ne sont pas graves.

— Avec la permission de milord et de milady, reprit Tancrède, je ne consulterai pas le docteur Patrick, mais je me laverai le visage avec un peu d'eau, de poudre à canon et de vinaigre.

— Comme il vous plaira, dit lord Glenmour, en offrant le bras à sa femme pour rentrer au château et passer dans le salon qui s'ouvrait sur le parc.

Tancrède s'en alla d'un autre côté.

Cette scène avait visiblement affecté les nerfs délicats de lady Glenmour, car elle ne fut pas plutôt entrée au salon qu'elle se laissa tomber dans un fauteuil et qu'elle demanda de l'air. Son mari se hâta de pousser le fauteuil près d'une porte-croisée.

— Vous trouvez-vous mieux, milady? lui demanda-t-il au bout de quelques minutes de silence. Voyez comme le parc est beau ce soir. Nous n'avons pas joui depuis longtemps d'une aussi douce soirée.

— Je suis mieux, répondit lady Glenmour, en soulevant à peine ses paupières chargées de langueur. En effet, la soirée est magnifique. Oui, le parc est beau... Mais Richemond! mais Windsor!... Oh! pardon, milord.

— Vous y songez toujours? C'est le ciel pour vous, reprit lord Glenmour.

— J'oublierai ces splendides demeures si vous le voulez.

— Je ne veux que votre bonheur, milady. Puissé-je un jour réaliser cette prétention! Je prévois que cela sera difficile.

— Pourquoi cela, milord? demanda lady Glenmour, en appelant du bout de son gant Griff-Graff, son épagneul, admirable king-charle's qui sortit d'une corbeille de satin pour obéir aux ordres de sa maîtresse.

— Comment vous rendre les royales distractions auxquelles vous vous livriez auprès de la souveraine dont vous partagiez les goûts et presque l'autorité? Le mariage le plus heureux a des ressources trop bornées pour rendre à la comtesse de Wisby, demoiselle d'honneur de la reine, les plaisirs qu'elle goûtait dans ce haut rang, mais qu'il faut bien un jour quitter quand on n'épouse pas tout à fait un souverain.

On sent l'ironie qui perçait sous le velours de ce langage.

— Et qu'on quitte sans regret, milord, quand on a l'honneur de devenir votre femme.

Le king-charle's sauta sur les genoux de sa maîtresse.

— Vous êtes trop indulgente, mais j'espère que cette indulgence ressemblera un peu plus à la vérité dans quelques années. Six mois de mariage ne sont qu'un essai plus ou moins heureux de ce que peut un mari, jaloux d'occuper le cœur de sa femme.

— Cet essai, milord, suffit amplement, croyez-moi.

— Si vous voulez que je vous croie, madame, dit lord Glenmour, en prenant respectueusement la main de sa femme, ne répétez pas votre éloge, je m'en sens trop indigne.

Milady sourit, mais d'une manière si ambiguë, qu'il eût été impossible de dire si elle était ou non de l'avis de son mari.

Lord Glenmour se leva ensuite, alla vers une des croisées latérales du salon et l'ouvrit.

— Regardez, milady.

De cette croisée on apercevait la grande pièce d'eau.

Lady Glenmour poussa un léger cri d'étonnement.

— Le yacht de la reine!

— Il est exactement semblable à celui de la reine, dit lord Glenmour, en montrant à sa femme un petit bâtiment d'une élégance et d'une légèreté exquises, doré comme un trône, chamarré de sculptures, construit en forme de cygne et armé de six canons de bronze.

Lord Glenmour agita son mouchoir, et à l'instant même le yacht glissa sur ses roues; la fumée sortit du tuyau, et il parcourut en tous sens la pièce d'eau, en faisant feu de ses petits sabords. Les matelots criaient du haut de leurs vergues : « Vive lady Glenmour, comtesse de Wisby! » Le capitaine du yacht, c'était le jeune Tancrède, qui, ayant déjà oublié ses blessures, saluait avec son chapeau sa souveraine bien-aimée.

— C'est charmant! dit lentement lady Glenmour en cessant tout à coup de regarder cette merveille; et comme si elle fût fatiguée de la voir, elle reprit son attitude froide et dédaigneuse.

— Ce n'est que la politesse d'un capitaine de frégate, reprit Glenmour. Mais pendant mon absence, elle vous aidera à penser à moi; vous vous promènerez quelquefois sur l'eau.

— Vous comptez donc toujours partir?

— Oui, milady. Ma permission expire bientôt. Pour obtenir une prolongation de congé, je suis obligé d'aller à Londres, soumettre ma demande à l'amirauté! elle l'exige. Je partirai cette nuit.

— Vous irez sans doute à la cour?

— Présenter vos hommages et les miens à la souveraine, et remettre vos lettres de bon souvenir aux amies que vous y avez

Vous ne me demandez pas à m'accompagner?...

— Je sais, milord, que vous me refuseriez.

— Cependant... milady...

— Je prierais, que vous refuseriez encore.

— Vous, prier ! Vous ordonnez ici.

— Pourvu que je n'ordonne pas de quitter ce château que j'ai pour prison.

Feignant de n'avoir pas entendu, lord Glenmour sonna et fit un signe au valet de chambre qui se présenta. Celui-ci comprit et se retira aussitôt.

— Pendant mon absence, que ferez-vous, milady ?

— Je penserai à votre retour, répondit froidement lady Glenmour.

— Qui sera prompt, je l'espère.

— Personne ne le souhaite plus que moi.

Lord Glenmour baisa avec respect la main de sa femme.

Un bruit se fit entendre tout à coup sur la pelouse, et à l'instant un cheval d'une beauté rare, d'un noir éblouissant, parut, conduit par un domestique indien. C'était un cheval nedji de la plus incontestable légitimité. Il était fin et souple comme l'acier, mais d'une impatience, d'une vivacité terribles. Jamais ses quatre pieds ne touchaient à la fois la terre qui semblait être du feu pour lui, tant il bondissait, caracolait, décrivait des écarts et se soulevait en suspendant à son mors le domestique effrayé, qui ne se tirait pas toujours heureusement de ses violentes secousses. Nul n'avait encore osé le monter, pas même lord Glenmour, un des plus renommés cavaliers de l'Angleterre. L'âge seul et une longue résidence dans nos climats humides parviendraient peut-être à le dompter. Nedji, car on lui avait donné le nom de son espèce si recherchée, était, comme tous les phénomènes, plus propre à briller qu'à servir.

— Mais on dirait, s'écria lady Glenmour, que c'est un des trois chevaux envoyés à la reine d'Angleterre par le pacha d'Aden ?

— C'est un de ces trois chevaux, milady.

— Vraiment ! et comment l'avez-vous eu ?

— Le groom de la reine a dit qu'il s'était échappé de l'écurie et qu'on ne l'avait plus retrouvé. Pendant qu'il faisait ce mensonge...

— Que vous devez avoir acheté très-cher...

— Comme tous les mensonges. Il n'y a que la vérité qu'on a pour rien.

Pendant qu'il faisait ce mensonge, on embarquait au milieu de la nuit le cheval Nedji sur la Tamise, et il voguait ensuite vers le Havre.

— Voilà une galanterie...

— Vous plaît-elle ? c'est l'essentiel.

— Comme tout ce qui vient de vous, milord, répondit lady Glenmour avec la même impassibilité polie qu'elle avait montrée jusque-là. Mais, reprit-elle en arrangeant les plis de sa robe de soie grise, vous ne m'avez pas encore dit, milord, pourquoi vous ne vouliez pas m'emmener avec vous à Londres.

Lord Glenmour avait cru ne plus voir revenir la même question.

— Votre santé, milady ?

— Ma santé... mais je ne suis pas malade, et je ne sache pas que jamais l'air natal ait nui à personne.

— Le voyage...

— Trente-six heures de voyage... pour la femme d'un capitaine de frégate. En vérité, vos raisons...

— La lune de miel qu'il est d'usage de passer hors de l'Angleterre...

— Combien de quartiers ont donc vos lunes, milord ? Voilà six mois que nous sommes mariés, car nous sommes bien mariés...

— Le doute de votre part...

— Est des plus impossibles, milord, pour moi surtout, puisque pour devenir votre femme, j'ai dû vous enlever sur la route de Brighton et vous emmener avec moi en France, où vous avez eu la loyauté de m'épouser.

Le sourire moqueur qui accompagna cette dernière phrase fit brusquement lever de sa place lord Glenmour.

— Milady... cette plaisanterie...

— Ce n'est pas une plaisanterie...

Le capitaine Glenmour fit quelques pas dans le salon afin de dissimuler son trouble.

— Que voulez-vous dire, milady ? car... je ne devine pas le sens de cette énigme...

— Mon Dieu ! ce n'est pas une énigme ; c'est un article de journal...

— Un journal !

— Celui de la cour, où tout est officiel.

— Jusqu'au mensonge, répliqua lord Glenmour, qui prévoyait vaguement quelque terrible attaque.

— Voyez plutôt, milord, ajouta la comtesse sans affecter plus d'émotion qu'elle n'en avait montré depuis le commencement de cet entretien. Elle se leva à son tour, alla avec son king-charle's endormi sur le bras à sa table à ouvrage, et prit dans un tiroir un numéro du journal de la cour qu'elle remit à son mari : — Lisez, milord... c'est là... à cette page...

Cachant son désappointement, lord Glenmour lut avec un calme horriblement forcé, la page désignée.

Pendant ce temps, lady Glenmour regarda dans la petite glace enchâssée derrière la boîte de sa montre, si sa coiffure du soir n'avait souffert aucune altération

---

La Société des Dangereux.

Lady Flavy Glenmour était une des plus belles et des plus jolies femmes de l'Angleterre, et on le croira sans peine si l'on veut se souvenir que les reines d'Angleterre ont pour habitude de s'entourer (surtout quand elles ne sont pas encore mariées) des demoiselles les plus distinguées de leur royaume par la naissance et la beauté. C'est le choix dans le choix. Lady Glenmour, brune comme une Vénitienne du Véronèse, avait des cheveux d'un noir doux et onctueux, couronnant son front de comtesse et descendant en grappes sur ses joues de dix-huit ans. Son regard long et fier se perdait quelquefois dans une magnifique indifférence ; moins qu'une reine, plus qu'une femme, elle brillait à travers une sphère d'idéale grandeur. La supériorité du sang, qui ne peut pas plus se nier que la conscience et l'honneur dans l'ordre moral, éclatait dans la perfection exquise de son profil. Il résumait toute la noblesse de ses aïeules. L'œil qui l'admirait volait quelque chose à la sensualité du tact en posant son rayon sur ces lèvres d'un rose chaud et vaporeux. Son cou ondoyant, ses épaules, ses bras étaient si fermes et si éclatants de jeunesse, que la soie et la dentelle qui les touchaient semblaient avoir une âme et les caresser de leur contact, de leurs plis et de leurs couleurs. Lady Glenmour était grande, belle, mais sans cet excès de majesté qui tue le désir, qui donne trop au respect pour ne pas ôter à la grâce. Par une illusion, par un prestige qui ne s'expriment pas avec les mots beaucoup trop exacts de la langue parlée, on éprouvait, en voyant sa poitrine blanche et demi-voilée, l'émotion suave et chaste que fait naître une corbeille pleine de fruits et de fleurs qu'on vient de cueillir. Ce qui aurait donné un prix extraordinaire à tant de charmes, c'eût été l'éclair de la passion courant dans ces cheveux, éclatant dans ces yeux, circulant dans ces veines, s'allumant sur ces lèvres, faisant battre ce cœur de dix-huit ans. Malheureusement, ou heureusement peut-être, lady Glenmour n'était jusqu'ici qu'une belle statue de rose et d'ébène, que Pygmalion avait animée, mais sur le front de laquelle il avait oublié de déposer le baiser mystérieux. La Galathée anglaise marchait, elle respirait, elle parlait, mais elle ne vivait pas, car elle n'aimait pas.

L'absence de cette passion donnait peut-être à son corps la langueur dont il semblait frappé comme d'une maladie mortelle. Lady Glenmour, avec cette vive exubérance, toute de jeunesse et de santé, ne marchait presque pas; si elle sortait à pied, c'était pour aller jusqu'aux premiers gradins gazonnés du parc, qui commençait au delà de la pelouse, c'est-à-dire à trois cents pas environ du château. Assise dans son fauteuil, elle lisait pendant les heures du jour où elle ne recevait pas, ou bien elle faisait de la musique à son piano. Son plaisir... elle ne paraissait avoir aucun plaisir, pas même celui de se savoir belle, admirée; grand avantage qu'ont les femmes sur les hommes qui ne sont pas femmes.

L'article du journal de la cour était ainsi conçu :

« Un membre de la fameuse affiliation des *Dangereux* vient
» d'être enlevé sur la route de Brighton à Londres par la belle
» comtesse de Wisby, aujourd'hui lady Glenmour. On ne croi-
» rait pas à un pareil événement si l'on ne savait les prodigieux

» succès de ces messieurs. Du reste, un bon mariage contracté
» à Calais dans la chapelle protestante a ratifié et fait pardonner
» cette folie romanesque d'une des plus nobles et des plus jo-
» lies demoiselles d'honneur de la reine. »

Quand lord Glenmour eut achevé cet article, il dit en rendant le journal à sa femme :

— On ne peut empêcher les journaux de dire ce qu'ils veulent.

— Milord, il ne s'agit pas, s'il vous plaît, de la moralité des journaux, mais de la mienne. Vous ai-je enlevé? demanda-t-elle d'un ton qui confondit lord Glenmour. Je tiens à le savoir.

— Non, milady... vous le savez bien...

— Mais alors?...

— Une pareille absurdité ne se réfute pas...

— Cependant, milord, tout n'est pas absurde dans cet article...

— Tout !...

— Non, milord, répliqua lady Glenmour.

— Votre assurance...

— Ne faites-vous pas partie de la fameuse société ?

— De quelle société ?

— De celle que cite le journal de la cour, de la fameuse société des *Dangereux*.

— Moi ?

— Vous-même...

— C'est le journal qui le dit.

— C'est moi, milord, qui l'affirme.

— Qui a pu vous dire ?...

— Écoutez-moi, milord. Un soir, j'étais du cercle de la reine, vous y vîntes présenté par votre amiral : on dansa ; deux fois vous m'offrîtes d'être mon cavalier. En reprenant ma place, je lus, écrits au crayon sur la monture d'ivoire de mon éventail, ces mots : « Prenez-garde! comtesse Wisby, l'homme avec lequel vous avez déjà dansé deux fois est un *Dangereux*. »

— Quelle folie ! dit sans trop savoir ce qu'il disait lord Glenmour, occupé à tordre sourdement, avec rage, dans le fond de son gousset, une chaîne d'or d'un travail précieux qu'il avait projeté de donner comme un troisième cadeau à sa femme.

— M'a-t-on trompée ? Votre parole de marin ?

— Non... milady !... Mais quel rapport y a-t-il entre mon

voyage à Londres et mon affiliation à ce club d'hommes de plaisir, d'élégance et de luxe?

— Et d'intrigues galantes, ajouta lady Glenmour. Mais écoutez-moi encore, milord. Le surlendemain, je voulus savoir ce que c'était que cette étrange société...

— Et l'on vous a appris?... demanda avec une fausse indifférence lord Glenmour.

— Ceci, milord ; que vous formiez une association de trente membres; que pour faire partie de cette association quand se présentait une vacance, il fallait d'abord prouver qu'on était noble au moins depuis deux siècles. Est-ce exact, milord ?

— C'est exact, milady... Qui donc a pu faire mettre cette nouvelle dans le journal de la cour? pensa lord Glenmour.

— Jouir de deux cent mille francs de rente et n'avoir ni moins de dix-huit ans ni plus de trente... Est-ce vrai ?

— Oui, milady... et c'est tout... Revenons à mon départ.

— Ce n'est pas tout, reprit lady Glenmour. Il faut encore, pour être admis dans cette société, avoir eu deux duels... être brave enfin, et passer dans l'opinion publique pour l'un des hommes les plus séduisants de l'Angleterre.

— Cette dernière clause n'est pas de rigueur, milady, puisque vous voulez que j'aie fait partie de cette association...

— Et dont vous faites encore partie...

— Non, milady, et vous allez savoir pourquoi...

— Auparavant, permettez-moi d'achever, interrompit lady Glenmour, sans rien perdre de son flegme superbe. Son but est celui-ci...

— Ah ! vous savez aussi le but de cette association... dit lord Glenmour mis à la plus cruelle des tortures, et cassant par petits morceaux la chaîne d'or qu'il avait dans le gousset.

— Que saurais-je sans cela ?

— Vous avez été bien instruite...

— Parfaitement, milord ; le but de cette association, le voici: chaque associé doit exercer une séduction si impérieuse sur le cœur des femmes, qu'il faut qu'elles avouent leur amour les premières ; au contraire, je crois, de ce qui s'est passé jusqu'ici. Il est défendu de triompher à moins. Ils ne doivent jamais dire qu'ils aiment, mais si fort se rendre aimables, irrésistibles, ou

par leur beauté, ou par leur éloquence, ou par leur esprit, ou
par leur adresse, ou par leur subtilité et leur connaissance du
cœur des femmes, qu'aucune d'elles ne puisse échapper à leur
domination. Celui qui déroge à ces conditions, qui réussit par
d'autres moyens, est déclaré traître à l'ordre et exposé à toutes
les vengeances de ses confrères, qui sont nécessairement très-
puissants, puisqu'ils sont pris dans les hautes classes de la société anglaise, jeunes pairs, jeunes membres du parlement, jeunes officiers supérieurs dans l'armée de terre et de mer...

— Vous voyez encore, dit lord Glenmour, que cette condition
de ne réussir qu'avec les moyens difficiles, énumérés par vous,
n'est pas toujours imposée aux membres de cette association,
puisque de nous deux, milady, c'est moi qui ai été bien for-
mellement le premier à vous dire que je vous aimais...

— Vous avez voulu m'épargner, milord, au risque d'avoir
pour ennemis mortels tous les membres du club des *Dangereux*.

Ce trait parti comme naturellement des lèvres aristocratiques
de l'admirable lady Glenmour, alla droit au cœur de son mari,
et y vibra si longtemps, qu'il en demeura presque anéanti.

— Voilà, reprit-elle avec son calme inaltérable, l'esprit et le
but de l'association des *Dangereux*. Et compte-t-elle beaucoup
de triomphes, demanda-t-elle, outre le vôtre ?

— Oui, milady.

On devine comment dut être prononcé ce oui... La chaîne
d'or était hachée en vingt morceaux.

— On dit que le jeune lord Dixon a remporté de belles
victoires sur notre sexe ?

— On le dit, milady.

— Que le marquis de Wallace...

— Aussi, milady.

— Et que le comte de Madoc...

— C'est le plus terrible de tous.

— Le plus séduisant, vous voulez dire.

— Je l'entends ainsi, milady, reprit lord Glenmour, qui
avait changé de couleur quand sa femme avait prononcé au
hasard, entre vingt autres, le nom du comte de Madoc.

— Qu'a-t-il fait de si extraordinaire, dites-moi, je vous en
prie, dans ce genre de conquêtes ?

— Tout ce qu'il a voulu, je vous assure ; et vous savez, madame, qu'on n'est jamais fat sur le compte d'autrui...

— Ainsi vous croyez, milord, que s'il l'eût voulu, il aurait pu triompher de lady Bray, si belle, mais si sévère ?

— Oui, milady, répondit Glenmour, accablé et troublé à la fois de la durée de ce réquisitoire fait froidement, et que venait encore assombrir le nom du comte de Madoc.

— Et qu'il serait pareillement vainqueur de la fierté de lady Halley?

— J'en suis sûr, répondit plus rapidement encore lord Glenmour, pressé d'en finir avec le supplice qu'il endurait.

— C'est donc un Adonis, un Richelieu, un Lovelace, que ce comte de Madoc? Dépeignez-le-moi, je vous prie... demanda avec quelque animation lady Glenmour.

— Je n'ai aucun talent, milady, pour ces sortes de descriptions pittoresques...

— Son caractère du moins ?...

— Le comte de Madoc, madame, est d'un caractère fort doux, très-réservé, très-digne ; c'est une nature fine, tranquille, froide.

— Je ne l'aurais jamais cru... mais alors vous avez quelque ressemblance avec lui?...

— Sur ce point... peut-être, répondit lord Glenmour qui finissait de réduire en poussière la chaîne d'or renfermée dans son gousset.

— Est-il gai?...

— Très-sérieux, au contraire.

— Cause-t-il avec esprit?

— Oui, madame, mais il cause très-peu.

— Mais comment séduit-il alors?

— C'est son secret, madame... et non le mien...

— Vous avez raison...

— Après tout, milady, reprit lord Glenmour, cherchant à clore le propos de quelque manière que ce fût, il ne faut pas que les gentilshommes qui font partie de club se trompent souvent, car celui qui échoue une fois n'en est plus membre.

— Et avez-vous beaucoup renvoyé de membres jusqu'ici?

— Aucun.

— Vous m'effrayez, milord.

—- Pour qui?

— Pour vous... Qui me dit que vous n'irez pas encore exercer votre pouvoir fascinateur?

— Tantôt, quand vous m'avez interrompu, j'allais vous dire...

— Quoi, milord?

— Que tout membre qui se marie avant trente ans...

— Est mis à mort?

— Non, madame; mais il cesse de faire partie de l'association des *Dangereux*. Ainsi j'en suis naturellement exclu maintenant...

— Vous me rassurez un peu, milord, et vous me donnez l'explication de votre singulier refus de m'emmener à Londres avec vous. Cette explication, la voici...

Mais la phrase de lady Glenmour resta suspendue : la porte du salon s'ouvrait.

C'était la charmante Paquerette qui, selon l'usage, apportait, sur un plateau de cristal de Bohême, les deux glaces qu'elle avait l'habitude d'offrir chaque soir à lord Glenmour et à sa femme.

Madame prit le verre où était sa glace, et Paquerette alla ensuite présenter le plateau à lord Glenmour.

La jeune femme de chambre que lady Glenmour elle-même avait appelée Paquerette, à cause de sa grâce virginale et de la pureté toute villageoise de son visage, était la fille d'un habitant du pays de Galles, où la comtesse avait été nourrie. Paquerette, fort triste depuis quelque temps, était si émue ce soir-là, qu'elle ne s'aperçut pas de l'accident que sa distraction venait de causer.

— Qu'avez-vous donc, Paquerette? lui demanda lord Glenmour.

— Moi, milord?...

— Vous ne remarquez pas qu'il n'y a plus rien dans ce verre? La glace est tombée sur le plateau, tant vous l'avez maladroitement porté.

— Oh! pardon, milord.

— Remportez cela, mon enfant.

— Milord, excusez-moi, une autre fois... –

— C'est bien...

Paquerette s'en alla rouge et pâle à la fois comme une cerise anglaise, en tenant toujours collée entre le plateau de cristal et sa main qui la soutenait, une lettre qu'elle avait projeté de remettre à lord Glenmour, et d'où venait toute sa distraction.

Dès qu'elle fut sortie, Paquerette reprit la lettre de dessous le plateau, et en la glissant dans la poche de son tablier de satin rose, elle dit en soupirant : — Allons, je n'aurai pas ce courage... pourtant, mon Dieu !...

Paquerette descendit ensuite l'escalier voûté qui menait aux cuisines du château et au jardin.

— Je vous disais, milord, reprit imperturbablement lady Glenmour, que j'avais la clef de votre refus de me conduire à Londres avec vous. Oui, vous avez fait croire aux membres du club que je vous avais enlevé sur le chemin de Londres à Brighton, et vous craignez naturellement que je donne un léger démenti à cette invention... Eh bien ! milord, je sauverai votre cher amour-propre... aux dépens du mien... soit, je veux bien passer pour vous avoir enlevé... mais c'est à la condition que vous m'emmènerez à Londres avec vous.

— Milady, répondit avec un pénible effort lord Glenmour, vous avez été bien instruite, je ne le nie pas. La cour a une police qui ne la trompe jamais. Je vous jure seulement que je ne suis pour rien dans l'article mensonger du journal de la cour.

— Je vous crois, milord... mais j'irai à Londres...

— Je ne devine pas quelle personne amie ou ennemie a pu chercher, dans un intérêt quelconque, à présenter mon mariage comme la suite d'un enlèvement pratiqué sur ma personne.

— Je vous crois, milord... mais...

— S'il m'est impossible de vous emmener avec moi à Londres, ce n'est pas de peur que vous démentiez ce fait bizarre, inventé à plaisir ; mais n'y allant que pour obtenir une prolongation de congé... afin de pouvoir rester plus longtemps près de vous...

— Enfin, vous ne voulez pas, je le vois, que je vous accompagne à Londres... Eh bien ! milord, je resterai, dit lady Glenmour avec une résignation qui allait presque jusqu'au contentement. Et combien serez-vous de temps absent ? demanda-t-elle avec la même indifférence glacée.

— Je l'ignore, milady ; cela dépendra de l'amirauté, lui répondit lord Glenmour avec la même impassibilité, en la saluant et en se dirigeant vers la porte de son cabinet.

— Milord n'oublie pas que c'est aujourd'hui samedi, et que je reçois ce soir.

— Non, milady, répondit lord Glenmour, en répétant plus froidement encore son salut.

La double porte du salon se ferma.

Lady Glenmour posa la main sur son cœur, laissa tomber sa tête sur sa poitrine émue, et dit avec un affreux désenchantement ce qu'elle s'était dit fort souvent déjà :

— Mon Dieu ! oh ! mon Dieu ! c'est donc cela le mariage !

A ce point de la narration, le chevalier De Profundis s'arrêta et dit au jeune marquis de Saint-Luc, dont l'attention se partageait depuis quelques minutes entre l'histoire qu'il écoutait et une petite lumière qui, sortie de la petite chapelle d'un tombeau, parvenait jusqu'à eux :

— Cette lueur vous inquiète... Vous voudriez savoir...

— Vous avez deviné mes préoccupations, monsieur le chevalier. Si, sans trop interrompre votre récit, vous pouviez m'apprendre quelle pieuse douleur a allumé cette lampe funéraire... Ce doit être bien triste...

— Bien triste et bien bouffon à la fois...

— Bouffon ! Comment cela ?

— Bouffon à cause de la personne scellée dans cette tombe somptueuse et à cause de la personne qui l'a élevée.

— C'est sans doute une femme qui a pris le soin de la faire construire et de l'éclairer de cette lampe constamment entretenue ?

— Vous avez deviné.

— Une femme qui pleure son amant, n'est-ce pas ?

— Vous avez encore deviné.

— Mais en quoi alors, chevalier, cela peut-il être bouffon ?

— Vous le saurez comme moi, si vous voulez permettre que je continue mon premier récit. L'histoire que je racontais et celle que vous désirez savoir en ce moment se confondent par un de ces hasards qu'il ne faut pas trop s'étonner, je vous préviens, de rencontrer dans l'endroit où nous sommes ; comme tôt ou tard tout vient ici, les rencontres y sont très-faciles, très-naturelles

— Alors continuez, je vous en prie, chevalier, ma curiosité redouble...

Le chevalier De Profundis fit un geste de remercîment et reprît ainsi :

Le Masque tombe.

A peine lord Glenmour fut-il dans son cabinet, magnifique pièce de travail peuplée de bronzes antiques, car il avait de la science et du goût, et tapissée des plus vieux Aubussons qui soient en France, qu'il lança avec violence une chaise contre le lustre, dont il secoua la gerbe de cristaux et de bougies. Sa colère s'en prit à tout ce qui tomba sous sa main : il froissait les papiers, brisait les marbres et foulait aux pieds les oreillers de son riche divan en brocard de Perse. C'est que l'homme du salon, le jeune homme modeste, timide et parfaitement convenable, qui osait à peine élever le regard et la voix devant sa femme, avait fait place tout à coup à une véritable tempête en chair et en os.

Ce changement brusque, cette révolution de caractère, d'humeur, d'organisation, d'individualité, offrait quelque chose d'incompréhensible, d'effrayant. Un autre homme semblait être sorti du premier par l'effet d'un coup de tonnerre. Les jurons même qui ne s'échappent des lèvres courroucées de l'officier anglais qu'en pleine mer, et pendant l'orage, se pressaient dans la bouche en feu de lord Glenmour.— Est-il possible d'en faire davantage pour une femme, disait-il en se frottant les mains avec rage, et d'en recevoir moins de preuves d'amitié, de reconnaissance ? Quelle écrasante impassibilité! Oh! femmes de cour, véritables laques de Chine, vernies et dorées à la surface et de bois sec au dedans! On a dit beaucoup de mal de vous, mais qu'on est au-dessous encore de la vérité ! Ce que vous avez dans la tête, c'est l'ennui de toutes choses, même des meilleures ; ce que vous avez dans le cœur, c'est le vide où rien n'habite, ni l'amour, ni la haine, ni la douleur, ni la pitié. J'ai cru un instant me faire aimer en changeant mon caractère de bronze, en le démontant pièce à pièce comme un meuble qu'on transporte ! Que j'ai bien réussi ! Depuis six mois elle a toujours été pour moi ce que je viens de la voir à présent ; belle, oh ! oui, très-belle, mais froide comme un acier dont elle a le brillant et la dureté. A-t-elle souri à un de mes présents ? Pourtant que ne m'ont-ils pas coûté ! murmura-t-il avec une larme de rage dans la paupière. Oh ! qu'une autre femme eût été orgueilleuse ! que de sourires ! que de chauds remercîments ! Elle, rien ! Elle a joué avec son chien, avec son éventail, avec les plis de sa robe, et ne m'a pas fait l'aumône d'un : Merci. A-t-elle du moins exprimé le moindre regret à la nouvelle de mon départ pour Londres, à la nouvelle de notre première séparation ? Aucun. Elle a attendu ce moment pour m'effrayer de la révélation de ce numéro de journal qu'elle gardait avec soin, de cet article écrit par le comte de Madoc, je n'en ai pas douté, je n'en doute plus. Elle m'a étendu alors sur un gril et puis elle m'a tourné et retourné sur les charbons avec le bout de son éventail. Oui, cet article, répondit lord Glenmour, ne peut être que du comte de Madoc. Je m'attendais à quelque impertinence de sa façon, mais non à celle-là ! Elle est bien de lui. Enfin, aimé ou non de lady Glenmour, il faudra qu'une fois à Londres, puisqu'un ordre de l'amirauté m'y appelle, je remonte de recherche en recherche à l'auteur de ce trait. Tout cela ne serait rien et je finirais bien par oublier le comte de Madoc et le dernier coup de poignard qu'il vient de me porter, si j'étais aimé de Flavy. Aimé ! est-ce qu'elle aime quelque chose ? Je pourrais bien la punir de son dédain en l'embarquant sur ma frégate et en l'amenant avec moi aux Indes. Il faudrait bien alors qu'elle changeât. Si du moins elle me haïssait ! je pourrais m'emporter contre elle, l'accabler, la briser... oui la briser comme j'ai pulvérisé cette chaîne d'or ! s'écria lord Glenmour en en jetant les morceaux dans la cheminée ; mais elle ne me hait même pas. Je ne puis croire pourtant que c'est pour me faire peur qu'elle m'a parlé du comte de Madoc, et qu'elle m'a obligé à répondre à toutes ses questions sur lui. Non ! oh ! non. Lady Glenmour n'a jamais vu le comte ; elle en parle parce qu'elle en a entendu parler à la cour où l'on parle de tout, mais elle n'avait aucune intention... Quelle intention ?... Celle de me rendre jaloux du comte ?... Non, non, non !

répéta trois fois Glenmour avec une terreur rentrée... Ce n'est qu'extraordinaire, voilà tout. Le nom du comte est venu sur ses lèvres comme les noms de Wallace et de Dixon, membres comme lui, comme moi, du club des *Dangereux*. Du reste, je vais écrire aussi ou plutôt faire écrire au journal de la cour pour qu'il annonce que je me suis retiré avec ma femme aux environs de Lisbonne, et si c'est lui, si c'est le comte de Madoc qui a inséré cette note, il sera joué à son tour. Du reste il doit être en ce moment à Venise avec Mousseline, car je l'épie aussi ; on l'observera mieux encore, s'il le faut... Tenez-vous tranquille, comte !

Ému jusqu'à trembler comme un homme ivre, lord Glenmour sonna. Il dit au domestique qui se présenta :

— Monsieur Tancrède, faites venir monsieur Tancrède.

— Pardon, si je vous interromps, dit le marquis de Saint-Luc au chevalier De Profundis, vous venez de citer une jeune femme que je connais beaucoup, du moins de réputation.

— Vous voulez parler de Mousseline ?

— Précisément. Elle a beaucoup aimé, — si ces femmes-là peuvent aimer, — mon ami le major de Morghen.

— C'est très-exact, monsieur le marquis, et ce major de Morghen s'est fait tuer en duel pour elle.

— Un loyal caractère.

— Vous ne l'avez pas beaucoup connu ?

— Beaucoup ! Me dites-vous cela parce que je le loue ?

— Oui, monsieur le marquis, je le dis dans cette unique intention.

— Cependant... il est vrai que je ne l'ai guère connu qu'au jeu. La dernière année de sa vie, je lui ai gagné, par parenthèse, cent mille francs.

— Gagné ! gagné ! il faut s'entendre sur ce point.

— Que voulez-vous dire, chevalier ?... Mais je les crois loyalement gagnés...

— Monsieur de Morghen a voulu vous les laisser gagner... Dites cela plutôt.

— Vous plaisantez ?

— Non ! monsieur le marquis.

— Ceci, monsieur le chevalier, exige, vous en conviendrez, un éclaircissement que je vous prie de me donner.

— Plus tard.

— Soit, mais je le désire instamment.

— Vous l'aurez, c'est trop juste.

Le marquis de Saint-Luc, qui croyait n'être que simple audi-
teur en écoutant les souvenirs du chevalier De Profundis, devint
tout à coup profondément soucieux... il se trouvait, par le hasard d'une connaissance au jeu, partie intéressée dans l'histoire
qui se déroulait devant lui. Il commença à sentir la justesse
des paroles du chevalier De Profundis, quand celui-ci lui avait
dit en commençant : « Si l'on savait comme moi à quel point
les vivants et les morts se tiennent, combien de fils galvaniques
lient la ville silencieuse où nous sommes à la ville incommensurable qui, dans quelques heures, va s'éveiller à nos pieds, on
se dirait peut-être : *Les vivants sont ici.* »

Il se remit à écouter avec plus d'attention, si c'est possible,
son étrange compagnon, qui reprit en ces termes :

Lord Glenmour profita de l'intervalle de temps qui le séparait
du moment où Tancrède allait venir pour se remettre de la secousse violente qu'il avait imprimée à ses idées, et pour donner
aux traits de son visage leur calme habituel. Sa volonté agit fortement, et les flots de la colère se retirèrent peu à peu; ils s'a-
massèrent au fond de son cœur. Bientôt il redevint ce qu'il était
auparavant : un jeune homme de vingt-quatre ans, d'une séré-
nité de prince, d'une taille flexible et riche, d'un visage fier et
gracieux à la fois, aux cheveux blonds-noirs, d'un reflet métal-
lique comme l'air de la mer les fait quand il exerce son action
incisive sur les cheveux blonds. Le jeune capitaine de frégate
avait les yeux d'un bleu hardi, allumés derrière une grille mouvante de longs cils qui en triplaient le jeu et la puissance. On y
lisait l'autorité entraînante, fatale, qui lui avait valu le droit
de figurer au nombre des membres fameux du club des *Dangereux*, à côté des Hudson, des Paget, des Wallace, des Dixon et
des Madoc.

Il offrait à un degré merveilleux ce qui constitue les belles
races d'hommes : une anatomie dégagée, les ailes du nez frémis-
santes, les mains sèches et fines, les pieds à dos voûté ; ses
dents brillaient comme celles d'un Éthiopien derrière des lèvres
d'une sinuosité spirituelle, qu'ombrageait un serpent bleuâtre,

une moustache de femme brune. Il s'habillait divinement bien, c'est-à-dire sans prétention et d'après la théorie du célèbre Brummei, de manière à traverser à pied en grande tenue la ville de Londres sans se faire remarquer. Une fleur ne porte pas plus aisément sa corolle, un diamant son éclat, le soleil sa clarté. Tout était art en lui, mais d'un art devenu une seconde nature par la perfection de l'ensemble. Ses habits peu bruyants, son linge exquis, sa chaussure fine comme de la chair, avait le moelleux de la belle peinture flamande. Enfin, tout ce que l'homme peut obtenir de la fusion de la nature la plus généreuse et de la civilisation la plus raffinée, se réunissait en lui pour plaire par l'impression soudaine et par l'attention réfléchie : il méritait, on le voit, d'appartenir à l'association des Dangereux, dont personnellement il n'avait que trop justifié le but. Lui et le comte de Madoc, que nous savons à Venise avec Mousseline, étaient les représentants les plus glorieux de cet étrange club. Il reste à dire comment lord Glenmour, si lancé dans le monde du faste, du bruit et de l'intrigue, était devenu l'époux silencieux de la comtesse de Wisby, qui paraissait si peu touchée de sa rare beauté, et si peu avoir été accessible, en s'unissant à lui, à l'effroi qu'il causait sur les cœurs à titre de Dangereux.

Tancrède entra dans le cabinet de lord Glenmour.

Celui-ci lui dit aussitôt : — Tancrède, je pars cette nuit...

— Votre seigneurie m'emmène-t-elle ?

— Non. Je me rends à Londres pour demander une prolongation de congé que l'amirauté exige que j'aille solliciter en personne.

— Je resterai donc ici jusqu'à votre retour ?

— Jusqu'à mon retour.

Une joie mêlée à un frémissement de crainte gonfla le cœur du jeune Tancrède.

— Je vais seulement à Londres ; mais il est probable que deus trois ou quatre mois vous reprendrez la mer.

— Avec vous, milord ?

— Non, répondit tristement Glenmour.

— Avec qui ?

— Avec le capitaine Hog.

— Le capitaine Hog !

— Oui.

— Avec cet homme si dur, si méchant, si terrible ?

— Notre état, mon ami, est ainsi fait : c'est la souffrance dans la souffrance. Mauvais temps et mauvais capitaine.

— Pas vous, milord.

— Vous n'en savez rien.

— Mais le capitaine Hog est un tigre.

— Un brave marin cependant.

— Il traite ses matelots comme des esclaves.

— Vous n'êtes plus matelot, vous êtes officier.

— Il se bat avec eux.

— Vous vous battrez avec lui.

— Mais il les tue parfois.

— Vous le tuerez, si vous pouvez.

— Allons, milord, j'irai avec le capitaine Hog, répondit Tancrède avec une résignation héroïque.

— C'est bien, dit Glenmour en jouant avec les longs cheveux blonds de Tancrède.

— Et où ira, milord, le capitaine Hog?

— En découverte au cercle polaire.

— En découverte ! mais c'est au moins un voyage de deux ans?

— De six ans.

— Six ans !

Tancrède sentit se graver à l'instant même dans son cœur, lettre par lettre rougie au feu, ces mots : Je resterai six ans sans la voir !

— Milord, reprit-il, il périt ordinairement, vous le savez, un officier sur trois dans ces lointaines et périlleuses expéditions.

— Je le sais, répondit mélancoliquement le capitaine Glenmour : avant la vie, le devoir. Mais qu'avez-vous, Tancrède, vous pâlissez, comme vous pâlissez !

— Milord...

— Est-ce que la peur?...

— Moi, peur ! Milord ! Moi avoir peur ! s'écria Tancrède en se précipitant sur un des deux pistolets toujours posés sur la table de lord Glenmour et se l'appliquant au front après l'avoir rapidement armé.

Il se serait tué.

— Enfant! s'écria Glenmour en lui ôtant l'arme des mains...
Allons donc. Tancrède, est-ce que vous ne voyez pas que je plaisante en supposant que vous puissiez avoir peur? Est-ce que je
ne sais pas comment vous vous êtes conduit dans vos rencontres
avec les pirates malais au fond des Indes? comment vous vous
gouvernez pendant la tempête? Cessons cela. Vous ne partirez
pour ce voyage en découverte que dans quatre mois. D'ici là
étudiez vos mathématiques avec ardeur et fortifiez votre santé.
D'ailleurs je serai ici pour vous diriger.

Lord Glenmour ouvrit ensuite le tiroir du secrétaire, il offrit
à Tancrède l'épée qu'il y prit, une magnifique épée montée sur
nacre du plus bel orient et diamants fins.

— Vous la porterez un jour, Tancrède.

— Une épée de contre-amiral?

— Qui sait?

— Ma foi! oui, qui sait! s'écria Tancrède, le bouillant jeune
homme, en tirant l'épée du fourreau et en l'abaissant tout à coup
avec respect devant un grand portrait en pied placé en face de
la croisée.

— Vous êtes fou, Tancrède, ce portrait que vous saluez ainsi
n'est pas celui de la souveraine, c'est tout simplement celui de
ma femme, lady Glenmour.

— Je le vois bien, milord.

Et Tancrède ploya le genou devant le portrait.

— Enfant charmant, murmura Glenmour en attirant Tancrède
près de lui.

— Tancrède!

— Milord?

— J'ai dit que je vous laissais ici; mais pour que vous restiez, il vous faut la permission de lady Glenmour. Autant que
moi, plus que moi-même, elle est la maîtresse ici.

Un nuage de la pâleur qui avait déjà blanchi le front de Tancrède quand lord Glenmour lui avait annoncé le voyage en découverte, revint sur son visage en apprenant qu'il ne pourrait
demeurer auprès de lady Glenmour sans sa permission. Si elle
allait la lui refuser!...

— Vous la lui demanderez vous-même, Tancrède.

— Oui, milord, j'y cours... je...

— Un moment encore !...

— Je croyais...

— Si milady veut bien que vous restiez au château, vous aurez des devoirs graves, sérieux à remplir, Tancrède.

Tancrède écoutait de toute son âme.

— Vous accompagnerez lady Glenmour quand elle ira en promenade...

— Oui, milord.

— Vous conduirez vous-même les chevaux de la voiture.

— Certainement, milord.

— Quand elle ira à cheval, vous serez près d'elle.

— Oui, milord.

— Si la fantaisie lui venait de se promener dans son yacht sur la grande pièce d'eau, vous ne quitteriez pas le gouvernail ?

— Non, milord.

— Quoique la France, reprit Glenmour, soit un pays noblement hospitalier, si le hasard faisait qu'un insolent osât risquer une parole inconvenante devant milady...

— Milord ! et cette épée !...

— Très-bien ! vous m'avez compris.

— Le château est bien gardé, mais on ne peut pas tout prévoir... il peut s'y introduire...

— Personne n'y viendra pendant votre absence.

— Doucement, Tancrède ; l'interdiction ne s'étend qu'aux voleurs, aux gens malintentionnés...

— Oui, oh ! oui, milord...

— Prenez la clef de ce coffre de fer que vous voyez là ; vous y puiserez tant que vous voudrez pour vos besoins et pour vos plaisirs.

— Oui, milord, répondit Tancrède, habitué du reste à cette générosité de lord Glenmour pour lui.

Lord Glenmour s'arrêta ensuite pour contempler en silence la jolie, la vive et martiale figure de Tancrède.

Celui-ci se sentit d'abord mal à l'aise, puis troublé, enfin effrayé de cet examen si attentif, si prolongé ; il lui vint des idées, il eut des craintes ; il lui sembla que lord Glenmour lisait dans son âme les mots que son amour pour lady Glenmour venait d'y graver en caractères de feu. Il se crut découvert ; encore quelques minutes de cette inquisition, et il aurait tout à fait perdu la tête.

Lord Glenmour lui tendit amicalement la main en lui disant :
— Allez maintenant demander à lady Glenmour la permission d'être son chevalier pendant mon absence, vous, Tancrède, qui portez le nom d'un illustre chevalier.

Tancrède revint à la vie ; il se hâta de se rendre auprès de lady Glenmour, et, dans sa précipitation, ne sachant plus ce qu'il faisait, il courut vers elle l'épée nue à la main, ce qui fit sourire Glenmour, et acheva d'apaiser la colère allumée par la dédaigneuse indifférence de sa femme. — Je pensais, se dit-il quand Tancrède fut sorti de son cabinet, que cet enfant, qui n'a pas encore dix-sept ans, sera mort à vingt ans, si toutefois il vit jusque-là.

— Mais pourquoi cela? s'écria le marquis de Saint-Luc. Une pareille certitude...

— Vous allez savoir pourquoi, lui répondit le chevalier De Profundis.

Tancrède

Quoique lord Glenmour fût réellement riche, il ne l'était pas assez il y a six ans pour la figure qu'il prétendait faire à Londres dans le grand monde chaque fois qu'il revenait d'un de ses voyages sur mer. Sa fortune n'allait pas au delà de cinquante mille francs de rente. Aussi était-il obligé de regagner bien vite son vaisseau après un hiver passé à Londres, dans la fournaise des jeux, des bals, des soirées et des fêtes. Faisant allusion à ces disparitions soudaines, il disait qu'il allait se faire radouber.

Ce genre de vie devait le conduire un jour à se tromper, à prendre, comme beaucoup de jeunes seigneurs, le capital de sa fortune pour l'intérêt, et par conséquent à se ruiner tout à fait. Lord Glenmour courait à pleines voiles à cette solution désastreuse, lorsqu'il fit connaissance, dans la société très-riche et

4

très-élégante au milieu de laquelle il vivait, d'un duc d'Écosse dont je vous tairai le nom, parce qu'il vit encore.

Ce duc était de huit ou dix ans moins jeune que lord Glenmour. Les deux amis n'eurent bientôt aucun plaisir qui ne fût partagé; du plaisir à l'amitié il n'y a qu'un pas. De l'amitié à la confiance la plus absolue, le duc ne laissa aucune distance. Il n'y eut plus entre eux que l'énorme différence des fortunes. Le duc écossais possédait six millions de revenu, chiffre parfois écrasant pour Glenmour, presque pauvre en comparaison avec ses cinquante mille francs de rente. L'un et l'autre souffraient sans se le dire de cette inégalité.

Le duc n'osait pas ouvrir sa bourse à lord Glenmour, et lord Glenmour aurait refusé d'y puiser; il s'ensuivait que beaucoup de projets de plaisir devenaient impossibles à cause de la part que l'un y aurait sans l'autre. Un hasard comme il y en a fort peu, à la vérité, vint les tirer de cette position délicate, et mettre en équilibre, du moins à quelques égards, leurs deux existences. Un jour le duc emmena lord Glenmour à son château, et là il lui dit que son père voulait absolument le marier, et qu'il ne pouvait guère se refuser à ce désir, quoique ce fût loin d'être le sien. Étant l'aîné de la famille, il devait avant ses autres frères songer à perpétuer le nom. Mais au moment d'exécuter ce projet, il le priait avec instance, lui son intime ami, de lui rendre un service des plus grands, un service, enfin, qu'un ami seul est capable de rendre. Beaucoup d'embarras, de réticences, entravèrent, au début de la conversation, un aveu qui était pénible au duc. Lord Glenmour se montra pourtant si prêt à tout entreprendre, à tout sacrifier pour obliger un tel ami, que le duc se décida à parler plus clairement. De son amour avec une jeune et fort jolie fille du comté de Berwick, il lui était resté, à l'âge de dix-huit ans (il en avait alors environ vingt-sept), un enfant qu'il avait d'abord caché dans le pays de la mère; mais cette jeune fille, d'une santé délicate, venant de mourir, il ne savait plus que faire de l'enfant. Sans le concours d'un ami, sa position allait le réduire à faire des demi-confidences, chose plus fâcheuse encore que des confidences entières, à des étrangers, et cette nécessité l'inquiétait beaucoup sur le point d'épouser une des plus nobles et des plus riches héritières de l'Angleterre. Le duc convint avec franchise que, n'ayant jamais vu cet enfant et n'ayant jamais voulu le voir, il ne l'aimait pas. Son existence allait le gêner de jour en jour davantage. Pour n'avoir pas à le haïr plus tard, son intention était de lui ménager la chance de se faire par lui-même une place dans le monde en le jetant dans les situations les plus périlleuses de l'état le plus périlleux qui existe. S'il succombait, ce qui était infiniment probable, tout était dit ; si, au contraire, et par miracle, il survivait, il aurait acquis à coup sûr un grand nom dans la carrière navale.

Il le destinait à être marin. Vous voyez que c'était vouloir la mort de cet enfant sans autoriser précisément son assassinat. Le duc savait par de nombreux exemples, que tous les enfants naturels qu'on sème avec prodigalité dans la jeunesse ne manquent jamais de reparaître un jour avec des prétentions d'autant plus tyranniques souvent qu'elles sont accompagnées de la menace du scandale, arme empoisonnée avec laquelle il est peu de pays où l'on ne vienne à bout de tout. Jamais le silence n'est gardé, jamais ! Le duc pensait parfaitement vrai, mais en jeune homme léger, original ; peut-être aussi en homme raisonnable. Jugez vous-même. Il ajoutait ceci à sa confidence : il assurait deux cent mille francs de revenu, et pour la vie, à l'ami dévoué qui voudrait lui rendre le service éminent de prendre cet enfant sous sa tutelle de fer, et de le lancer à sa fantaisie au milieu des périls les plus certains, les plus avérés qu'offre la profession navale.

Avec les deux cent mille francs de rente qu'il assignait sur sa fortune, il comptait que celui qui se chargerait de cet enfant pourrait l'élever, le soutenir tant qu'il vivrait, et se payer de ses soins. Il comptait bien, ajouta-t-il en pressant avec effusion les mains de son confident, que cet ami, ce tuteur mystérieux, serait lord Glenmour. Il ne lui imposait aucune action déshonorante, il ne cherchait qu'à mettre cet enfant inconnu à tous les deux, indifférent à tous les deux, en face des dangers auxquels s'exposent tous les jours, et sans espoir d'avancement, les pauvres enfants du peuple. Lord Glenmour comprit l'embarras, l'inquiétude de son ami ; il ne vit aucune cruauté, marin lui-même, à soumettre aux dures privations de la mer un être qui lui était complétement étranger, comme venait de le dire le duc.

Glenmour n'avait alors que dix-huit ans ; peut-être pensa-t-il aux deux cent mille francs de rente viagère ; enfin, soit dévouement, soit calcul, il accepta. Le duc lui sauta au cou, lui prodigua les plus ardentes paroles de reconnaissance, l'appela son ami, son sauveur, son frère. Le marché était conclu. Des gens verront dans ce pacte une grave faute de la part de lord Glenmour, peut-être un crime des deux parts. Quoi qu'il en soit, lord Glenmour, à qui Tancrède, qui avait alors dix ans, fut remis, l'embarqua aussitôt en qualité de mousse, pour les îles de la Sonde, placées comme vous savez, au fond de la partie marécageuse des Indes, à quatre mille lieues de l'Europe, le jetant pour ainsi dire au milieu des tigres, des serpents, des tempêtes et des pirates. Il ne fut arrêté ni par l'âge si tendre, ni par les jolis cheveux blonds, ni par le charmant sourire, ni par la blancheur angélique de Tancrède. Au bout de deux ans d'absence, Tancrède revenait des îles de la Sonde, fort et bronzé comme un véritable matelot de Plymouth. A ce premier retour, il avait douze ans. A quatorze ans, il partait de nouveau pour la pêche des perles dans le golfe du Bengale, et s'exposait aux coups de fusils des Mahrattes et au choléra. A seize ans, il revenait en Europe plus robuste encore que la première fois et faisant mentir son fatal horoscope.

La troisième campagne avait été la plus dangereuse. Un coup de vent à travers les Açores l'avait pris dans la nuit sur son banc de quart, et l'avait envoyé hors du vaisseau. On l'avait cru noyé. Une grosse vague l'avait à l'instant même rejeté à bord, brisé, étourdi, moulu, mais vivant. C'était pour se remettre des suites de cet horrible accident auquel il avait échappé par un prodige de bonheur, qu'il avait suivi lord Glenmour en France. Gravement altérée, la santé de l'enfant exigeait ce temps de repos dans l'air tempéré des environs de Paris.

Jusqu'ici lord Glenmour avait fidèlement rempli les intentions de son ami, le duc d'Écosse. Mais à chaque nouveau retour de Tancrède, il prenait de l'attachement pour lui, et à raison même des dangers auxquels il l'exposait, il sentait s'accroître cet attachement.

Tant de courage et de bonne volonté, tant de jeunesse et de

témérité chez Tancrède, lui faisaient parfois regretter les ordres qu'il donnait aux capitaines sous le commandement desquels il plaçait ce pauvre enfant, si riche et si abandonné. La mort semblait ne pas vouloir de lui : être plus cruel que la mort, la provoquer contre un être si jeune et si charmant, paraissait à lord Glenmour une tâche dont il n'avait pas sondé toute la moralité. Cependant il etait parvenu jusqu'ici à faire taire sa conscience en l'étourdissant avec les grands mots d'amitié, d'engagement contracté. Et qui sait comment le jeune Tancrède sortirait de la nouvelle et plus cruelle expédition à laquelle lord Glenmour venait de le destiner? Un voyage en découverte avec le capitaine Hog! Si Tancrède avait pâli en apprenant qu'il allait servir sous cet officier dont l'atroce réputation était faite, ce n'est pas qu'il craignît les privations, les mauvais traitements, la mort; mais on l'a pressenti, il adorait lady Glenmour sans savoir encore qu'il l'aimait.

Cette femme, divinement belle, lui faisait éprouver tous les sentiments de l'âme dont il avait été déshérité en naissant. Ainsi, il y avait dans son amour, — l'amour du frère pour la sœur, l'amour du fils pour la mère, l'amour du jeune homme pour la jeune femme; et il ne savait pas qu'il aimait! Loin de craindre le danger, Tancrède, comme s'il eût été dans le secret de sa redoutable destinée, allait en enthousiaste au devant des périls qu'on ne lui ménageait pas. Il n'en existait pas pour lui. Ni le vent, ni la mer, ni le fer, ni le feu, dans ce qu'ils ont de colère, ne pouvaient l'émouvoir. Il se dévouait héroïquement à la mort comme s'il eût su qu'il y était condamné.

Telle est l'origine de la grande fortune de lord Glenmour, et telle est aussi l'explication succincte de la naissance de Tancrède.

— Milady! milady!

— Qu'avez-vous donc, Tancrède? s'écria lady Glenmour.

— J'ai...

La précipitation de la course avait ôté la respiration à Tancrède.

— Oh! mon Dieu! pourquoi cette épée nue? Voulez-vous me tuer?

A ce moment-là seulement, Tancrède, qui était entré dans le salon de lady Glenmour comme un coup de vent, s'aperçut qu'il tenait à la main l'épée dont lord Glenmour venait de lui faire cadeau.

— Pardon, milady... j'ai oublié de déposer cette arme dans le cabinet; je ne sais comment j'ai pu avoir une pareille distraction...

— C'est que vous m'avez fait peur...

— Encore une fois, pardon, madame, dit Tancrède en portant l'épée sur le divan...

— Il vous reste à m'apprendre, étourdi, pourquoi vous me cherchez avec tant d'empressement, et ces grands cris de : milady ! milady !

— Je vais vous le dire, milady... c'est que...

— Quelque malheur !

— Oh ! non.

— Mais, prenez garde, vous allez éveiller Griff-Graff, avec vos gestes et vos mouvements. — Allons, parlez.

— Vous n'ignorez pas, dit Tancrède, que vos chevaux sont très-vifs et que je sais conduire.

— Très-mal. Mais achevez...

— Un malheur arrive vite... je serais si heureux qu'il vous arrivât un malheur !

— Êtes-vous fou ?

— Un malheur que je pusse empêcher.

— Enfin, qu'est-ce que cela signifie ? Vous parlez de chevaux, de malheur...

— Vous allez comprendre pourquoi...

— Je ne demande pas mieux.

— Il est encore bien plus facile à un bâtiment de verser, quand il est mal conduit, qu'à un cheval de s'emporter.

— Je ne dis pas le contraire... mais qu'importe ici ?...

— Comment ! qu'importe, milady, si c'est vous qui vous trouviez à bord du yacht quand il naviguera dans la grande pièce d'eau ?... Mais cela n'arrivera pas, milady, je vous le jure, tant que je serai à la barre du gouvernail.

— Je ne comprends pas encore, mon cher Tancrède, et vous commencez à n'effrayer sérieusement pour votre bon sens.

— Je ne vous ai donc pas dit que lord Glenmour m'a chargé de tuer tous ceux qui viendront ici pendant son absence ?

— Les tuer ! ah ! mon Dieu ! je ne me trompais pas, vous êtes fou. Les tuer !...

— Dans le cas où ils n'observeraient pas devant vous les plus strictes convenances. Plût au ciel qu'on vous manquât de respect !

— Voilà bien une autre folie.

— Eh ! mon Dieu ! oui ; je vous prouverais alors combien ma vie vous est dévouée...

— Tancrède, dit lady Glenmour, faites-moi le plaisir de boire ce verre d'eau glacée qui rendra un peu de calme à vos idées, et dites-moi ensuite simplement, clairement, le motif pour lequel vous venez me débiter toutes ces jolies choses.

Après avoir avalé d'un trait le verre d'eau à la glace, Tancrède frappa du pied, se donna un coup au front et s'écria :

— Je crois, en vérité, milady, que je perds un peu la raison. Je vous ai tout dit, excepté le principal.

— Voyons le principal.

— Lord Glenmour, poursuivit Tancrède, part cette nuit pour Londres, où il séjournera quelques semaines. Pendant ce temps, c'est moi qu'il charge d'être votre chevalier, votre défenseur, si toutefois c'est votre bon plaisir, et je venais...

— Vous veniez m'annoncer votre nouvelle fonction...

— Et vous demander, milady, la faveur de l'exercer, c'est-à-dire le droit de rester au château pendant l'absence de sa seigneurie lord Glenmour.

Pendant quelques minutes, Tancrède attendit avec anxiété la réponse de lady Glenmour.

— Restez au château, lui dit-elle enfin, puisque c'est le désir de lord Glenmour. Je ne m'y oppose pas.

— Oh ! merci, madame ! s'écria Tancrède tout palpitant de joie ; merci !... et il cherchait de quelle manière plus expressive il prouverait sa reconnaissance à lady Glenmour. Enfin il se jeta sur Grill-Graff, le joli king-charle's de lady Glenmour, et se mit à l'embrasser avec tant de force, que le chien, éveillé en sursaut, lui mordit les mains ; bientôt elles furent en sang. En voyant cela, la comtesse les lui prit et les enveloppa dans son mouchoir.

— Extravagant ! vous vous seriez laissé dévorer ! Mais où avez-vous donc la tête ?

Tancrède était trop heureux pour répondre. Lady Glenmour serrait ses mains dans les siennes, et elle étanchait son sang.

— Prenez garde, mon cher enfant, lui disait-elle en mêlant les belles ondes de ses cheveux noirs aux boucles blondes de Tancrède, cet enthousiasme sans cause, ce dévouement sans motif...

— Sans motif... pensait Tancrède.

— Peut vous rendre ridicule. Il n'y a que quelques heures vous avez failli être lapidé sous les murs du parc pour aller chercher au haut d'un arbre notre orang-outang, Maracaïbo, qui aurait fini par descendre tout seul.

L'autre jour, c'est, je crois, jeudi dernier, vous avez osé dire au pied de la tour de Montlhéry, où nous étions avec beaucoup d'étrangers, que vous iriez sans le secours d'une échelle, avec les mains seulement, chercher un nid d'hirondelles qui est dans un des trous de cette fameuse tour, et à plus de soixante-dix pieds du sol. Cette exagération, qu'aurait pu tout au plus se permettre une hirondelle, fit beaucoup rire autour de nous.

— Si je les eusse vus, ceux qui riaient!

— Qu'auriez-vous fait?

— J'aurais immédiatement monté à la tour avec mes pieds, avec mes mains, avec mes dents, et je serais allé prendre ce nid d'hirondelles pour vous l'apporter; car c'est vous, milady, qui l'aviez remarqué et qui aviez dit : « Si j'étais fée, je souhaiterais d'avoir dans la main ce nid d'hirondelles. »

— Aller chercher si haut, grand Dieu! un nid d'hirondelles, est-ce que cela était possible?

— Pour moi, milady.

— Oui, à la condition de vous écraser en tombant, de vous tuer.

— Je ne dis pas non, milady.

— Quoi qu'il en soit, promettez-moi, mon ami, de vous corriger de ces exagérations, si vous ne voulez pas faire croire aux gens que vous êtes fou... ou amoureux.

Lady Glenmour pressait toujours dans ses belles mains de reine les mains tremblantes de Tancrède.

— Ainsi, dit-il, caressant de son haleine de feu le beau visage de lady Glenmour, vous permettez que je reste près de vous?

—— Oui... mais ne remuez pas ainsi.

— Que je veille sur vous nuit et jour?

— Oui...

— Que je vous accompagne partout?

—— Oui, oui, cent fois oui! bavard! lui dit lady Glenmour en retirant son mouchoir marbré de tachès de sang et en lui donnant de son doigt rose et blanc un coup sur la joue. Mais sonnez pour qu'on allume les bougies... il est huit heures, et l'on va venir. Mais sonnez donc!

— Oui, milady.

Tancrède sonna.

La comtesse ne pouvait s'empêcher de sourire à l'ivresse turbulente, fiévreuse, de Tancrède.

— Maintenant, milady me permet-elle de me retirer?

— Oui, pourvu que ce ne soit pas pour faire quelque nouvelle extravagance. La journée a été assez bonne ainsi.

— Non, milady; mais pour remplir un devoir.

— On vous reverra dans la soirée?

— Oui, milady.

— Allez.

Tancrède descendit aussitôt dans la cour et dit au valet d'écurie de seller le meilleur cheval et de le conduire sans bruit jusqu'à la petite porte extérieure du parc. Le domestique obéit. Pendant ce temps, Tancrède vissa des éperons au talon de ses bottes, passa autour de ses reins un ceinturon de cuir qu'il serra étroitement et s'achemina vers la petite porte du parc, où il venait d'ordonner que l'on conduisît le cheval.

— Cet enfant ne ressemble à aucun autre, disait lady Glenmour, et son originalité m'a singulièrement étonnée. Comme il me pressait les mains et comme il me regardait! Qu'a-t-il donc?

— Écoutez! dit tout bas le marquis de Saint-Luc au chevalier De Profundis, il me semble entendre comme le bruit d'une pioche qu'on enfonce dans la terre...

— Il me semble aussi comme à vous...

— D'où vient le bruit? faisons silence.

— De ce côté...

— Croyez-vous, chevalier? mais oui...

—— Tenez! quelqu'un est assurément là-bas, dans la direction de ma main, près de la tombe de mademoiselle Clairon...

—Qui peut à cette heure ?...

—Une personne se sera oubliée; elle ne sera pas sortie à temps du cimetière...

—Si l'on croyait aux revenants...

—Pourquoi pas? répondit le chevalier De Profundis, opposant son visage rendu plus blafard par l'éclat de la lune au visage du marquis de Saint-Luc... Mais le moment n'est pas venu de discuter ces choses-là...

—Si nous allions nous assurer qui ce peut être? reprit le marquis, un peu ému de la réponse du chevalier dans l'endroit où elle lui était donnée, et surtout dans un moment où il croyait être sûr qu'il se faisait quelque acte caché auprès d'une tombe.

—Puisque vous le désirez, reprit le chevalier De Profundis, allons voir. La nuit est loin d'être finie : le temps, je présume, ne nous manquera pas pour achever mon histoire de lady Glenmour.

—Quelle belle nuit! dit en suivant le chevalier De Profundis le marquis de Saint-Luc.

—Trop belle pour notre expédition: il fait clair comme en plein jour ; marchez dans l'ombre de cette allée de platanes; dans cinq minutes nous serons arrivés à l'endroit d'où vous supposez qu'est parti le bruit...

Un Domestique fidèle au delà du tombeau.

—A propos, avez-vous du courage?...

—Chevalier !...

—Ne soyez point blessé de ma question.

—Permettez-moi du moins de m'en étonner un peu.

—Je ne doute pas de votre courage à braver un duel ou tout autre péril analogue; mais parce que vous avez du courage, possédez-vous celui d'affronter tous les mystères de la mort?...

Ils sont inconnus, ils sont immenses, ils n'ont aucun rapport avec ce que nous voyons au soleil et pendant la vie...

— Chevalier, je croyais qu'il n'y avait que les enfants qui eussent peur des revenants...

— Ne vous moquez pas des enfants, ils sont plus près de la vérité que nous; quand ils ont peur, c'est qu'ils ont en eux la raison de leur peur, tandis qu'il est rare que nous ayons, nous, la raison de notre courage. Enfin, vous croyez avoir le courage dont je voulais que vous fussiez complétement animé... J'en suis heureux pour vous... Mais, silence! nous voici tout près de la tombe où nous avons soupçonné que quelqu'un remuait la terre... Il y a quelqu'un en effet... Arrêtons-nous.

— J'ai vu... répondit bien bas le marquis de Saint-Luc. Le marbre de la tombe est ouvert...

— Apercevez-vous la tête de celui qui vient de la montrer un instant pour s'assurer qu'on ne l'a pas découvert?

— Oui...

— Parlez plus bas.

— Que fait-il?

— Il vole peut-être, répliqua le chevalier De Profundis.

— Vous croyez?

— On vole très-souvent ici malgré l'extrême surveillance des gardiens.

— Mais que vole-t-il?

— C'est ce que nous allons savoir...

— Si nous appelions, si nous criions?

— Je ne le souffrirai pas, monsieur, dit énergiquement le chevalier De Profundis à l'oreille du marquis de Saint-Luc. N'allons pas gâter, avec de la police, avec un esclandre et des soldats, le seul domaine où le mystère habite encore.

— Soit! répliqua le marquis de Saint-Luc. Faites comme il vous plaira, vous êtes chez vous.

— De l'esprit! vous n'avez pas encore peur; mais laissez-moi passer devant, et imitez-moi si vous voulez tout voir sans être vu.

Le chevalier De Profundis alla en rampant jusqu'au bord de la tombe qu'une main impie saccageait, et lui et son compagnon purent voir alors distinctement, par un angle descellé, la scène

qui se passait sous le couvercle de marbre entrebaillé. Un homme
tenait dans le creux de sa main gauche une tête soulevée du
cercueil où reposait le reste du corps, et avec la main droite il
cherchait à ouvrir la bouche du cadavre. Il se fatiguait à cet
exercice sacrilége sans paraître obtenir le moindre résultat. La
sueur lui découlait du front. Contractée par la mort, la mâchoire
résistait avec une énergie de fer.

— Mais que cherche-t-il, que veut-il? demanda le marquis de
Saint-Luc au chevalier De Profundis.

— Je n'en sais rien encore... Mais ne parlons pas, au nom du
ciel! Tenez, il relève la tête, il écoute... et croit avoir entendu.

L'homme avait, en effet, relevé la tête, soit qu'il cherchât à
se reposer en changeant d'attitude, soit qu'il crût avoir surpris
quelque rumeur confuse autour de lui...

— Je connais cet homme, dit le chevalier à l'oreille du marquis de Saint-Luc; je le connais: c'est l'ancien cocher d'une
vieille comtesse...

— La connaîtriez-vous aussi?

— C'est celle qui est là, morte!... Cet homme qui la tourmente
dans son tombeau s'appelle Laubépin; oui, c'est son nom, je
me le rappelle.

— Que veut-il?

— Je le sais, maintenant. Regardez bien: ne voyez-vous pas
luire quelque chose dans la bouche du cadavre qu'il violente?

— Oui... On dirait un métal... de l'or...

— C'est de l'or. Le faux ratelier de cette pauvre comtesse est
en or. Il paraît qu'on l'aura enterrée sans le lui retirer, et son
ancien cocher qui le sait vient le lui prendre.

— Le misérable!

— Vous m'avez promis la plus froide indifférence...

— On dirait qu'il est parvenu à desserrer la bouche qui lui
opposait tant de résistance.

Tout à coup un cri aigu, sinistre, épouvantable, qui fit se
heurter l'un contre l'autre le chevalier et le marquis de Saint-
Luc, sortit du fond du tombeau. Tous deux regardèrent. Étrange
spectacle! La bouche du cadavre, après s'être ouverte sous les
efforts de Laubépin, s'était soudainement refermée, et la main
du vieux cocher sacrilége se trouvait prise, mordue, arrêtée;

il n'avait plus la force de la retirer. La peur, il paraît, lui avait
ôté toute force. Après avoir poussé ce cri aigu, Laubépin fut
saisi d'un tremblement nerveux ; ses dents claquaient, et son
bras, comme frappé de catalepsie, restait toujours immuablement
engagé par les phalanges de la main.

— C'est le ressort du râtelier d'or qui s'est tout à coup fermé,
dit le chevalier De Profundis, et qui a pris les doigts du cocher
comme dans un étau.

— C'est un effroyable hasard ! dit le marquis de Saint-Luc.
Et vous connaissez cet homme, dites-vous ?

— Sa maîtresse, celle qui est là, celle qu'il a voulu dépouil-
ler, est morte il y a trois mois. Je l'ai connue à Ville-d'Avray.

— Chez lady Glenmour peut-être ?

— Chez lady Glenmour précisément, répéta le chevalier De
Profundis. Il va être question d'elle, de cette vieille comtesse,
dans le courant de l'histoire que je vous raconte... Mais il est
temps d'arracher ce malheureux à demi-mort d'effroi de l'atroce
position où il se trouve..

— Vous allez donc vous montrer ?

— Non, mais me faire entendre, cela suffira. Il n'y a qu'un
mouvement violent produit par une nouvelle crise qui le tirera
de là.

Ayant ainsi prévenu son compagnon, le chevalier De Profundis se mit à crier dans la vaste solitude du Père-La-Chaise :

— Fouette tes chevaux, Laubépin ! En avant, en avant ! appuie
à droite, prends garde au fossé ! Houp ! houp ! houp ! Laubépin !

A ces cris, à ces mots sacramentels des cochers, Laubépin,
comme l'avait prévu le chevalier, fut saisi d'une nouvelle terreur qui le débarrassa de la première. Il retira convulsivement
sa main de la bouche du cadavre, franchit comme un fou les
bords de la tombe, arpenta, en cinquante bonds monstrueux, la
vaste étendue du cimetière, se lança tête et corps, s'accrocha
comme un chacal au mur d'enceinte. On entendit ensuite un bruit
sourd : Laubépin tombait dans l'éternelle boue du boulevard extérieur, d'où, sans doute, il regagna les faubourgs de Paris.

— J'avoue, dit ensuite le marquis de Saint-Luc, que je ne me
figurais pas rencontrer ici un pareil événement...

— C'est bien peu de chose, très-peu de chose que cela, répliqua froidement le chevalier De Profundis, ou plutôt cela n'est rien; vous le diriez vous-même si vous aviez eu l'occasion de vous initier aux accidents dont s'émeut chaque nuit l'endroit où nous sommes, sans que la grande ville endormie au fond de la perspective en soit le moins du monde instruite. Elle va chercher ses mystères, ses terreurs, ses féeries, dans des sphères idéales, quand elle pourrait si facilement...

Mais ils étaient revenus à l'endroit qu'ils occupaient avant d'avoir été dérangés par l'incident du cocher de la malheureuse comtesse, l'avide Laubépin.

— Si nous reprenions notre récit; qu'en pensez-vous, monsieur le marquis?

— Chevalier, vous m'avez promis un éclaircissement sur le major Morghen, auquel je prétends avoir loyalement gagné au jeu cent mille francs, et je souhaite que vous ne me le fassiez pas attendre. Mon honneur y est au moins aussi intéressé que ma curiosité.

Pour toute réponse, le chevalier De Profundis se leva et indiqua du doigt un endroit assez distant de celui où il se trouvait depuis le milieu de la nuit avec son compagnon, le marquis de Saint-Luc.

Perpendiculairement rayé par les hachures de la lune, le chevalier parut en ce moment, avec sa figure pâle comme celle d'Hamlet et son habit noir, une de ces belles et effrayantes esquisses élargies sur le vélin par le pouce puissant d'Eugène Delacroix.

— Ecoutez! dit ensuite le chevalier De Profundis; entendez-vous un tintement doux et lugubre?

— Je l'entends depuis quelques minutes, répondit le marquis de Saint-Luc Mais quel rapport y aurait-il entre ce tintement, qui est d'un caractère indéfinissable en pareil lieu, et l'éclaircissement que j'attends, que je sollicite de vous?...

— Ce tintement est produit par une sonnette.

— Une sonnette, dites-vous? une sonnette ici?

— Oui, monsieur le marquis; la sonnette du parricide.

— Du parricide!

Pour la première fois, la voix si nette et si ferme du chevalie. De Profundis trahit quelque émotion.

Le marquis s'en aperçut.

— Cette expression : la sonnette du parricide, reprit le chevalier, cette expression si atrocement mélodramatique est pourtant en réalité d'une académique précision.

— Je ne prétends pas le contraire, monsieur le chevalier, mais j'attends toujours que vous me parliez du major de Morghen...

— Cette sonnette, qui mérite à bon droit, vous ne tarderez pas à vous en convaincre, l'épithète que je lui donne, est posée sur le tombeau du major de Morghen, votre ami, un des premiers amants de la gracieuse et mortellement perfide Mousseline.

— Et par quel impénétrable motif, dans quel but cette sonnette est-elle là, sur cette tombe? Les morts ont-ils besoin d'appeler?

— Quelquefois, répondit gravement le chevalier.

— Quelquefois, dites-vous? Quelquefois ! ! !

Le chevalier fit un signe de tête affirmatif.

— En vérité, si je ne savais combien votre raison est saine, monsieur le chevalier... Mais passons! Voulez-vous maintenant me donner l'explication promise sur le major de Morghen?

— Je tiendrai ma promesse.

— N'allez-vous pas, chevalier, l'exécuter à l'instant?

— Non. Votre immense gain au jeu sur le major prussien, monsieur de Morghen, la sonnette du parricide que nous entendons, et Mousseline, se tiennent étroitement; et comme Mousseline entre dans l'histoire de lady Glenmour qui doit un instant avoir le pas sur les autres...... à moins que vous ne préfériez n'en écouter aucune.....

— Je vous écoute, répondit le marquis de Saint-Luc avec courtoisie.

Le chevalier De Profundis continua ainsi :

Le dépit si profond et si contenu qu'avait laissé paraître lord Glenmour et la terreur involontaire dont il s'était senti ému en entendant prononcer par sa femme le nom du comte de Madoc, tenaient à des causes d'une telle gravité qu'il est impossible de les passer sous silence. La vie de lord Glenmour et celle du comte de Madoc s'étaient heurtées à l'occasion d'un événement fort bizarre; le voici. Au moment de leurs plus grands succès d'hommes à bonnes fortunes et au plus fort de leurs triomphes, lorsqu'ils étaient tous deux l'objet de l'attention publique, embarrassée de savoir auquel des deux vainqueurs elle donnerait la palme, parut à l'horizon du monde aristocratique et suprême où ils régnaient l'un et l'autre, une jeune femme d'une beauté extraordinaire. C'était miss Flavy, comtesse de Wisby, nouvelle demoiselle d'honneur de la reine, celle qui devait être plus tard lady Glenmour. Elle produisit sur la haute société anglaise l'effet que durent produire en France à une autre époque Diane de Poitiers et les superbes nièces du cardinal Mazarin, une admiration digne d'être consignée comme un événement dans les pages de l'histoire contemporaine. Lord Glenmour et Madoc eux-mêmes, si difficiles, furent surpris comme les autres. La jeune comtesse allait peu dans le monde; elle vivait à la cour, ne jetant son pur et radieux éclat qu'au milieu des fêtes royales et des solennités officielles. Ce fut dans une cérémonie religieuse, à Westminster, qu'elle parut pour la première fois à côté de la reine et qu'elle étonna la foule par cette miraculeuse beauté dont l'Angleterre n'avait peut-être pas d'exemple. Le tableau représentant cet événement ayant été fait par un habile artiste, le visage de la comtesse acquit bientôt la popularité de celui de la souveraine. A l'exposition de l'année suivante parurent des centaines de copies, faites d'après ce portrait, en sorte que rien n'était plus connu que la figure de la comtesse, et que rien ne l'était moins que sa personne. Cette séquestration d'une part, cette célébrité de l'autre excitèrent au plus haut degré l'envie du club des *Dangereux*, ces héros privilégiés de toutes les victoires. Mais leur puissance vint chanceler au pied de ce défi que leur portait la plus remarquable des femmes de l'époque. Comment la séduire sans l'approcher? Comment lui plaire sans les moyens de lui faire connaître ce qu'on avait de grâces, d'esprit, sans lui faire apprécier enfin ces qualités qui rendaient irrésistibles les associés de ce fameux club de gentilshommes? Deux surtout furent blessés de ne pouvoir se signaler dans cette occasion particulière, eux qui avaient eu les plus belles occasions et avaient su en profiter. On estima avec raison que lord Glenmour et le comte de Madoc étaient d'autant plus frappés des charmes de la magnifique comtesse de Wisby, qu'ils gardèrent une neutralité très-significative. En hommes supérieurs, ils comprirent le danger d'une tentative sans succès. Ils laissèrent aux autres, aux habiles du second ordre, la maladresse de risquer des démarches dont le résultat devait être infailliblement le ridicule ; ils poussèrent même le stoïcisme jusqu'à ne pas se parler entre eux de la comtesse de Wisby, quoiqu'ils fussent aussi liés que peuvent l'être deux hommes qui poursuivent journellement le même but avec des avantages rivaux. L'abnégation fut d'autant plus héroïque qu'ils avaient été éblouis tous les deux par l'éclat de cette jeune femme, brillante étoile qui se révélait tout à coup dans le ciel azuré de la cour. Quand ils se voyaient, ils causaient chasses, chevaux, dîners, concerts, jamais de la seule chose dont ils avaient le cœur et l'esprit ardemment préoccupés. Ils cherchaient si bien à se tromper réciproquement, quoiqu'ils ne fussent pas plus l'un que l'autre dupes de leur jeu, que lord Glenmour ayant rencontré au club le comte de Madoc, lui avait dit avec une parfaite indifférence : « Je ne puis plus vivre à Londres ; l'ennui m'y tue. Je pars dans huit jours pour l'Italie, » ce à quoi le comte de Madoc avait répondu : « C'est singulier, cher lord, j'allais vous dire que je pars dans huit jours pour la France. Je m'ennuie à périr en Angleterre. » Au bout de huit jours, les deux voyageurs n'étaient pas plus partis l'un que l'autre et se retrouvaient à la cour, à un lever de la reine, au moment où elle passait dans ses appartements suivie des demoiselles d'honneur et s'appuyant sur le bras de la belle comtesse de Wisby.

Ce fut pendant ces combats sourds et livrés seulement avec les armes invisibles de la jalousie et de la plus grande prudence que se produisit à Londres un événement fort singulier par les circonstances qui l'accompagnèrent, et par les rapports qu'il eut avec l'histoire dont nous nous occupons ici.

Mousseline.

La saison où les acteurs français viennent en représentation à Londres commençait. Déjà quelques artistes célèbres avaient débuté devant le public d'élite qui s'est fait une habitude de les applaudir par ton encore plus que par une intelligence bien nette de leur mérite. Jusque-là rien d'extraordinaire n'avait distingué cette année théâtrale des précédentes, lorsqu'un soir on vit paraître dans le rôle d'Henriette, des *Femmes savantes*, une actrice qui avait pris sur l'affiche le nom de mademoiselle de Saint-Gratien. Ce ne furent certes ni sa diction ni son jeu qui lui valurent la prodigieuse surprise qu'elle causa à une partie de la salle et particulièrement aux spectateurs du club des *Dangereux*.

Cette surprise si unanime se manifesta par un murmure flatteur pour celle qui la causait. Elle obtint pour la femme un suffrage que l'actrice était loin de mériter. Mademoiselle de Saint-Gratien fut applaudie presqu'à chaque vers, et souvent interrompue par une pluie embaumée de bouquets. Ce qui venait d'attirer ce triomphe universel sur une actrice plus que médiocre, c'était sa ressemblance vraiment nouïe avec la comtesse de Wisby, la demoiselle d'honneur de la reine. Mademoiselle de Saint-Gratien avait le même visage, la même chevelure noire et abondante, la même expression dans le regard, la même coupe de visage; elle avait son sourire, sa taille et sa gracieuse tournure; enfin c'était elle, moins le son de la voix, différence que peu de personnes pouvaient constater, très-peu ayant entendu parler la comtesse de Wisby.

Le reste de la soirée se passa à s'entretenir de cette ressemblance fabuleuse; le lendemain on s'occupa beaucoup de savoir d'où venait cette actrice, et tous les détails qui se rattachaient à son existence. Ces sortes d'enquêtes sont des plus faciles. Entre Paris et Londres, il n'existe pas plus de secrets diplomatiques que de secrets domestiques. On sut bientôt que mademoiselle de Saint-Gratien ne s'était faite actrice que comme quelques jeunes gens riches font leur droit, c'est-à-dire pour avoir une profession à faire graver sur leurs cartes de visite. Sa profession réelle était d'aimer. Mais quoi? Tout. Le plaisir d'abord et le plaisir ensuite Elle aimait à avoir un bel appartement. une jolie voiture, des femmes de chambre, un bon cuisinier, un groom, et à recevoir chez elle les gens qui l'amusaient par leur esprit et par leur gaieté. Elle n'aurait jamais conquis ces avantages en restant chez elle à peindre des éventails, sa première profession. En montant sur les planches d'un théâtre elle eut ce qu'elle voulut avec une facilité dont elle fut elle-même effrayée. Elle ne pouvait pas encore deviner, car elle était trop jeune pour cela, qu'elle serait un jour une célébrité du genre, la première parmi une classe de femmes qui devait plus tard abonder à Paris et suivre son exemple; une de ces individualités dont il ne faut pas chercher le portrait dans La Bruyère, car elles n'existent que depuis quelques années. Elles ont à la fois la beauté, l'esprit, la finesse, la prodigalité, l'ordre, la rouerie, la magnificence et l'économie; elles ont beaucoup de vices qu'on est loin de leur supposer; mais celui qu'on leur suppose avant tous les autres, celui-là, c'est précisément celui qu'elles n'ont pas, et qu'elles se garderaient bien d'avoir, sachant qu'on ne fait durer les belles étoffes qu'en ne les exposant pas trop à l'air. Leurs analogues du XVIIIe siècle étaient de pauvres innocentes à côté d'elles, et Manon Lescaut mourant d'amour leur paraît aussi extraordinaire, aussi impossible que Marion Delorme expirant de faim et de froid dans un grenier.

Paris qui donne, quelquefois avec esprit, des noms de guerre à tous ceux auxquels il fait, en passant, une réputation, avait surnommé mademoiselle de Saint-Gratien, Mousseline, sans qu'on puisse dire au juste pourquoi. Était-ce parce qu'elle affectionnait le tissu ou le parfum de ce nom, ou bien parce qu'elle éveillait, par la légèreté de sa taille et la blancheur de son teint, l'idée aérienne de la mousseline? On ne saurait le dire. Mais tel était son surnom : Mousseline. Et Mousseline est celle qui eut pour premier amant, c'est vous qui me l'avez rappelé, monsieur le marquis, le major de Morghen, tué en duel pour elle, et sur le tombeau duquel s'agite la sonnette dont le vent nous apporte les mélancoliques vibrations : la Sonnette du Parricide.

En rentrant dans son magnifique hôtel situé dans Belgrave-Square, le soir après le spectacle, Mousseline trouva deux billets avec armes et devises. Dans l'un, lord Glenmour lui demandait la faveur d'être reçu chez elle le lendemain dans la soirée, sachant qu'elle ne jouait pas; dans l'autre, le comte de Madoc sollicitait la même grâce, pareillement pour la soirée du lendemain.

—Déjà! s'écria-t-elle; lequel accepterai-je? Elle sonna; une fille de l'hôtel parut.

—Connais-tu ce nom-là? lui demanda Mousseline.

—Oh! madame! lui répondit la fille de l'hôtel dans une interjection qui renfermait l'admiration, le respect de toute domestique anglaise pour la fortune, et sa profonde vénération pour les titres.

—Et connais-tu aussi ce nom-là?

—Oh! madame! répéta la fille de l'hôtel sans varier l'inflexion de son *oh!*

—Très-bien, dit alors Mousseline; j'en sais assez. Voilà deux *oh!* qui fixent mon opinion.

La fille de l'hôtel s'étant retirée, Mousseline appela les gens qu'elle avait amenés avec elle de Paris, et qui se composaient d'un cuisinier, d'une femme de chambre et d'un groom.

—Il s'agit, leur dit-elle solennellement, de montrer ma maison avec avantage; vous me comprenez? Il faut attirer, fixer, et par conséquent, charmer, éblouir, fasciner, ravir l'insulaire. J'ai compté sur vous pour m'aider dans cette utile entreprise... Eurydice, dit-elle ensuite à sa femme de chambre, celle qui l'accompagnait au théâtre, l'habillait, la coiffait, la faisait belle enfin, tu vas te signaler...

—Tu me dois trois mois, répondit celle-ci.

—Ce n'est pas une raison pour me tutoyer en plein nez.

—Tu me dois trois mois, ou, si tu le préfères, vous me devez trois mois.

—Je vous donne cinquante francs par mois, Eurydice.

—Oui; mais tu ne me les donnes pas. Je suis à découvert de cent cinquante francs.

—On vous les donnera.

—Quand?

— Quand elle m'aura payé les six mois qu'elle me doit aussi, répondit le cuisinier de Mousseline.

— Je te les donnerai dès que j'en aurai, vieil ours.

— On n'appelle pas son père vieil ours.

— Et comment l'appelle-t-on ?

— On le paye d'abord.

— Voyons, petit père. Nous réglerons nos comptes à notre retour à Paris, où nous ramènerons les galions d'Espagne.

— Faire attendre un père ! Un cuisinier, je ne dis pas...

— Et un frère, s'écria le groom.

— Toi aussi, tu parles, tu fais ta tête, dit Mousseline en lançant un soufflet au groom, qui pirouetta comme une toupie d'Allemagne. Attrape ! Je t'ai habillé à neuf, je t'ai épinglé comme une poupée...

— C'est pas vrai ! ma culotte de velours cerise que voilà est déchirée ; elle craque au genou.

— Tu mens ! c'est toi qui craques.

— Si ! regarde.

— Non ! elle ne craque pas.

Autre soufflet.

— Ah ça ! dit le père de mademoiselle Saint-Gratien, qui s'appelait Trabucq, tu veux donc égorger toute ta famille ?

— Ma famille m'embête. Sans moi elle n'aurait ni feu ni lieu. Vous, mon père, vous porteriez des journaux littéraires et politiques, mécaniques et agricoles dès quatre heures du matin ; toi, Eurydice, tu raccommoderais des chaussettes ; et toi, Félix, tu vendrais le soir, sous les portes cochères, des allumettes mouillées allemandes. Songez que je vous ai pris dans l'obscurité la plus profonde pour...

— Pour être ton cuisinier.

— Pour être ta femme de chambre.

— Pour être ton groom.

— Si décidément votre sort ne vous convient pas, dit Mousseline, vous n'avez qu'à parler ; je vous rends à votre splendeur première. Réglons

— Oui, réglons.

— Il m'est dû six cents francs, dit le premier, le cuisinier paternel.

— Moi, cent vingt francs, ajouta le groom.

— Moi, cent cinquante francs, dit la femme de chambre.

— Et c'est pour une misérable somme de huit cent soixante-
dix francs, parents dénaturés, que vous renoncez à la fortune
qui vient à vous? Mais puisque vous le voulez... soit !

Mousseline se leva pour aller à son secrétaire.

— Décidément, ajouta-t-elle en s'arrêtant, vous ne voulez pas
m'aider à diminuer deux milords?

— Anglais? s'écrièrent à la fois le vieux Trabucq, Eurydice
et Félix.

— S'ils n'étaient pas Anglais, est-ce que je les recevrais? Mais
non, vous voulez partir, manger en frais de retour la misérable
somme que je vous dois

— Quand viennent donc ces gros Anglais?

— Ce soir

— C'est tout le portrait de sa pauvre mère, dit entièrement
radouci le vieux Trabucq, en montrant sa fille Mousseline à ses
deux autres enfants.

— Je te plisse pour ce soir une robe de tulle un peu sala-
mandre, dit Eurydice.

— Tout ça, c'est de la fine fleur de blague, dit le jeune Félix ;
je ne monterai pas derrière la voiture si je ne suis pas réglé.

— Vous manquez de respect à votre aînée, Félix, dit le père
Trabucq ; allons donc! suspecter la bonne foi de votre sœur !

— Pique-le à l'ail, ton respect.

— C'est à moi maintenant que vous manquez de respect, drôle !

Et le père Trabucq lança à son jeune fils un coup de pied
dans la culotte cerise.

— Bon! cria Félix, voilà qui achève la culotte de velours
cerise. Ça m'est égal ! ça m'est égal !

— Ceci pour t'en faire une autre, dit Mousseline en jetant sur
la tête de Félix une belle robe en velours noir : quatre cents
francs, rien que ça !

— Merci, sœur, merci, ma très-chère sœur ! s'écria Félix;
c'est trop beau pour en faire une culotte, merci ; j'en ferai de
l'argent, c'est mieux porté. La culotte cerise est encore toute
neuve.

— Il est charmant, ce chou ! dit Mousseline. Ah ça ! mainte-

nant que nous voilà d'accord, entendons-nous bien pour ne pas
manquer le coup. Comme je vous l'ai dit, les milords viennent
ce soir.

— Au feu, les casseroles ! cria le vieux Trabucq.

— Et vous, reprit Mousseline en s'adressant à son frère et à
sa sœur, soyez ce que vous devez toujours être : des serviteurs
élégants, distingués, fashionables.

— Et pas chers, dit Félix en s'en allant.

Qu'on juge si lord Glenmour et le comte de Madoc furent l'un
et l'autre ravis d'avoir une occasion de réparer une partie de
l'espèce de tacite défaite qu'ils avaient éprouvée auprès de la
comtesse de Wisby. Mousseline n'était pas la comtesse, il est
vrai, mais c'était à coup sûr ce que son ombre pouvait offrir de
plus charmant et de plus gracieux. Puis un vent sur lequel les
habiles ne se trompent pas faisait prévoir que Mousseline aurait
bientôt la vogue, et il fallait à tout prix monter en triompha-
teur dans son char. Seulement, les deux candidats à l'attention
de la comtesse de Wisby allaient, sur un terrain plus ferme, se
trouver encore une fois rivaux ; et entre de pareils hommes, la
rivalité, c'est la guerre, c'est tout ! c'est la guerre de l'or, de la
naissance, de l'esprit, de l'épée ! Qui cède est mort !

A dix heures du soir, le lendemain, lord Glenmour, qui s'était
fait précéder par tout ce qu'il y avait de belles fleurs dans les
serres de Londres, se présenta chez Mousseline, et il eut la satisfaction, en entrant, de les voir sur les consoles et sur la cheminée. Il fut reçu avec cette grâce naturelle et facile qui est le
partage des Françaises et qui sauve si adroitement la torture
des préliminaires. Lord Glenmour parla beaucoup du plaisir
qu'il avait goûté en entendant une actrice si remarquable, et il
vanta ensuite la France en homme qui l'aime et l'a étudiée. Il
s'aperçut, après quelques minutes de conversation, que les fleurs
qu'il avait envoyées le matin à Mousseline étaient dans deux
vases de porcelaine de Chine d'une dimension et d'une richesse
comme on est peu habitué à en voir sur la cheminée des hôtels
garnis de Londres. Cette observation silencieuse et grosse de
suppositions fut remarquée par la gracieuse Mousseline, qui dit
à lord Glenmour :

— Comment trouvez-vous ces fleurs ?

— Elles n'ont rien, répondit celui-ci, d'extraordinaire pour la saison.

— Elles sont magnifiques, milord, et nous n'avons pas mieux en France, s'écria Mousseline. Mais c'est étonnant, ajouta-t-elle, vous autres Anglais vous avez à profusion tout ce que vous n'avez pas. Vous faites des fleurs avec du charbon et des ananas avec du coke.

— Mais nous faisons venir les jolies femmes de Paris.

— Milord, on voit que vous êtes distrait, rien qu'à votre réponse.

— Moi, distrait ! quand je dis la vérité. Quelle épigramme !

— Ces vases vous préoccupent beaucoup.

— J'examine leur forme... un peu surannée.

— Ne seraient-ils pas de votre goût ? demanda Mousseline en soulevant à grand'peine un des deux vases et en l'apportant à lord Glenmour.

— Je trouve, répondit celui-ci en prenant le splendide vase de Chine entre ses mains, que ces vases sont du plus détestable goût qu'on puisse imaginer.

— Mais voyez pourtant ces paysages fantastiques; ces personnages si richement enluminés; cet or...

— D'abord ces vases ne sont pas de la Chine; ils ont été fabriqués aux Indes par la Compagnie. Aux yeux des connaisseurs véritables, cela suffit pour leur ôter toute valeur.

— De l'indulgence, milord ! de l'indulgence ! C'est un cadeau que je viens de recevoir.

— Du comte de Madoc, pensa lord Glenmour; j'en étais sûr. Il reprit : Je soutiens, madame, que pour envoyer un pareil cadeau, il faut n'avoir jamais mis les pieds dans les salons de Warton, si riches en porcelaine de Saxe et de Chine, ni dans les magasins de Bolden, fameux par ses vieux Sèvres. Quel choix ! des porcelaines de la Compagnie ! Comment peut-on avoir un si mauvais, un si détestable goût ? Et en disant cela, lord Glenmour laissa tomber tout à coup le beau vase en porcelaine de Chine qui se brisa sur le tapis en vingt morceaux.

— Monstre ! s'écria Mousseline en appliquant un vigoureux soufflet à lord Glenmour.

— Merci ! dit Glenmour. Demain j'espère vous faire connaître comment doivent être des vases dignes de vous être offerts.

— Vous n'en êtes pas moins un monstre, répéta Mousseline. Elle sonna. Elle dit à Eurydice, sa femme de chambre :

— Emportez vite ces débris et enlevez toutes les fleurs qui sont ici ! Dégarnissez, dégarnissez ces consoles et cette cheminée !

En un instant Mousseline fut obéie.

— Je comprends, pensa Glenmour, le comte de Madoc va venir.

— Quel est votre état? demanda ensuite Mousseline à lord Glenmour.

— Marin, madame, capitaine de frégate.

— J'ai cru à votre action que vous étiez marchand de porcelaines et que vous éprouviez le besoin de casser les miennes pour les remplacer.

La sonnette de l'antichambre fut vivement ébranlée.

Le valet de pied vint annoncer monsieur le comte de Madoc.

— Faites entrer, dit Mousseline.

Lord Glenmour se leva pour saluer son rival.

Onze heures sonnaient à la pendule.

Les Deux Dangereux.

Il est inutile de dire que les deux rivaux, les deux Dangereux, ne furent pas surpris de se rencontrer dans le salon de Mousseline. Ils ne manquèrent pas cependant d'exprimer leur étonnement et surtout leur bonheur de se revoir, après toutefois que le comte de Madoc eut salué la maîtresse et l'eut remerciée d'avoir agréé sa visite. Quand les compliments de rigueur furent faits, le comte la félicita avec une lenteur d'élocution qui ne ressemblait pas à la manière pétulante de lord Glenmour, sur l'extrême et délicieuse originalité de sa toilette du soir.

La toilette de l'actrice était charmante en effet. Le tissu délicat dont elle avait reçu le surnom en faisait tous les frais. Elle

se cachait comme une rose au milieu de ce buisson de mousseline plein de plis et touffu d'accidents gracieux. Ses yeux dar-
daient de doux rayons noirs du fond de ce joli nid de mousseline blanche. Elle semblait une naïade antique sortie du bain,
descendant l'escalier diaphane d'un nuage ; elle rappelait les plus
vaporeuses créations de la mythologie. Assise et ciselée dans
les plis droits de sa robe, c'était Psyché ; debout et marchant,
c'était Ero allant, sous ses voiles de nuit, au sommet de la tour
d'Abydos, allumer la lampe alimentée par l'huile des olives de
Candie ; c'était un camélia changé tout à coup par une puissance féerique en une jeune femme ; enfin, c'était mieux que
tout cela, c'était presque la comtesse de Wisby, mais la comtesse
avec cette grâce qu'elle n'avait pas encore alors.

— Milords ou messieurs, n'importe, dit Mousseline, j'ai plus
d'intérêt que vous ne pensez à me montrer à vous ce soir dans
ce costume de neige.

— Quel intérêt ? dit le comte de Madoc ; serait-ce celui de paraître plus jolie qu'hier ? Mais c'est impossible. Vous êtes toujours mieux sans jamais changer.

— Je vous préviens, mademoiselle, dit lord Glenmour, que le
comte de Madoc est quelquefois très-nébuleux dans ses éloges.

— Mais j'ai fort bien compris, monsieur le comte, dit Mousseline. En France, on comprend toujours un compliment. Vous
ne devinez pas pourquoi je suis blanche comme un fil de la
vierge ce soir ? il faut vous l'apprendre : c'est que je veux es-
sayer sur vous l'effet que je produirai après-demain au spectacle
dans le rôle de Valérie, avec ce costume. Je joue après-demain
Valérie.

— Vous serez admirable, sublime ! dit le comte de Madoc.

— Vous aurez le succès que vous avez eu hier dans les *Femmes savantes*, ajouta Glenmour.

— Vous me gâtez, altesses.

— Il me vient une idée bizarre, reprit le jeune comte de Madoc, qui s observait autant qu'il observait son rival ; après-demain vous aurez, pour vous voir jouer, une salle magnifique...

— Tous les billets sont déjà pris, interrompit Glenmour.

— Tous les billets sont pris ! excepté les miens, j'espère, dit
Madoc.

— Comte, vous espérez à tort; car il n'y a plus de billets pour la représentation d'après-demain. J'ai fait prendre depuis ce matin, sachant que mademoiselle jouait après-demain *Valérie*, tous les billets au bureau.

— Alors, milord, reprit le comte de Madoc, cachant le dépit de sa déception, je vous prierai de me céder deux places ; cette faveur...

— C'est une faveur, en effet, que je crois vous faire en vous les cédant.

Glenmour remit alors avec orgueil deux places de galerie à Madoc, qui les renferma dans son portefeuille.

— Voyons cette idée ! s'écria Mousseline, après avoir remercié Glenmour de cet acte suprême de galanterie, je n'aime pas attendre. Après-demain au soir, disiez-vous, j'aurai une salle magnifique, et puis...

— La cour, les princes, la noblesse, la bourgeoisie, le peuple, deux mille personnes prêtes à vous admirer, à vous applaudir, seront réunies, reprit le comte de Madoc, et attendront que vous paraissiez.

— Jusqu'ici, comte, interrompit le brillant Glenmour, je ne vois pas, pardonnez ma franchise, la bizarrerie de votre idée.

— Amiral, riposta le comte avec un noble sang-froid, vous tirez avant la déclaration de guerre. C'est de la piraterie pure. Attendez, de grâce.

— Attendez, reprit Mousseline fort attentive. Poursuivez, comte.

— Vous, pendant ce temps-là, vous êtes dans les coulisses, vous disant: Quelle gloire ! quel bonheur d'être moi ! Je suis jeune, je suis belle, je suis suivie, entourée, et dans un instant, dans quelques minutes, dès que je paraîtrai sur la scène, je serai couverte d'applaudissements et de fleurs. Quelle royauté vaut celle-là? La double royauté de la beauté et du talent! Eh bien! si à ce moment-là, l'homme que vous aimez...

— Comte, cette supposition...

— Qu'y trouvez-vous d'étrange! Mademoiselle peut aimer.

— Certes oui! s'écria Mousseline, cela se voit dans ma profession.

— Mademoiselle en convient, vous le voyez, dit Madoc avec un ton de gravité qui confondit Glenmour.

— Du moment où mademoiselle en convient, reprit celui-ci, il y aurait de l'indiscrétion à ne pas lui demander qui elle aime.

Chacun commençait à être parfaitement dans son rôle.

— Si le comte de Madoc n'était pas là, répondit Mousseline, je vous dirais qui j'aime, milord. Mais achevez, comte.

Jamais réponse de sibylle n'eut deux tranchants mieux affilés. Qui donc devait espérer de Madoc ou de Glenmour ?

Le comte de Madoc continua ainsi·

— Or, si cet homme que vous aimez venait vous dire à cette minute suprême pour vous, à cette minute d'enivrement : « Si vous m'aimiez, mademoiselle, donnez-m'en une preuve éclatante, unique, immédiate, une preuve sans exemple ; cette preuve, la voici : Vous ne paraîtrez pas, vous ne paraîtrez plus en public ; à l'instant même quittez le théâtre ! — Mais le prince, mais la cour venue pour vous voir ? — Qu'importe ? — Mais le peuple qui attend ?—Qu'importe encore ? Si vous m'aimez, vous dis-je, laissez tout, bravez tout ; venez telle que vous êtes là, montez dans ma voiture, et sortons par la petite porte. Pour moi, tombez tout à coup du sommet de la gloire dans les abîmes de l'obscurité. »

— Tiens ! s'écria Mousseline, c'est assez romanesque !

— Aucune femme, répartit lord Glenmour, ne serait capable d'un pareil sacrifice, et votre idée n'en séduira aucune.

— Je le crois moi-même, reprit le comte de Madoc.

— J'en ai peur, dit à son tour Mousseline.

— Et pourtant, si j'aimais une actrice, ou plutôt, se reprit tout à coup le Dangereux, si une actrice m'aimait, je voudrais la mettre à cette singulière épreuve.

— Ce serait une tentative inutile, dangereuse, décevante. Aucune femme ne ferait cela, comte ! allons donc !

— Milords et messieurs, dit Mousseline en se mettant à toucher du piano, voici bientôt minuit, disons du mal des femmes, je vous accompagnerai en musique.

— Ce n'est pas du mal des femmes que je veux dire, riposta Glenmour ; je prétends dire seulement, en leur refusant ce dévouement exigé par le comte de Madoc, qu'elles ne le montreraient pas, parce qu'elles ne croiraient aucun homme digne de le mériter.

— Milord, reprit le comte de Madoc, vous vous êtes tiré fort adroitement d'un très-mauvais pas.

— Comte, je vous serai toujours obligé de m'accorder vos encouragements ; mais, pour en revenir à votre thèse, comte, je désire que mademoiselle, meilleur juge que nous, décide si elle est réalisable, possible. Je la tiendrai même pour telle si l'on me cite un seul exemple.

— Qu'elle soit raisonnable ou non, répliqua Madoc ; qu'elle soit fondée ou non sur des exemples, je vous assure, milord, que si j'avais un rival auprès d'une actrice, il pourrait bien m'arriver d'exiger cela d'elle.

— Par la force ? Vous l'exigeriez par la force, comte ?

— Milord, par la force de l'amour.

— Vous échoueriez peut-être comme un autre.

— Le doute est permis, milord. Mais enfin, pourquoi échouerais-je ? La question devient si personnelle......

— Parce que, comte, votre rival, sachant vos projets, pourrait, à son tour, dire à l'actrice disputée : — Et moi, madame, si vous m'aimez, je vous engage à paraître devant le public.

— Ce serait à elle, milord, à faire un choix. Oseriez-vous faire un choix ? ajouta le comte de Madoc en prenant avec délicatesse, en cueillant, si l'on peut s'exprimer ainsi, la divine main de Mousseline.

— Vous ne songez pas, répondit à son tour Mousseline, à mon embarras personnel. Vous en parlez bien à votre aise. Que faudrait-il faire, dites, si je les aimais tous les deux ?·

— Nous n'avions pas pensé à celle-là ! dirent Madoc et Glenmour, en se regardant avec une stupéfaction qui se termina par un éclat de rire auquel Mousseline elle-même prit part.

Cette scène n'était que le prélude du grand drame d'acharnement qui allait se jouer entre ces deux jeunes gens autour de Mousseline, n'ayant pu se jouer aux pieds de la comtesse de Wisby. S'étonner de ce que deux gentilshommes, deux Dangereuy, se disposassent à déployer tant de finesse et d'ardeur pour conquérir le cœur ou la possession d'une femme en apparence si facile, c'est oublier que les joueurs n'ont jamais plus de rage que lorsque, après avoir perdu de fortes sommes, ils sont réduits à jouer des sommes médiocres, reste d'une nuit de concentration irritée. Qu'importe la moralité de Mousseline, qui d'ailleurs était loin d'avoir la célébrité qu'elle eut plus tard ; du moment où l'un la voulait, il ne fallait pas que l'autre l'eût, et ils la voulaient tous les deux, parce qu'elle ressemblait à la belle comtesse de Wisby, parce qu'à cause de cette ressemblance inouïe elle allait être à la mode à Londres, et enfin aussi parce qu'elle était infiniment jolie, ce qui n'ôtait rien à l'importance de ce défi.

Lord Glenmour et le comte de Madoc avaient trop l'usage du monde pour n'avoir pas compris l'intention de Mousseline lorsqu'elle s'était levée pour aller à son piano, et qu'elle avait dit en quittant sa place : Il est minuit. Cela voulait dire : Messieurs, il faut nous séparer, il est tard. Mais ici commençait un épisode nouveau du grand drame entre les deux Dangereux.

Un moment on put croire, à un mouvement de lord Glenmour pour se lever, que le comte de Madoc quitterait aussi sa place et que tous les deux s'en iraient. Mais le comte de Madoc ne s'étant pas levé, le capitaine Glenmour s'était assis de nouveau, et ni l'un ni l'autre, en somme, ne paraissaient disposés à se retirer.

Voyant que ces messieurs désiraient rester encore quelques instants chez elle, Mousseline sonna et elle dit à son groom de mettre sur la table quelques pièces froides, du vin de Bordeaux, du vin de Champagne et des liqueurs.

Si le visage de chacun de ces deux messieurs parut rayonnant de plaisir et de reconnaissance à cette idée de Mousseline. qui leur offrait cette collation, leur pensée, à l'un et à l'autre, fut : C'est très-bien, mais j'aurais mieux aimé être resté seul pour souper en tête à tête avec Mousseline.

On prit place autour de la table.

—Je n'ai pas fini de vous expliquer tout mon système, reprit le comte de Madoc en découpant élégamment du jambon.

—Quel système ? demanda Glenmour.

—Mon système de grand dévouement.

—Comment, il n'est pas fini ? dit aussi Mousseline. Vous obtenez de l'actrice qu'elle quitte sa profession, qu'elle vous suive...

—Ou vous ne l'obtenez pas, interrompit Glenmour. Mais enfin vous l'obtenez : soit. Que reste-t-il à dire ?

— Il reste à dire, reprit Madoc, que je ne l'enlèverais pas d'ici aux succès du théâtre pour la mener dans un grenier, dans une chaumière enfumée. Je la conduirais ensuite dans mon château aux environs de Londres.

— Ah! vous avez un château, comte? demanda aussitôt Mousseline, qui ne parut pas fâchée de cette conclusion.

— Le mien est voisin de celui du comte, ajouta Glenmour.

— Oh! vous avez aussi un château, milord?

— Et là, continua le comte de Madoc, nous passerions, elle et moi, une saison entière. Je lui ferais goûter tous les plaisirs de son âge et de son goût. Ne faut-il pas une récompense au dévouement?

— C'est la morale de la fable, reprit Glenmour.

— Vous appelez cela une fable, milord? J'ai, vous le savez, un des plus beaux châteaux qu'on puisse voir, poursuivit le comte de Madoc, et il ne tient qu'à mademoiselle d'en juger.

La collation était finie; une heure allait sonner, et les deux rivaux ne faisaient pas mine de partir. Voyant cela, Mousseline ferma son piano, et après avoir enlevé les fleurs de sa coiffure, qu'elle posa sur la cheminée, ôté sa mantille de dentelles et retiré lentement ses gants, elle attendit pendant quelques minutes pour voir si tous ces préparatifs d'une personne qui va se coucher engageraient ces messieurs à partir.

— Je ne partirai pas le premier, pensait Madoc.

— Ce n'est pas moi qui quitterai le premier la partie, se disait lord Glenmour, y eût-il cent pièces de canon braquées sur moi.

Et ni l'un ni l'autre ne bougeaient.

— Ceci devient assez original, pensa Mousseline, qui, voyant l'aiguille de la pendule passer sur la demie et grimper vers deux heures, se dit: Allons, exprimons-leur plus nettement, puisqu'ils ne m'ont pas comprise, que mon désir est qu'ils s'en aillent.

Elle dénoua alors sa ceinture, retira ses bracelets, ses boucles d'oreille et son collier.

— S'ils ne comprennent pas maintenant...

— Milord, dit le comte de Madoc, vous demeurez, je crois, assez loin de *Belgrave Square?*

— Et vous aussi, comte.

— C'est juste.

— Pourquoi me faites-vous cette question?

— Dans votre intérêt, milord.

— Lequel?

— Des voleurs pourraient...

— Dans Londres! comte, plus éclairé qu'en plein jour, et dans ma voiture. A propos, continua-t-il. et l'à-propos était assez décolleté, je vais la renvoyer...

— Vous allez renvoyer votre voiture!... Vous comptez donc...

— Passer la nuit... tout près d'ici, comte.

— Vous m'inspirez la même idée, milord, et la même résolution : je vais aussi renvoyer la mienne.

— Mais vous n'avez donc pas peur, vous, comte, de retourner à pied chez vous?

— Je brave cette peur. D'ailleurs, je demanderai à mademoiselle, dit le comte de Madoc, la permission de laisser mon portefeuille entre ses mains.

— Le mien, reprit vivement lord Glenmour, le mien, qui contient aussi quelques valeurs, pourrait séduire les voleurs de nuit, puisque vous voulez qu'il y en ait, et je prierai également mademoiselle de m'accorder la faveur de le laisser chez elle.

Les deux portefeuilles furent tendus à Mousseline, qui, feignant de ne pas comprendre le sens de ce double dépôt. sonna au même instant, et dit à Eurydice : — Prenez ces deux portefeuilles et allez. les serrer dans ma boîte à bijoux ; vous en remettrez ensuite la clef à l'un de ces messieurs.

Eurydice fit en un clin d'œil la commission de sa sœur, et revint pour donner la clef à lord Glenmour. qui la refusa, ainsi que le comte de Madoc.

Mousseline se dit : — Si dans leurs portefeuilles il n'y a que des billets de banque, je suis volée.

— La phrase vous paraîtra un jour beaucoup moins énigmatique, reprit le chevalier De Profundis ; attendez-en l'explication.

Mousseline prit donc la petite clef apportée par Eurydice. et se dit encore. tandis que le comte de Madoc se versait un verre

de champagne : — Ah ça ! ils ne veulent donc pas s'en aller !...
est-ce qu'ils auraient fait un pari ? L'obstination de ces deux
messieurs à rester chez elle l'inquiétait un peu... Elle sonna de
nouveau Eurydice, qui, douée du coup d'œil de la sœur aînée
et du flair de la femme de chambre qui n'est pas payée, apporta
à Mousseline ses pantoufles et son bonnet de nuit.

Lord Glenmour imita le comte de Madoc et se versa aussi un
verre de champagne.

— Vous êtes charmante ainsi ! s'écria lord Glenmour en
voyant Mousseline en costume de nuit.

— Adorable ! reprit le comte de Madoc.

— Eh bien ! pensa Mousseline, puisqu'il en est ainsi, je
vais leur faire encore mieux comprendre qu'ils me gênent un
peu...

Elle fit deux tours dans le salon et se glissa furtivement par
une petite porte qui ouvrait sur son boudoir, lequel menait dans
sa chambre.

— Comte, dit Glenmour, opposant la résolution à la résolution, la ténacité à la ténacité, savez-vous si les fonds ont monté
aujourd'hui ?

— Non, milord, ils ont fléchi.

— Je vous remercie.

— A votre santé, milord.

— A la vôtre !

Une voix qui sortait du fond d'une alcôve leur cria : — Je suis
couchée, bonne nuit, messieurs !

— Bonne nuit, répondit le comte de Madoc.

— Bonne nuit, répondit Glenmour.

La pendule marquait deux heures.

— Milord, dit le comte après une pause d'une heure, racontez-moi un de vos naufrages.

— Je n'ai jamais fait naufrage, comte ; sans cette petite difficulté, ce serait avec grand plaisir.

Puis il se fit un silence profond, et les deux Dangereux firent
semblant de céder à l'influence du sommeil.

Vers six heures, le comte de Madoc s'étant levé sur la pointe
du pied, sans doute pour se dégourdir les jambes, et dans sa
promenade s'étant un peu trop rapproché de la porte par où

l'on allait dans la chambre de Mousseline, lord Glenmour l'arrêta soudainement par le bras et lui dit :

— Votre seigneurie est-elle somnambule?

— Non, que je sache.

— Si votre seigneurie désire quelque chose, voilà la sonnette.

— En effet, je désire... déjeuner, dit Madoc.

Lord Glenmour toucha le cordon.

Le domestique se présenta.

— Du café... en prendrez-vous, milord?

— Sans doute. Montez aussi les journaux.

— Comment avez-vous passé la nuit, milord?

— Très-bien. Et vous, comte?

— Admirablement.

Après avoir pris leur café et lu leurs journaux, les deux Dangereux demandèrent du papier et des plumes pour faire leur courrier, et ils se mirent à écrire chacun à un bout de la table.

Vers midi, quand Mousseline se leva et passa au salon, elle fut étrangement surprise de retrouver lord Glenmour et le comte de Madoc au même endroit où elle les avait laissés la veille, n'ayant pas voulu sortir l'un avant l'autre.

— Déjà ici, messieurs? leur dit-elle.

— Comment, déjà ici! Mais nous n'avons pas quitté la place, répondit froidement Glenmour. Vous excuserez...

— Mais rien n'est plus naturel, dit Mousseline. Ces messieurs vont me faire le plaisir de déjeuner avec moi.

— En ce cas, ce sera notre second déjeuner, répliqua Madoc.

— Le premier est donc déjà fait?

— Mais oui,

— Ici, chez moi?

— Sans doute, puisque nous ne sommes pas sortis de votre délicieux appartement.

— C'est charmant, messieurs!

Le déjeuner fut fort gai, et à trois heures de l'après-midi, quand Mousseline, sans trop de témérité, supposait que ces messieurs allaient enfin se retirer, ils demandèrent un échiquier pour combler en jouant le temps qui devait s'écouler jusqu'au moment du dîner. Il fallait héroïquement prendre son parti Mousseline ne fit aucune observation; seulement, elle s'absenta.

un instant du salon, et peu après on la vit revenir avec son chef d'office, le vieux Trabucq. Celui-ci demanda avec beaucoup de politesse à lord Glenmour et au comte de Madoc de vouloir bien lui indiquer ce qu'ils comptaient manger pendant huit jours. Il était d'usage chez mademoiselle, ajouta-t-il, d'arrêter ainsi le lundi le menu de toute la semaine.

Avec un grand sang-froid, chacun d'eux dicta à son tour le menu gastronomique pour huit jours ; après quoi le cuisinier se retira. La partie d'échecs fut tranquillement reprise.

Mousseline, effrayée à la fin de cette obstination, sortit pour rêver à quel moyen elle aurait recours pour faire sortir de son appartement, sans les blesser, ces deux illustres originaux.

A six heures du soir, ils recevaient de Mousseline un billet ainsi conçu :

« Messieurs, voyant le plaisir que vous éprouvez à rester
» dans mon appartement, et ne voulant pas vous gêner, j'ai
» résolu de vous en faire le léger sacrifice. Je suis logée depuis
» quatre heures dans le même quartier, hôtel de Jersey, où
» vous serez toujours l'un et l'autre les bien reçus, quand il
» vous plaira de venir m'y voir.

» Votre dévouée,

» MOUSSELINE. »

— Parfait ! dit lord Glenmour en se levant.

— Je puis partir maintenant, reprit le comte de Madoc.

Et tous deux pensèrent qu'il n'y avait pas d'autre manière de sortir de la difficulté.

— Voici la note de mademoiselle pendant son séjour à l'hôtel, dit le groom de Mousseline.

— Cinq mille francs ! lut le comte de Madoc.

Lui et lord Glenmour ouvrirent leurs portefeuilles qui venaient de leur être rendus, et ils glissèrent chacun deux mille cinq cents francs en billet de banque dans la main du groom.

Ils sortirent enfin tous les deux de l'hôtel de Belgrave-Square, d'où ils ne seraient jamais sortis sans l'ingénieuse détermination de Mousseline.

Le Spectacle dans le spectacle.

Le lendemain, le soir même déjà, il n'était question dans les salons, les cercles et les clubs de Londres, que de l'aventure de lord Glenmour et du comte de Madoc, concurrents si acharnés à la conquête de la belle actrice française, miss Mousseline, qu'ils étaient restés vingt-quatre heures chez elle, l'un et l'autre s'obstinant à ne pas laisser la place à son rival. On racontait la manière fort spirituelle avec laquelle l'actrice avait mis fin à cet excentrique embarras sans se compromettre envers deux gentilshommes égaux en position sociale, jeunes et souverainement aimables tous les deux, passés maîtres en séduction, méritant, celui-ci, autant que celui-là, le titre, si difficile à porter, de Dangereux. Comment finirait cette rivalité? se demandait-on, qui l'emporterait, de lord Glenmour ou du comte de Madoc? On s'intéressait d'autant plus à cette lutte que ces deux jeunes seigneurs avaient, par crainte l'un de l'autre, évité d'adresser leurs vœux à la très-noble et très-belle comtesse de Wisby. Ces deux puissances se trouvaient enfin en présence; la bataille était engagée! Quel triomphe pour le vainqueur! Le vaincu ne devait pas se dissimuler non plus le danger de la défaite. Le monde perdait pour lui de sa considération, et il cessait d'appartenir à la société des Dangereux, circonstance particulière qui avait fait jusqu'ici qu'aucun membre du club, depuis sa fondation, n'avait cherché à se mettre en rivalité avec un autre membre du club.

On ne l'a peut-être pas oublié, Mousseline devait jouer le lendemain le rôle de Valérie dans la pièce de ce nom. On se souvient aussi peut-être que lord Glenmour avait d'avance acheté tous les billets au bureau *, par une galanterie fort coûteuse, surtout en Angleterre. Lord Glenmour, comme on le suppose, avait distribué les places à ses nobles amis, tous gens auprès desquels il tenait à ce que Mousseline eût un grand succès et par lesquels il voulait qu'elle l'obtînt. La cour assisterait

* On se sert ici du mot *bureau* pour ne pas trop dépayser les habitudes françaises : mais en Angleterre, particulièrement à Londres, les billets de spectacle se vendent chez les libraires.

aussi à ce brillant spectacle. Jusqu'ici lord Glenmour avait, ainsi qu'on le dit en stratégie et en escrime, l'avantage du terrain. Qu'on imagine si l'aventure de l'avant-veille avait poussé au relief le nom de Mousseline. Comme on eût fait pour les actions de quelque emprunt célèbre, on avait revendu à un prix énorme quelques places pour la fameuse représentation. Le prix en est si fabuleux qu'on craint de le dire. Enfin la salle s'illumina et les gens du grand monde arrivèrent dans leurs luxueux équipages. Peu à peu la salle se meubla, de place en place, des plus belles et des plus riches héritières des trois royaumes ; les toilettes reluisaient comme des armures aux clartés du soleil.

Pendant la première pièce, elle acheva de se garnir, et enfin la cour, nuée de jeunes femmes, fraîches et somptueusement parées, vint se développer sur une majestueuse ligne de loges royales, riches, dorées, écussonnées. Tous les regards cherchèrent et surent facilement trouver dans cette foule connue le capitaine Glenmour et le comte de Madoc, assis dans leurs stalles comme les deux souverains de la mode, de l'élégance, enfin comme les deux héros du jour, l'un et l'autre exhaussés par un événement des plus palpitants. Ils étaient mis avec cette adorable simplicité qui fait le désespoir des riches qui ne sont que riches et va remuer malgré elles le cœur des femmes dont la civilisation a perfectionné le goût et le naturel.

On avait joué la petite pièce, et le moment était venu de lever le rideau sur la comédie attendue, *Valérie*. Que de bouquets impatients de voler sur la scène ! que d'applaudissements prêts à rompre leur prison de satin pour éclater ! que de bravos retenus sur le bord des lèvres ! Cependant, les trois coups du régisseur ne retentissaient pas, l'orchestre avait beau recommencer la ritournelle, la toile demeurait immobile. Le public s'impatientait. Lord Glenmour ne savait à quoi attribuer ce retard, si peu dans les habitudes du Théâtre Français. Il n'avait pas voulu quitter sa place, par la raison fort juste que le comte de Madoc avait quitté la sienne ; cette démarche faite en double eût été une trop visible intention, soit de l'imiter, soit de vouloir lutter d'amabilité avec lui dans les coulisses auprès de Mousseline, où lord Glenmour ne doutait pas qu'il fût en ce moment. Mais cette attitude forcée fatiguait lord Glenmour à l'excès ; il aurait donné

6

mille guinées pour savoir pourquoi le rideau ne se levait pas. Était-ce Mousseline qui causait ce retard véritablement très-fâcheux pour elle ? Faire attendre la cour ! L'entr'acte dura une heure, une heure et demie ! Enfin, il allait atteindre les limites effroyables de deux heures, quand la salle entière se souleva d'impatience et demanda à grands cris le motif de cet entr'acte impertinent.

Le rideau se lève: on croit que la pièce va commencer : c'était le régisseur.

Le régisseur dit, au milieu du plus grand silence :

« Messieurs, votre indignation va egaler la nôtre. Mademoiselle
» de Saint-Gratien, miss Mousseline, est montée à l'instant même
» en chaise de poste avec un jeune gentilhomme dont je tairai le
» nom, et ils viennent de quitter Londres, laissant l'administra-
» tion dans un embarras dont elle me charge d'être l'humble
» organe auprès de vous. Nous espérions encore que la réflexion
» ramènerait cette jeune actrice au sentiment du devoir, du
» respect envers l'illustre et honorable assemblée qui m'écoute,
» lorsque nous avons reçu ce billet écrit de sa main. Pardonnez-
» nous de vous le communiquer dans toute sa laconique tri-
» vialité : « Dites à vos farceurs d'Anglais que je renonce pour
» toujours au théâtre. »

A Paris, il ne fût pas resté, après cette annonce, ni un fragment du lustre brisé, ni un lambeau de banquettes défoncées : à Londres, la salle se leva sans rien dire ; elle se contenta de lancer un regard si comique et si dédaigneux à lord Glenmour, dont cette fuite disait l'affreuse déconvenue, que celui-ci poussa un cri de rage et de désespoir. Madoc l'emportait sur lui en public, en pleine salle, devant toute la cour, et en triomphant il le livrait tout vivant à la honte la plus accablante que jamais homme à bonnes fortunes ait éprouvée ; lui, un *Dangereux!...* Il y avait là du ridicule pour huit générations.

La vengeance de lord Glenmour ne se fit pas attendre; elle agit en lui avec la rapidité du tonnerre. Le lendemain, il envoya l'amiral de la flotte Bleue et son ami le duc d'Écosse, le père de Tancrède, demander solennellement la main de la comtesse de Wisby à ses parents. Il sacrifiait ses projets, ses goûts si prononcés contre le mariage ; il s'exposait même à un refus terrible en sollicitant un si haut parti et si inopinément. N'importe ! Du reste, ses précautions étaient bien prises ; il attendait le retour de ses deux amis avec un pistolet chargé dans son tiroir : en cas de refus, il se brûlait immédiatement la cervelle.

La souveraine appréciait beaucoup les services rendus à la flotte par lord Glenmour : elle intervint officieusement, et il fut accepté par la belle comtesse de Wisby. Ainsi celui qui eût été à coup sûr repoussé s'il eût tenté d'arriver à elle par une autre voie, fut accueilli comme époux à titre de brave marin, d'homme bien né, et assez riche pour soutenir dignement son rang. On ne doutait pas qu'une fois marié, il ne mît un terme à sa gloire d'homme dangereux, gloire éprouvée d'ailleurs par une mémorable leçon

Il ignora pourtant une circonstance particulière qui détermina les rigides parents de la comtesse de Wisby et la comtesse elle-même à accepter l'offre de sa main. Elle hésitait beaucoup à l'épouser, quelque brillants que fussent les avantages personnels de lord Glenmour, lorsqu'un auguste intermédiaire lui dit, en lui conseillant, en lui commandant presque ce mariage : « Il est impossible, ma chère comtesse, que lord Glenmour ne soit pas aimé de vous ; s'il arrivait pourtant, au bout d'un temps d'épreuve, que vous ne l'aimassiez pas, envoyez-moi cette lettre que je vous donne, et je serai assez puissante pour casser un mariage duquel vous n'attendriez plus le bonheur. Aussitôt cette lettre reçue, je vous enverrais une permission de divorcer. Votre condescendance à mon bon plaisir mérite ce privilége exceptionnel. »

Un mois après le scandale arrivé au théâtre, la comtesse de Wisby, demoiselle d'honneur de la reine, devenait lady Glenmour, celle que nous avons vue si dolente et si froide dans son château de Ville-d'Avray. Ce coup de fortune et d'audace releva immédiatement la situation morale de lord Glenmour qui dit et fit dire partout que lui et Madoc étant en rivalité, ce qui était vrai, auprès de deux femmes d'une ressemblance inouïe, et du reste incontestée, lui, lord Glenmour, avait été assez favorisé pour obtenir la demoiselle d'honneur, tandis que Madoc n'avait eu que la demoiselle de théâtre.

Les faits étaient trop réels, ils s'accordaient trop bien pour que la version de Glenmour fût mise en doute. Ils avaient été épris de la comtesse de Wisby, auprès de laquelle ils n'avaient pas osé exercer leur puissante rivalité; ils avaient ensuite poursuivi concurremment Mousseline, et Glenmour possédait la belle comtesse. Donc l'avantage restait tout entier à l'heureux Glenmour, et le ridicule, après avoir plané un instant sur celui-ci, s'en éloignait pour s'abattre de tout son poids sur le comte de Madoc, qui devint la fable, la risée de Londres. Cette aventure obligea le comte à fuir les salons et les promenades où l'on n'aurait pas manqué de le désigner du bout du doigt. Il fut enfin forcé de passer à l'étranger, d'y rester rongeant son frein, évitant même de rencontrer ses compatriotes de peur de lire sa honte sur leur visage. Mais les correspondances, les journaux, les revues de modes qu'il recevait venaient à chaque instant, par des vers moqueurs, raviver son affront.

Le public des salons n'aurait peut-être pas raisonné tout à fait ainsi, il n'aurait pas accablé le comte de Madoc au profit de Glenmour, s'il eût su que, membres tous les deux du fameux club des Dangereux, ils n'avaient pas le droit, d'après les statuts, de se marier avant trente ans, et qu'ainsi, en épousant la comtesse de Wisby, Glenmour trahissait l'ordre, triomphait frauduleusement. D'ailleurs, ni lui, Glenmour, ni Madoc, n'avaient jamais pu être sérieusement en rivalité pour obtenir la main de la comtesse, puisqu'il fallait qu'elle fût la première à dire qu'elle aimait l'un ou l'autre, et cela encore non pour être épousée, mais pour devenir la maîtresse de l'un des deux !

La victoire de Glenmour, si réelle pour lui, si insultante pour le comte de Madoc, était donc, à tous les titres, une félonie monstrueuse envers les statuts de la société à laquelle ils appartenaient tous deux; et une insulte directe pour Madoc, qui ne la laisserait peut-être pas impunie.

Ceci explique parfaitement comment le nom du comte de Madoc avait si fort troublé l'esprit de Glenmour quand il avait été prononcé devant lui par sa femme, et donnera la clef de l'article inséré dans le journal de la cour. Ne voulant pas qu'un de ses membres passât pour avoir eu la faiblesse de faire le premier une démarche auprès d'une femme, le club avait collectivement

rédigé et publié cet article réparateur. Un mariage après l'enlèvement plâtrait le tort du membre coupable et réhabilitait la
société des Dangereux.

Peut-être Glenmour n'aurait pris nul souci du passé s'il eût
moins aimé sa femme; mais il n'avait pas prévu qu'en l'épousant pour se venger d'un rival, il deviendrait amoureux d'elle.
Il l'aimait d'un amour profond, agité, et d'autant plus inquiet,
qu'il voyait bien que lady Glenmour ne l'aimait pas. Tous les
tourments de cœur qu'il avait fait froidement endurer lui étaient
rendus au centuple; et cet art qu'il avait employé avec tant de
succès auprès des autres femmes, devenait complétement insuffi-
sant auprès de la sienne. Depuis six mois qu'il l'avait épousée, il
n'avait jamais tant déguisé son caractère, naturellement violent
et superbe, tordu son naturel emporté, afin de plaire à lady
Glenmour. Ce que la galanterie et la distinction, la douceur et
l'amour ont de plus expressif, de plus exquis, n'avait rien obtenu d'elle. On eût dit que le roi des Dangereux ne semblait pas
l'être du tout à ses yeux.

C'est pour savoir d'où partait le coup qu'on lui avait porté
dans le journal de la cour que lord Glenmour brûlait maintenant d'aller à Londres, voyage qu'auparavant il eût facilement
différé pour peu que sa femme eût marqué le désir qu'il le fût.
Maintenant il devenait pressant, indispensable.

Pendant qu'il faisait sa toilette pour se présenter un instant
dans ses salons, où la soirée était commencée, ses domestiques
sortaient sa chaise de poste de la remise et la disposaient. Il
partirait à minuit afin d'arriver à Boulogne au moment du départ du paquebot.

— Ne vous semble-t-il pas, monsieur le chevalier, interrompit, mais cette fois avec quelque anxiété, le marquis de Saint-
Luc, que la sonnette du tombeau du major de Morghen sonne
en ce moment plus vite et plus fort?

— C'est peut-être parce que le major de Morghen sait que
vous êtes ici, répondit le chevalier De Profundis; il désirerait
vous parler, peut-être faire une partie de cartes avec vous, vous
proposer sa revanche! Les morts sont si fantasques!... Sérieusement parlant, la cause de ce redoublement du son provient
du vent qui souffle un peu plus fort depuis quelques minutes...

6*

Je dois le supposer... Au reste, vous ne tarderez pas à connaître
le motif terrible et bizarre à la fois qui justifie la pose de cette
sonnette sur le tombeau du major de Morghen, et par conséquent les grandes raisons que j'ai pour croire que vous n'avez
pas précisément gagné les cent mille francs qu'il a perdus en
jouant avec vous.

— Votre obstination sur un point si délicat, s'écria le marquis de Saint-Luc, commence à me faire réfléchir, à m'alarmer.

— Enfin !

— Oui, à m'alarmer, je l'avoue.

— Auriez-vous déjà peur?

— J'ai la peur du doute, chevalier.

— Vous connaîtrez l'autre bientôt.

— Je ne le pense pas.

— Vous aurez peur, vous dis-je.

— Soit! Et maintenant je compte plus que jamais sur l'explication attendue de ma part avec tant d'impatience, avec tant de
motifs... Mais quoique j'y tienne comme à une chose d'honneur,
remettez-la, je vous en prie, chevalier, jusqu'au moment où
vous serez un peu plus avancé dans l'histoire de lady Glenmour,
sur la tombe de laquelle nous sommes assis, et qui pourtant,
m'avez-vous assuré, n'est pas dans cette tombe.

— C'est vous qui voulez ce retard?

— Oui, chevalier. Je brûle de voir encore en présence ces
deux rivaux acharnés, ces deux héros de l'amour-propre et de la
vanité, car je suppose que le monde est trop étroit pour qu'ils
ne s'y rencontrent pas un jour. Le choc sera sans doute rude,
éclatant, épouvantable, digne de l'un et de l'autre.

— Vous avez peut-être raison, dit le chevalier.

— Reprenez donc, je vous prie.

— Mais cette sonnette qui s'agite plus violemment que jamais?... Cependant puisque vous l'exigez...

Une Soirée chez Lady Glenmour.

Lady Glenmour, continua le chevalier De Profundis, recevait deux fois par semaine à son château de Ville-d'Avray, le mercredi et le samedi. Le samedi était destiné aux réceptions d'apparat. Ce jour-là les gens des cottages et des châteaux voisins composaient le personnel exclusivement aristocratique de la soirée. On arrivait à travers les parcs ombreux et les chemins sablés, en élégants équipages. Les femmes étaient en grande toilette, malgré leur prétention à la vie champêtre qu'elles étaient censées être venues goûter au milieu des bois de Meudon, de Satory, de Viroflay et de Versailles. Elles penseraient à la nature dès leur retour à Paris. Nous dirions volontiers que l'ennui le plus opaque régnait dans ces réunions du samedi chez lady Glenmour, si en disant cela l'on disait quelque chose de nouveau; mais chacun sait que l'ennui fait partie de l'existence de ces riches qu'on envie tant. Ils sont, du reste, les premiers à le savoir. Leur ôter cette douleur, ce serait les priver d'une habitude. Il est convenu qu'ils doivent s'ennuyer par position sociale. Condamnés à l'inaction, à la réserve, à la circonspection, au silence, ils acceptent l'ennui, fruit naturel de toutes ces inerties, comme on accepte le jus quand on accepte le citron.

Les mercredis de lady Glenmour étaient encore moins gais que ses samedis, mais ils offraient une autre physionomie. Jeune et brillante, lady Glenmour tenait beaucoup à ne pas gâter ses galeries du samedi par l'adjonction des infirmités sociales du voisinage. Elle avait fait un choix d'hommes et de femmes qu'elle croyait judicieux. Elle gardait les mercredis pour ceux qu'elle n'osait pas appeler à ses samedis; c'est-à-dire les vieilles marquises qui éternuent, qui toussent, qui se mouchent à perpétuité; respectables femmes qui ont les maladies de l'enfance sans en avoir les grâces. Étaient exclues encore des samedis celles qui portent des bonnets monstrueux, fleuris comme des jardinières, des turbans rouges sur lesquels on bâtirait un phare, des châles verts semés d'oiseaux jaunes de grandeur naturelle; celles aussi

qui montrent toujours à double original les attraits qu'elles n'ont
plus, ou plus perfidement encore les attraits qui leur restent.

Quoiqu'une certaine habileté, on le suppose, eût présidé au
triage de lady Glenmour, elle ne fut pas assez adroite, — et qui
l'eût été assez? — pour empêcher certaines femmes de découvrir
sa manière de composer ses réunions. Naturellement ce furent
les exilées du samedi qui s'en aperçurent; deux surtout se sen-
tirent si outrageusement blessées, qu'elles promirent, qu'elles
jurèrent de se venger. Le serment était inutile.

Elles débutèrent ainsi; le premier samedi qui suivit leur découverte, et précisément ce fut celui où lord Glenmour s'apprê-
tait à partir pour Londres, elles se rendirent l'une et l'autre chez
lady Glenmour, absolument comme si elles eussent été invitées.

La comtesse de Boulac arriva la première, tenant, comme d'u-
sage, son griffon borgne sous son bras gauche, et appuyant son
bras droit sur celui de son cavalier habituel, M. Beaurémy.

Quand lady Glenmour, au milieu de son monde d'élite, de sa
cour du samedi, entendit annoncer la comtesse de Boulac, elle
crut que le domestique se trompait. Madame de Boulac entra. A
peine était-elle assise, que le domestique jetait le nom de madame la comtesse de Martinier et celui de M. Zéphirin.

— Pour le coup, ceci est assurément une erreur, pensa lady
Glenmour. Elle était seule dans l'erreur. Madame la comtesse de
Martinier entra, cachant aussi quelque chose sous son châle;
mais ce n'était pas un chien. Quant à M. Zéphirin son cavalier,
il remplissait auprès de madame de Martinier l'emploi de M. Beaurémy auprès de la comtesse de Boulac. Mais quels emplois rem-
plissaient-ils? Vous le saurez après que je vous aurai dit l'é-
tonnement peu agréable de lady Glenmour. Ce n'est pas de
l'étonnement, c'est de l'effroi qu'elle aurait dû éprouver, si elle
eût pu lire dans l'avenir, si elle eût connu jusqu'où irait la vengeance de ces deux vieilles femmes.

Il y a une certaine mythologie sociale qui fait croire aux
jeunes gens, laids ou beaux, niais ou spirituels, mais surtout
aux jeunes gens pauvres et paresseux, qu'ils trouveront un jour
sur leur chemin de vieilles comtesses, lesquelles, devenant tout
à coup amoureuses d'eux, leur donneront tout ce qu'ils ne
peuvent espérer, ni de la fortune de messieurs leurs pères, ni

de l'héritage de messieurs leurs oncles. Ils arrivent jusqu'à trente-cinq ans en cherchant toujours cette comtesse fabuleuse au fond des loges de spectacles, dans les encoignures de salons, sous les arbres des Tuileries, dans le coupé des diligences, cette comtesse, grâce à laquelle ils auront bonne table, linge fin, reluisante voiture, argent copieux dans la poche. Et ensuite que le monde dise : — Vous voyez bien un tel? il est entretenu par une vieille comtesse! Ils laisseront dire le monde.

Quarante ans, cinquante ans arrivent, et il ne se présente pas plus de vieilles comtesses que de jeunes; enfin, la désillusion au fond de l'âme et la goutte aux pieds, ils renoncent à posséder dans ce monde la vieille comtesse.

Eh bien! deux jeunes gens prédestinés s'étaient rencontrés, deux jeunes gens marqués au front d'une étoile s'étaient vus, qui avaient trouvé en chair et en os, l'une en effet très-en chair, et l'autre très-en os, deux vieilles comtesses véritables et très-riches, ayant hôtels à Paris, châteaux hors de Paris, bonne table, beaux revenus, voitures, et pour remplir jusqu'au bout le programme, parfaitement éprises d'eux. Ces deux jeunes gens, je les ai déjà nommés. L'un c'était monsieur Beaurémy, l'autre monsieur Zéphirin.

Tels étaient les noms de ces deux êtres dignes d'envie et d'admiration, nés pour entretenir sur la terre la douce croyance qui allait s'éteindre : qu'il existe de vieilles comtesses disposées à faire le bonheur des jeunes gens déshérités de la fortune.

Ces deux dames allèrent saluer la maîtresse de la maison, et se placer ensuite à l'endroit du salon où elles pouvaient être le plus en vue, toujours suivies de près de leurs cavaliers, qui portaient l'un une ombrelle jaune fanée, l'autre un coussin élastique, de forme circulaire, suppléant de siége sur lequel madame de Martinier avait l'habitude de s'asseoir. On chuchota beaucoup et l'on rit sous cape à l'aspect de ces deux caricatures qui s'étaient trompées de jour.

— Ici! monsieur Beaurémy, ici! dit madame de Boulac à son cavalier, en s'asseyant près de madame de Martinier.

— Mettez-vous derrière moi, dit à son tour madame de Martinier à monsieur Zéphirin qui la suivait aussi.

Les deux jeunes gens s'assirent docilement derrière les deux vieilles comtesses.

Madame de Boulac avait au moins cinquante-huit ans, mais sa figure de boule-dogue de boucher, ses lèvres épatées, son triple menton, ses formes hommasses, et surtout sa mise prétentieuse et grotesque, lui prêtaient au moins soixante-cinq ans.

Madame de Martinier, de quelques années moins âgée que sa compagne, portait un turban bleu-clair, semé de paillettes d'argent. Elle était aussi maigre que son amie avait de l'embonpoint. Sa transparence aurait éveillé quelque idée de noblesse, si elle n'eût affiché des bras et une poitrine d'une maigreur télégraphique; elle ressemblait à la famine, telle que nous la représentent les peintres symboliques du seizième siècle. Elle avait dû être jolie à l'époque de la publication d'*Adolphe,* par monsieur Benjamin Constant. Quand elle riait, ses dents de phoque se détachaient en nombre impair sur un fond violacé qui indiquait que celles qui n'existaient pas étaient vraies, et que celles qui existaient étaient fausses.

Les deux jeunes gens portaient sur leurs visages l'insignifiance absolue de leurs semblables. Il y avait en eux de l'automate, du mannequin et du martyr. Leur santé était florissante, mais ils étaient morts sous certain rapport.

Habitués à ne pas penser, à ne pas se mouvoir par eux-mêmes, ils ne parlaient plus, ils murmuraient; ils ne riaient plus, ils souriaient; ils ne marchaient pas, ils suivaient. Leurs regards avaient le terne de leur existence d'ombrelle ridée, de tabouret fané et d'écran déteint. Ils obéissaient au geste, au signe, à l'appel. Ils n'étaient pas malheureux puisqu'ils mangeaient bien, buvaient à leur gré, n'allaient jamais à pied et passaient leur vie de soupers en soirées et de soirées en soupers; ils étaient plus que malheureux, ils n'étaient rien du tout. C'était des eunuques moraux. Et comme leurs confrères du sérail, ils enviaient et exécraient tout à la fois ceux qui étaient quelque chose par eux-mêmes, qui avaient l'énergie de la puissance et du libre arbitre. Tels s'offraient les deux jeunes gens qui avaient eu le bonheur si rare et si jalousé de rencontrer de vieilles comtesses.

— Décidément, chère amie, dit la comtesse de Boulac à madame de Martinier, trouvez-vous que les jeunes femmes que reçoit lady Glenmour soient si belles? Prenons-les une à une, je vous prie. Voyez, par exemple, ces épaules en face de vous, et comparez-les aux miennes. Monsieur Beaurémy, je vous en fais juge... Vous êtes homme, vous ne serez pas partial.

— Je préfère les vôtres.

— Il ne s'agit pas de dire : Je préfère les vôtres, mais d'expliquer sur quoi vous fondez votre préférence. Si je ne me trompe, qui dit épaules dit chair?

— Vous avez plus de chair, madame, reprit Beaurémy, et par conséquent de plus belles épaules.

— Voilà qui est parlé. Mais taisez-vous donc! vous, Moqueuse.

Moqueuse était le nom de la griffonne de madame de Boulac, celle qu'elle avait assise sur ses genoux et cachée sous son châle.

— Est-ce votre avis, madame de Martinier!

— Chère amie, c'est le mien; vos épaules sont superbes.

— Demandez aussi à monsieur Zéphirin si votre taille n'est pas plus fine que celle de cette autre beauté du samedi, de cette péronnelle qui se croit une Vénus II. Monsieur Zéphirin, rendez donc justice à madame la comtesse!

— Elle est toute rendue, madame. C'est un devoir pour moi de chaque jour que de lui rendre cette justice, reprit monsieur Zéphirin.

— Chut! petit vaurien.

— Mais prenez garde à mon ombrelle, monsieur Beaurémy! Comme vous la tripotez... vous avez des mains de fer. Regardez si les fleurs de mon bonnet se maintiennent, monsieur Beaurémy.

— Oui, madame, elles se maintiennent.

— Comme vous êtes distrait, monsieur Beaurémy!

— Mais je réponds, madame, à toutes vos questions...

— Je vous dis une troisième fois que vous êtes distrait. Y a-t-il quelque Anglaise qui vous plaise, quelque souvenir des eaux de Bagnères? Il vous les faut toutes, à vous, monsieur de Beaurémy, vous êtes un basilic, un satyre, un faune...

— Aïe! aïe! s'écria Beaurémy. Mais, madame la comtesse, vous venez de me pincer terriblement.

— Riez, monsieur Beaurémy, on nous observe.

— Oui, madame la comtesse, je ris.

— A la bonne heure.

— Quelle bonne idée nous avons eue, ma chère madame de Boulac, dit madame de Martinier, de venir ici aujourd'hui : la leçon, je l'espère, lui profitera. A-t-on jamais vu pareille inconvenance ! Ne pas nous inviter parce que nous sommes un peu moins jeunes ! Ne dirait-on pas qu'elles sont jeunes comme des premières pousses d'artichaut pour craindre notre voisinage... Monsieur Zéphirin, reprit la comtesse de Martinier, voyez si mon coussin élastique est bien d'aplomb.

— Il déborde un peu, madame la comtesse.

— Faut-il me lever pour que vous me l'arrangiez ?

— Silence, dit madame de Boulac.

Lady Glenmour s'approchait de ces deux dames.

— Que je suis heureuse de vous voir, dit-elle aux deux vieilles comtesses.

— Et nous, madame.

— C'est une charmante suprise.

— Une idée que nous avons eue, madame de Martinier et moi.

— Ayez-en beaucoup ainsi, mesdames.

Lady Glenmour quitta ces dames pour aborder d'autres groupes.

— Comment trouvez-vous la milady ? demanda madame de Martinier à madame de Boulac.

— Bien pâlotte.

— Elle n'embellit pas, reprit madame de Martinier.

— Eh ! mon Dieu non.

— N'est-ce pas, monsieur Beaurémy, qu'elle n'embellit pas ?

— Je suis de votre avis, madame : lady Glenmour devient de jour en jour plus belle, plus jolie...

— Que dites-vous ? Allons, bon ! voilà qu'il la trouve de jour en jour plus jolie. Ne voulez-vous pas aller le lui dire ?... Plus jolie !... Tout le monde est joli avec vous... Pauvre garçon !...

— Pardon, madame la comtesse, je croyais... j'aurai mal entendu...

— En rentrant, je vous dirai deux mots à l'oreille, dit tout bas la comtesse de Boulac à Beaurémy, qui s'éloigna un peu de peur d'être pincé une seconde fois; mais revenons, chère madame de Martinier, à la dédaigneuse milady. Croyez-vous que cet ennui qu'on voit sur sa figure et sur celle de son mari soit sans cause?

—Ah! grand Dieu! non.

— C'est mon opinion; ils ne s'aiment pas.

— Ils se détestent, continua madame de Martinier; et il n'est pas difficile de deviner pourquoi. La milady avait sans doute en Angleterre quelque passion de cœur qu'il aura fallu quitter, en épousant par convenance milord.

—C'est aussi ce que je pense, dit madame de Boulac. Quelque jour la bombe éclatera. Vous verrez...

— Vous savez quelque chose, chère madame de Boulac? Parlez.

—Tantôt, en me rendant ici par le bois de Chaville, j'étais tranquillement à bayer aux corneilles à la portière de ma voiture; un cavalier vient à passer rapidement auprès de moi. Le bruit attire mon attention. Je regarde; ce cavalier criait en galopant comme un fou : « Milady! milady! que je vous aime! Oh! que je vous aime! »

— Diable! c'est qu'il y a tant d'Anglaises dans les environs.

— Mais j'ai reconnu le cavalier, c'était le jeune Tancrède.

— Tancrède! vous avez donc pris la pie au nid, ma chère madame de Boulac! s'écria dans la joie de son âme madame de Martinier. Si mon cocher, ce maudit Laubépin, ne m'avait fait prendre je ne sais quel chemin en venant, j'aurais pu voir aussi et entendre ce mignon cavalier contant sa peine aux échos d'alentour. Il disait cela! mais il n'y a plus rien à voir; la milady et Tancrède...

— Vous nommez ce cocher Laubépin? interrompit vivement le marquis de Saint-Luc; c'est donc celui que nous venons de voir profaner le tombeau de sa maîtresse?

—C'est celui-là même, et sa maîtresse est cette même comtesse de Martinier qui, à cet endroit de mon récit, cause avec la comtesse de Boulac.

—Continuez, je vous prie, monsieur le chevalier.

Le chevalier reprit aussitôt :

—La comtesse de Boulac, avec un ton hypocrite, releva ainsi l'observation de madame de Martinier :

7

— Il est bien jeune, cependant, pour qu'on suppose... Il est bien jeune...

— C'est plus tendre, ma chère amie.

— Son mari est bien jeune aussi.

— Elle en a deux jeunes, voilà tout. Et entre nous, chère madame Boulac, ça vaut mieux que deux vieux. Zéphirin, vous dormez?

— Non... madame... je ne dors pas...

— Je crois que monsieur Beaurémy ne dort pas, lui non plus...

— Vous dévorerez donc toujours le sexe de vos regards érotiques?

— Non, madame, je vous écoutais.

C'est à ce moment-là de la soirée que lady Glenmour dit d'un bout du salon à l'autre bout, où se trouvait le docteur Patrick :

— Docteur, savez-vous où est Tancrède?

— Non, milady. Je l'ai déjà demandé plusieurs fois.

— Voyez-vous! voyez-vous! comme elle s'intéresse à lui, dit madame de Boulac à madame de Martinier.

— Quand nous ne serions venues que pour savoir ce que nous savons, chère madame de Boulac, nous n'aurions pas perdu notre temps.

— Cette femme, reprit madame de Boulac, est une coquette, et quand on est coquette et qu'on a des amants, on ne fait pas deux catégories d'invités ou bien l'on s'expose...

— A tout.

— A tout, vous l'avez dit, chère madame de Martinier.

— Puisque Tancrède n'est pas ici, reprit le docteur Patrick, je le remplacerai au piano.

— Oh! oui, docteur! s'écrièrent quelques jeunes personnes qui se mouraient d'envie de danser.

Le docteur Patrick se plaça aussitôt au piano et joua l'air d'une contredanse.

Un quadrille se forma.

Lady Glenmour ne perdait ni de sa langueur, ni de sa mélancolie.

— Je n'aime pas non plus cet aveugle qui danse, qui chante, qui n'a pas quarante ans, et qui a tous les cheveux blancs. Vous comprenez, chère madame de Martinier, qu'il a dû avoir des vices terribles pour devenir aveugle et blanchir de si bonne heure.

Le docteur Patrick, qui, en effet, avait à peine quarante ans, était devenu aveugle dans la dernière campagne des Indes, qu'il avait faite comme médecin en chef du 24e régiment.

Malgré cet affreux malheur, il exerçait toujours sa profession de médecin, et il était considéré comme un homme du plus grand mérite. Il lui était seulement resté une mélancolie bien naturelle, mais une mélancolie douce qui ne l'empêchait pas de se rendre agréable aux autres. Il aimait lady Glenmour comme une sœur, quoiqu'il ne la connût que depuis qu'elle était la femme de son ami ; mais cet ami il l'avait rarement quitté. Nous avons dit comment il était devenu aveugle ; ses cheveux avaient blanchi par la réflexion et l'étude, ces deux chaux-vives de l'intelligence.

— Ce médecin ne peut pas être un médecin, reprit madame de Boulac.

— Un médecin qui ne peut pas vous voir la langue ! je vous demande un peu !

— Autre mystère, reprit madame de Boulac.

— Décidément cette maison en est pleine, ajouta madame de Martinier.

— Et que dites-vous du mari, du milord, qu'on ne voit pas de toute une soirée, d'une soirée qui se donne chez lui ?

— Oh ! ceci est bien grave, madame de Boulac. Monsieur Zéphirin, allez me chercher un baba sur ce buffet ; prenez-le à côté du plus petit.

— Monsieur Beaurémy, allez aussi me chercher une tranche de jambon sur du pain ; et allez droit devant vous. Je vous suis du regard, libertin !

Les deux jeunes gens obéirent à l'instant même comme auraient fait deux petites filles.

— Ah ! voilà enfin le mari, le milord, dit madame de Boulac.

— En costume de voyage ! s'écria madame de Martinier. Où va-t-il donc ?

Lord Glenmour entrait en effet au salon, et après avoir salué à droite et à gauche les invités, il alla baiser la main de lady Glenmour. Aussitôt, on l'entoura, on lui demanda s'il se disposait à partir, qu'il était en habit de voyage.

— Je pars dans une demi-heure, répondit lord Glenmour :

ma chaise de poste est déjà attelée. Mais que je ne vous dérange
pas. On dansait, je crois, quand je suis entré... Patrick, mon
cher Patrick, reprenez la figure. Milady, dit ensuite affectueusement lord Glenmour à sa femme, voudrait-elle me faire l'honneur de danser celle-ci avec moi ?

Lady Glenmour quitta sa place et alla se mêler avec lord
Glenmour au quadrille.

— Comme ils cachent leur jeu ! dit madame de Boulac à sa
charitable amie.

— Ils ont l'air de danser dans un cimetière.

Malgré la teinte de mélancolie de lady Glenmour, rien pourtant n'était gracieux comme elle et son mari, dansant sans prétention au milieu de leurs invités. Un nuage rose vint vermil-
lonner les joues de lady Glenmour et donner un air de fête à son
beau visage, ordinairement si placide. Il en fut éclairé comme
un ciel d'hiver par les flammes pourprées d'une aurore boréale.
Comme s'ils n'eussent pas fait partie du même quadrille, les
autres danseurs et surtout les danseuses s'arrêtèrent pour admirer l'exquise élégance, la suavité des mouvements de lord Glenmour, qui pouvait bien avoir renoncé à être un Dangereux,
mais qui n'avait rien perdu pour cela des séduisantes qualités
qui lui avaient valu ce titre. On regardait dans une sorte de ra-
vissement. La contredanse finit au moment où un postillon paraissait sur le seuil de la porte du salon. Lord Glenmour comprit. Il embrassa sa femme et gagna la sortie, après avoir dit
au docteur Patrick, en lui serrant cordialement la main : — Je
vous recommande aussi Tancrède, que j'aurais voulu voir encore une fois avant mon départ : mais il est sans doute allé se
reposer de toutes ses émotions de la journée.

— Je vous accompagnerai jusqu'au perron, dit le docteur à
lord Glenmour en s'appuyant sur son bras.

— Volontiers, cher docteur.

Glenmour fit signe au postillon de passer devant ; il lui ordonna de monter à cheval et de se tenir prêt à partir.

— Glenmour, dit alors le bon docteur, ni vous ni votre femme
n'êtes heureux.

— C'est la vérité, docteur, la triste vérité.

— Vous l'aimez, pourtant...

— Beaucoup, mon ami. Dans la bouche d'un gentilhomme ce mot remplace toutes les exagérations.

— Elle vous aime aussi.

— Non, docteur, non.

— J'en suis sûr, Glenmour.

— Si je pouvais vous croire!... Mais encore une fois, :::: : Qui l'empêche de me le dire, de me le prouver; de me le dire, seulement?

— C'est que vous l'en empêchez...

Glenmour frappa du pied avec violence.

— Allons donc! docteur, soyons sérieux,

— Comment ne le serais-je pas, quand je m'occupe de votre bonheur...

— Mais alors...

— Répondez-moi, Glenmour, en véritable ami, c'est-à-dire sans être blessé de ma question. Êtes-vous pour elle ce que vous êtes réellement au fond? Êtes-vous le Glenmour que je connais, que tout le monde a connu jusqu'ici, excepté lady Glenmour?

— Mon cher Patrick, riposta vivement Glenmour, vous revenez encore, je le vois, à votre système que je n'admets pas, que je ne puis admettre; mais si je ne m'étudiais pas constamment à être, avec lady Glenmour, l'homme aux manières pâles et réservées, aux paroles choisies, délicates, à la conduite pleine d'attentions, sans cesse renouvelées au gré de ses désirs que je dois m'efforcer de prévenir, si je n'étais pas le courtisan avant d'être le mari, l'amant soumis de préférence à l'amant passionné; si je n'étais pas cela, mon ami, lady Glenmour éprouverait cent fois plus de froideur, d'éloignement encore pour moi. Si je n'ai pas réussi, c'est que les moyens ont été trop faibles quoique bons; c'est que ma douceur, ma condescendance, ma flexibilité sont restées au-dessous de ma volonté.

Le docteur Patrick hocha négativement la tête.

— Vous doutez, Patrick... Ah! si vous connaissiez comme moi de quelle manière lady Glenmour a été élevée; si, aidé par une longue expérience des femmes de mille caractères différents, vous saviez ce qui convient au caractère de la mienne...

— Je n'ai pas une longue expérience des femmes, c'est vrai;

mais je crois qu'il en est un peu du ménage comme de la médecine : les remèdes simples, naturels, sont les meilleurs, et le
meilleur de tous, souvent, est de ne rien faire.

— Nous ne nous entendons pas, docteur, si nous nous aimons
bien.

— Nous verrons qui de nous deux aura raison plus tard, cher
Glenmour.

— Plus tard, savez-vous, docteur, ce qui arrivera peut-être?
C'est que nous nous serons trompés tous les deux. Il n'y avait
rien à faire. Ce corps n'avait pas de place pour une âme. La
beauté, la fierté, le dédain, avaient tout pris d'avance. Mais
encore une fois, adieu, cher Patrick ; veillez toujours bien sur
sa santé.

— Et vous sur la vôtre, Glenmour.

— Vous savez, acheva Glenmour en secouant les deux mains
du docteur, qu'elle est forte comme mon âme de fer ; et si ja·
mais elle faiblissait, j'irais la demander aux vents, aux tempêtes
de l'Océan, à la vie dure de nos marins, au bœuf salé, au sau-
mon sec, au porter de feu, au gin, à la mer, enfin, qu'entre
nous, mon cher, je regrette autant que j'aime ma femme.

Lord Glenmour quitta le docteur, mais avant de monter dans
la chaise de poste, il se promena soucieusement devant le perron. Des craintes dont il n'osait pas s'expliquer la cause l'at-
tachaient, le retenaient malgré lui. Deux fois il fit furtivement
le tour de la maison, sous le poids de cette inquiétude vague et
pourtant si réelle. Ses regards cherchèrent à saisir, derrière les
jalousies à demi fermées et le voile transparent de la soie,
l'ombre de lady Glenmour. Il n'aurait pas été plus agité, plus
inquiet sur le sort de sa femme, fût-il parti pour un voyage au
delà des mers. Enfin voulant partir, voulant rester, il se jeta
au fond de sa chaise de poste. Sans attendre d'ordre, le postillon fouetta, les chevaux partirent.

Les personnes restées au salon reprenaient déjà leurs places,
lorsqu'on entendit un bruit confus, indistinct d'abord, qui partait de l'endroit où étaient la comtesse de Boulac, madame de
Martinier et leurs deux cavaliers.

Voici la cause de cet étrange bruit. Au moment où lord Glenmour était monté en chaise de poste, ce qu'on avait appris par

le claquement de fouet du postillon, l'une des deux vieilles femmes, madame de Boulac, s'était penchée sur l'autre, madame de Martinier, pour lui dire : « Voyez si la milady aime le moins » du monde son mari. Il part et elle n'est pas plus émue que » les chinoiseries de sa cheminée. » Malheureusement en se penchant sur madame de Martinier, madame de Boulac avait mis en contact son chien griffon, si hargneux, avec un autre animal que madame de Martinier avait porté à la soirée caché sous son châle. Cet animal était un petit chat dont elle n'avait pas voulu se séparer en venant à Ville-d'Avray, chez lady Glenmour; si rapprochés l'un de l'autre, les deux animaux avaient, l'un aboyé, l'autre miaulé, et tous deux s'étaient appréhendés au corps avec leur acharnement naturel. Des genoux de leurs maîtresses épouvantées, ils avaient roulé en boule sur le tapis, et là un combat se livrait aux yeux de l'assemblée un peu étonnée de ce divertissement imprévu. Pour tripler le désordre, Maracaïbo, l'orang-outang, qui était resté caché dans quelque coin du salon pendant toute la soirée, vint en gambadant se mettre de la partie. Saisissant Moqueuse avec une de ses mains, et le chat avec l'autre main, il les souleva de toute sa hauteur, et les mit face à face. Cette agacerie les irrita, les rendit furieux. Ce ne fut plus bientôt qu'un tourbillon de coups de griffes et de dents, couronné par les ricanements aigus de Maracaïbo, auquel on ne parvenait pas à arracher, quelque effort qu'on fît, ses deux victimes. Il fallut que lady Glenmour, toute puissante sur lui, vînt jeter son mouchoir au milieu de cet étrange tournois. Dès que l'orang-outang vit la main de sa belle maîtresse levée sur lui, il lâcha docilement le chien et le chat, et en deux bonds, exécutés sur la tête des deux vieilles comtesses, il gagna la croisée du salon qu'il franchit pour aller se cacher dans le parc.

Enfin madame de Boulac, heureuse d'avoir repris *Moqueuse* et madame de Martinier son chat, elles sortirent du salon, suivies de monsieur Zéphirin, qui portait le coussin élastique, et de monsieur Beaurémy, qui portait l'ombrelle jaune. Elles gagnèrent leurs voitures.

Cet accident burlesque mit fin à la soirée du samedi. Une demi-heure après, le salon était désert; tout était redevenu silencieux dans le château et autour du château de Ville-d'A-

vray. Lady Glenmour, après s'être dit, les deux mains croisées
sur la poitrine et le regard désolé : — Il ne m'aime pas, il
n'a pas voulu m'emmener avec lui à Londres ; il me traite
avec une dignité, une politesse, une déférence qui prouvent
combien il a peu de véritable affection pour moi..... Attendre
plus longtemps, ce serait aggraver ma déception... Après s'être
dit cela, elle chercha dans son secrétaire et elle en tira une
lettre cachetée, celle qu'une protectrice souveraine lui avait dit
de lui envoyer si jamais elle était malheureuse et si elle voulait
rompre son mariage. Elle savait qu'en réponse elle recevrait
une autorisation immédiate de divorcer.

Lady Glenmour la tenait avec indécision, prête à sonner pour
qu'on allât la jeter sur-le-champ dans la boîte aux lettres, lorsque
tout à coup Tancrède, couvert d'une sueur rose et brûlante,
entra au salon et courut à lady Glenmour en lui criant :

— Milady, je l'ai ! je l'ai ! je le tiens !

La lettre fut vivement repoussée dans le secrétaire.

— Quoi donc ? — mais comme vous êtes haletant, essoufflé !
— D'où venez-vous ?

— De la tour de Montlhéry, et voici le nid d'hirondelles
que vous auriez désiré tenir dans la main, si vous eussiez été
fée... Ouvrez vos mains, milady, ma noble fée !

— Vous avez été jusqu'au milieu de la tour ?

— Oui, milady.

— Mais avec quoi ? comment ? vous seriez-vous fait aider
par Maracaïbo ?

— Je n'ai employé que mes mains.

— Pour vous tuer !

Et lady Glenmour rapprochait, ouvrait en conque ses deux
belles mains pour recevoir le nid d'hirondelles, charmant berceau
de mousse et de paille où reposaient six œufs, dont trois étaient
éclos, et une gentille hirondelle à laquelle Tancrède, en la prenant endormie, avait coupé les ailes.

— Oh ! que c'est gracieux, mon Dieu ! s'écria lady Glenmour.
Que c'est gracieux !

— Êtes-vous contente, milady ?

— Demain on vous dira cela, monsieur. Maintenant allez
vous reposer ; la journée a été bonne pour vous.

— Dites heureuse, milady ! très-heureuse.

— Soit. Mais adieu, Tancrède !

Tancrède restait à sa place.

— Eh bien ! qu'attendez-vous ? Ne croyez-vous pas que je vais encore vous commander d'aller me chercher un hibou dans le creux de quelque vieux chêne ?

— Milady... je partirai bientôt.

— Vous, mon chevalier.

— Pas tout de suite, au retour de lord Glenmour.

— Nous penserons à vous pendant l'absence.

— N'est-ce pas, milady ?

— Quels regards vous avez !

— C'est que je vais au pôle austral, d'où l'on revient peu

— Vous reviendrez.

— Dites-moi cela, inspirez-moi cet espoir, milady. J'ai besoin de savoir, de croire que lorsque je souffrirai du froid, de la faim, sur les grandes mers de glace, il y aura là-bas, là-bas, sous une petite étoile, — tenez, celle-ci, milady, une personne qui se souvient de moi, du pauvre Tancrède. Je n'ai ni sœur ni mère à qui raconter au retour ma joie de la revoir.

— Eh bien ! c'est à moi que vous raconterez tout, dit avec une simplicité charmante lady Glenmour.

— A vous !... ah ! oui, à vous ! dit en deux cris l'heureux Tancrède ; le premier lui était arraché par l'amour, le second avait l'accent de la réserve et de la réflexion, et par cela même il rendait plus expressif le premier. Il baisa ensuite en se retirant le bas de la robe de lady Glenmour. Après l'avoir accompagné d'un regard long et affectueux, lady Glenmour retomba dans son fauteuil. Les rayons de la lune plongeaient en ce moment dans le salon et se jouaient sur ses genoux, où elle avait posé le nid d'hirondelles.

La femme qui cherche et celle qui a trouvé.

De longues larmes ruisselèrent sur les joues de lady Glenmour. Sa figure pâlit comme certaines fleurs après minuit. Ce n'était plus la même femme Outre le mal dont souffrait lady Glenmour, mal auquel le fameux médecin anglais Astley Cooper a donné le nom fort original de *mal de cour*, c'est-à-dire un mal qui naît de la satiété de toutes choses, des meilleures comme des plus rares, elle éprouvait une tristesse incommensurable, causée par sa conviction profonde que l'homme qu'elle avait épousé ne l'aimait pas.

Depuis six mois qu'elle était sa femme, elle se persuadait avoir eu assez d'occasions de reconnaître qu'elle n'inspirait à lord Glenmour qu'une affection commandée par le devoir et soutenue par la délicatesse. Les riches cadeaux dont il l'accablait ne servaient qu'à la raffermir dans cette conviction. Il cachait, sous la magnificence de ses dons, la pauvreté de ses sentiments. Elle était flattée en reine par un courtisan ; mais elle, la femme, n'avait jamais éveillé en lui l'amour qu'elle croyait avoir le droit d'inspirer. Lord Glenmour lui semblait un dieu qui n'avait pas encore daigné prendre pour elle la transformation qui le ferait aimer. Cette persuasion, de jour en jour mieux établie en elle par une succession de faits qu'elle croyait irrécusables, la minait sourdement. Et ne prévoir aucun terme à cette existence contrainte ! n'était-ce pas une affreuse situation pour une jeune femme qui avait imaginé, à qui l'on avait dit sans doute, que son mariage avec lord Glenmour, un des plus beaux, un des plus élégants gentilshommes anglais, la rendrait la femme la plus heureuse du monde. Convaincue du faible attachement qu'il avait pour elle, elle restait toujours au-dessous de ses efforts quand elle essayait maintenant de triompher d'elle-même, et ses maladresses valaient encore moins que son indifférence. Cette dernière journée lui avait été une preuve de plus qu'elle n'aurait jamais à espérer autre chose de lord Glenmour que des procédés gracieux, que des surprises toujours faciles à un aussi

riche seigneur que lui. Elle devait renoncer à des marques sim
ples et vives de tendresse.

Aussi les beaux cadeaux qu'il lui avait faits avant son départ
n'avaient pu lui arracher un sentiment supérieur à la plus simple reconnaissance. Ce n'est que lorsqu'il fut parti, que lorsque
sa chaise de poste volait vers Boulogne, qu'elle donna un libre
cours à sa tristesse, qu'elle délaça, pour ainsi dire, son cœur.

Elle pleura longtemps et amèrement.

Elle se leva ensuite pour se retirer dans son appartement.
Contre son habitude, l'idée lui vint de traverser le cabinet de
lord Glenmour qui communiquait par un escalier secret avec sa
chambre.

A l'instant où elle y pénétrait, elle fut fort étonnée d'y voir
Paquerette, sa femme de chambre, qui, non moins étonnée
d'être trouvée sans lumière dans cette pièce, et à une heure si
avancée de la nuit, balbutia aussitôt un prétexte pour expliquer
l'étrangeté de sa présence.

— Je mettais en ordre le cabinet de lord Glenmour.

— Je croyais que c'était la tâche de son valet de chambre.

— Sans doute, milady ; mais je voulais le faire moi-même,
cette fois, pour être sûre que le travail serait mieux fait...

— Vous étiez cependant sans lumière ?

— La bougie s'est éteinte comme milady a ouvert la porte.

— C'est bien...

— Je me retire, milady, ajouta, toujours confuse et tremblante,
Paquerette, dont les joues flétries portaient l'empreinte d'une
longue souffrance intérieure; je vais attendre madame dans sa
chambre pour l'aider à se déshabiller.

— Allez.

Paquerette se retira par une porte secrète qui communiquait,
à la faveur d'un escalier dérobé, avec l'appartement de lady
Glenmour. Cette communication, parfaitement dissimulée par
des tableaux et la continuité exacte du papier, n'était connue
que de quelques personnes du château. Le même travail, pratiqué dans l'épaisseur du mur, se prolongeait jusqu'au troisième
étage, toujours dans le même but de corrélation discrète.

— Je ne devine pas, se dit lady Glenmour, sans mettre beaucoup d'importance à ce qu'elle disait et en posant un instant

sur la cheminée du cabinet de son mari le flambeau qu'elle tenait à la main, ce que Paquerette avait à faire ici à cette heure. Mettre en ordre... m'a-t-elle dit?... mais, en effet, se ravisa aussitôt lady Glenmour en promenant le regard autour d'elle, tout est bouleversé dans ce cabinet... des morceaux de cristal semés sur le parquet... le lustre brisé... ce fauteuil brisé aussi... ces porcelaines foulées au pied... Mais que signifie?... Lady Glenmour sonna.

Paquerette revint.

— Mais que signifie, Paquerette, ce désordre que vous n'avez pas entièrement réparé?

Paquerette fut aussi surprise que sa maîtresse du bouleversement dont on lui demandait compte, bien qu'elle prétendît s'être trouvée dans le cabinet pour le mettre en ordre.

— Je ne sais, madame...

— Qui donc a brisé ainsi ce lustre, ces porcelaines, ce fauteuil?

— Monsieur, peut-être...

— Monsieur! dit lady Glenmour avec un éclair flamboyant dans les yeux et un élan extraordinaire dans le son de sa voix.

— Oui, madame, ce sera monsieur qui, dans un accès de colère...

— De colère, dites-vous, de colère! Et pour quel motif? contre qui? demanda vivement lady Glenmour à sa femme de chambre, laquelle, se reprenant aussitôt, dit :

— Oh! non! je me trompe; milord ne se met jamais en colère... il est si doux!

— Vous avez raison, Paquerette, reprit lady Glenmour avec un soupir.

— Ah! je devine maintenant, continua la femme de chambre, la croisée était ouverte, Maracaïbo sera entré et aura fait tous ces dégâts.

— Prenez ce flambeau, dit lady Glenmour visiblement dépitée de cette nouvelle explication donnée à l'événement, et venez me déshabiller.

Les deux femmes sortirent du cabinet de lord Glenmou

Paquerette.

Dès que Paquerette eut terminé le coucher de lady Glenmour, elle rentra dans sa chambre et elle déploya sur une table la lettre destinée à lord Glenmour, son maître, et qu'elle n'avait pas eu le courage de lui remettre.

Elle resta accoudée sur cette lettre jusqu'à ce que les battements de son cœur marquassent toutes les émotions dont elle était graduellement agitée en la regardant. Puis ses lèvres murmurèrent : — Je croyais être plus hardie cette fois ; je me suis encore trompée ; et pourtant je m'étais bien dit : Puisqu'il va partir, c'est le moment de ne rien lui cacher. Il emportera avec lui tout mon secret et une partie de ma honte. Le courage m'a manqué ; quand l'aurai-je ?

Paquerette se tut, et, par sa croisée ouverte, elle laissa venir à elle la brise qui souffle entre minuit et le matin.

Le vent était faible, la bougie brûlait malgré l'air qui pénétrait dans la chambre.

Paquerette retira lentement son peigne, et ses cheveux, d'un blond cendré, roulèrent sur ses épaules. Sans quitter son attitude distraite, elle dénouait avec sa main droite sa robe et sa collerette.

La jolie femme de chambre de lady Glenmour avait dix-sept ans ; elle était d'une figure si douce, si intéressante, qu'on la traitait dans la maison avec quelques égards, avec autant de faveur que le comporte l'aristocratie anglaise, fort dure et presque inhumaine à l'endroit des domestiques. Ses yeux, d'un bleu céleste et tranquille, mettaient de la pensée dans les choses les plus indifférentes. Mais la distinction de ses manières, l'honnêteté de sa conduite n'étaient pas absolument le résultat de son heureux naturel ; l'éducation l'avait faite un peu ce qu'elle était.

Paquerette appartenait, les Anglais l'auront déjà deviné, à cette classe si sympathique de jeunes filles, très-commune en Angleterre et complétement inconnue en France. C'était la fille

d'un de ces pauvres ministres protestants qui ne mesurent pas
leur famille, le nombre de leurs enfants, à leur misérable sa-
laire. Elle était la sixième fille d'un ministre d'un modeste
village du Lincolnshire. Comme toutes celles de sa classe si
intéressante, elle avait reçu cette éducation exagérée que ce,
dignes pères prodiguent à leurs filles, à défaut de bonnes dots.
Le charme des veillées paternelles est de leur enseigner les
langues anciennes et modernes, les sciences, les beaux-arts ; et
quand elles ont appris le grec, le latin, à exécuter, au piano
ou sur la harpe, la musique de Hændel, de Beethoven, on les
accompagne au premier port venu ; on les embrasse, et on leur
dit : Va sur le continent, et que le Seigneur t'accompagne !

Paquerette n'avait pas été tout à fait aussi aventurée, mais
elle avait aussi reçu cette fatale éducation qui ne sert aux jeunes
filles anglaises qu'à se résigner, quand elles tombent, loin de
leur patrie, dans le malheur d'une condition difficile, et elles
manquent rarement d'y tomber. En Angleterre, elles deviennent... je ne veux pas dire ce qu'elles deviennent ; ailleurs, elles
se livrent à l'enseignement de la langue anglaise, qu'elles savent
aussi bien que Pope et que Byron.

Paquerette, la gentille servante de lady Glenmour, celle qui
chaque jour l'habillait et la déshabillait, celle qui mangeait à
l'office, mais sur une table à part, il est vrai, savait le latin, le
grec, le français, l'italien et jouait de la harpe dans la perfection.
Elle excellait aussi dans l'art, fort estimé en elle par lady Glenmour, de faire des fleurs artificielles. Elle l'enseignait à sa
nonchalante maîtresse ou l'employait à embellir ses coiffures de
bal et de soirée. A sa place nulle part, cette pauvre Paquerette
souffrait partout, mais elle se résignait partout. Dieu aurait pu
lui épargner la plus douce, mais la plus cruelle des préoccupations morales, car elle était fort pieuse, l'amour, le profond
amour dont elle fut d'abord éblouie, frappée au cœur pour son
maître lord Glenmour. Dès ce moment, elle sentit le douloureux
mensonge de sa position. Si bas, aimer si haut ! Si simple et si
obscure, oser fixer son regard sur cet astre de l'élégance, de la
séduction et du bon goût ; elle qui portait les souliers, les gants
et les chapeaux de sa maîtresse ! Elle les portait à ravir, sans
doute. L'amour dans cette âme simple, mais cultivée, pleine de

silence, de timidité, d'effroi et de poésie, devait produire des effets extraordinaires, sans analogie avec les effets du même sentiment chez les autres femmes : chez celles qui aiment par droit de nature et par privilége social.

Paquerette passa, il ne faut pas en douter, par la longue filière de tous les raisonnements qu'on peut supposer avant de savourer son dangereux amour, et surtout avant d'oser concevoir la pensée de l'avouer à celui qui l'inspirait. Des jours et des nuits furent dévorés dans la lutte. Paquerette fut vaincue; elle se blâma, elle se détesta, elle se condamna au nom de la religion, mais elle ne cessa pas d'aimer lord Glenmour. Il aurait fallu le fuir. Elle ne le pouvait pas. Sa passion s'accrut alors de la continuelle présence de l'objet aimé. A chaque instant elle voyait son visage, elle entendait le son pénétrant de sa voix, elle obéissait, douce chose! à son commandement. Quel raisonnement eût été assez fort contre une incessante agression? Elle vivait au milieu de la flamme qui la consumait : comment l'éteindre? Ainsi, c'est dans elle et non dans lady Glenmour que s'établissait graduellement avec son invincible despotisme la souveraineté du Dangereux, qu'il régnait comme le magnétiseur sur la somnambule. Aucun de ses pouvoirs n'était ni perdu ni égaré. Il pesait sur elle de tous les points de sa riche organisation d'homme, de grand seigneur et à titre de maître. Son esclave, son ombre, elle l'entendait venir avant tout le monde; elle devinait le départ et le but de sa pensée avant que ses lèvres ne l'eussent exprimée. Que d'amour! que d'admiration! quel culte! Et lord Glenmour n'avait peut-être jamais remarqué de quelle couleur étaient les jolis yeux de Paquerette!

Enfin cette passion, toujours active, toujours solitaire et toujours nourrie par elle-même, sans espace, sans liberté, sans distraction, sans air, devint une espèce de folie rêveuse, d'extase, de maladie tendre dans la pauvre Paquerette.

Et si l'on songe qu'elle avait lu les grands poëtes, ces éternels amoureux; les romanciers, ces historiens du cœur; qu'elle avait trempé son âme dans les mélodies de Beethoven, on croira sans peine au désordre de sa tête. L'appétit disparut; son sommeil devint une langueur; ses occupations une rêverie agitée.

Un jour, sa main inquiète tomba sur une plume, elle écrivit:

« Milord ,

» J'ai une grâce à vous demander et j'espère l'obtenir de votre
» bonté. Je suis heureuse chez vous; vous avez toujours eu
» pour moi des attentions que je me suis efforcée, il est vrai,
» de mériter; mais que sans injustice vous auriez pu me refu-
» ser, étant votre servante, à vos gages, à votre discrétion. Vous
» avez réalisé pour moi, milord, la sainte bénédiction de mon
» père, qui me dit en me la donnant : Tu ne seras pas aban-
» donnée de Dieu, si, de ton côté, tu ne l'abandonnes pas. J'ai
» trouvé dans votre maison le travail facile, le commandement
» humain, le sommeil pur. Si quelque chose peut égaler votre
» générosité pour moi, milord, c'est la bonté de lady Glenmour,
» qui prend exemple sur vous dans tout ce qu'elle fait de bon
» et de bien.

» Ceux qui sont de votre maison ne m'aiment pas moins, par
» exemple M. Tancrède et le bon docteur Patrick. Eh bien !
» milord, voici pourtant le service, la faveur particulière, la
» grâce ardemment espérée que je viens vous demander, après
» avoir pris les conseils de Dieu dans ma prière et de mon père
» dans mon cœur, c'est de m'accorder mon congé, de me ren-
» voyer sur-le-champ de chez vous, car je vous aime, milord,
» oui, je vous aime.

» NANY BURNS (Paquerette). »

Quand Paquerette eut écrit cette singulière lettre, elle chercha l'occasion de la remettre à lord Glenmour.

Cette occasion se présenta sans peine le jour même qu'elle
l'écrivit. Elle et lui se rencontrèrent, comme il arrivait souvent,
dans la demi-obscurité de l'escalier qui menait au jardin par
les pièces basses où étaient les cuisines, la serre chaude et les
bains. Elle montait, lord Glenmour descendait. Rien de plus
facile que de lui tendre la lettre au point de rencontre. Elle
s'arrêta devant lui comme une statue, sans pouvoir dégager sa
main de la poche de son tablier.

— Puisque vous voilà, Paquerette, lui dit lord Glenmour,

obligez-moi de dire à Tom de mieux vernir mes bottes; son vernis est vraiment exécrable.

Et lord Glenmour monta, sans attendre la réponse de Paquerette, qui resta encore deux ou trois minutes à la même place, et ne la quitta que pour se dire, dans le déchirement de son âme, en montant l'escalier : — Dire qu'on l'aime à un homme qui vous ordonne de mieux faire vernir ses bottes !

Paquerette jeta sa lettre au feu, et pendant dix jours elle évita de lever les yeux sur lord Glenmour, ce qui eut pour résultat inévitable d'irriter le mal dont elle était consumée. Pendant ces dix jours, elle mangea à peine et ne dormit pas deux heures par nuit d'un sommeil continu. Sa jolie tête en devint pl s languissante ; mais qui y fit attention ?

— Je lui écrirai une seconde lettre, se dit encore Paquerette, emportée par sa passion ; mais cette fois je la lui donnerai ; oh ! oui, je la lui donnerai.

Elle l'écrivit.

Voici ce que disait sa seconde lettre à lord Glenmour :

« Milord,

» Je vous avais écrit une lettre hier pour vous prier de me
» renvoyer de votre maison, et cela parce que je vous aime.
» Cette lettre, je n'ai pas eu la force de vous la donner, et je
» l'ai brûlée en rentrant chez moi. J'ai bien fait de la détruire,
» car je vous demandais une chose insensée, et que j'aurais re-
» fusée dès que je l'aurais obtenue. Est-ce que je puis vivre
» sans vous voir, milord, vous qui personnifiez en vous toutes
» les beautés visibles et toutes les beautés idéales, celles de la
» réalité et celles de la poésie?

» Quand on a vaincu la honte de vous aimer, milord, je
» trouve que c'est trop de retenue de cacher l'enthousiasme
» qu'on éprouve en vous voyant. Je suis d'autant plus hardie à
» m'exprimer sans contrainte que je suis convaincue que vous
» ne daignerez pas vous occuper un instant de l'amour d'une
» pauvre servante, et que vous rougiriez de la compromettre
» parce qu'elle vous aime.

» Milord, je connais la noblesse de votre caractère; je vis
» trop près de vous pour ne pas l'apprécier. Aussi mon amour
» pour vous, milord, mon amour combattu avec la même pa-
» tience et la même fermeté que mon âme mettrait à combattre
» la pensée d'un crime, cet amour qui tient beaucoup du res-
» pect affectueux que j'aurais pour un roi et du pieux effroi
» qu'on ressent à l'égard de Dieu... Milord, comme ma vie c'est
» vous, je vous fais, je dois vous faire la confidence de cet
» amour qui est ma vie, tous mes instants. Si je vois le jour,
» je vous aime; s'il fait nuit, je vous aime; si je respire, je
» vous aime; si je m'éveille, je vous aime; et je suis, par un
» effet contraire, chaque objet que vous touchez et que vous
» voyez.

» Je me l'imagine, du moins, et cette fiction me console de
» la faiblesse où je me sens de plus en plus tomber sans pou-
» voir me retenir. Moi, demander de vous quitter, de vous
» fuir, de ne plus vous voir! non, milord! voici ce que je dé-
» sire aujourd'hui avec plus de raison. Vous étant attachée
» comme je le suis, vous étant dévouée ardemment comme je
» le suis, je souffre non pas d'être votre domestique, mais d'être
» payée pour être votre domestique.

» Milord, épargnez-moi la douleur de penser que lorsque je
» vous obéis, je ne suis pas assez récompensée, ou bien si
» vous tenez à me payer, achetez-moi avec cet argent quelque
» objet que vous aurez choisi pour moi; non pas un bijou de
» prix, mon Dieu! ce qu'on donne à une domestique, un mou-
» choir à fleurs pour jeter sur ses épaules. Mais surtout ne me
» renvoyez jamais, jamais! je deviendrais folle, milord, mais
» folle comme celles qui sont à Bedlam. Que lady Glenmour est
» heureuse! Oh! non, elle n'est pas heureuse, et ce n'est pas
» ce que j'ai voulu dire, c'est ceci : Que je serais heureuse
» d'être lady Glenmour! Pardon, milord, d'avoir eu cette
» pensée. Mais pourquoi m'avez-vous regardée, milord? pour-
» quoi vous ai-je vu? Votre regard ne s'en va plus de mon
» cœur, et mon cœur vous suit.

» NANY BURNS (Paquerette). »

On voit avec quelle effrayante rapidité s'accroissait l'amour

profond, patient, incisif de Paquerette pour lord Glenmour,
qui ne s'en apercevait pas le moins du monde, quoiqu'elle fût
à chaque instant près de lui, soit dans le salon, soit dans son
cabinet, soit souvent pour le servir à table.

Cette lettre eut le sort de l'autre ; Paquerette, qui avait eu le
projet de la glisser parmi celles qu'elle avait l'habitude de
prendre des mains du facteur pour les déposer ensuite sur le
secrétaire de lord de Glenmour, s'objecta, au moment de l'exécution, que lady Glenmour pourrait la voir la première et la
décacheter. Enfin, la lettre, froissée de mille manières par le
tremblement des mains, retourna encore à la chambre de Paquerette, où celle-ci, au milieu de larmes versées par le décou-
ragement, la déchira en petits morceaux.

Peut-être n'en aurait-elle plus écrit sans la circonstance im-
prévue qui se rencontra quinze jours plus tard : le départ de lord
Glenmour pour l'Angleterre. Dès que Paquerette apprit l'ordre
donné au cocher d'aller commander des chevaux de poste, elle
perdit la tête; elle eut un moment de fièvre chaude pendant lequel elle traça un troisième billet. C'est celui qu'elle tenait collé
sous le plateau de cristal lorsqu'elle apporta les glaces dans le
salon. On a vu qu'elle avait encore manqué de hardiesse cette
fois comme les autres, et que lord Glenmour ne s'était aperçu
que d'une chose, c'est que la glace avait coulé sur le plateau.

Dans ce billet, Paquerette disait sans transition, sans faire allusion aux deux précédents :

   « Milord,

» Ne partez pas sans moi, car je ne puis pas vivre sans vous.
» Votre présence m'est nécessaire comme la lumière pour y voir,
» la prière pour espérer. Songez que je suis pour vous l'enfant
» qui chérit sa mère, la femme qui adore son mari, l'ami qui ne
» peut vivre sans l'ami. Mon amour pour vous, milord, est si
» fort, si impérieux, qu'il a acquis en quelques mois la force
» d'un droit. Il vous faudra bien quelqu'un, milord, pour vous
» servir dans votre voyage et pendant votre séjour à Londres.
» Je veux vous servir Pourquoi d'autres que moi vous obéi·
» raient-ils ? Je suis jalouse de tout ce qui n'est pas moi. Mon

» Dieu! mon Dieu! que vous ai-je fait pour aimer ainsi? Si vous
» me laissez ici, milord, je me trahirai. Je prononcerai à chaque
» instant votre nom, je serai toujours où vous étiez. — Qu'est-
» ce que cela me fait? me direz-vous. Oh! milord, vous avez
» raison. dites-moi cela; dites-moi : — Qu'est-ce que cela me
» fait? Riez, raillez, moquez-vous de moi; dites-moi : — Paque-
» rette, allons, Paquerette, du feu pour mon cigare, ce tabouret
» pour mes pieds, cet oreiller pour ma tête, de l'eau pour mes
» mains! Humiliez-moi avec intention, mais que je vous voie.
» Et si je n'accours pas assez vite à vos ordres, maltraitez-moi,
» si vous pouvez maltraiter quelqu'un; mais vous voir, milord,
» vous entendre! Tenez, je pleure, milord! Ayez pitié de moi!
» Oh! emmenez-moi! emmenez-moi!

> » NANY BURNS (Paquerette). »

Cette lettre ne fut pas remise. Lord Glenmour partit, Paquerette resta au château. Elle se livrait sans témoins à sa douleur
dans le cabinet de son maître, dont le départ l'affligeait jusqu'aux larmes, quand lady Glenmour l'y avait surprise au milieu de la nuit. C'est ce troisième billet qu'elle relisait en ce
moment dans sa chambre avec le regret mortel de ne l'avoir pas
donné à lord Glenmour.

Tancrède et lady Glenmour.

Tancrède prit le commandement souverain du château en l'absence de Glenmour, qui, on l'a vu, le lui avait délégué. Il en
usa avec la fougue d'un jeune collégien auquel on confie un fusil
pour chasser pendant les vacances. Comme cette autorité devait
naturellement s'exercer au profit de lady Glenmour, il mit dans
sa tâche un zèle et une importance tels, que les domestiques
riaient tout bas, et le bon docteur Patrick tout haut et sans se
gêner. Tancrède allait voir le matin si le déjeuner de lady Glenmour flatterait son goût, pendant le jour si l'allée du parc où
elle daignerait poser ses pieds était suffisamment sablée, et le

soir si l'on avait fermé et verrouillé toutes les portes ; ensuite il faisait sa ronde hors des murs du parc pour s'assurer que le trésor confié à sa surveillance ne courrait pendant la nuit aucun danger.

— Prenez garde ! lui dit une fois le docteur Patrick. prenez garde, Tancrède ; j'ai vu cette après-midi un homme de mauvaise mine rôder, avec des intentions sinistres, autour du château.

— Docteur, dépeignez-le-moi. Quelque misérable...

— Volontiers. Il a une cravate rouge.

— Tous les brigands ont une cravate rouge.

— Une barbe épaisse.

— Et vous ne l'avez point interrogé ?

— Des yeux inquiets et furtifs.

— Qui ce peut être ?

— Il portait un sabre au côté.

— Un sabre !

— Un fusil rouillé sur l'épaule.

— Docteur !

— Caché dans les broussailles, il examinait le château.

— Mais encore une fois, docteur, il fallait le questionner. De pareils gens...

— C'est ce que j'ai fait. Je lui ai dit : Qui êtes-vous ?

— Et il vous a répondu ?...

— Garde champêtre.

— Mais ne devinez-vous pas, dit lady Glenmour, présente à cette mystification, que le docteur Patrick se moque doublement de vous. Tancrède ? Comment aurait-il vu un homme, un fusil, un sabre, une cravate rouge, lui qui n'y voit pas ?

Tancrède baissa la tête de confusion ; il la releva presque aussitôt avec orgueil en disant :

— Milady, on n'est jamais ridicule en exagérant son devoir.

Cependant Tancrède exagéra un jour tellement son devoir qu'il en rit lui-même autant que tous les autres ; et voici à quelle occasion.

Un matin que, selon son habitude, il épiait les gens qui venaient au château, il vit entrer un jeune homme élégant, vêtu de noir, et qui demanda discrètement à parler à lady Glenmour.

On eut beau lui dire que lady Glenmour ne recevait pas de si bonne heure, il n'en persista pas moins dans son désir de la voir. Cette obstination exalta la sollicitude déjà si éveillée de Tancrède. Il se cacha derrière la porte du salon dans lequel on avait fait entrer l'inconnu, en attendant qu'on prévînt de sa visite lady Glenmour, et il se mit en observation. Que voulait cet homme? quelles étaient ses intentions? qu'avait-il de si mystérieux à confier à lady Glenmour? Son imagination était aux champs. Enfin, lady Glenmour, en déshabillé du matin, paraît; l'étranger se lève, va au devant d'elle, la salue, lui parle bas, si bas, que Tancrède, horriblement intrigué, est sur le point de quitter sa cachette pour se jeter au milieu de cette confidence insolite et d'en demander le motif. Cependant il se contient; mais quel effort! Lady Glenmour s'assied sur un fauteuil, sourit à l'étranger; alors celui-ci tombe tout à coup à ses pieds...

— Que faites-vous là, monsieur? s'écria Tancrède d'une voix émue. Osez-vous bien?...

— J'ose prendre mesure d'une paire de souliers à madame, répond le jeune homme élégant, ajoutant : — Je suis cordonnier de mon état.

— Cordonnier! répéta Tancrède en se retirant, le visage caché entre ses deux mains pour qu'on ne vît pas sa honte, cordonnier!

Bientôt tout le château fut au courant de l'aventure du cordonnier et on en rit pendant vingt-quatre heures. Lady Glenmour elle-même, si sérieuse, si triste, se mêla à la gaieté générale pour rire aux dépens de ce pauvre Tancrède, le fougueux jeune homme qui ne savait jamais rencontrer le point exact où la prudence cesse et où l'extravagance commence.

Un soir, Tancrède et le docteur Patrick, quoique aveugle, jouaient aux échecs, tour de force étonnant, mais qui ne paraîtra pas impossible à ceux qui savent à quel degré de subtilité s'élèvent le tact, l'ouïe, la mémoire chez les aveugles.

En perdant la vue, le docteur avait acquis une merveilleuse pénétration morale; elle était si extraordinaire qu'il pouvait exercer la médecine avec la même supériorité qu'avant son malheur, et se livrer à la plupart des exercices où la faculté d'y voir semble indispensable. Il avait tant perfectionné en lui le sens de l'ouïe, qu'il découvrait presque toujours au son de la voix l'opinion, la véritable pensée de celui qui voulait cacher son sentiment sous des paroles menteuses. Il s'était d'autant plus rapproché de l'âme qu'il s'était éloigné de la réalité. Personne n'écoutait avec autant d'indifférence que lui, et personne n'écoutait mieux cependant. Cette pénétration presque divinatrice, qu'il ne possédait que depuis sa cécité, imprimait à sa figure un caractère de repos qu'elle n'avait pas toujours eu. La bonté d'aujourd'hui et les passions d'autrefois s'étaient rencontrées comme se rencontrent la neige et le feu à mi-chemin du mont Hécla. Clairs comme lorsqu'ils y voyaient, ses yeux répandaient des flammes autour de lui, tandis que son front, réservoir de ses pensées, était calme et serein comme le ciel, qui contient pourtant les orages.

Or, ce soir-là, il jouait aux échecs avec Tancrède dans le salon, à quelques pas de lady Glenmour, occupée à relire pour la centième fois ce numéro du journal de la cour qui avait entraîné une première et si grave explication entre elle et son mari. A ses pieds dormait comme d'habitude Maracaïbo. Depuis une heure, ce qui est à peine une minute pour des joueurs d'échecs, Tancrède et le docteur avançaient des tours et défendaient leur roi, lorsque lady Glenmour, que sa lecture absorbait profondément, dit à Tancrède, afin que celui-ci ne s'aperçût pas de sa douleur :

— Tancrède, pourriez-vous tout à la fois causer et jouer aux échecs ?

— Très-facilement, milady.

— On dit pourtant que c'est impossible.

— Essayez.

— Qu'y a-t-il ! se dit en lui-même le docteur. La voix de lady Glenmour n'est pas franche, naturelle, vraie, comme d'habitude.

— Vous avez voyagé dans l'Inde, Tancrède ?

— Oui, milady. — Docteur, j'ai joué. A vous.

Tancrède vit briller une larme dans les yeux de lady Glenmour ; il fut troublé. Il aurait voulu se lever, courir à elle, lui demander la cause de sa tristesse. Son regard exprimait tout cela.

— Est-ce un aussi beau pays qu'on le dit ?

— Il est encore plus beau, milady.

— J'avance mon cavalier, dit Patrick. Attention !

— Vraiment? je pensais que les voyageurs avaient beaucoup exagéré.

— J'ai vu, milady, une ville de roses, où l'on ne marche que sur des roses, dont les murs sont des roses, où l'on ne voit, où l'on ne sent que les roses.

— Une ville de roses ! s'écria en riant lady Glenmour.

Patrick devina derrière ce rire tremblé le commencement d'une excitation nerveuse pareille à celle qu'éprouvent certaines personnes aux approches de l'orage.

— Oui, milady, et cette ville, c'est Ghazipour, près de Benarès. Les femmes, les enfants, les hommes cueillent des roses pendant le jour, les effeuillent la nuit, dans des bassins, et le matin, au lever du soleil, ils écrèment l'huile qui surnage à la surface et qui forme ce merveilleux parfum qu'on appelle l'essence de roses.

— Ni l'un ni l'autre, se dit Patrick, n'ont la conscience de ce qu'ils viennent, lui de dire, elle d'entendre. Tancrède a remarqué quelque chose d'extraordinaire en lady Glenmour, et il ne se trompe pas : lady Glenmour est près d'avoir une crise nerveuse.

Tout à coup on sonna violemment à la grille du château.

Lady Glenmour poussa aussitôt un cri aigu.

— A cette heure! dit Tancrède. Qui peut donc venir?

La demie de onze heures sonnait à la pendule.

— On dirait, pensa le docteur, que lady Glenmour avait le pressentiment de ce bruit et de l'arrivée de la personne qui le cause.

Maracaïbo lui-même se leva à demi sur son séant et écouta avec une étrange et comique inquiétude. On eût dit que son instinct de bête devinait un danger vague, mais imminent.

Tancrède regarda lady Glenmour pour lui demander s'il fallait aller ouvrir.

— Docteur?.... fit à son tour lady Glenmour, en exprimant le même doute.

— Mon avis, milady, est qu'il faut aller ouvrir. Est-ce que nous sommes en pays ennemi? D'ailleurs, on s'informera à travers la grille; c'est l'office de Tancrède. Beau chevalier, allez lever la herse et baisser le pont.

— Milady ?

— Allez ouvrir, dit lady Glenmour à Tancrède; allez !
Tancrède obéit.

— Vous imaginez-vous qui ce peut être, docteur? Peut-être
une lettre de lord Glenmour; voilà quinze jours qu'il est parti
et que nous n'avons pas reçu une seule fois de ses nouvelles.

— Je ne le pense pas, milady, le facteur ne vient jamais si
tard.

Tandis que lady Glenmour et le docteur se livraient aux con-
jectures, Tancrède, arrivé à la grille du château, demandait à
celui qui avait sonné si fort qui il était.

Une joyeuse voix lui répondit :

— Sir Francis Archibald Caskil.

— Nous ne vous connaissons pas ici, monsieur.

— Nous ferons vite connaissance, pourvu toutefois que vous
ouvriez cette grille.

— Mais je ne sais... dit Tancrède, toujours la clef de la grille
à la main.

— En voulez-vous savoir davantage? Je suis Anglais, j'ai
trente-deux ans de moins que ma mère et que mon père. Je suis
brun et j'ai soif.

— Qui demandez-vous?

— Mon meilleur ami, lord Glenmour... Arrivé du cap de
Bonne-Espérance, je viens chez lui pour manger, boire et dormir pendant trois mois. Allons, mon cher Tancrède, mettez la
clef dans la serrure, ou sinon j'ouvrirai moi-même cette grille.

— Et comment cela, monsieur?

— Vous allez voir.

Passant lestement le bras entre deux barreaux de la grille,
l'étranger saisit la grosse clef que Tancrède tenait à la main, et
avant que celui-ci eût exprimé son étonnement, il mit la clef
dans la serrure, ouvrit la porte et la referma sur lui, après en
avoir retiré la clef. Ensuite, et toujours en riant de son franc
rire, il souleva Tancrède dans ses bras, et courut vers le château. Conduit par la lumière, il va au salon, pousse la porte,
et se montre à lady Glenmour, interdite de cette apparition.

— Voilà votre beau page, milady, je vous le ramène, ou plutôt je vous le rapporte.

— Monsieur, s'écria lady Glenmour, qui êtes-vous? que signifie?

Tancrède regardait avec une étrange stupéfaction et beaucoup de confusion, car son retour triomphal était fort ridicule, cet homme hardi et gai, robuste comme un lion, adroit comme un chat, vif comme la poudre, qui l'avait pris sous le bras et porté cent cinquante pas en courant.

— Maintenant, dit sir Francis Archibald Caskil, permettez que je vous embrasse comme la femme de mon meilleur ami, lord Glenmour.

— M'embrasser!

Lady Glenmour était déjà embrassée sur les deux joues.

— Monsieur! dit le docteur Patrick, mais, monsieur!...

— Docteur Patrick, calmez-vous, je suis Caskil; touchez là.

— Archibald Caskil!

— Lui-même.

— Le riche négociant du Cap, le millionnaire?

— Lui-même, et ce qui vaut mieux, l'ami, le sauveur de lord Glenmour pendant sa longue maladie au Cap. Vous voyez, milady, reprit sir Archibald Caskil, que je suis connu chez vous. Permettez donc que je vous embrasse encore une fois, c'est la mode au cap de Bonne-Espérance.

— Mais, monsieur...

Lady Glenmour se trouva encore une fois embrassée avant qu'elle pût faire de ses deux mains révoltées, qui se levèrent trop tard, un bouclier pour sa pudeur.

Il paraît que cette mode d'embrasser, transportée du Cap à Paris, ne plaisait guère à Maracaïbo, car il éprouva un tressaillement nerveux si fort quand il fut témoin pour la seconde fois de l'accolade, que lady Glenmour eut toutes les peines du monde à le dompter, à le faire tenir tranquille en posant le pied sur son cou.

Elle ne savait comment échapper à cette familiarité inouïe pour elle; elle se démenait, elle voulait se mettre en colère et n'y parvenait pas en voyant devant elle le visage heureux et réjoui de sir Francis Archibald Caskil. Du reste, celui-ci ne lui donna pas le temps de trop réfléchir; d'un étonnement il la jeta brusquement dans un autre, en disant au docteur Patrick, qui cherchait aussi à se remettre de la secousse :

— A ce qu'il me semble, vous jouiez aux échecs quand je suis arrivé?

— Oui, monsieur, répondit Patrick.

— Voulez-vous connaître, docteur, le coup le plus fort qui puisse avoir lieu sur un échiquier?

— Dans quelques jours, si vous voulez bien me le montrer...

— Non, tout de suite, docteur. Et sans plus attendre, sir Archibald Caskil donna un grand coup de poing au milieu de l'échiquier posé sur la table, et le fendit en deux morceaux.

— Avouez, docteur, que voilà un fameux coup !

— Monsieur, vous êtes fou ! s'écria Tancrède.

— Si vous n'êtes pas plus raisonnable, vous, lui répondit Caskil, je vous enverrai vous coucher.

Tancrède allait répondre par une interpellation des plus vives ou peut-être par des menaces, mais il se souvint qu'il était en présence d'une femme et que cet homme était l'ami de lord Glenmour.

Il prit une chaise et en donna un coup violent sur le tapis.

Lady Glenmour n'avait rien vu de pareil.

— Nous le remplacerons demain par un plus beau, dit Caskil en montrant l'échiquier brisé. Vous aviez assez joué ce soir, je présume. A propos, de quoi parliez-vous quand j'ai troublé vos seigneuries? Peut-on le savoir, si ce n'est pas trop hardi?

— En effet, murmura Tancrède, il est temps de faire de la réserve...

De la colère, lady Glenmour était passée à la surprise, et de la surprise à une espèce de demi-gaieté, en voyant sir Archibald Caskil apporter la tempête amusante de son caractère au milieu du silence claustral du château.

— Reprenez donc le fil de votre conversation, charmante amie de mon meilleur ami, continua Caskil en prenant avec familiarité les deux mains de lady Glenmour.

Tancrède ne vit pas d'un œil tranquille cette nouvelle privauté. Il poussa un soupir.

— Qu'avez-vous? lui dit tout bas le docteur.

— J'ai... j'ai que je voudrais être aveugle comme vous en ce moment pour ne pas apercevoir quelqu'un qui commence, je ne sais pourquoi, à me fatiguer, à me déplaire.

— Enfant, contenez-vous, lui dit aussi tout bas le docteur. Le monde, que vous ne connaissez pas encore beaucoup, est plein de caractères divers.

Tancrède pinça son dépit entre ses lèvres mutines.

— Eh bien ! milady ! je ne saurai donc pas de quoi vous causiez ?

— Nous ne causions pas, monsieur.

— Jeune homme, vous êtes trop aimable, je le jure, pour laisser languir la conversation en compagnie d'une aussi aimable dame.

— Nous parlions, je crois, de la beauté de la campagne dans l'Inde, reprit lady Glenmour, qui ne voulait pas qu'un ami intime de son mari reçût un mauvais accueil ; il fallait prendre son parti avec le caractère de cet être bizarre, et qui, après tout, l'avait tirée un instant de sa mortelle léthargie.

— Vous parliez, s'écria-t-il, de la beauté de la campagne dans l'Inde ? Quel est le clerc de procureur qui vous a conté cette sottise-là ?

— C'est moi, monsieur, répliqua fièrement Tancrède ; je ne suis pas clerc de procureur, je suis officier de marine.

— Ah ! c'est vous ; alors, je vous dirai, mon ami, mon officier de marine, allez voir l'Inde.

— Je l'ai vue, monsieur.

— Ne l'en croyez pas davantage, milady ; Tancrède s'est trompé.

— Monsieur Tancrède, s'il vous plaît !

— On ne dit pas monsieur à son ami, et je veux que vous soyez mon ami. Touchez là.

Lady Glenmour regarda Tancrède, et celui-ci tendit froidement sa main à sir Archibald Caskil.

— Milady, la campagne de l'Inde, quoi qu'en ait dit mon ami Tancrède, est si belle, qu'on ne peut la parcourir qu'en marchant dans des herbes plus hautes que deux hommes ; on étouffe, on tombe à chaque pas. Si vous la parcourez dans le jour, le soleil, l'implacable soleil, est si ardent qu'il vous rend fou. Éloignez-vous un peu de la ville pour admirer cette belle campagne, et aussitôt les tigres vous attaquent de tous les points de l'horizon. Si, fatigué, vous vous couchez à l'ombre d'un arbre, des serpents vous enlacent comme le caducée d'Esculape, et vous étranglent. Ce n'est pas tout ; des milliers d'insectes rouges, verts, noirs, armés de dards, de scies, d'aiguillons, se glissent sous vos vêtements, vous déchirent la peau pour vous sucer le sang. Il n'est pas un morceau de terre grand comme la main, et je n'exagère pas, qui ne soit le domaine grouillant d'une foule d'animaux, ennemis acharnés du repos, de la vie de l'homme. Croyez-le, milady, il n'y a qu'une campagne au monde, c'est celle de la France et celle de l'Italie. Mais je préfère en ce moment celle de France, puisque j'ai le bonheur d'y rencontrer la femme de mon meilleur ami, lord Glenmour, qui vaut mille fois mieux que toutes ces prétendues beautés jaunes, topazes, bistre, chocolat et ébène. Voilà mon avis sur la campagne de l'Inde. Docteur, j'en appelle à vous.

— Il y a du vrai dans cette opinion, répondit Patrick, qui ne pouvait guère aimer un pays où il avait perdu la vue. Cependant la poésie...

— La poésie !... Qu'est-ce que cela, la poésie ? La poésie, c'est un mot, un son, des phrases ; ceux qui n'en parlent pas sont mille fois plus poëtes que tous ces bavards...

— Monsieur ! dit Tancrède, vous allez trop loin.

— Vous êtes donc poëte ?... Voyons vos vers.

Tancrède se tut.

Lady Glenmour ne put s'empêcher de sourire à cette sortie emportée de Caskil contre l'Inde et la poésie, et de la triste figure du pauvre Tancrède.

— Je ne puis tout à fait admettre, reprit Patrick, qui partageait un peu le mécontentement de Tancrède, qu'il n'y ait au monde que deux campagnes : celle de France et celle d'Italie. Jusqu'ici la Suisse n'a pas été considérée comme un vilain pays...

— La Suisse ! s'écria Caskil, la Suisse !... Oui, sans doute, c'est un pays à voir ; malheureusement il est peuplé d'aubergistes qui écorchent le plus poétiquement du monde les voyageurs. Ils font payer l'air, que dis-je, l'air ? Écoutez plutôt : j'étais en Suisse il y a six ans, et je n'ai pas oublié la carte à payer d'une journée que je passai au bord du lac de Genève, dans un hôtel. Faites comme si vous aviez cette mémorable carte sous les yeux, la voici :

8*

Un poulet.	10 fr.	
Un lever du soleil.	5	
Une truite.	12	
Un orage à midi sur le lac.	3	50 c.
Champignons.	8	
Un coucher de soleil.	15	
Tarte à la crème.	6	
La lune derrière un léger nuage. .	40	
Total.	99 fr. 50 c.	

— Vous conviendrez, mes chers amis, qu'un pays où l'on met sur la carte le coucher du soleil et le lever de la lune est un peu cher à habiter.

— Admirable ! s'écria Patrick désarmé par le rire.

Lady Glenmour riait aussi de bon cœur.

— Du reste, reprit Caskil, depuis longtemps je professe cette opinion sur une foule de pays trop vantés, quoique je n'aie pas plus de trente-deux ans ; je l'ai exprimée plusieurs fois à notre cher Glenmour... A propos, où est-il ?

— Il est temps de le demander, pensa lady Glenmour.

— A Londres, monsieur.

— Pour longtemps?

— Quinze jours encore peut-être.

— Eh bien ! je l'attendrai. Quand vous lui écrirez, milady, dites-lui que Caskil est chez lui ; cela suffira... Mais d'ici à son heureux retour, je ne serai pas fâché, je l'avoue, de prendre quelque chose...

— Ah ! mon Dieu ! j'avais en effet oublié de vous offrir à souper, s'excusa lady Glenmour... Mais comment allons-nous faire? tout le monde est couché.

— Mon intention n'est pas de souper, reprit Caskil. J'ai seulement l'habitude de prendre un bol de punch tous les soirs vers minuit...

— Vous désireriez du punch?

— Milady, vous avez deviné.

— C'est que...

— Tout le monde est couché, allez-vous dire... Qu'à cela ne

tienne! nous le ferons nous-mêmes. Tancrède, allez allumer du feu; docteur, vous vous chargerez bien de râper du citron... Il ne nous faut plus que du rhum et du sucre...

— Moi, allumer du feu! mais en vérité...

— Eh bien, mon jeune ami, je l'allumerai et vous le soufflerez. Milady en boira...

— Moi, boire du punch!

— Vous en boirez. Le punch est l'âme de la nuit...

— Je n'en ai jamais bu.

— Alors, vous en boirez davantage. Vous en boirez pour le passé. Nous le boirons à la santé de notre reine, notre reine c'est vous, puis à celle de ce cher Glenmour, puis à celle du bon docteur... Allons donc allumer le feu, Tancrède!

— Mais qu'est-ce donc? dit tout haut lady Glenmour, jetée tout à fait hors d'elle-même par cet entrain, cette flamme, cet élan, cette verve étincelante, de l'excentrique sir Archibald Caskil.

— Et, ma foi! s'il est bon, ajouta Caskil, s'il nous grimpe un peu à la tête, nous chanterons, nous danserons... Je sais que vous dansez, docteur. La main aux dames, docteur!

Et saisissant de ses deux mains nerveuses les mains du docteur, Caskil lui fit faire en sautant tout le tour du salon.

Lady Glenmour était tombée dans son fauteuil en riant enfin de tant de vivacité et de tant de rondeur.

On suppose aisément qu'avec un pareil homme le punch fut fait en peu de temps. Chacun, bon gré, malgré, y mit la main, et quand il fut une mer enflammée, Caskil s'assit et invita les autres à s'asseoir autour du bol. Ce fut le seul moment de calme et de silence qui régna dans le salon depuis la bruyante entrée de sir Francis Archibald Caskil.

Ce qu'était sir Archibald Caskil.

En se débarrassant des étreintes de sir Archibald Caskil, le docteur Patrick s'était dit : — Ce jeune homme n'a pas les mains de son caractère. Il continua d'écouter le son de sa voix pour tâcher de deviner quelques autres particularités morales de l'étranger.

On s'assit donc, et, pendant quelques minutes, on contempla en silence la gerbe bleuâtre du punch. Lady Glenmour eut alors occasion d'observer le visage de Caskil, dont elle avait déjà remarqué la taille avantageuse et la souplesse énergique. Sa tête était forte et parfaitement posée sur des épaules ni trop fines ni trop rondes, larges pourtant et descendant rapidement. Son front portait l'empreinte toujours si imposante de la force et de l'audace, bien qu'il fût adouci par l'ombre d'une chevelure noire et ondulée. Sa figure n'offrait pas la saillie fine, osseuse et délicate de lord Glenmour ; elle était plate ; son nez large et ouvert à la base donnait à ses paroles de l'impétuosité et une certaine abondance à la Mirabeau. Comme ce fameux orateur, auquel il ressemblait, mais prodigieusement en beau, il avait la bouche un peu grande et des lèvres fortes. Ces défauts, si les femmes trouvent que ce soient là des défauts, étaient rachetés par des dents d'une blancheur magnifique et d'un émail qui n'a d'égal que chez les gens des montagnes, et par des yeux noirs d'une expression caractéristique. Le regard de sir Archibald Caskil était d'une pénétration extraordinaire ; non de la pénétration du savant, chargé de réflexions tranquilles, mais de celle dont les hommes aux sens ardents et de mœurs corrompues se font une arme pour séduire ; un regard qui, pareil au verre lenticulaire échauffé par le soleil, commence par éclairer doucement l'objet sur lequel il porte son rayon, puis l'inquiète, l'agite, l'échauffe, l'embrase, et enfin le dissout.

Tandis que lady Glenmour regardait Caskil, celui-ci paraissait beaucoup plus occupé de son punch que d'exercer la puissance de son regard. Le reste de son visage correspondait harmonieusement avec ce qui vient d'en être déjà dit. Son

teint d'un blanc mat mais ferme convenait à ses traits. Il avait
aussi les mains fort belles et fort souples, prenant voluptueu-
sement, si l'on peut s'exprimer ainsi, tout ce qu'elles touchaient. Elles renfermaient des fascinations nombreuses dans
leur jeu, ce qui frappa lady Glenmour lorsque Caskil, fou jusqu'à la fin, déchira une grande feuille de papier et se prit à
faire des petits bateaux.—Maintenant, dit-il, tendez vos verres.
Il versa ensuite du punch tout en flammes à lady Glenmour, au
docteur et à Tancrède; il prit ensuite les petits bateaux qu'il
avait façonnés et les lança sur le bol de punch dont le milieu
flambait encore.

— Que signifie?...

— Milady, voici ce que cela signifie : ces petits bateaux de
papier sont nos passions. Les uns, vous le voyez, naviguent
très-bien au vent qui se dégage de la flamme ; les autres, plus
prudents, se tiennent aux bords du bol et ne sont pas atteints
par le feu ; les autres, les plus téméraires, se jettent au milieu
même du brasier, et vous voyez ce qui leur arrive : ils sont
détruits, consumés. Les plus forts, milady, savez-vous quels ils
sont?

Lady Glenmour ne cessait de regarder la figure si joyeuse-
ment attractive et d'écouter la parole vibrante de Caskil.

— Savez-vous quels ils sont? Ce sont ceux, dit Caskil en
soulevant le vaste bol de punch et en l'approchant de ses lèvres,
qui sont plus forts que la passion, qui la dévorent au lieu d'en
être dévorés.

Et sir Archibald Caskil avala d'un trait les dix ou douze verres
de punch contenus dans le bol de cristal qu'il posa ensuite avec
un grand calme sur la table.

On pouvait craindre que la raison de cet intrépide buveur
fût soudainement atteinte par l'ivresse. Il n'en fut rien. Un sourire tranquille vint rassurer lady Glenmour qui laissa tomber
malgré elle sur Caskil un regard où se lisait l'impression étrange
que lui causait cette vitalité généreuse, cette énergie sans effort,
cette puissance tranquille et formidable, maîtresse d'elle-même
et des autres.

Lady Glenmour se leva ensuite pour se retirer dans ses appa-
tements.

— Bonne nuit! messieurs, dit-elle en tendant la main à Tancrède silencieux et morose à sa place, au docteur Patrick et au joyeux Caskil. Bonne nuit à tous!

— Ce souhait est toujours accompagné, au cap de Bonne-Espérance, par une cordiale embrassade, et vous allez permettre, milady...

Sir Archibald Caskil ouvrait déjà les bras et tendait le cou pour réaliser ce qu'il prétendait être la coutume du Cap, lorsque Maracaïbo se glissa entre lui et lady Glenmour et posa sa figure barbue, velue et éclairée de deux regards jaunes et étincelants devant la figure de l'étranger. Celui-ci, qui n'avait pas encore vu l'orang-outang, fut singulièrement effrayé de ce vis-à-vis diabolique. Maracaïbo avait fixé ses deux mains sur les épaules de Caskil et le tenait en respect.

Tancrède aurait volontiers embrassé Maracaïbo pour le récompenser de son action peu courtoise.

— A bas! à bas! s'écria Caskil.

Maracaïbo fit entendre pour toute réponse à cet ordre un vif claquement de sa langue contre son palais, et il ne lâcha pas Caskil, qui, en voyant l'obstination de son sauvage rival, tira son gant et lui en donna un coup sec à travers le museau.

Saisissant le gant avec ses dents irritées, Maracaïbo, après avoir fait deux pas en arrière, prit le gant dans ses mains et le jeta en colère au visage de Caskil.

Celui-ci reprit en riant:

— Quelles sont vos armes, monsieur?

Il fallut que lady Glenmour ordonnât à Maracaïbo de se retirer, sans cela il eût fait un mauvais parti à celui dont il allait devenir l'ennemi mortel. Docile à la voix de sa maîtresse, il alla en soufflant et en sifflant d'une manière aiguë et terrible, se blottir sous la table.

Il n'est pas inutile de dire en passant que Maracaïbo avait déjà étouffé un homme, un matelot, qu'il avait ensuite lancé à la mer pendant la traversée du bâtiment sur lequel il était venu en France.

— Ici est votre chambre, dit ensuite lady Glenmour en désignant à Caskil le cabinet de lord Glenmour.

Lady Glenmour quitta le salon.

—Qu'y a-t-il dans la main de cet homme? se disait-elle en montant l'escalier de sa chambre ; elle m'a brûlée.

C'était, elle se l'avouait aussi, la première soirée de sa vie de femme mariée pendant laquelle les heures ne lui avaient paru ni longues ni désespérément monotones.

—Cette gaieté, dit Tancrède au docteur, tandis qu'ils montaient ensemble à leur appartement, la gaieté de cet étranger, je vous le répète, me fait mal ; elle m'obsède, et je ne comprends pas que lady Glenmour...

—Fasse bon accueil à l'ami de son mari ?

—Je ne dis pas...

—Alors que voulez-vous ?

—Je voudrais qu'il ne fût pas venu.

—Et pourquoi donc cela ?

—Il y a des antipathies, docteur, qui ne s'expliquent pas.....

—On ne doit pas les écouter.....

—C'est plus fort que ma raison.

—N'allez-vous pas voir en lui un ennemi ?

—Si cela était, je n'aurais pas longtemps à le détester... Oh ! non !...

—Qu'entendez-vous par là ?

—J'entends que l'un ou l'autre quitterait ce château.

—C'est ainsi que vous exercez l'hospitalité, Tancrède ?

—Je ne connais pas cet homme... Je ne lui dois rien.

—Mais ce n'est pas chez vous qu'il est venu...

—Je le sais... Lady Glenmour, en vérité, accueille trop facilement...

—Jusqu'ici pourtant ce n'est pas le défaut qu'on lui a reproché.

—Pourquoi cette préférence alors ?...

—Elle est parfaitement justifiée...

—En quoi, docteur ?

—Vous osez le demander ?... Vous n'avez pas entendu ce jeune homme ?

—Je n'ai entendu qu'un insupportable bouffon.

—Ne voulez-vous pas enfin que lady Glenmour renvoie un ami de son mari, parce qu'il ne vous plaît pas ?

—Vous avez raison, docteur, j'ai tort de me mêler... Mais n'importe... Bonsoir, docteur !

Quand le docteur Patrick fut entré dans sa chambre, il se dit : — Tancrède se trompe, lady Glenmour se trompe aussi, ce jeune homme-là n'est pas gai... Non, vous n'êtes pas gai, M. Caskil; vous l'avez trop été ce soir.

Une fois dans le cabinet de lord Glenmour dont il fit le tour avec un ricanement infernal, sir Francis Archibald Caskil jeta son chapeau dans un coin, se débarrassa de sa cravate, et son visage prit tout à coup une expression froide et dure comme l'airain.

— Je suis chez vous, lord Glenmour, dans votre château, dans votre chambre, à deux pas de la chambre de votre femme! s'écria-t-il avec triomphe, moi le comte de Madoc. Ah! vous m'avez rendu souverainement ridicule à Londres, dans les salons, à la cour et dans toute l'Angleterre. Chacun son tour. Le mien est arrivé. Je viens vous rendre ridicule à Paris, c'est-à-dire dans le monde entier. Ah! vous m'avez laissé, disiez-vous, l'actrice, la fille de théâtre, et vous avez pris pour vous la belle, l'admirable fille d'honneur. Eh bien! cher lord! noble lord! je les aurai toutes les deux. Comptez-y. Et je les confondrai si bien dans l'estime du monde, qu'au bout d'un mois, de deux mois s'il le faut, on ne saura plus dire laquelle des deux est ma plus ancienne maîtresse. La ressemblance de leur visage ne sera rien à côté de la ressemblance de leur réputation. Et je jure Dieu et mes aïeux, milord, que je n'emploierai aucune violence, afin qu'on ne me dise pas un jour ce que je vous reproche hautement, de n'avoir eu lady Glenmour que par félonie. Pour l'avoir, vous l'avez épousée; oh! le spirituel moyen! Moi, pour qu'elle se donnât librement à moi, j'ai attendu qu'elle fût à vous.
— Et me voici !

— Excusez-moi si je vous interromps, dit le marquis de Saint-Luc, dont le visage, depuis quelques minutes, marquait une croissante inquiétude, mais cette sonnette qui s'agite toujours plus fort attire sans cesse mon attention de ce côté... elle l'appelle... on dirait qu'une intelligence, qu'une volonté la font mouvoir et pourtant il est bien mort celui qui est couché dans ce tombeau...

— Oh! oui... Mais comment a-t-il vécu?
— Est-ce que quelque grand crime?...

—Je vous ai dit que cette sonnette s'appelait, à juste titre, la sonnette du Parricide.

—Puérilité!... le major de Morghen, mon ami, cet homme si distingué...

—Sur mon honneur! c'était un parricide.

—Vous m'épouvantez, chevalier.

—Et cette sonnette dont le bruit vous préoccupe...

—Voudriez-vous aussi me faire croire que c'est le major de Morghen qui l'agite?

—Non! Mais c'est la vengeance divine peut-être, venant mouvoir, sous la forme éthérée du vent, cette petite sonnette de fer qu'il a souhaité lui-même voir placer sur son tombeau, comme une bizarrerie pour les autres, comme une éternelle expiation pour lui.

—Mais quand me direz-vous la cause de son crime, le motif pour lequel vous prétendez que je ne lui ai pas gagné les 100,000 fr. qu'il a perdus avec moi au jeu; le rapport qui existe entre cette sonnette dont le nom me glace, dont le bruit me fait frissonner maintenant, et le crime que vous lui reprochez?...

—Je vous dirai tout cela quand il sera encore question dans cette histoire de la femme qui lui mit le fer à la main et qui fut cause de sa mort; quand il sera question de Mousseline enfin. Et ce sera bientôt.

Journée de malheur pour le chevalier Tancrède.

A peine installé chez son excellent ami lord Glenmour, le comte de Madoc, ou le faux sir Archibald Caskil, chercha à s'attirer les bonnes grâces de la domesticité du château. Autant l'orgueil des petits blesse les gens qui servent, autant la familiarité des grands leur plaît et obtient d'eux du zèle et du dévouement. La popularité croît dans les lieux bas. Pour la cueillir, il faut savoir se courber. Le comte de Madoc ne l'ignorait pas. On entrait chez lui sans sonner, sans faire prévenir; ses malles restaient ouvertes; la clef était toujours à son secré-

taire, l'or et l'argent traînaient sur les tapis. Les moyens qu'em
ploient d'ordinaire les personnes soigneuses, pour n'être pas
volées, il affectait de les mépriser dans le seul but d'exaspérer
l'audace, ou plutôt la facilité de se faire piller par les valets et
les domestiques qui n'avaient garde d'y manquer. Son linge fin,
ses habits, ses meilleurs cigares, ses bagues de prix disparais-
saient à plaisir. Quel excellent caractère d'homme! disaient en
parlant de lui les gens du château; on abandonnerait volontiers
ses gages pour le servir! Ils étaient surtout flattés de la simplicité avec laquelle il s'habillait; il était excessivement propre
et voilà tout. Il ne passait pas sa matinée à nouer méthodique-
ment sa cravate, à faire vernir ses bottes. Il oubliait même assez
souvent, à l'heure du dîner, de descendre au salon avec des
gants; et comme il traitait sans façon leur royale maîtresse;
elle à qui lord Glenmour, son mari, ne parlait jamais que chapeau bas, les yeux baissés et à demi-voix; elle à qui eux-mêmes
n'osaient jamais adresser la parole, tant l'exemple soumis de
leur maître les condamnait à cette circonspection glacée et
muette. Le faux sir Archibald Caskil avait en outre, à leurs
yeux, le mérite rare de posséder une force prodigieuse; on
l'avait vu, en se jouant, soulever des poids énormes et faire
ployer des branches que trois d'entre eux n'auraient pas cour-
bées. La force est restée comme un titre de noblesse chez le
peuple, qui jusqu'ici ne s'est guère élevé que par les efforts de
la puissance physique. Tant de qualités devaient nécessairement fonder et cimenter la popularité de l'hôte bizarre de lord
Glenmour, et il était en train de la conquérir.

Un des derniers beaux jours de l'automne, dont l'agonie se
peignait mélancoliquement sur le vert languissant du gazon et
le rouge tanné des feuilles de chêne, lady Glenmour, quoiqu'elle
fût fort inquiète de n'avoir encore reçu aucune lettre de son
mari, avait enfin cédé aux joyeuses obsessions du prétendu
Caskil. L'excentrique étranger avait arrangé une promenade
navale sur la grande pièce d'eau qu'on appelait le Canal. On
déjeunerait à bord du yacht, on y ferait de la musique, on s'a-
muserait toute l'après-midi. Il n'était pas venu chez son ami,
disait-il, pour s'y enterrer tout vif, et pour voir mourir les autres
d'ennui.

On s'embarqua donc sur le yacth vers midi, quand le soleil, se croyant en été, déroulait ses plus belles nappes de lumière du haut d'un ciel pur comme au mois d'août. Un petit canot, peint en coutil, monté par lady Glenmour, Caskil, le docteur Patrick et plusieurs invités, s'éloigna de la berge. En quelques coups d'aviron il aborda le yacht, et l'échelle de soie fut descendue. C'est Tancrède, le futur amiral, qui reçut, et personne mieux que lui ne devait s'acquitter de cette honorable mission, lady Glenmour et sa suite. Au moment où elle posa le pied sur le gracieux vapeur, le drapeau anglais, hissé au grand mât et à l'artimon, fut salué de trois coups de canon qui firent partir du fond du parc une volée bleuâtre de petits oiseaux.

— Capitaine, dit le faux négociant du Cap à Tancrède, nous plaçons sous votre loyale protection une des plus aimables dames de l'Angleterre.

— Votre recommandation, répondit Tancrède, mérite qu'on l'accueille, monsieur; mais elle n'ajoutera rien au vif intérêt que je porte à lady Glenmour.

— C'est répondre avec la fierté d'un marin.

— Et le devoir d'un serviteur.

— Trêve à cette joute de compliments dont je suis l'objet, messieurs, intervint lady Glenmour; montrez-moi plutôt l'intérieur de ce joli navire que je dois, je ne l'oublierai pas et je vous prie aussi de ne pas l'oublier, à la précieuse courtoisie de lord Glenmour, qui nous laisse bien longtemps sans nouvelles. Votre bras, cher docteur.

— A la condition que vous me direz, répliqua le bon docteur Patrick, tout ce que vous verrez de remarquable. Je compte sur vos yeux.

— Docteur, je n'oublierai rien pour vous être agréable.

— Merci, milady. Sir Archibald, vous passerez devant nous.

— A vos ordres, docteur.

— Et vous, Tancrède? demanda lady Glenmour.

— Moi, je reste sur le pont pour veiller à la manœuvre. Mes matelots et mes chauffeurs ne sont pas très-expérimentés. D'ailleurs, la circonstance me fait capitaine, et ma tâche est de demeurer ici au gouvernail.

— Ayez bien soin de nous, Tancrède, dit lady Glenmour,

qui, pour répondre à la fiction d'un voyage, avait enveloppé son corps charmant dans un burnous rose, doublé de satin blanc, et emprisonné son visage dans un étroit chapeau de velours noir, sans plume ni fleurs. N'allez pas nous conduire aux Indes... où vous avez failli déjà mourir deux fois, Tancrède.

— Non, milady, nous n'irons pas si loin... à moins qu'en passant, M. Caskil ne veuille descendre chez lui au cap de Bonne-Espérance.

— Je ne suis pas si pressé de vous quitter, mon jeune ami.

— Nous serions, certes, très-fâchés qu'il en fût autrement, Tancrède tout le premier, j'en suis sûre, ajouta lady Glenmour, en mettant le pied sur l'échelle de palissandre qui conduisait au salon du yacht. Elle se retourna ensuite pour envoyer du bout des doigts et du bout des lèvres un joli sourire à Tancrède.

Celui-ci ordonna aussitôt de mettre les roues en mouvement, et le yacht s'élança sur la surface tranquille de la pièce d'eau.

On eût dit qu'un premier nuage de tristesse se détachait du visage de lady Glenmour, et qu'à travers les autres voiles on voyait poindre les roses si longtemps étouffées de son teint. Le vent qui s'élève de l'eau et lui emprunte une vivifiante fraîcheur, animait ses traits, éclaircissait son regard et dérangeait, avec un bonheur inouï de désordre, ses cheveux sur son front.

Elle fut étonnée de l'exquise coquetterie qui avait présidé aux aménagements du yacht. Un boudoir n'a pas de plus délicieuses surprises à offrir aux regards difficiles d'une jeune mariée. Et c'était la première fois que lady Glenmour daignait y venir ! Elle pensa un instant, avec une reconnaissance mêlée de tristesse, à celui à qui elle devait cette merveille dont elle l'avait à peine remercié. Pourquoi ne lui écrivait-il pas ? Mais le bruyant sir Archibald Caskil, qui aurait troublé un ange dans sa prière, lui dit, en la tirant brusquement de ses réflexions :

— Milady, vous avez promis au docteur Patrick de lui dire les beautés qui vous frapperaient pendant notre visite dans l'intérieur du yacht. Et vous voilà depuis plusieurs minutes pensive...

— Pardon, oh ! pardon, docteur !

— Non-seulement je vous dispense de cette peine, chère milady, reprit Patrick, mais je vais vous prouver qu'elle serait parfaitement inutile.

— Comment cela ?

— Oh ! mon Dieu ! c'est bien simple : c'est parce que j'ai déjà tout vu.

— Vous avez tout vu !

— Jugez-en vous-même. Mais comme je ne veux pas vous faire croire que je suis sorcier, je dois vous prévenir que mes pieds, mes mains, le son de vos voix et l'odeur des peintures m'en ont autant appris sur ce joli salon où nous sommes que vos yeux ont pu vous en apprendre. D'abord il a douze pieds de long sur huit de large.

— C'est exact, répondit le faux Caskil.

— Le plafond est blanc avec des losanges d'or en relief.

— Incroyable !

— Il est soutenu par quatre piliers de fer ciselés en forme de palmiers.

— C'est cela !

— Autour du salon règne un divan jaune, et de distance en distance, entre les coussins, il y a des glaces ovales.

— Parfaitement vrai.

— Celle du milieu qui répond à l'arrière du yacht est oblongue, et cache un pilier qui sert à faire tourner deux portes. Ces deux portes s'ouvrent sur un autre petit salon tendu en velours rose, moucheté de blanc ; il est très-étroit ; le fond donne sur un balcon qui prend la forme de l'arrière du vaisseau, et a, par conséquent, de loin l'aspect de la gorge d'un cygne.

— C'est à ne pas y croire, n'est-ce pas, milady ?

— Le parquet où nous sommes est couvert d'une natte des Indes, et vous êtes assise en ce moment, vous, milady, sur un siége pliant en damas cerise, et vous, M. Caskil, vous êtes debout près de l'échelle par où nous venons de descendre.

— Pas une erreur ! s'écria lady Glenmour, en pressant avec une affection filiale la main du docteur Patrick.

— Par mon âme ! dit le comte de Madoc ou le prétendu sir Archilbald Caskil, je donnerais mes deux yeux, qui y voient assez clair, Dieu merci ! pour votre cécité.

— Elle devient de jour en jour meilleure, en effet, répondit Patrick en riant, et je n'aurais qu'un seul regret maintenant, ce serait de la perdre.

Jusqu'ici sir Archibald Caskil ne s'était pas trop livré à ses excentricités; il est vrai que la perspicacité merveilleuse du docteur Patrick avait fini par le faire profondément réfléchir. Celui qui n'y voyait pas du tout pouvait devenir pour lui un témoin plus importun et plus inquiétant que le jeune homme aux regards de flamme.

La cloche appela tout le monde sur le pont. On allait déjeuner. Le couvert était mis à la poupe; en mangeant on verrait passer et reparaître les riches accidents d'un parc d'une lieue ce circonférence, et la pièce d'eau en faisait le tour, à travers des îles de jonc et des bancs de sainfoin.

Le déjeuner fut servi et le joli yacht continua, habilement chauffé, à suivre, comme l'eût fait un cygne, dont il avait la forme, les sinuosités de la pièce d'eau qu'une heureuse incurie n'avait pas fait encaisser entre des murs de pierre de taille. Elle s'étalait en liberté jusqu'aux pieds des arbres du parc, couvrant ou laissant à nu des portions de terrain. Tantôt le dard doré de la proue soulevait de longues branches de saule, et alors les passagers, surpris de la visite d'un arbre, écartaient de main en main l'obstacle qu'ils laissaient bientôt tomber échevelé derrière la poupe; tantôt la quille du yacht glissait en déroulant un galon d'argent sur la surface de l'eau. Tancrède, qui n'avait pas quitté le gouvernail, s'affligeait de la taciturnité de lady Glenmour. Un spectacle si nouveau pour elle n'avait pas le pouvoir de la distraire! Mais les reines elles-mêmes, toutes dédaigneuses qu'on les suppose, ont des cris de l'âme pour ces sortes de tableaux. Il eût voulu que cette pièce d'eau sur laquelle il naviguait se fût agrandie, et se trouver tout seuls, elle et lui, au milieu de la mer, de la solitaire mer!

Véritablement cette promenade sur l'eau et sous la voûte des arbres eût ravi toute femme; lady Glenmour, que ne secouait pas en ce moment la verve de Caskil, avait coupé en passant une branche d'osier, et elle en trempait mélancoliquement les flexibles rameaux dans l'eau courante. Et elle regardait tomber de ces rameaux les milliers de perles que formaient le remous et les rayons du soleil. Caskil, contre son ordinaire, gardait le silence, le docteur causait histoire naturelle avec quelques personnes près de la cheminée du yacht.

Ce silence durait depuis plus d'une demi-heure, quand le 1aux Caskil s'écria de manière à être entendu de toutes les personnes qui se trouvaient sur le pont :

— Ah ! si l'on voulait me faire capitaine du yacht pendant une heure...

— Que feriez-vous ? répliqua Tancrède piqué au vif d'un pareil souhait.

— Ce que je ferais? non pas mieux que vous, mon cher Tancrède ; mais je ferais autre chose.

— Et quoi donc, enfin?

— C'est mon secret, tant que je ne serai pas revêtu du commandement.

— Prenez-le donc ! s'écria Tancrède avec humeur, et voyons ce que vous nous ménagez de rare, de surp. .1ant.

— Vous allez le voir.

On ne manqua pas de s'intéresser à ce défi, et l'attention fut portée sur Tancrède et sur Caskil, qui commença par ordonner aux chauffeurs d'activer le feu de la machine. Il se plaça ensuite au gouvernail. Lady Glenmour attachait aussi son regard sur Caskil.

Par suite des ordres qu'avait donnés celui-ci, le yacht marchait déjà beaucoup plus vite. Il faisait le tour du canal en deux fois moins de temps, et l'écume qu'il soulevait allait grossir l'eau sur les bords. Tout tremblait sur le yacht comme en pleine mer sur un bâtiment quand le vent souffle avec violence et en équerre dans les voiles. Il frémissait en fuyant sous les pieds des passagers, qui paraissaient plus heureux de cette commotion continuelle, lady Glenmour particulièrement. L'air plus vif, l'eau plus agitée, le paysage courant plus rapidement, lui communiquaient une ivresse qui l'animait comme l'eût fait un vin généreux. Ses yeux étincelaient et sa bouche se plissait avec la fierté d'une naïade debout sur sa conque marine. Tancrède seul était soucieux ; il promenait autour de lui une attention inquiète. Il regardait à la fois Caskil, lady Glenmour, le rivage et le yacht. Enfin, d'une voix troublée, il osa dire :

— M. Caskil, nous allons bien vite...

— Homme prudent ! se contenta de répondre celui-ci avec ironie

— Je vous dis, M. Caskil, que nous allons trop vite...

— Est-ce votre avis, mesdames? demanda le faux Caskil.

— Non! mais non! répondirent les dames.

— Que nous allons bien! Allons toujours ainsi!

Tancrède, qui ne voulait pas se montrer plus timoré que ces dames, se tut.

— Alors, reprit Caskil, allons mieux! allons plus vite encore !

Et il ordonna au mécanicien d'augmenter la vitesse de plusieurs degrés. A l'instant même le yacht, comme s'il eût senti l'éperon dans les flancs, bondit et courut éperdument, passant comme un poisson entre les petits détroits formés par les trois vastes bassins de la pièce d'eau, refoulant devant lui les algues vertes, déchirant les bas-fonds, faisant monter des nuages de sable à la surface, fauchant les joncs et les hautes herbes qui s'opposaient à son impétuosité.

Tancrède perdait toujours de son sang-froid; il pâlissait de colère; son silence était orageux; d'instant en instant il se rapprochait davantage de lady Glenmour qui, charmée de cette rapidité, n'en pouvait plus d'émotion, d'enthousiasme, d'excitation. Le vent emporta son chapeau, s'engouffra dans son burnous blanc, et ses beaux cheveux flottèrent à l'aventure.

— Hurah! hurah! criait le comte de Madoc ou le faux Caskil. Nous mangeons, nous dévorons l'espace! Hurah! hurah!

— Mon devoir est encore de vous avertir, s'écria une seconde fois Tancrède d'une voix étouffée, qu'il y a du danger, un très-grand danger à courir ainsi que vous le faites en ce moment. Ce yacht n'est pas un vaisseau de guerre; la machine, que vous avez démesurément chauffée, n'est pas sortie des ateliers de l'État; d'un moment à l'autre elle peut sauter...

— Ne le croyez pas! s'écria Caskil.

— Monsieur, je suis marin et vous n'êtes qu'un marchand du cap de Bonne-Espérauce...

— Vous, marin! vous êtes, je vous l'ai dit, un jeune homme prudent, très-prudent !

— Un poltron, n'est-ce pas? Eh bien! vous allez voir... Chauffeur! s'écria Tancrède, gorgez le four de charbon, faites rougir à blanc la machine; mécanicien, la plus grande vitesse... je vous l'ordonne.

Tancrède achevait à peine de donner cet ordre meurtrier, que le yacht, ayant touché le fond, pencha soudainement à droite.

Un cri général s'éleva.

— Vous voyez! reprit Tancrède.

Mais, tirant fort peu d'eau, le yacht se releva aussitôt et reprit sa course foudroyante.

Pour mieux jouir du coup d'œil, lady Glenmour s'était portée à la poupe et s'extasiait de l'étourdissante, de l'effrayante mobilité avec laquelle passaient à ses côtés arbres, buissons, prairies, oseraies, monticules, îlots, haies riveraines, chaumières; elle se dilatait, elle chantait, elle riait... Tout à coup un craquement sec, horrible se fit entendre, et le yacht s'arrêta, s'affaissa sur lui-même; il penche, s'abat sur l'un des côtés, et l'on voit sortir en grondant et avec des sifflements rouges et sinistres un énorme, un étouffant nuage de fumée. En tombant, le yacht, qui s'était crevé sur un des pieux plantés dans le canal, jeta dans l'eau la moitié des passagers. Dans le désordre, on criait, on pleurait, on appelait, on cherchait à gagner les bords. Avant que Tancrède, qui n'avait pas perdu de vue lady Glenmour, n'eût eu le temps de courir vers elle pour la sauver, Caskil l'avait prise, enlacée dans ses deux bras et pressée contre lui; il s'était précipité de la poupe à la proue, malgré l'effrayante inclinaison du yacht. Une distance de quelques pieds séparait la proue d'avec la terre. D'un bond, Caskil la franchit, et il déposa lady Glenmour toute défaillante sur le gazon.

Au bout d'un quart d'heure d'effroi et de désordre, chacun s'était enfin assuré qu'il n'avait pas péri : ceux qui étaient restés à bord, le docteur Patrick entre autres, n'avaient pas eu le moindre mal ; ceux qui avaient roulé dans l'eau avaient regagné la terre sans accident. Tancrède seul, trop pressé de porter secours à lady Glenmour, était tombé dans un mélange de vase et d'algues d'où il était sorti dans un état plus comique que véritablement touchant. Pour achever sa triste déconvenue, le prétendu sir Archibald Caskil lui cria, en le voyant passer sous cette livrée de Triton : — Vous aviez raison, cher Tancrède, il faut être prudent... Caskil lui envoya ensuite un salut et resta assis, comme un berger de Virgile, sur le riant gazon au pied de la belle lady Glenmour, qui, déjà revenue d'un léger évanouissement, riait de toute son âme au souvenir de la mésaventure qu'elle venait d'éprouver, et semblait toute heureuse et toute ravie d'avoir senti battre son cœur avec violence, et connu enfin une sensation énergique. Elle remerciait avec une grâce charmante Caskil du service qu'il lui avait rendu en la sauvant de ce petit naufrage dont elle se souviendrait toujours, parce qu'elle avait eu peur, disait-elle, oh ! extraordinairement peur, et elle insistait sur l'impression profonde de cette terreur, comme une autre personne sur une sensation de plaisir.

Malgré sa grande envie d'aller cacher sa déconvenue au fond de son appartement, Tancrède retourna la tête quand il n'était encore qu'à quelques pas de l'endroit où il avait vu Caskil et lady Glenmour. Son mauvais génie lui conseilla ce mouvement. Il fut témoin d'un tableau fort naturel, et qui pourtant augmenta la confusion de ses esprits. Les cheveux de lady Glenmour s'étaient enchevêtrés, dans le transport du vaisseau à terre, aux boutons d'acier de l'habit de Caskil, et ils étaient occupés elle et lui à les dégager. Travail difficile, un peu douloureux, et qui obligeait lady Glenmour de donner à sa tête et à son cou des poses gauches et pénibles, mais qu'elle rendait charmantes parce qu'elle rendait tout charmant. La douleur fit voir à Tancrède de la familiarité dans un accident si simple. Il aurait voulu mourir dans l'explosion du yacht.., avec elle peut-être. Comme on est généreux quand on aime !

Quoique lady Glenmour n'eût pas été mouillée, sa toilette avait subi de graves altérations, mais pour la première fois de sa vie elle ne songeait pas plus à sa toilette que si elle eût été la fille d'un des pauvres paysans du château.

Dès qu'on fut tout à fait remis de la secousse, on songea à regagner le château, accompagné des paysans, des domestiques, des jardiniers et des valets accourus au bruit du naufrage. Lady Glenmour, encore toute pâle et tout émue, faible, étonnée, mais comme charmée de son état, ouvrait la marche, mollement appuyée sur le bras de Caskil. Comme il se faisait tard et que, de la pièce d'eau à la maison, en passant par le parc, la distance était assez longue, le docteur Patrick prit le bras de Paquerette, qu'il accepta moins encore pour être conduit que pour avoir l'occasion de dire tout bas à la jeune servante, dont la discrétion lui était connue, de le suivre chez lui quand on serait arrivé au château. Ne voulant pas avoir recours à Tancrède, dont la mauvaise humeur était manifeste, il la pria, comme il lui arrivait souvent, de le remplacer en qualité de secrétaire. Habituée à cette confiance qu'elle méritait par son inviolable discrétion, Paquerette consentit volontiers à ce que désirait le docteur Patrick. Celui-ci sentait dans sa conscience la nécessité de communiquer à lord Glenmour le plus promptement possible l'impression laissée en lui par l'événement de la journée et par quelques autres particularités antérieures. Son parti était pris sur ce point. Il porta ensuite son attention sur Paquerette, à laquelle il dit :

— Au son de votre voix, je gage, mon enfant, que vous n'êtes pas en bonne santé. Je vous avais ordonné de vous coucher de bonne heure, l'avez-vous fait ?

— Non, docteur, mais...

— Je vous avais dit aussi de prendre quelques cuillerées de sirop de digitale pour calmer vos palpitations.

— C'est vrai, monsieur Patrick, et je vous suis reconnaissante de ces bons soins.

— Il ne s'agit pas de cela. Avez-vous pris de ce sirop ?... Allons, je vois que non. Mon enfant, le mal est grave ; il est au cœur.

— Oui, docteur, il est au cœur, ainsi que vous le dites.

— Vous ne voulez donc pas guérir ?

— Puis-je guérir ?

— Comment donc ! on guérit de tout mal quand il est pris à temps, repartit le docteur Patrick, confiant en son art, comme le sont du reste la plupart des médecins.

— Allons, ne vous fâchez pas si fort, docteur, désormais je me conformerai ponctuellement à vos ordonnances.

— Et vous ferez bien, Paquerette.

Le docteur appuya sa phrase d'une accentuation qu'il n'employait que dans les occasions sérieuses et quand il n'y avait plus à plaisanter avec ses prescriptions.

Mais bientôt toute la troupe de naufragés arriva au château, où l'on se hâta de faire du tilleul, du thé, du vin chaud, où l'on chercha des habits pour ceux qui étaient mouillés et des pantoufles pour ceux qui avaient perdu leurs souliers.

Justement vexé du résultat de sa journée, Tancrède courut se renfermer dans sa chambre, découragé et soucieux comme un officier de marine condamné à passer devant un conseil de guerre pour avoir laissé périr le vaisseau qu'il commandait. Son mécontentement avait aussi une autre cause qu'on suppose aisément.

Le retour au château.

Le docteur Patrick, assis dans son fauteuil près de la croisée, avait fait placer Paquerette devant lui, se disposant à lui dicter une lettre ; mais, comme si la jeune fille eût dû en écrire deux, elle avait étalé deux feuilles de papier au lieu d'une sur le pupitre.

Le docteur fit un signe et Paquerette s'apprêta.

« Mon cher Glenmour,

» Puisque vous ne voulez pas vous décider à nous écrire le » premier, il faut bien que ce soit nous qui commencions. Si » je ne vous dis pas que votre château est brûlé, que votre parc » a été enlevé par une trombe, c'est que vos immeubles sont à » peu près comme vous les avez laissés en partant. Le silence » en pareil cas équivaut à une bonne nouvelle. N'allez pas » croire pourtant, renversant mon système, que les personnes » dont je vais vous parler soient en danger. Tout est bien. » Lady Glenmour jouit d'une assez bonne santé, rien du moins » ne l'a troublée, sauf un petit accident dont je vais vous entre- » tenir et dont nous sommes encore tout chauds, dirais-je, s'il » n'avait eu lieu sur un élément qui ne l'est pas souvent, sur- » tout dans la saison où nous entrons. Toutefois ce' événement, » si peu grave qu'il soit, je vais vous en parler, ne fût-ce que » pour saisir l'occasion de vous demander bien vite ce qu'est un » sir Archibald Caskil, qui se prétend très-haut votre ami par- » ticulier, dévoué, intime, et qui dit vous avoir connu au cap de » Bonne-Espérance, il y a déjà quelques années.

Ici le docteur Patrick s'étant tout à coup arrêté pour prendre haleine et peut-être aussi pour se rendre compte de la gravité, ni trop forte ni trop faible, qu'il désirait mettre dans ses paroles, Paquerette quitta la feuille sur laquelle elle venait d'écrire, et leva mystérieusement sa main qui s'abattit sans bruit et comme une plume de duvet sur l'autre feuille de papier placée près d'elle et disposée d'avance. Pendant le repos de Patrick, elle écrivit sur cette seconde feuille, sans produire le moindre bruit, quelques lignes rapides qu'elle laissa inachevées, car le docteur aveugle reprenait ainsi sa dictée :

« Ce sir Archibald Caskil, pour y revenir, qui se dit votre
» meilleur ami, a bien le caractère le plus tropical que je con-
» naisse. Il s'est présenté chez vous en riant comme s'il arrivait
» du village voisin, et il venait pourtant du cap de Bonne-Espé-
» rance, rien que cela ! Il était près de minuit, l'heure des fantô-
» mes. Il entre après avoir presque forcé votre grille, renverse
» deux fauteuils, et ses premières paroles sont pour demander du
» punch. On lui donne du punch ; il nous embrasse, il embrasse
» lady Glenmour, il l'embrasse deux fois, il danse, il nous fait
» danser, il insulte Maracaïbo, taquine notre bouillant Tan-
» crède ; et le lendemain, installé définitivement au château, il
» parle, il ordonne, il commande en maître, mais en maître,
» dois-je ajouter, qui sait se faire adorer des domestiques.

» Ils se mettraient au feu pour lui : je ne sais pas si nous en
» ferions autant, mais, en attendant, il nous a tous jetés dans
» l'eau à la suite d'une folle promenade en yacht sur le grand
» canal. Heureusement personne n'a péri. Lady Glenmour est
» en train de se remettre de cet accident, qui paraît l'avoir
» beaucop émue, mais beaucoup distraite aussi.

» Il me semble qu'elle prend un plaisir nouveau, tout à fait
» inconnu pour elle, à la conversation triviale, burlesque, mais
» ma foi fort entraînante, aux manières communes, mais com-
» munes d'une certaine façon pourtant, de cet homme, un peu
» marin, beaucoup négociant, un peu planteur, millionnaire à
» l'excès, beau convive, franc buveur, gai toujours. Il est dans
» vos appartements absolument comme chez lui ; il dispose, il
» ordonne, et cela, je vous assure, malgré la réserve si con-

» stamment digne de lady Glenmour, malgré l'autorité absolue
» que vous avez déléguée à Tancrède ; et ce serait, je crois,
» malgré vous, oui, malgré vous-même, si vous étiez ici. Quel
» diable d'homme !

» A l'exagération près, et je vous engage à tenir compte de
» la différence, ce sir Archibald Caskil ressemble extraordinai-
» rement à quelqu'un que nous connaissons beaucoup, vous et
» moi. C'est la même nature franche, la même humeur vive, la
» même verve roulante, la même parole incisive, la même cor-
» dialité dans l'action et la même promptitude dans la pensée.
» En vérité, mon cher Glenmour, la comparaison est venue
» d'elle-même, et je suis encore frappé de l'exactitude des rap-
» ports. Encore une fois, cependant, n'omettez pas les nom-
» breuses dissemblances. Sir Archibald Caskil est de la poudre
» dans une arme grossière ; l'autre, celui à qui je lui fais l'hon-
» neur de le comparer, est de la poudre dans un pistolet ciselé,
» au canon d'acier fin et à la monture d'ébène. »

Ayant marqué une seconde pause dans sa dictée, toujours
afin de calculer la portée de sa confidence et des expressions qu'il
employait, le docteur fournit à Paquerette une nouvelle occasion de continuer en cachette, pendant quelques minutes, l'autre
lettre qu'elle écrivait. Dès qu'elle s'aperçut qu'il allait reprendre, elle repoussa vivement la rédaction qui lui était personnelle.

Le docteur Patrick dicta :

« Mais, faut-il vous le dire ? Oui, mon ami, je vous le dirai,
» dussiez-vous encore une fois m'accuser de m'abandonner à
» mon excès de pénétration ; ce sir Archibald Caskil ne me pa-
» raît pas exactement l'homme de la personnalité qu'il affecte.
» Pardon de mes doutes s'il est réellement votre ami, s'il vous
» a effectivement, ainsi qu'il le dit sans ostentation, sauvé au-
» trefois la vie. Mais nous vivons dans un siècle si fécond en
» spirituels aventuriers, si miraculeux en gens d'intrigues,
» que j'ai besoin de votre affirmation pour considérer notre
» lointain et singulier visiteur comme un homme auquel je
» dois ouvrir ma main et laisser ouverte votre loyale maison.
» Pourtant je n'ai aucune certitude formée, irrévocable, re-
» marquez-le bien, pour ne pas croire en lui. Éclairez vite

» mes hésitations. Excusez-les surtout, car j'ai peur de ma peur.

» Lady Glenmour est bien, sa santé est assez bonne, je vous
» l'ai déjà dit en commençant ma lettre ; son nuage, dirait Mil-
» ton, laisse passer les flèches d'or du soleil. Puissiez-vous un
» jour tous les deux rencontrer enfin ce bonheur dont il revient
» à chacun de vous la moitié. Vos chagrins domestiques, mon
» ami, sont les miens. Mais, quel malheur, je suis à me le de-
» mander, vous faudra-t-il donc pour vous rendre plus heu-
» reux l'un et l'autre ? Jeunes tous les deux, beaux tous les deux,
» charmants tous les deux, riches à souhait tous les deux, en
» vérité, il n'y a qu'un malheur qui puisse vous apprendre com-
» bien vous vous convenez tous les deux. »

— Mais qu'avez-vous donc, Paquerette ? interrompit le docteur, il me semble que vous n'écrivez pas... Je n'entends plus
crier la plume sur le papier...

— Pardon, monsieur Patrick, répondit Paquerette, qui n'écrivait pas, dont les palpitations raccourcissaient la respiration,
qui s'essuyait doucement les yeux, et asséchait avec son doigt
tremblant une larme tombée sur la lettre.

Le docteur acheva sa dictée :

« Adieu, mon ami, répondez vite à ma lettre. J'ai besoin de
» votre réponse. Tancrède est un enfant; il vous veut grande-
» ment du bien; mais c'est une flamme qui va où le vent la
» pousse, et moi je ne suis qu'un pauvre aveugle qui, ne pou-
» vant être éclairé par les yeux, veut l'être doublement par
» l'intelligence.

» Vous vous souvenez de notre conversation sur le perron
» du château, la nuit de votre départ; eh bien! cher Glenmour,
» je n'ai pas changé d'opinion. Votre femme ne vous connaît
» pas encore. Vous ne lui êtes jusqu'ici apparu que sous un
» masque derrière lequel vous vous obstinez à vous cacher.
» Laissez-le tomber, montrez-vous tel que vous êtes... Quel jeu
» vous jouez, mon ami! Vous connaissez les femmes, me ré-
» pliquez-vous sans cesse... Eh! voilà ce qui vous empêche de
» connaître la femme.

» Je ris souvent, mais je ne suis pas complétement heureux;
» car je n'ai jamais vu et je ne verrai jamais le noble et beau

» visage de lady Glenmour, bien affectée en ce moment de n'a-
» voir pas reçu une seule lettre de vous depuis votre départ.

» Votre meilleur ami,

» JAMES PATRICK. »

— Maintenant, ma belle enfant, dit le docteur Patrick à Paquerette, ouvrez le tiroir placé au-dessus du pupitre, celui du
milieu, et vous y trouverez des enveloppes de lettres ; prenez-
en une et enfermez-y, de votre bonne et officieuse main, la
lettre que vous venez d'écrire.

— Oui, docteur.

Paquerette suivit les indications du docteur ; mais au lieu de
plier une lettre et de n'en couler qu'une seule dans l'enveloppe,
elle en fit glisser deux, celle écrite sous la dictée, celle écrite
pour son propre compte.

— C'est prêt, docteur.

— Eh bien, cachetez maintenant, et écrivez l'adresse que je
vais vous dicter.

Paquerette prenait le bâton de cire à cacheter, lorsqu'une des
sonnettes de l'escalier, vivement ébranlée, apprit au joli secrétaire du docteur Patrick que c'était elle que lady Glenmour appelait.

— C'est moi que sonne madame.

— Eh bien, allez, Paquerette ; vous reviendrez ensuite achever
votre tâche. Aussi bien cette lettre ne sera jetée dans la boîte
que demain matin. Il est trop tard aujourd'hui.

Laissant les deux lettres sous l'enveloppe non cachetée, Paquerette descendit vite auprès de sa maîtresse, avec la pensée
de remonter bientôt pour terminer la grande résolution qu'elle
était sur le point d'achever. Et cette fois, dit-elle, ce sera sans
répit, sans rémission. En effet, les deux lettres une fois parties,
la reine d'Angleterre même ne pouvait pas plus faire que l'une
arrivât sans l'autre qu'elle ne pouvait faire qu'elles ne parvins-
sent pas toutes les deux à lord Glenmour.

Le docteur resta seul ; il pensait encore au contenu de la
lettre qu'il venait d'écrire à son ami, lord Glenmour ; il s'applau-
dissait de ne lui avoir laissé ignorer ni l'arrivée, ni le caractère
singulier du personnage qui se disait son ami, et surtout d'a-

voir exposé ses craintes dans une mesure tout à fait convenable,
quand Tancrède poussa vivement la porte de la chambre et dit
en entrant tout essoufflé :

—Docteur, donnez-moi un conseil.

—C'est vous, Tancrède?

—Oui, docteur; mais un conseil prompt...

—Sur votre santé?

—Il ne s'agit pas de ma santé !

—De quoi s'agit-il donc?

—De ce qui vient de se passer sur la grande pièce d'eau.

—Je ne comprends pas...

—Comment, vous, si intelligent, vous ne comprenez pas que
lord Glenmour, m'ayant chargé de veiller sur les intérêts du
château, sur la sûreté de ceux qui l'habitent, et particulièrement
sur lady Glenmour, je dois lui rendre compte à son retour, de
l'accident qui vient d'arriver et qui aurait pu être si funeste? Et
si je lui réponds : C'est la faute de sir Archibald Caskil, ne me
dira-t-il pas : Qu'est-ce que ce sir Archibald Caskil? qu'importe
sir Archibald Caskil? qu'avez-vous dit à sir Archibald Caskil?
comment vous êtes-vous expliqué, conduit avec cet homme, cet
Archibald Caskil, qu'on ne connaît pas, qui vient on ne sait
d'où, avec cet extravagant, ce fou, cet impudent?...

—Arrêtez, Tancrède... votre dernière expression est trop
forte : elle est outrageante...

—Je la maintiens, docteur; je la maintiendrais l'épée à la
main.

—Non, vous ne la maintenez pas, car le fou, l'extravagant
dans cette affaire, c'est vous.

—Moi, docteur?

—Sans aucun doute. Quand sir Archibald Caskil a souhaité de
prendre le commandement du yacht, pourquoi le lui avez-vous
cédé?

—Était-ce une raison pour chauffer la machine au point de
nous faire tous sauter au troisième ciel? ce qui n'est pas arrivé
par ce que nous avons coulé bas.

—Encore une erreur de votre part, Tancrède, oui, encore un
malheur qui ne retombe que sur vous; si je n'ai pas d'yeux,
j'ai des oreilles assez attentives; c'est vous qui, exagérant les

ordres de sir Archibald Caskil au chauffeur, avez crié à celui-ci:
Chauffeur, allez de toute la vitesse possible. Je l'ai entendu.

— Mais c'était le dépit, la colère, la rage qui m'ont fait parler
ainsi.

— Beau prétexte! Est-ce que le mécanicien et le chauffeur
sont tenus à autre chose qu'à l'obéissance?

— Non, sans doute...

— Convenez-en.

— Mais alors, c'est moi, docteur, qui suis encore coupable?

— Eh! mon Dieu, oui, mon ami, par excès de zèle, par étour-
derie, par dépit, comme vous le dites, et vous n'avez rien, sur
mon honneur, absolument rien à reprocher à sir Archibald
Caskil; vous avez au contraire à le remercier d'avoir pendant
ce naufrage, causé par votre seule témérité, sauvé notre chère
lady Glenmour.

— Moi le remercier! quand je projetais...

— Le service en vaut la peine.

— Je l'aurais rendu aussi bien que lui.

— C'est vrai, mon ami; mais enfin il l'a rendu, il ne faut pas
lui en vouloir pour cela.

— Tenez, docteur, s'écria Tancrède en trépignant, je suis las
de la présence de cet homme au château, et puisque je n'ai pas
le droit de l'en renvoyer, j'aurai du moins celui de le faire connaître à lord Glenmour... Oui, je lui écrirai tout. Il agira ensuite comme il le voudra... mais mon devoir...

— C'est déjà fait.

— Vous avez écrit à lord Glenmour?

— A l'instant.

— Sans moi?

— Je vous savais sous le coup de la mauvaise humeur que vous
m'apportez; j'ai prié Paquerette de vous remplacer. Elle a écrit
sous ma dictée. Ma lettre doit être sur le pupitre... Regardez.

Tandis que Tancrède cherchait la lettre, le docteur aveugle
se disait : — Que signifie cette haine toujours croissante de
Tancrède contre sir Archibald Caskil? Depuis le premier jour il
l'a détesté, c'est vrai, mais cela ne s'explique pas davantage...
Cet intérêt excessif, passionné de Tancrède pour les intérêts de
lord Glenmour... Quelle idée ai-je là? Allons donc!

— Oui, docteur, dit Tancrède, il y a en effet une lettre sur le pupitre.

Paquerette allait la cacheter quand lady Glenmour l'a son-
... elle est descendue.

— Voulez-vous, docteur, que je la cachète?

— Je vous en prie, Tancrède.

— Mais, docteur...

— Quoi donc?

— Lady Glenmour aurait donc écrit aussi à son mari?

— Pourquoi me dites-vous cela?

— C'est que l'enveloppe contient deux lettres.

— Deux lettres? Assurément vous vous trompez, Tancrède.

— Touchez vous-même, docteur.

Tancrède mit les deux lettres dans la main du docteur.

— Voilà qui est singulier... Ouvrez-les toutes les deux, que je sache...

Tancrède ouvrit les deux lettres.

— L'une, dit-il, commence par ces mots : « Puisque vous ne voulez pas vous décider à nous écrire le premier, il faut bien que ce soit nous qui commencions. »

— Celle-là est la mienne, celle que je viens de dicter à Paquerette. Donc je la mets de côté... Voyons l'autre, dit le docteur.

Tancrède déplia l'autre lettre.

— Passez tout de suite à la signature.

— Il n'y en a pas, docteur.

— Elle aura été oubliée. L'écriture?...

— Mais on dirait celle de l'autre lettre...

— L'écriture de Paquerette? Allons donc !

— Elles se ressemblent beaucoup, quoique celle-ci soit moins ferme...

— Une lettre sans signature écrite à lord Glenmour! une lettre glissée à la faveur de la mienne sous la même enveloppe! Ceci, dit le docteur Patrick, en luttant intérieurement contre un reste de délicatesse, sort trop des règles ordinaires pour ne pas permettre, pour ne pas commander une indiscrétion...

— Certainement, docteur.

Lisez.

— Il le faut, dit Tancrède, qui lut ceci :

« Milord,

» D'autres lettres vous auraient dit mon amour, mais elles
» n'existent plus; celle-ci vous apprendra ma résolution der-
» nière. »

Dès cette première phrase, assez explicite à la vérité, le docteur et Tancrède semblèrent s'interroger avec un sentiment
obscur de doute, de recherche, de réflexion, de défiance surtout, ce qui les empêcha d'exprimer simultanément une opinion
sur ce qu'ils venaient l'un et l'autre d'apprendre.

Au milieu de ces épaisses ténèbres, Tancrède continua :

« J'ai bien fait de détruire ces lettres, vous ne m'auriez pas
» comprise; vous m'auriez peut-être raillée, et le rire, milord,
» est du poison quand il tombe sur le mal dont je souffre. Ah !
» je souffre beaucoup. J'ai vite éprouvé que l'amour ne se com-
» posait guère que de deux sentiments absolus : du bonheur et
» du désespoir. Il m'est échu le désespoir. En pouvait-il être
» autrement quand, par une effrayante témérité, je vous ai pris
» pour l'objet de mon irrésistible adoration ? Mais je ne vous ai
» pas pris, et ceci m'excusera un peu, je l'espère. La fatalité a
» tout fait. Maintenant il ne s'agit plus de vivre sur cette illu-
» sion, mais d'en mourir, et je vais mourir, milord, à moins
» d'un miracle, et les miracles n'arrivent jamais à ceux qui les
» attendent. »

Une triste, une douloureuse conviction s'était déjà formée
dans l'esprit du docteur. Paquerette aimait lord Glenmour! Dans
quel abîme roulait cet ange ! Comment la retenir ! Trahir son
secret, c'était la tuer sur le coup; le lui laisser, c'était lui accorder ce qu'elle voulait avec le calme homicide d'une idée fixe
dans un cœur pur, c'était lui accorder de mourir. Une larme
tomba sur le cœur de l'honnête homme. Les paroles de Paquerette lui revinrent alors à la mémoire; il se souvint qu'elle lui
avait répondu lorsqu'il l'avait interrogée sur son dépérissement
graduel : « Oui, docteur, mon mal est au cœur. » Encore une
victime, pensa-t-il, de cette instruction exagérée, malsaine, on
peut l'appeler ainsi, donnée aux jeunes filles anglaises de la
classe pauvre. Si l'on ne vit pas que de pain, on ne vit pas que

d'intelligence non plus. Si Paquerette fût restée auprès de sa mère, l'aidant aux durs travaux du ménage, ignorant les grands poëtes, mais sachant filer le lin, tailler des robes et ourler des serviettes, elle aurait eu une jeunesse bénie, et plus tard elle serait devenue la femme de quelque honnête fermier. Mais le mal est fait, murmura le bon docteur, et il s'agit de le guérir. Le guérir ! Et comment ? La renvoyer chez ses parents ? Mais consentira-t-elle à s'éloigner ? Et d'ailleurs, sous quel prétexte ? Lui dire le motif de son renvoi, n'est-ce pas la tuer en voulant la sauver ?

« Je vous dirai bientôt, » poursuivit Tancrède, la lettre de Paquerette à la main, et brûlé jusqu'à la moelle des os par cette peinture claire, positive d'un amour qui traduisait le sien, « je vous apprendrai ce que, dans ma position, j'entends par » un miracle. Laissez-moi vous dire auparavant, car c'est de la » reconnaissance qu'un pareil aveu, ce que je dois à cet amour » dont la révélation sera sans doute un prodige de surprise » pour vous.

» J'y dois, milord, la joie immense de croire aveuglément, et » à me jeter au feu pour prouver ma croyance, à la puissance » divine, à Dieu enfin. Jusqu'ici j'avais aimé Dieu, je l'avais » prié comme fait, du reste, tout le monde, mais je ne savais » pas si j'y croyais. J'admettais, je cultivais ce sentiment pieux, » consolant, mais il n'était pas descendu avec empire dans mon » âme. J'allais à lui, mais il ne venait pas à moi. J'avais besoin » même de ne pas raisonner davantage ma certitude, de peur » d'avoir à demander avec un accent d'amertume, et cela est » mal, pourquoi sur la terre l'intelligence, la vertu, la bonté » restent si souvent sans but, sans réponse, sans raison d'être ; » ce qui faisait dire au métaphysicien Hobbes, dont j'ai trouvé » les œuvres dans votre bibliothèque : *Oui, Dieu existe, mais il » est souvent en voyage.* L'amour m'a soudainement illuminée ; » il m'a convaincue ; il m'a répondu sans que je l'aie interrogé. » Ainsi, parce que j'aime, je crois que Dieu a pris soin de ver- » dir les champs et de dorer le soleil, de faire murmurer l'eau » sur les pierres et bruire les arbres au choc du vent, d'argen- » ter la lune et de faire voler l'oiseau, de parfumer les fleurs et

» de rougir le couchant. Aimer, c'est croire; l'amour, c'est Dieu.
» Vous m'avez révélé Dieu! »

— Oh! que c'est vrai! s'écria hors de lui Tancrède en froissant
la lettre dans ses mains tremblantes. C'est vrai, docteur! et ces
paroles viennent d'un cœur qui aime!

— Qu'en savez-vous? demanda avec un nouvel effroi le docteur Patrick à Tancrède.

En balbutiant, celui-ci répondit :

— Je le sens à mon cœur...

Mais Tancrède se tut aussitôt... Il comprit l'inconvenance de
cet élan affirmatif, qui en disait trop ou pas assez. Mais son
silence se prolongeant, le docteur comprit aussi qu'il allait lui
dire enfin à qui il attribuait cette lettre, question excessivement
délicate, que Patrick tenait à éloigner le plus possible. Il méditait encore sa réponse. Il ne donna pas à Tancrède le temps de
parler. D'un ton bref il lui dit :

— Allez toujours... lisez! Mais lisez donc, mon ami! A quoi
rêvez-vous?

Tancrède désappointé, ému, agité, continua ainsi :

« Je vous ai parlé du seul miracle qui m'aurait empêchée de
» mourir; il est temps de vous le dire, et puis je n'aurai plus
» rien à dire, si ce n'est de vous adresser une prière, une prière
» que vous exaucerez, milord.

» J'avais pensé qu'en occupant mon cœur d'une autre personne,
» j'oublierais ou j'affaiblirais l'amour que j'ai ressenti pour vous;
» et, naturellement, j'ai regardé autour de moi, j'ai cherché à
» ma portée. Mais je n'ai vu que des hommes, et vous n'êtes pas
» un homme, milord; vous êtes celui que j'aime. D'ailleurs,
» quel homme que ce sir Archibald Caskil! le premier sur lequel
» j'ai jeté les yeux à cause du bruit qu'il fait chez vous. Com-
» ment l'aimer, même en s'y efforçant? C'est une turbulence
» lassante, une trivialité qui ferait haïr la bonhomie, une fami-
» liarité intarissable qui ferait aimer le dédain, une licence dont
» toute femme doit souffrir, une simplicité qui est le charme
» suprême des domestiques. »

— Bravo, Paquerette! s'écria Tancrède transporté de joie.

C'est un portrait pris sur le vif; l'homme est moulé vivant. Bravo, Paquerette !

— Paquerette ! Pourquoi nommez-vous ici Paquerette ? demanda le docteur avec une surprise parfaitement jouée.

— Pourquoi ? vous me le demandez ? Mais il me semble...

— Sans doute, je le demande.

— C'est que cette lettre est de Paquerette.

— De Paquerette ? c'est donc le jour de vos aberrations, celui-ci ?

— De qui serait-elle donc ? Apprenez-le-moi... car j'avoue...

— De qui ? Je vais vous l'apprendre.

Le docteur Patrick se leva et alla fermer la porte.

Un heureux mensonge.

— Ce n'est pas, dit le docteur Patrick en revenant à sa place, que la connaissance de cette lettre puisse compromettre beaucoup celle qui l'a écrite, mais enfin il faut respecter un secret, moins qu'un secret si vous voulez, une confidence qui n'était pas pour nous.

— Mais enfin cette lettre... de qui est-elle, demanda impatiemment Tancrède.

— Il est impossible que vous ne le sachiez pas. Elle est de lady Glenmour.

— De lady Glenmour ! cette lettre est de lady Glenmour ! C'est elle, mais, docteur, songez-y ! qui se plaint de ne pouvoir dire à son mari qu'elle l'a aimé, qu'elle l'aime ?

— Songez-y vous-même; où est en cela l'impossible ? L'intérieur de cette maison vous est assez connu...

— C'est vrai.

— La gêne, la contrainte qui se lit dans les moindres rapports qu'ont entre eux lord Glenmour et sa femme ne supposent-elles pas assez de douleurs cachées ?

— C'est encore vrai, docteur, répliqua Tancrède, dont les yeux avaient bien de la peine à s'ouvrir à la fausse lumière que versait sur son front le docteur Patrick, mais qui enfin s'ouvraient ; c'est encore vrai ; mais lady Glenmour qui, dans cette lettre, dit qu'elle veut mourir.

— Avez-vous oublié cette profonde mélancolie, cette tristesse qui vous ont, comme moi, si souvent effrayé ?

— Oh ! mais elle ne mourra pas, n'est-ce pas ? Oh ! non... nous l'empêcherons... vous l'empêcherez, docteur ?

— Allons, je ne me trompais pas, pensa le docteur. — Un autre amour qui s'embrase ! -- deux découvertes au lieu d'une ! — Pauvres enfants ! — Glenmour, murmura-t-il, je ne vous ai pas tout dit dans ma lettre !

— Rien d'étonnant, vous le voyez, reprit-il, à ce que lady Glenmour ait écrit cette lettre, où elle s'exprime peut-être en termes un peu durs, un peu injustes sur sir Archibald Caskil.

— Mais c'est cela même, riposta vivement Tancrède, qui me fait croire que c'est lady Glenmour qui a écrit cette lettre. Maintenant, je l'affirmerais, — oui, c'est elle !

— Cependant, dit le docteur, feignant à son tour de douter, afin que Tancrède affirmât, cependant...

— Que voulez-vous dire ?

— Cette écriture de Paquerette...

— Rien n'est plus simple à expliquer, docteur.

— Ce n'est pas si simple à mon sens.

— Mais si ! dit Tancrède, Paquerette a la pleine confiance de lady Glenmour. Ce n'est pas la première fois que la maîtresse a recours à la main rapide de sa jeune femme de chambre pour l'aider dans sa correspondance. Paquerette lui aura sans doute appris qu'elle écrivait une lettre pour vous à lord Glenmour, et alors milady, brisée, fatiguée de la scène du canal, lui aura dit : écrivez aussi celle-là pour moi, et mettez-la sous l'enveloppe de la lettre du docteur. Dans sa précipitation, lady Glenmour aura seulement oublié de signer, ce qui arrive souvent quand on dicte.

— Vous achevez de me convaincre ; cela se sera assurément passé ainsi, Tancrède.

— Incontestablement, affirma celui-ci. Et puisqu'elle bafoue, puisqu'elle déteste si ouvertement ce sir Archibald Caskil, je suivrai votre conseil, docteur, je ne ferai rien contre lui ; il fait assez lui-même pour qu'on ne soit pas jaloux de le retenir au château dès qu'il aura l'heureuse idée de le quitter. C'est une honte pour nous, une véritable honte d'avoir douté un seul instant de la pauvre estime où lady Glenmour devait le tenir! Je vais voir dans quel état elle se trouve depuis notre naufrage. Elle ne doit pas être bien, à en juger par cette lettre où se peint si profondément son âme aimante, blessée... dédaignée... Oh! non, elle ne mourra pas !

—Un mot, Tancrède. Le plus profond silence sur cette lettre!

— Je vous le jure.

— Allez, mon ami.

Tancrède sortit.

Pour sauver l'honneur de Paquerette, le docteur avait joué habilement la partie. En attribuant cette lettre à lady Glenmour, il n'inventait pas un mensonge blessant pour elle ; il lui prêtait l'expression d'une affection et d'une douleur d'une grande vraisemblance, quoiqu'au fond, pas plus que Tancrède, il ne connût la cause réelle de la langueur de la comtesse, si toutefois il la soupçonnait; mais ce qu'il venait de connaître à ne presque plus pouvoir en douter, c'est la passion inspirée par lady Glenmour à Tancrède, passion si jeune, si étourdie, si vivace, qu'elle ne prenait pas même la peine de se déguiser. Et cet excès même la laissait supposer au docteur peu dangereuse. Elle ne paraîtrait à lady Glenmour, si elle la découvrait jamais, que de l'enthousiasme, du vent, de la poésie. D'ailleurs le docteur Patrick se disait : — Je mettrais mes mains au feu et ma tête sous la hache pour soutenir que lord Glenmour et lady Glenmour finiront un jour par s'aimer.

L'immense avantage qu'il trouvait encore dans l'erreur où il avait jeté Tancrède en l'amenant à supposer que c'était lady Glenmour, et non Paquerette, qui avait écrit à lord Glenmour, était de calmer une partie de son animosité contre Caskil, dans lequel il voyait un ennemi acharné. Le docteur ne voulait pas encore savoir toutes les causes de cette haine... Il lui suffisait d'en supposer une...

Mais à quoi tiennent les plus habiles calculs? Si Tancrède, exalté par la pensée que lady Glenmour détestait Caskil, n'avait pas quitté étourdiment la lettre avant d'être au bout, il en aurait infailliblement lu les dernières lignes, après lesquelles l'adresse combinée de Machiavel et de Richelieu ne fût pas parvenue à lui donner le change.

Ces dernières lignes disaient :

« La prière que j'ai à vous adresser, milord, est celle-ci:
» Quand je ne serai plus, laissez mes pauvres parents dans l'éter-
» nelle ignorance de mon sort. Ils m'accuseront d'abord d'indif-
» férence, puis d'ingratitude... Moi d'ingratitude ! Lassés de mon
» silence, ils vous écriront ensuite, et vous ne répondrez pas.
» Que leur répondriez-vous ?... Oh ! ne leur répondez jamais
» cela !... Leur Nany morte, et morte d'amour !... Ils me croi-
» ront absente, et les années s'écouleront. Ils me croiront hors
» de l'Europe. Qu'ils croient tout, excepté ma mort, excepté que
» je vous ai aimé... »

— Pauvre chère Paquerette, murmura le chevalier De Profundis. Voilà la maladie contre laquelle échoue la science du docteur Patrick. Quelle singulière, quelle bizarre erreur ! ajouta-t-il. On rit des douleurs de l'amour, on n'en meurt pas, dit-on... Les fiers moralistes ! ils ne tiennent compte que de ceux qui survivent. Quant aux autres, comment les connaîtraient-ils ? Ils s'en vont mystérieusement creuser leur tombe dans le lit d'un torrent, ou bien ils mêlent leur âme à l'air meurtrier de l'asphyxie ; sans compter ces jeunes et délicates natures qui, comme Paquerette, passent à travers le ciel, étoiles filantes et silencieuses, et s'éteignent aussitôt. Ne dirait-on pas qu'ils savent de quoi l'on meurt, ces observateurs profonds ?

Rien ne tue, ou si quelque chose tue, c'est la divine folie de l'amour, cet anéantissement de la volonté, cette soumission du regard, de la pensée, de la vie, au joug d'un autre regard, d'une autre pensée et d'une autre vie ; supplice qui fait couler le sang en dedans au lieu de le répandre au dehors, et qui, après avoir ainsi vaincu le corps, prend l'âme et se rit de la vertu, de la raison, de la résistance qu'elle enferme pour lui faire adorer, si elle est sage, une coquette ; si elle est pure, un monstre de vices ; si elle est esclave, le maître. Et ils disent que cela ne fait pas mourir !

Le docteur déchira la lettre écrite par Paquerette à lord Glenmour, et pour que le vide laissé dans l'enveloppe par cette sous-traction ne fût pas sensible, il ploya une feuille de papier qu'il mit à la place de la lettre absente.

Quelques minutes après cette opération, Paquerette remonta et cacheta l'enveloppe sans s'apercevoir de rien. Que de craintes, que d'espérances, la pauvre fille croyait pourtant scellées sous ce pli, où lord Glenmour n'allait trouver, à côté de la lettre du docteur, qu'une feuille de papier blanc, mise là, pensera-t-il, par mégarde.

—Ainsi de toutes nos espérances! murmura tristement le docteur en entendant partir Paquerette : « Une feuille de papier blanc. »

Encore le chevalier Tancrède.

Depuis l'accident de la pièce d'eau, lady Glenmour sembla perdre graduellement de sa sauvagerie aristocratique. Elle aimait souvent à se rappeler, pour en rire, cette scène qui aurait pu si facilement tourner au tragique. C'était d'ailleurs un prétexte de se moquer doucement de Tancrède et de louer l'énergie de Caskil. L'enfant devenait alors boudeur, intraitable, et le jeune homme, sir Archibald Caskil, faisait de la modestie. La petite guerre s'allumait entre eux ; elle ne cessait que lorsque lady Glenmour, prenant le bras de l'un et de l'autre, leur disait : « J'ordonne à ma chambre des lords et à ma chambre des communes de me mener faire un tour dans mes États. » Et l'on allait se promener dans les sinueuses allées du parc qui se chargeaient au sommet de feuilles jaunes et cuivrées, cartes de visite de l'hiver.

Comme elle ne comptait pas passer cette saison à la campagne, lady Glenmour dut songer à faire meubler l'appartement que son mari, avant son départ, avait loué dans la rue de Rivoli. C'était une tâche dont elle n'était pas rigoureusement obligée de se charger, mais elle sentait le besoin d'agitation et d'exercice. Un désir nouveau s'éveillait en elle ; elle ne le repoussa pas, ainsi qu'elle l'eût sans doute fait en d'autres temps.

D'ailleurs elle avait aussi à commander ses toilettes d'hiver et à rendre quelques visites indispensables. Elle se décida donc à aller souvent à Paris, accompagnée de son chevalier d'honneur, le jeune Tancrède. Quelquefois on s'adjoignait Paquerette, surtout lorsqu'il s'agissait de faire des achats d'étoffes. La maîtresse déférait volontiers à son goût, qui était d'une délicatesse rare. La voiture les menait avec une infatigable ardeur des établissements du boulevard Montmartre, des riches magasins de soieries et de velours pour meubles, à ceux du *Petit Saint-Thomas*, dans le faubourg Saint-Germain. Lady Glenmour courait de là chez les ébénistes du faubourg Saint-Antoine, chez les tapissiers de la rue de Cléry ; elle retournait ensuite à Ville-d'Avray, chargée de soieries, de velours, de mérinos et de dentelles.

Le soir, au château, on déployait les beaux tissus achetés dans la journée, on les étalait sur la table pour en causer. Le faux Caskil étonnait quelquefois par la grandeur et la magnificence de ses conseils en matière de modes et d'ameublements ; mais à l'instant même, comme repentant d'avoir deviné juste, il lâchait quelque grosse excentricité qui faisait beaucoup rire, et l'on voyait bien, pensait Tancrède, qu'il arrivait en droite ligne du cap de Bonne-Espérance.

Ces migrations fréquentes, ces voyages presque quotidiens de lady Glenmour à Paris, rendaient Tancrède le plus heureux des hommes. Convaincu par la lettre de Paquerette de l'indifférence de lady Glenmour pour Caskil, lequel, il en convenait aussi, ne tentait aucun effort afin de s'attirer l'attention de lady Glenmour, il s'abandonnait aux plus doux rêves. Il savait également, par cette lettre de la femme de chambre, que lady Glenmour aurait voulu aimer quelqu'un pour oublier la froideur de son mari ; et lui, Tancrède, qui l'aimait tant, pourquoi n'en serait-il pas aimé ? mais aimé sans reproche pour lui, sans honte pour personne, ardemment, mais noblement ; en silence, mais avec cette éternelle pureté dont la jeunesse ne se rend pas bien compte, et qui est d'autant plus vraie qu'elle est plus indéfinissable. Il avait le secret de cette jeune femme, il avait sa vie, et s'il était assez heureux pour voir renaître ce sourire qui était autrefois l'orgueil et l'admiration d'une cour entière, il serait content; ce serait son ouvrage; il n'aurait plus rien a savoir, plus rien à désirer sur la terre. Le front dans le ciel, les pieds sur un tapis de roses, il marchait vers cet adorable but. Dans ses voyages à Paris avec lady Glenmour, il épiait avec la persévérance, l'extase et la crainte du marin qui étudie le ciel, les nuances, les plus rapides nuages de l'âme qui couraient sur le visage de lady Glenmour, et toujours le beau temps paraissait devoir venir : bel âge! belles erreurs! Or, un soir qu'ils examinaient comme de coutume les achats de la journée, Tancrède, un peu fier, un peu fat même d'avoir relégué le faux Caskil au dernier plan, lui demanda avec ce ton de délicieuse impertinence que prend si souvent la jeunesse :

— Sir Archibald, où passez-vous donc vos journées, quand milady et moi allons ensemble à Paris pour acheter toutes ces belles choses?

— Je les passe, vous auriez dû le deviner, mon jeune ami, à regretter votre absence et à désirer votre retour.

— Ah! c'est trop poli de votre part.

— Trop obligeant de la vôtre.

— Mais cependant vous vous occupez?...

— Beaucoup.

— A lire, à écrire?

— Non, mon intelligence n'est pas assez forte pour goûter un pareil exercice au delà de quelques heures et de loin en loin.

— Sans doute; mais alors, M. Caskil, que faites-vous?

— De l'exercice; demandez au docteur Patrick.

— En effet, on m'a dit au château que M. Caskil s'amusait à tailler les arbres.

— Mais oui; je bêche aussi un peu, je jardine... à la campagne et avec mes goûts...

Lady Glenmour souriait à tant de simplicité, tout en regardant Paquerette qui lui montrait une jolie branche de fleurs artificielles.

— Milady, je prends soin de votre propriété.

— On a même vu M. Caskil à la laiterie, dit à son tour Paquerette.

— Vos vaches sont très-belles... nous n'en avons pas de plus belles au Cap...

10*

— Vous vous connaissez aussi en bestiaux?

— Un peu, milady... Nous sommes fermiers là bas. J'ai visité aussi vos écuries. J'oserai, à cet égard, indiquer quelques changements quand lord Glenmour sera de retour...

— Mais vous n'avez pas besoin d'attendre son retour, répliqua magistralement Tancrède : étant chargé de tout ici, j'écouterai vos indications... vos projets d'amélioration... Vous pouvez me parler comme à lord Glenmour...

— Mais c'est juste... Eh bien, mon jeune ami, je vous conseillerai alors de faire élever d'un demi-mètre le sol des écuries. Vous y gagnerez à la fois d'avoir un parquet plus sec et des plafonds moins élevés. La santé des chevaux exige cetlte double amélioration.

— Elle a déjà été faite, dit Tancrède avec une certaine importance.

— Pas suffisamment faite en ce cas, répliqua Caskil.

— C'est possible...

— C'est très-certain, mon cher monsieur Tancrède.

— Je croirais, en effet, intervint le docteur aveugle, que les changements qu'indique avec raison M. Caskil préviendraient certaines indispositions des chevaux.

— Je n'en suis pas tout à fait convaincu, moi... dit Tancrède.

— Comme vous êtes obstiné ce soir! dit lady Glenmour en essayant la charmante branche de marguerites et de genêts que composait pour elle l'adroite Paquerette.

— Mais c'est que je crois me connaître en chevaux aussi bien que M. Caskil en bœufs. Chacun son métier.

— Mais, mon métier, repartit Caskil en plaisantant, n'est ni de conduire, ni de vendre des bœufs, et je crois que le vôtre, puisque vous êtes marin, n'est pas non plus de se connaître merveilleusement en chevaux.

— Vous vous trompez, répondit Tancrède, jaloux, comme tout bon Anglais, d'exceller dans l'art de se connaître en chevaux. J'ai quelques notions assez exactes sur l'équitation...

— Élever ou monter les chevaux, ce sont deux choses parfaitement distinctes, s'écria Caskil. En équitation, je vous salue, mon maître...

— Est-ce que vous ne savez pas monter à cheval? demanda lady Glenmour à Caskil.

— Pardon, milady, mais assez mal, mais gauchement, comme tout le monde.

Tancrède ramassa avidement le propos.

— C'est très-fâcheux pour vous, car ces jours-ci je voulais proposer à milady une petite cavalcade dans le parc; vous eussiez été des nôtres, M. Caskil, si...

— J'en serais si vous le vouliez, malgré mon inexpérience hippique.

— C'est que, milady et moi, nous allons comme la tempête.

— Je ne vous promets pas d'aller tout à fait si vite. Je me bornerai à aller comme le beau temps.

— Vous nous suivrez alors.

— Je vous suivrai, mon ami. C'est déjà assez honorable.

— Ce qui ne vous empêchera pas de tomber quand nous serons à un certain endroit que je vois d'ici

— Vous voyez déjà d'ici l'endroit où je tomberai; vous êtes peu encourageant.

— Quel singulier jeune homme vous êtes, Tancrède, votre imagination court encore plus vite que nos chevaux.

— Mais, milady, M. Caskil m'a jeté l'autre jour dans l'eau, je ne vois pas pourquoi, à cause de vous, il ne se jetterait pas un peu par terre.

— Vous ririez bien?

— Je vous l'avoue, sir Archibald.

— Hé bien! je suis bon homme; non-seulement je veux que vous jouissiez du spectacle de ma chute, mais je ne m'oppose pas à ce qu'elle ait des témoins plus nombreux.

— Proposeriez-vous une course sur la pelouse, là, devant le château?

— Je n'y pensais pas du tout, mais vous m'en donnez l'idée. Cependant, j'y songe, une course m'exposerait beaucoup, elle m'exposerait trop...

— Allons donc! s'écria Tancrède, qui méditait une victoire, un triomphe, vous ne tomberez pas... et puis sur le gazon..... Vous y consentez, n'est-ce pas, milady?... Vous dites oui! Vivat! Nous aurons une course ici, c'est arrêté... sur la pelouse.....

Nous ferons quelques invitations aux châteaux des environs. Nous comptons une dizaine de gentilshommes riders tout près d'ici ; ils viendront avec leurs chevaux; nous engagerons des paris. Le vainqueur recevra une coupe d'or de la main de lady Glenmour. Ce sera tout à fait chevaleresque.

— Si milady accepte, dit Caskil.

— Milady accepte, reprit Tancrède.

— La saison est bien avancée, objecta faiblement lady Glenmour.

— Il fait un temps superbe, profitons-en donc. C'est aujourd'hui jeudi, courons dimanche; d'ici là, on fera les préparatifs nécessaires...

— A dimanche donc, répéta Caskil.

— Il est convenu, reprit Tancrède, que nous courrons vous et moi, montés sur des chevaux de lord Glenmour. Vous ferez un choix, ajouta Tancrède, je ferai le mien.

— Un choix parmi tous les chevaux? demanda le prétendu Caskil.

— Parmi tous les chevaux, répondit Tancrède.

— Excepté pourtant Nedji, dit le docteur.

On éclata de rire en entendant exprimer cette exclusion.

— A la pensée de qui pourrait-il venir de monter Nedji? Autant vaudrait excepter le cheval du diable et celui de la mort, dit Tancrède.

Tancrède, qui pressentait un prochain triomphe, tendit généreusement la main à Caskil en signe d'irrévocable convention. Celui-ci la lui serra avec cordialité : tout fut dit. Dimanche, les deux concurrents lutteraient de vitesse sous les yeux de lady Glenmour.

— Pauvre garçon! murmura ironiquement en lui-même le comte de Madoc. S'il savait!... mais il saura.

— J'observe, pensa soucieusement le docteur Patrick, qui n'avait pas perdu une seule syllabe de cet entretien, si indifférent pour tout autre, que Caskil a su avec une habileté prodigieuse conduire pas à pas Tancrède à faire ce qu'il voulait, lui, sir Archibald Caskil. Quand Tancrède a cru forcer Caskil à jouter avec lui d'adresse dans cette prochaine course de chevaux, c'est lui qui a été poussé à proposer la lutte. Pourquoi

ce piége? Je cherche, je ne devine pas... Je me trompe peut-
être... Seigneur! murmura le pieux docteur, bon protestant,
même un peu puritain, donnez à mon humble intelligence la
clarté que dans votre sagesse vous avez ôtée à mes yeux, afin
que j'écarte de cette maison d'innocence et de paix tout ce qui
pourrait en altérer le respect et l'honneur.

Cette soirée allait rejoindre les autres; elle était finie... On se
salua, et chacun regagna son appartement.

Paquerette resta seule au salon. En rangeant les étoffes dé-
pliées, les rubans et les riches écrins de sa belle maîtresse, elle
dit :

—C'est étrange, du moins c'est inexplicable pour moi, et
voilà pourtant plusieurs jours que cela dure; faut-il en faire la
confidence à milady?... Oh! oui, c'est très-étrange, reprit-elle,
chaque fois que lady Glenmour, Tancrède et moi sommes entrés dans un magasin de Paris pour acheter soit une robe, soit
un chapeau, soit une parure en diamants, chaque fois une
femme ou un jeune homme est entré avec nous ou après nous
pour faire exactement la même emplette. Que signifie ce ma-
nége? Ce matin encore, lorsque milady examinait cette belle
mantille en point d'Alençon, j'ai aperçu, de l'autre côté du magasin, nous voyant et étant à peine vue, une femme qui en
marchandait une semblable. Et quand milady a payé sa mantille, cette dame a aussi payé la sienne. Ce n'est pas tout : tandis que nous étions chez le bijoutier pour acheter ce collier de
perles fines, qui a coûté à lady Glenmour cinq mille francs, un
jeune homme qui nous avait suivis est entré, et il a acheté un
collier pareil et au même prix.

Ces faits et ces démarches, exactement observés à plusieurs
reprises, sont-ils sans cause, sans motifs? Cependant je ne devine pas, je ne comprends pas...

Paquerette resta toute pensive.

Enfin elle se dit, après une espèce d'examen de conscience :

—Là où il n'y a pas de mal, il n'y a rien. La bizarrerie n'est
pas un mal.

Je ne dirai rien.

Pendant les deux jours qui séparent le jeudi du dimanche, on
écrivit les invitations et l'on prépara ingénieusement l'endroit

où aurait lieu la course, en anglais le *turf*. On éleva l'estrade où seraient assis les juges du camp ; on planta les piquets auxquels s'attache la corde, et l'on choisit dans les écuries de lord Glenmour les chevaux destinés à courir. Le cheval de Tancrède était marqueté de gris et de blanc, comme un caprice du marbre ; celui de sir Caskil était chocolat ! Quoiqu'ils appartinssent tous les deux à des races incontestablement nobles, le second était d'une forme commune, lourde ; le poil était surtout d'une nuance malheureuse ; chocolat ! Rien que le choix d'un pareil cheval indiquait chez Caskil un triste sportman. Pour l'imagination, qu'il ne faut pas dédaigner, il était déjà vaincu.

Le crêpe noir.

Il est impossible de se préparer avec sang-froid au spectacle d'une course de chevaux. Les esprits les plus grossiers, les plus étrangers à ce noble plaisir, éprouvent un frémissement nerveux en présence des luttes qu'il amène. Le château était sens dessus dessous. Lady Glenmour elle-même, une fois engagée dans la partie, s'agitait extraordinairement pour que la fête fût digne du grand nombre de personnes distinguées qu'elle s'était laissée aller à inviter, d'après les conseils de Tancrède. Celui-ci ne sortait plus de l'écurie ; il passait son temps auprès de son cheval, ne vivant plus que par lui ou pour lui, dictant les soins hygiéniques à lui donner, indiquant la qualité et la quantité des aliments. Sir Archibald Caskil, ou le comte de Madoc, au contraire, ne s'occupa pas plus de son cheval chocolat que de la jument de Roland.

Un seul nuage passa sur les préparatifs si émouvants de cette fête ; la veille des courses Caskil parut tout à coup saisi d'une sorte de regret tardif. Il dit à Tancrède en présence de lady Glenmour et du docteur Patrick :

— Tout bien pensé, je vous prie de me dispenser de cette course.

— Vous dispenser de cette course ! dit Tancrède. C'était vouloir dispenser Napoléon de la victoire de Wagram ou d'Austerlitz.

— Mais oui... dispensez-m'en.

— Et pourquoi cela ?

— Parce que je ne me sens pas du tout disposé à lutter avec vous.

— Cette modestie est parfaitement inacceptable.

— Elle vaut mieux qu'une vanité perfide.

— Votre philosophie vient trop tard.

— Vous refusez donc de céder à ma prière ?

— Tout à fait, M. Caskil.

— Soyez témoins, milady, et vous docteur Patrick, du refus que j'éprouve.

— Aussi, est-ce un peu bien tard, convenez-en, M. Caskil, dit lady Glenmour.

— Moi qui représente ici le sage Nestor, interrompit le docteur, je dis et je soutiens qu'il n'est jamais trop tard pour revenir sur une folie.

— Une folie ! s'écria le bouillant Tancrède ; mais on monte tous les jours à cheval, docteur...

— Ou bien une imprudence, si vous l'aimez mieux.

— Il n'y a pas plus imprudence que folie, docteur, à moins que sir Archibald Caskil ne le juge ainsi que vous.

— M. Caskil, se hâta de répliquer vivement Patrick, ne voulant pas donner à l'amour-propre blessé de l'étranger le temps d'accepter par dépit une proposition dont il n'augurait rien de bon ; M. Caskil refuse comme on refuse tous les jours et à chaque instant mille choses plus importantes qu'une course de chevaux.

— Après tout, intervint une seconde fois lady Glenmour, que peut-il arriver ?

— Une chute ! ajoute ironiquement Tancrède : on se relève.

— Mais comment se relève-t-on ? ajouta Caskil.

— Couvert d'un peu de poussière, répondit Tancrède d'un ton railleur.

— Et de beaucoup de ridicule, dit à son tour l'étranger. Dans quelques mois, il est vrai, se reprit-il, je serai au cap de Bonne-Espérance, retiré dans ma hutte ; et qui viendra là-bas me faire rougir de ma mésaventure ?

— C'est encore un jeu qu'il joue, pensa le docteur, suivons-le bien.

— Allons, dit lady Glenmour, voyant Caskil chancelant, allons ! soyez complaisant, M. Caskil.

Le docteur intervint tout de suite.

— Encore une observation, dit-il ; et il crut qu'il était temps de la placer, puisque lady Glenmour engageait elle-même Caskil à ne pas persister plus longtemps dans son refus. Est-il très-convenable, je vous le demande, que lady Glenmour, en l'absence de son mari, ouvre son château pour une fête ?

— Docteur, répliqua lady Glenmour, votre scrupule devient le mien. Je ne dois m'occuper ni de plaisir ni de fête pendant l'absence de lord Glenmour ; la course est donc remise, messieurs. Merci, docteur, de votre bon conseil.

— Mais, milady, réclama Tancrède, il faut être docteur en médecine pour appeler fête une course de chevaux ! C'est de l'exercice au profit de la santé.

— Je ne tiens pas du tout à cette course, moi, ajouta Caskil, mais l'argument de Tancrède me paraît sans réplique.

— Il est sans réplique, affirma Tancrède, tout rouge de voir sa partie lui échapper.

— Vous entendez ces messieurs, docteur ?

— Oui, milady.

— Je gage qu'il ne faut qu'un pareil événement pour faire arriver plus vite lord Glenmour parmi nous, dit le faux Caskil.

— Si c'était vrai !...

— C'est sûr, milady, cria Tancrède. Et vous consentez... A demain !

— A demain ! dit Caskil, puisque c'est votre désir, milady.

— Il a gagné la partie, se dit le docteur.

— A demain donc, répéta l'adversaire de Tancrède en déposant sur la main de lady Glenmour un baiser si ardent et si expressif qu'il formait un contraste avec ses grosses embrassades sans conséquence dont il avait dévoré, le jour de son arrivée, le cou et le visage de sa belle et délicate hôtesse. Celle-ci crut que sa main se fondait sous ce contact de feu.

— A demain, répondit-elle en tremblant.

Quand Caskil et le docteur Patrick furent partis, Tancrède

se jeta aux pieds de lady Glenmour, et lui dit, en tirant un crêpe noir de sa poche :

—Milady, il m'a été ordonné de passer ce crêpe noir autour de mon cou dans toutes les occasions graves de ma vie... Je ne sais pas pourquoi.

Lady Glenmour tenait avec attendrissement le crêpe noir dans ses mains émues.

—Merci! s'écria Tancrède en l'attachant au tour de son cou. Par l'effet de la sensation forte qu'il éprouva ou de l'opposition tranchée de la couleur noire du crêpe avec son teint blanc, il parut pâle comme un fantôme. — Merci, milady! je serai vainqueur; vous avez touché ce crêpe.

Lady Glenmour se hâta de sortir, cachant son visage dans son mouchoir, ayant la main droite posée sur son cœur. Un frisson à la fois brûlant et glacé courait dans ses membres.

* * *

La course.

—Ceux qui ont assisté à Paris aux courses du Champ-de-Mars, continua le chevalier De Profundis, n'ont qu'à réduire les dimensions de ce tableau animé, à l'encadrer entre deux lignes, l'une sévère, formée par le château et ses vastes communs, l'autre par les beaux massifs du parc; à lui donner pour tapis une pelouse finement herbue et veloutée, et ils auront une image, non pas complète, mais assez fidèle, du théâtre où allait se faire la course imaginée par Tancrède dans une ivresse d'ambition et d'amour. Les nombreux amis de lady Glenmour, ses élégants habitués des mercredis et des samedis avaient été invités, et peu manquèrent à l'appel. Pour la commodité générale, les voitures se placèrent sur deux files et formèrent une double haie d'où l'on pouvait voir comme d'une rangée de loges de spectacle. Assise au milieu de quelques dames plus particulièrement de ses amies, lady Glenmour était placée sur l'estrade où trônaient les juges du camp. Celles qui étaient restées dans leurs voitures étalaient, comme si elles eussent été à leurs balcons pour voir passer un cortége, les plus fraîches toilettes, quoique la réunion dût, d'un commun accord, être des plus simples.

La pureté du ciel ce jour-là ménageait à leur visage un fond chaud et harmonieux. Une d'entre elles, facile à remarquer, car elle était seule dans un joli coupé, se cachait derrière son voile. Ses épaules, son buste, son cou penché avec grâce, certaine lumière développée comme une auréole autour de ce qui est beau, accusaient une vitalité ardente, et trahissaient favorablement le mystère de l'incognito. Cet incognito n'en était pas un à la rigueur. Si l'on n'entrait pas chez lady Glenmour ce jour-là comme dans un endroit public, ce jour-là du moins il était presque impossible de savoir au juste par qui telle ou telle personne avait été amenée.

Le coupé de la dame au voile noir s'était arrêté en face de l'estrade qu'occupaient lady Glenmour et les juges du camp, conséquemment de l'autre côté de l'arène.

Bientôt la cloche sonna, les visages s'épanouirent, les mouchoirs s'agitèrent, et les premières courses eurent lieu. Des chances diverses favorisèrent les cavaliers; il y eut des mécomptes, il y eut aussi de brillantes réussites, comme il arrive toujours dans ces sortes de tournois; mais, en somme, tout se serait fort bien passé, jusqu'au moment où auraient paru ceux qui donnaient la fête et pour qui elle se donnait, sans un épisode auquel l'assemblée n'était pas préparée.

Depuis un quart d'heure la vieille comtesse de Boulac disait :
— Non, monsieur Beaurémy, non! je ne veux pas que vous couriez, je m'y oppose.

— Mais je laisse bien courir monsieur Zéphirin, disait madame de Martinier, l'autre vieille comtesse.

Les deux jeunes gens gardaient le silence et attendaient humblement la fin de cette discussion.

— Chacun fait ce qu'il lui plaît, ma chère comtesse; quand monsieur Beaurémy se sera cassé une jambe, ce n'est pas vous qui la lui remettrez.

— Cependant, ma chère madame de Boulac, vous aviez promis à monsieur Beaurémy de le laisser courir.

— J'ai promis, c'est vrai... mais la vue du danger me fait changer d'opinion.

Comme c'était, depuis dix minutes, au tour de ces deux messieurs de courir, on commençait à perdre patience. On murmurait en ricanant :

— Partiront-ils ? ne partiront-ils pas ?

— Ils partiront !

— Ils ne partiront pas !

— Puisque vous voulez a toute force, s'écria madame de Boulac, me le mettre en capilotade, qu'il parte ! allez ! je ne vous retiens plus, monsieur Beaurémy !

Beaurémy et Zéphirin montèrent à cheval.

— Un mot encore, dit la vieille comtesse de Boulac, qui tenait si précieusement à la conservation physique de son amant; je ne consens à vous laisser courir qu'à une condition. Sinon, non !...

Cette condition est que vous ne courrez que l'un contre l'autre et que vous irez au petit pas, lentement, sagement; entendez-vous ?

Il fallut obéir.

Mais dès ce moment la scène devint beaucoup plus plaisante; les luttes à cheval sont autant que possible, depuis les jeux olympiques, des luttes de vitesse; celle qui eut lieu entre monsieur Beaurémy et monsieur Zéphirin fut, au contraire, un défi de lenteur. C'était à qui des deux cavaliers arriverait le plus tard au but, qu'on juge si les applaudissements ironiques manquèrent à cette parade.

Sans le vouloir, en se penchant pour rire comme les autres. lady Glenmour fit tomber le bouquet de camélias qu'elle avait posé près d'elle sur la rampe de l'estrade. Les rieurs voulurent voir dans la chute de ce bouquet, l'intention spirituelle, chez lady Glenmour, de couronner ces étranges vainqueurs. On rit plus fort, on applaudit, on trépigna ; on les inonda de bouquets.

C'est alors que madame de Boulac dit en grinçant les dents à madame de Martinier : « La milady nous devait beaucoup; elle nous payera le tout ensemble. »

Elle déchira avec colère un feuillet de son album, et l'envoya secrètement par son domestique à la dame isolée au voile noir; sur ce feuillet étaient écrits ces mots au crayon : *J'accepte votre proposition d'hier; quand vous voudrez, maintenant.*

Par déférence pour le corps auquel il appartenait, Tancrède, qui devait courir avec Caskil, parut en costume d'officier de marine. Seulement il avait remplacé le chapeau monté, trop gênant pour une course, par une petite calotte grecque de velours grenat étoilé d'or. Cette tenue plut à toutes les dames qui inclinèrent leurs bouquets devant le jeune et charmant cavalier. Plus d'un vœu sorti d'une bouche rose s'éleva pour lui. Du haut de l'estrade, lady Glenmour se pencha et laissa descendre lentement un sourire sur le front un peu pâle de Tancrède. Tancrède lui rendit ce signe d'affectueuse attention en portant, peut-être involontairement, sa main à son cou, où était noué le crêpe noir.

On n'attendait plus maintenant que sir Archibald Caskil. Est-ce à cause de lui qu'on se tourne du côté du château avec un si grand empressement? que se passait-il de ce côté? On sut bientôt la cause de cette distraction générale. La foule s'ouvrit sur un point, et l'on vit alors paraître le domestique indien conduisant un cheval (si conduire est le mot), qui le secouait comme un chat en colère secoue et ballotte une souris, et le jetait de côté à chaque pas. Ce cheval c'était Nedji, le terrible, le fulgurant, l'indomptable Nedji. Il piaffait, il ondulait, il écumait. Chacun se demandait avec curiosité ce qu'on comptait en faire et pourquoi on l'amenait là. Sir Archibald Caskil se montra. L'effet qu'il produisit, surtout chez les femmes, par la précision de son costume, est difficile à dire. Les femmes, même les plus réservées, les plus chastes de pensées, ont un confessionnal dans l'âme, où elles rapportent des admirations étouffées, des joies brutales, des contemplations délirantes, dont leur visage ne se doute pas, leurs maris encore moins. Une veste de velours noir bleu glacé, d'une finesse charmante, se collait aux épaules et à la taille de Caskil, ou du comte de Madoc, comme on voudra. Il était en culotte de daim, botté avec des bottes molles, montant un peu au-dessus du genou. On vit alors quelle puissance et quelle agilité résidaient dans ces muscles, dans ces formes moulées sur les chefs-d'œuvre antiques. Ce n'était pas la beauté fade du danseur, c'était celle du beau muletier andaloux. Lady Glenmour fut la seule qui eut l'air de ne pas l'avoir remarqué

— Mon ami, dit-il à Tancrède, j'ai une triste nouvelle à vous apprendre.

— Quelle est cette nouvelle?

— Mon cheval chocolat est mort.

— Mort!... Et sur quel cheval allez-vous courir?...

— Sur *Nedji*.

— *Nedji?*

— Oui, et je viens vous prier de me le laisser monter.

A cette demande, la figure de Tancrède et celle des personnes qui l'entouraient prirent une expression si extraordinaire de moquerie, que de tous les côtés on voulut savoir la cause de cette hilarité. Quand on la connut, on la partagea. De pareils chevaux, disait-on, ne se montent pas plus que les tigres et les lionnes.

— Non, je ne vous le permets pas, dit Tancrède, car il n'y a que Dieu qui permette l'impossible.

— C'est mon affaire.

— En vérité, sir Archibald, je crois que vous n'insistez ainsi que parce que vous êtes sûr que je ne le permettrai jamais.

— Il n'y a que les hommes sans courage qui osent, reprit Caskil, faire des propositions trop hardies pour être acceptées. Choisissez, j'ai ou je n'ai pas de courage?

Comme lady Glenmour dominait cette scène du haut de l'estrade, elle ne perdait pas un mot des propos qu'échangeaient Tancrède et sir Archibald Caskil.

— Vous avez déjà trop hésité à répondre, reprit vivement Caskil. Je vous renvoie le reproche, et vous le méritez.

— Moi, sans courage?

— Comme il vous plaira, répondit Caskil en posant la pointe vigoureuse de son pied dans l'étrier et en montant lestement sur Nedji, qui fléchissait, pour la première fois, sa croupe onduleuse sous l'étreinte de l'homme.

Indigné, effarouché, colère de tant d'audace, le cheval africain baisse les naseaux jusqu'à terre, laisse traîner sa crinière dans l'écume de sa bouche et dans le sable de l'arène, et attire sur son poitrail plein de hennissements le téméraire cavalier. Le second bond de Nedji fut le redressement effrayant et subit de son corps sur ses jambes de derrière, suivi d'un écart hori-

zontal qui fit pousser un cri de terreur à tous les spectateurs de
cette scène, dont les grandes batailles de Lebrun seules peuvent
donner une idée. Ce terrible cheval, tout frémissant et tout
écume, tout nerf et tout crinière, cherchait à se venger en se ra-
massant, en se raccourcissant, en se faisant serpent, tigre, pan-
thère. A son cri on l'eût dit à la fois battu, outragé et blessé à
mort !

Caskil faisait corps avec le cheval ; il était calme, attentif et
puissant.

Il se tourna pour saluer avec son gant lady Glenmour et dire
à Tancrède :

— A vos ordres, monsieur ; nous partirons quand vous voudrez.

— Monsieur, répondit Tancrède, en plaçant son cheval en
travers de celui de Caskil, vous ne courrez pas sur ce cheval,
ou nous le monterons tous les deux.

— Ensemble ? Les deux fils Aymon ?

— Non, monsieur, nous le monterons l'un après l'autre :
vous voyez le banc que par mon ordre ces deux domestiques
placent au milieu de l'arène ?

— Je le vois. Il a au moins quatre pieds de haut.

— Il en a six.

— Ensuite ?

— Celui de nous deux qui le franchira, monté sur Nedji,
aura gagné.

— Et celui qui ne le franchira pas ? demanda avec quelque
émotion Caskil.

— Celui-là sera tué, répondit Tancrède.

— Il aura toujours gagné quelque chose, ajouta Caskil. Mon
ami, se hâta-t-il encore de dire, je crois que nous serons tués
tous les deux.

— Voyez-vous comme la milady est pâle ! dit madame de
Boulac à madame de Martinier.

— Pâle comme son bouquet de camélias, répliqua celle-ci.

— Que se passe-t-il donc là-bas ?

— C'est que son Tancrède, ne le voyez-vous pas, va courir.

— Et je vous le demandais !

— Vous m'accorderez l'honneur de partir le premier, dit
Caskil, puisque me voilà à cheval.

Soit! dit Tancrède. A vous!

La cloche sonna.

Le comte de Madoc lança Nedji, qui courut avec une rapidité épouvantable jusqu'à vingt pas du terrible madrier placé devant ses yeux sanglants.

Une seule personne n'était pas occupée à suivre du regard cette effrayante rapidité; c'était la dame au voile noir. Ses yeux ne perdaient pas un geste, un mouvement, une impression de lady Glenmour; elle ne voyait qu'elle, elle seule.

— Mais quelle était cette femme, interrompit le marquis de Saint-Luc?

— C'était Mousseline, autrefois la maîtresse du major de Morghen, aujourd'hui la maîtresse du comte de Madoc, répondit le chevalier De Profondis, qui reprit immédiatement :

A trente pas du banc de chêne, Nedji recula avec la même fougue et la même vélocité jusqu'au point d'où il était parti. Arrivé là le comte de Madoc entendit une voix étouffée par un mouchoir et un bouquet qui disait : « Assez! mon Dieu, assez!»

Un second éclair emporta Nedji qui, cette fois, arrivé devant le madrier, s'allongea comme un hippogriffe et le franchit. Ses quatre pieds s'enfoncèrent ensuite dans le gazon, et le noble animal, honteux et fier d'avoir sauvé son ennemi, mais un ennemi brave, resta frémissant à la même place. Au bruit des applaudissements Caskil prit Nedji par le cou et le baisa au sommet de la tête. Puis il fit le tour de l'arène en saluant les dames. Quand il passa près de la dame au voile noir, celle-ci lui dit : « J'ai mon affaire. »

— Très-bien, lui dit le comte.

Mousseline ajouta : — *Encore une vertu au sac.* Je vous expliquerai, ou mieux encore. Mousseline vous expliquera elle-même plus tard, dit le chevalier De Profondis au marquis de Saint-Luc, ce qu'elle voulait dire par : *Encore une vertu au sac.*

Après quelques minutes de repos laissées à Nedji, Tancrède se disposa à son tour à tenter l'épreuve dont venait de sortir si fièrement Caskil. Il posa la main sur la crinière encore chaude du cheval et s'élança sur lui avec une promptitude qui fit bien augurer.

Mais soit qu'il fût trop sûr de lui-même après avoir vu

triompher son adversaire, soit que Nedji sentît, avec l'admirable instinct donné aux animaux, qu'il n'avait plus son maître, son dominateur en croupe, il résulta un manque d'accord entre le cavalier et sa monture. Les deux volontés se tiraillaient horriblement, et Tancrède, pendant plus d'une demi-heure d'efforts, ne gagna pas six mètres en ligne directe entre lui et l'obstacle à franchir. Fatigué à l'excès et honteux de cette trop longue résistance, il eut recours, moyen dangereux, perfide avec un cheval comme celui qu'il montait, à la ressource des éperons, dont ne s'était pas servi Caskil. Et loin d'en user avec la prudence convenable, d'en chatouiller à peine la peau de l'animal, il les enfonça dans les chairs. Alors l'aspect de la lutte fut effrayant. Nedji, à qui le supplice et l'outrage de l'éperon étaient inconnus, partit ventre à terre, et comme s'il eût eu du vitriol en ébullition dans les veines, dans la direction du madrier, qu'il atteignit presqu'au même instant. Mais comme s'il eût voulu se suicider à cause de l'affront de ce châtiment, il s'aplatit, au lieu de se relever, devant la poutre transversale, et il alla, fou, aveugle, exaspéré, donner en pleine tête, avec la violence du boulet, dans l'épaisseur du bois. Le cheval tomba raide mort d'un côté, Tancrède de l'autre.

Lady Glenmour, descendue de l'estrade, fut la première à courir, à se précipiter sur Tancrède, qui ne donnait plus aucun signe de vie. Elle le souleva dans ses bras, et s'asseyant sur l'herbe, elle posa la tête flottante du pauvre jeune homme sur ses genoux.

— Mon Dieu! il est mort! s'écria-t-elle. Du secours! Il est peut-être encore temps! Du secours! Mais du secours! Le docteur Patrick! où est le docteur Patrick?

Pendant ce temps, les gens s'en allaient en foule : la fête était finie; et eux, de bonne foi, n'étaient pas venus pour se lamenter.

Amené par Paquerette, le docteur Patrick arriva enfin.

— Venez, docteur! venez vite! s'écria lady Glenmour. Tancrède s'est tué. Voyez!

— Vous vous trompez, milady, répondit le docteur en s'agenouillant pour visiter le corps de Tancrède : on l'a tué!

Il tâta rapidement Tancrède au cœur, au front, au poignet, puis il dit... il ne dit rien.

Dernier avantage obtenu par l'amant d'une vieille coquette.

— Au commencement de ce récit, dit le chevalier De Profondis au marquis de Saint-Luc, je me suis interrompu un instant pour vous parler de cette petite lumière dont le rayonnement perce jusqu'à nous du fond d'une chapelle tumulaire. Je vous ai dit aussi que la cause de la douleur qui l'avait allumée était à la fois triste et bouffonne.

Voyez si j'avais raison : celle qui a élevé ce riche tombeau est la vieille comtesse de Boulac que vous avez déjà connue à une soirée de lady Glenmour, celle que vous venez de voir encore chez elle à la funeste course de chevaux, et la personne inhumée sous ces blocs de marbre fastueux, c'est l'infortuné monsieur Beaurémy, si cruellement ridiculisé à l'occasion de cette lutte entre lui et monsieur Zéphirin, autre amant d'une vieille comtesse, madame de Martinier. De quoi est mort monsieur de Beaurémy? comment est-il mort? demanderez-vous avec surprise.

Il est mort précisément de la cause à laquelle on attribuait son bonheur, parce qu'il était l'amant d'une vieille comtesse.

Il est mort d'ennui, de tristesse, de rage; d'ennui, tant ses désirs matériels étaient facilement satisfaits, au moindre signe et avec une satiété horriblement monotone; de tristesse, tant il avait été obligé de porter de fois à son bras madame de Boulac, sous son bras l'ombrelle fanée de cette comtesse fanée, dans ses bras son hideux griffon borgne; de rage, tant la honte éprouvée devant trois cents personnes, le jour de la course fatale sur la pelouse de Ville-d'Avray, avait aigri son sang et troublé son cerveau.

Rentré avec la fièvre ce jour-là, il se coucha pour ne plus se relever. Saisi par le délire, il passa en quelques heures de l'agonie à la mort; mais il eut la douceur de mourir dans des draps de belle toile de Frise et d'être enseveli dans de la magnifique batiste anglaise.

Vous distinguez d'ici le tombeau que l'inconsolable comtesse

11*

de Boulac lui a fait élever par Auguste Préault, un de nos plus grands artistes, un de nos plus originaux statuaires.

Du reste, ainsi finissent misérablement presque tous ceux qui réalisent leur beau rêve si caressé, d'être un jour chauffés, nourris, habillés par les vieilles comtesses.

Ne croyez-vous pas, reprit aussitôt le chevalier De Profundis, que monsieur Beaurémy vivrait encore, si, n'étant pas le sigisbé de madame de Boulac, il ne se fût pas exposé, pour lui obéir, au mortel ridicule de la scène de Ville-d'Avray?

— Je le crois très-fermement, répondit le marquis de Saint-Luc; il en faut bien moins pour rendre fou, pour tuer un homme doué de quelque délicatesse.

— Eh bien! mon cher marquis, je ne connais personne, pour toucher en passant à mon système, dont l'évidence vous accablera plus tard, qui ne meure, comme monsieur Beaurémy, de quelque chagrin lent ou rapide. Plus je vais, plus je demeure ignorant des bornes qu'il faut assigner à la vie, dégagée des causes de destruction que la société met autour de l'homme ou qu'il se crée lui-même.

Mousseline chez elle.

— Vous avez fait connaissance avec elle à Londres, vous l'avez aperçue à Ville-d'Avray, au fond de sa calèche; la voici maintenant chez elle.

Je vous ai déjà dit, je crois, poursuivit le chevalier De Profundis, qu'il ne fallait chercher aucune analogie entre les femmes de cette condition, non pas comme on les appelait autrefois folles de leurs corps, mais très-raisonnables de leurs corps, et les Aspasie, les Marion Delorme, les Manon Lescaut. Le siècle de Louis XIV, le siècle grand seigneur, eut ses courtisanes prodigues, jetant par les croisées les sacs d'or, les écrins de diamants, leur esprit, leur jeunesse, leur cœur; et se jetant elles-mêmes, au besoin, par pure folie d'amour.

Un siècle comme le nôtre ne produit guère en ce genre que

des femmes comme Mousseline, dont le caractère va se faire
connaître de lui-même par quelques traits pris entre mille
autres, et surtout par sa participation active à la conjuration
tramée autour de lady Gienmour, et qui avait pour chef le
comte de Madoc.

Pour arriver jusqu'à Mousseline, qui n'est pas encore couchée, quoiqu'il soit une heure après minuit, traversez silencieusement avec moi ces trois salons d'un goût si différent,
mais tous trois d'une somptuosité si élégante et si rare.

Ici le colifichet bourgeois n'en impose pas à vos regards. Ces
tapis, où tout un parterre d'Orient semble s'être figé, sortent
des manufactures royales; ces pendules de bronze coûtent
4,000 francs la pièce; ces tables sveltes et ces armoires aux
angles de cuivre taillés en chimères, sont en ébène massif, et
au bas de ces tableaux de genre se lisent les noms de Terburg
et de Wouwermans; ils pourraient être signés Dieu, car ils sont
divins comme la création. Aux Tuileries, vous verrez un roi;
mais vous ne verrez pas de plus beaux sèvres ni des saxes plus
vieux et d'une plus belle pâte.

Mousseline se connaît en belles choses autant qu'homme de
l'hôtel Bullion. Ce n'est pas qu'elle ait un amour effréné d'artiste pour ces tapisseries flamandes du temps de Charles le Téméraire et ses bronzes florentins; non; elle les a chez elle, elle
y tient seulement pour deux raisons : d'abord parce qu'en les
étalant, elle paraît riche et femme à la mode; et ensuite, parce
qu'elle les vendrait avec profit si demain la fantaisie ou le besoin d'argent l'obligeait à s'en défaire. — Tout ce qu'on admire
à midi chez elle peut se vendre à minuit; et on ignore ce
qu'elle excepte du marché

De quelles riantes couleurs, de quelles formes suaves, de
quel éclat splendide et tendre ne rêvez-vous pas la dernière
pièce qui termine cette enfilade de salons et de cabinets, celle
où Mousseline se tient enfermée chaque jour pendant plusieurs
heures, et où il est rare qu'elle ne se rende pas en revenant du
spectacle! Vous épuisez l'Orient, et vous êtes encore convaincu
de rester au-dessous de la réalité.

Suivez-moi, je vous conduis dans le boudoir de Mousseline,
que vous allez surprendre, pensez-vous, mollement renversée

sur un divan de satin rose, ou couchée dans un hamac de tulle, et décachetant quelque billet doux glissé dans son manchon à l'Opéra, par l'intermédiaire de l'ouvreuse.

Cette pièce mystérieuse où nous voici introduits est un bureau, et cet homme occupé à écrire sur un registre est le teneur de livres de Mousseline. Elle a donc un teneur de livres? Eh! grand Dieu! pourquoi faire? Pour tenir ses livres, apparemment; pour tenir un compte exact de ses dépenses et de ses recettes.

Afin de vous convaincre de ce que je dis, vous n'avez qu'à jeter les yeux sur ce registre même. D'un côté vous lisez, avec accompagnement d'accolades et de chiffres, ces mots :

ACTIF.	PASSIF.

Sur la page de l'ACTIF vous lisez : « Avoir reçu, pendant ce dernier trimestre, de monsieur le comte de L..., 3,000 fr. et une parure de 1,500 fr., ci.   .   4,500 fr.

Même trimestre, « avoir touché de monsieur Léonard, banquier, 6,000 fr. en actions du chemin de fer de Paris à Rouen.   .   .   .   .   6,000 fr.

» N'avoir pas payé mes trois termes de l'appartement que j'occupe, et dont quittance à moi donnée par le fils de mon propriétaire , monsieur Mahussac, ci.   .   .   .   .   1,575 fr.

Écoutez la douce voix de Mousseline disant encore à son vieux teneur de livres : Monsieur Craquelin, passez à l'actif.

« Deux chevaux isabelle coûtant au moins trois mille francs ..

» Une calèche de six mille francs donnée par le même, qui ne veut pas être nommé. Avoir fait un placement de deux mille francs à la caisse d'épargne. »

Maintenant parcourez du regard le *passif*, vous découvrirez le même ordre qu'à l'actif, Mousseline n'omet rien :

« Avoir donné à dîner à monsieur Peterhof, deux cents francs sans les vins. Donné trois cents francs d'à-compte au sieur Trabucq, mon père et mon cuisinier; cinquante francs à ma sœur Eurydice, ma femme de chambre; acheté deux culottes de soie à Félix, mon groom et mon frère. »

Ceci fait et la balance du trimestre accusant d'immenses be-

néfices, Mousseline interroge monsieur Craquelin, qui est aussi
son homme d'affaires, sur les bons placements d'argent qu'il
conviendrait d'effectuer. Mousseline voudrait des actions des
Quatre-Canaux, des actions du chemin de fer de Paris à Saint-
Germain (rive droite) ; elle place aussi en viager, elle joue tous
les mois six mille francs à la Bourse, et elle ne paye pas toujours les différences, parce que c'est encore le fils de son propriétaire, monsieur Mahussac, qui est son agent de change.

— Vous n'avez constaté jusqu'ici que l'ordre dans la richesse : vous voudriez sans doute connaître la source de la
plupart de ces richesses?....

— Mais il me semble, interrompit en riant le marquis de
Saint-Luc, que la véritable source c'est la générosité qu'inspire Mousseline à ses admirateurs.

— Elle est sans doute une des sources, mais elle n'est pas la
seule. Depuis que son teneur de livres, monsieur Craquelin,
s'est retiré, examinez avec moi Mousseline avidement occupée
à remuer ce monceau de lettres de toutes formes, de toutes
sortes d'écritures, de toutes sortes de cachets, élevé devant elle.
Vous rappelez-vous ses paroles le jour où elle prit à Londres
les deux portefeuilles, celui de lord Glenmour et celui du comte
de Madoc? Ne se dit-elle pas : « S'ils ne renferment que des
billets de banque je suis volée. »

C'est que pour Mousseline il existait alors comme il existe
aujourd'hui quelque chose de plus précieux que les billets de
banque, ce sont les lettres qu'elle éparpille ainsi sous sa main,
qu'elle ouvre avec émotion, qu'elle lit, qu'elle relit sans cesse,
qu'elle consulte avec cet éclair de magnifique cupidité allumé
dans ses deux yeux de sirène.

Vous ne savez pas quels trésors, quelles richesses certaines, ces
lettres, ces papiers représentent pour elle. Tous ses amants vien-
draient à la quitter, sa beauté disparaîtrait dans l'espace d'une
nuit, qu'avec ces papiers elle reconquerrait sa puissance et son
autorité.

Certains hommes politiques, successivement reçus chez elle,
certains grands noms dans l'administration, lui ont appris ce
qu'elle peut faire avec ces papiers, sublime théorie dont elle
pourrait fort bien se servir un jour ar c   eux-mêmes.

Je vais maintenant vous apprendre ce que sont la plupart de ces singuliers et terribles papiers.

— Auparavant, interrompit impérieusement le marquis de Saint-Luc, je veux savoir ce que vous avez promis de me dire sur le major de Morghen... Je l'exige absolument de votre confiance.

— Soit, mon cher marquis, ce ne sera pas sortir d'ailleurs des limites de mon récit, ce sera seulement le rendre beaucoup plus dramatique.

Le major de Morghen.

Pour obéir aux vieux usages aristocratiques, le baron de Morghen avait cru devoir envoyer son fils unique, le jeune major de Morghen, passer un an dans les quatre grandes capitales de l'Europe : Vienne, Berlin, Londres et Paris. Le major était déjà sorti triomphant de trois épreuves, c'est-à-dire que trois capitales lui avaient donné, Vienne sa morgue et sa fierté, Berlin sa réserve, Londres sa belle tenue, et qu'il ne lui restait plus qu'à recevoir à Paris le complément de cette magnifique éducation.

Après ce dernier perfectionnement, le major rentrerait chez lui pour prendre place dans l'administration ou dans la diplomatie, sûr de jouir de quatre cent mille francs de revenu à la mort de son père, dont il était l'unique héritier.

La famille du major de Morghen, pour la peindre d'un trait, ressemblait à toutes les familles allemandes des romans de Kotzebüe, et le jeune major lui-même n'était ni plus ni moins, à cette époque de sa vie, que le même major qui existait du temps de Frédéric Barberousse et qui existera encore en Allemagne dans cinq cents ans, s'il y a encore des majors, et il faut l'espérer.

Le baron, père du major, croyait, ainsi que je vous l'ai déjà dit, à l'absolue nécessité pour un fils de famille de résider pendant quelque temps dans les quatre grandes capitales ; il croyait à l'influence de la bénédiction paternelle, à la recommandation des vertus et à la vertu des lettres de recommandation. Il était bon, sensible, honnête, et quand il ne s'occupait pas à déchiffrer du blason, il arrosait les fleurs qu'il avait plantées sur le tombeau de sa femme, ou bien il jouait de la flûte sous les allées de son parc. Il en jouait fort mal, mais avec beaucoup de sentiment.

Quand le major revint de Vienne, la première des quatre capitales où il devait séjourner, son excellent père lui dit :

— Major.

Et le major répondit : — Papa.

— As-tu pris les belles manières de Vienne ?

— Oui, papa.

— As-tu vu l'empereur ?

— Oui, papa.

— T'a-t-il parlé de moi ?

— Non, papa.

— As-tu exercé ton talent sur la flûte ?

— Oui, papa.

— Je te bénis ; allons pleurer sur le tombeau de ta mère.

Au retour de son séjour à Berlin, le baron dit encore à son fils le major :

— As-tu pris les belles manières de Berlin ?

— Oui, papa.

— As-tu vu le roi ?

— Oui, papa.

— T'a-t-il parlé de moi ?

— Non, papa.

— As-tu exercé ton talent sur la flûte ?

— Oui, papa.

Vous jugez peut-être par ce second dialogue si semblable au premier, et tous les deux si naïfs, que le baron de Morghen était un imbécile et son fils un niais. Vous vous trompez.

Pour le baron qui était un homme de grand sens, car il était l'homme de son rang, les manières de Berlin ou de Vienne étaient celles qu'un vrai gentilhomme devait acquérir, celles sans lesquelles on n'était bien vu, ni à la cour ni auprès des grandes dames ; c'était une seconde religion ; son fils était obligé de s'y montrer fidèle. Du moment où celui-ci convenait qu'il avait pris les belles manières de Berlin ou de Vienne, c'est qu'il les avait

réellement prises. Quand son père lui demandait ensuite s'il
avait vu le roi, c'est qu'il n'imaginait pas de question plus intéressante à lui adresser, lui, fidèle Allemand, jaloux d'élever son
fils dans une noble fidélité. En ajoutant cette question : —
« T'a-t-il parlé de moi ? » le baron prouvait qu'il n'estimait rien
tant comme d'occuper un instant le souvenir du prince, et il
pardonnait à son indifférence, en songeant qu'il avait sans doute
des pensées plus utiles. Et s'il finissait par s'informer si son fils
s'exerçait toujours sur la flûte, c'est qu'il adorait cet instrument,
et qu'il savait que rien ne chasse les mauvaises pensées et n'a-
doucit les mœurs comme la musique. Quelle raillerie un peu
raisonnable infliger à ce dialogue, dont tout le tort était, pour
un Français, dans la trop grande simplicité et la monotonie de
la forme ?

Enfin le jeune major de Morghen, au retour de son voyage à
Londres, la troisième capitale, quitta encore son vertueux père
pour aller passer deux ou trois ans à Paris, le creuset où tout
s'épure. Il fut recommandé, béni et assez richement muni de
billets de banque.

Le danger d'une lettre dont l'adresse est mal mise.

Arrivé à Paris, le jeune major de Morghen débuta par où les
autres finissent, mais par où son père le baron lui avait enjoint
de commencer.

Il porta à domicile les lettres de recommandation qu'il avait
pour les meilleures et les plus anciennes maisons du faubourg
Saint-Germain. Grâce à son nom et à son titre, ces lettres lui
valurent un accueil honorable partout où il se présenta ; il est
vrai qu'elles ne lui rapportèrent que ce stérile avantage. Les
trop nobles patrons reçoivent si majestueusement, que l'étranger,
effrayé du cérémonial, ne se croit plus digne de se montrer une
seconde fois. L'intimité qu'il espérait faire naître est tuée du
premier coup par le choc de la représentation.

Comme notre major ne connaissait pas encore les plaisirs du
monde, quoiqu'il fût très-fort sur les belles manières de Vienne

et de Berlin, il ne s'affligea pas beaucoup du peu de profit qu'il recueillait à Paris de ses lettres de recommandation. Il n'avait concentré son attention que sur une seule chose, c'était de les remettre avec exactitude et en habit noir, de deux heures à quatre. Quand il fut arrivé à la dernière qu'il porta aussi ponctuellement que les autres, il se dit avec la satisfaction que donne à une âme honnête l'accomplissement d'un devoir : — Mon père sera content.

Il se reposait sur cette douce persuasion, lorsqu'un jour en remuant ses cravates et ses gilets, il aperçut une lettre dans un coin du tiroir de sa commode. C'était une lettre de recommandation égarée. Le major en lit aussitôt l'adresse ainsi formulée : *A madame, madame la Marquise.* Le nom de cette marquise manquait. La préoccupation de la qualité avait entièrement fait oublier sans doute à l'auteur de la lettre d'écrire le nom et même le prénom destinés à suivre la qualité. Pour tout autre le malheur n'eût pas été grand ; il aurait repoussé la lettre au fond du tiroir et il n'en eût plus été question.

Ce n'est pas ainsi que le major prit l'événement.

Son père, au retour, lui demanderait compte du résultat de cette lettre : et alors que répondrait-il ? qu'elle n'avait pas d'adresse ! Mais il aurait dû, en jeune homme réfléchi, le remarquer avant son départ pour Paris. Puis, la personne qui la lui avait donnée et dont il ne se souvenait plus, ne verrait-elle pas du dédain, du mépris même dans l'inutilité de sa gracieuse complaisance ?

Le major de Morghen demeura très-soucieux : il alla tout triste le soir, sa lettre dans la poche, au Café de Paris, où il lui avait été recommandé de dîner tous les jours, parce que c'est là où vont prendre leurs repas, lui avait-on dit, les personnages de distinction. Comme il s'était lié avec quelques jeunes gens de son âge qui se réunissaient aussi au Café de Paris, il osa en prendre un à part après le dîner, et lui dit d'un ton qui alarma d'abord son confident :

— J'attends de vous un service, monsieur.

— Je suis tout à vous, major. Est-ce pour un duel ?

— C'est beaucoup plus sérieux.

— Diable !

— Je ne sais comment faire pour remettre cette lettre, dont la suscription est incomplète.

— Voyons, dit le comte de Berne, un peu surpris de la cause qui lui valait l'épanchement du major.

Il prit la lettre, et au bout d'une demi-minute de réflexion, il dit :

— Mais il ne manque rien du tout à cette adresse.

— Comment cela?

— Rien, je vous assure, mon cher major.

— Mais le nom?

— A quoi bon le nom? D'où venez-vous donc?

— D'Allemagne.

— C'est différent. Sachez alors, mon cher major, que rien n'est plus connu à Paris que la personne pour qui l'on vous a donné cette lettre : c'est la Marquise. Elle n'a pas d'autre nom, et la désignation est parfaitement suffisante. La Marquise! On appelle cette dame la Marquise, comme on appelait autrefois l'aîné des Condé Monsieur le Prince. Tout Paris connaît la Marquise.

— Que je vous remercie ! dit avec une effusion reconnaissante le jeune major de Morghen.

— De rien, répondit avec un sourire ironique l'interlocuteur du major.

— Il ne me reste plus qu'à vous demander la rue qu'habite la Marquise.

— Rue Laffitte, à deux pas d'ici.

Le comte s'avançant jusqu'au coin de cette rue, ajouta :

— Voyez-vous ces deux lanternes ?

— Oui.

— La première porte après la seconde lanterne est celle de la maison de la Marquise.

— Encore une fois, merci.

Le major de Morghen mit la lettre dans son portefeuille, et comme il avait cessé de questionner le comte de Berne, celui-ci, de son côté, ne jugea pas convenable de lui en dire davantage. Ils fumèrent encore quelques minutes ensemble ; le comte alla ensuite à l'Opéra, et le major, satisfait de l'éclaircissement, rentra à dix heures à son hôtel.

Le lendemain, il se disposa pour aller rendre sa visite à la

Marquise. La cravate blanche, l'habit noir, le gilet riche, les bottes vernies contribuèrent à l'éclat de sa toilette, que couronna une frisure élégante tout à fait dans le goût allemand et en harmonie avec sa chevelure blonde un peu ardente. Droit comme à la parade, il alla sur les boulevards, après avoir déjeuné. Deux heures sonnaient lorsqu'il se présenta chez la Marquise.

Un groom l'introduisit dans un salon d'attente.

Si le major de Morghen eût été plus rompu aux mœurs privées de Paris, il eût vu, rien qu'au visage du groom, que sa présence jetait quelque embarras dans la maison. L'enfant n'avait osé lui dire ni si la Marquise y était, ni si elle serait visible pour lui.

Il disparut derrière une porte, avec la lettre que lui avait remise le major de Morghen pour sa maîtresse.

En attendant la permission de la saluer, le major se mit à examiner les tableaux de famille qui ornaient les murs ou plutôt que les murs ornaient ; car les murs étaient couverts d'un riche papier liseré d'or et de soie, couleur d'eau, et les tableaux n'avaient d'autre mérite que celui de représenter d'antiques personnages historiques, qui tous furent acceptés de bonne foi par le naïf major comme les portraits vénérés des aïeux de la Marquise. On lisait, incrustés dans l'épaisseur de la bordure, les noms des Duguesclin, des Guise, des Villeroi. Il n'en fallait pas tant pour le convaincre qu'il était bien chez une descendante de ces grandes familles.

En si noble compagnie l'attente ne saurait paraître longue à un gentilhomme allemand.

Or, pendant ce temps, la Marquise reposait avec Mousseline derrière les rideaux de brocart et de satin d'une alcôve en forme de temple grec, dont le mur du fond laissait voir, au lieu de tableaux de sainteté, deux gravures fort expressives, d'après Dubuffe.

Trop fatiguée des émotions d'une nuit passée au jeu, Mousseline, ainsi que cela lui arrivait souvent, avait accepté l'hospitalité chez son amie, non moins fatiguée qu'elle. Des cartes se voyaient éparses sur les fauteuils, les commodes et jusque sur la table de nuit.

La veillée s'était prolongée fort tard ; elle n'avait pas été heureuse pour les deux amies, cela se lisait à certain pli boudeur de leur front, mal assoupi par le sommeil. Pour comble d'infortune, elles étaient dans ce moment, toutes deux, dans une mauvaise veine : leur cœur, si l'on peut s'exprimer ainsi, vaquait comme leur bourse._

Le jeu, sur lequel elles avaient trop légèrement compté pour faire face aux dépenses du mois, le jeu les avait trahies comme un amant pendant cette dernière nuit. Au milieu de tous ces meubles somptueux, elles étaient à peu près sans le sou. Ce qu'elles avaient de mieux à faire, c'était donc de dormir indéfiniment. Elles furent éveillées par l'entrée du groom.

— Qu'y a-t-il ? demanda en sursaut la Marquise.

— C'est une lettre pour madame.

— Encore quelque créancier, murmura Mousseline en soulevant sa tête brune et boudeuse, ne lis donc pas ça !

— On attend la réponse, dit le groom.

— Qui a porté cette lettre ? demanda la Marquise.

— Un étranger blond.

— Jeune ?

— Oui, madame.

— A-t-il l'air de venir chercher de l'argent ?

— Au contraire, madame ?

— Je te sonnerai. Sors.

Le petit domestique se retira.

— Lisons-nous, Mousseline ?

— Lisons.

La Dame de Cœur.

La Marquise et Mousseline se mirent sur leur séant, et la première lut, mais avec d'horribles difficultés :

« Madame la marquise de Brukenbach. »

Comment dis-tu ?

De Brukenbach.

— Voilà une atroce plaisanterie !

— Il y a erreur, ma chère, puisque je m'appelle Miroflay du nom de famille.

— Grande erreur ! somptueuse erreur ! Mais poursuis ; ne ris donc pas ainsi, Marquise !

— Je poursuis.

« Madame la marquise de Brukenbach.

« Le fils de mon ami, M. le baron de Morghen, se rend à » Paris pour y achever son éducation morale, littéraire et poli- » tique. »

D'un même mouvement, les deux jeunes filles coulèrent leurs têtes sous le drap pour ne pas faire entendre l'explosion de leur rire au jeune major, qui était dans la chambre à côté.

Puis, encore tout émues de cette hilarité étouffée, elles reprirent la lecture de la lettre.

La Marquise lut à demi-voix :

« A qui mieux que vous, madame, le recommander. Vos ver- » tus, votre esprit d'ordre, votre connaissance du grand monde » le garantiront des dangereuses intimités qu'il pourrait con- » tracter à Paris. »

— Ne ris donc pas ; va toujours, folle !

« Noble, généreux et riche, il ne lui manque, pour être un » homme accompli, que le vernis brillant de Paris, et il l'ob- » tiendra, grâce à vous, madame la marquise de Brukenbach, si » vous daignez, comme je l'espère, prendre quelque intérêt au » fils de mon meilleur ami, M. le baron de Morghen. Vous en » dire davantage, ce serait mettre en doute votre vieille amitié » pour moi, et je ne le dois pas.

» Votre obéissant et fidèle serviteur,

» Prince DE MULNITZ. »

— Eh bien ! qu'en dis-tu, Mousseline ?

— Je dis ce que tu penses, qu'il faut profiter de l'erreur.

— Il y a donc erreur ?

— O adorable coquine ! s'écria Mousseline. Mais relis donc cette adresse !

— En effet. Je ne lis que : *A madame la marquise.* Le reste est oublié.

— Comment a-t-on pu commettre un pareil oubli? Peu nous importe!

— Ainsi c'est entendu, nous gardons l'étranger... Ne le laissons pas partir... Qu'on ferme les barrières de Paris. Il est Allemand, il est blond; il est baron, donc il est riche!

— C'est mon avis aussi, Mousseline; mais je te ferai observer que c'est à moi qu'il est adressé, à moi seule.

— Ah! tu me fais observer cela! s'écria tout à coup Mousseline, dont les cheveux devinrent à l'instant même les serpents des furies. Eh bien! merci... chère amie! Ce qui veut dire que tu l'accapares, que tu l'absorbes.

— Non! mais... tu comprends...

— Je te reconnais là, bon petit cœur... Quand j'ai, tu as; quand tu as, je n'ai rien... Tiens! je ne qualifierai pas ta conduite... Marquise!

— Tu m'insultes! ah! tu m'insultes!

— J'ai envie de t'étrangler... Faut-il?

Les mains crispées de Mousseline effleuraient le cou de la Marquise.

— Ne touche pas, Mousseline!

— Attrape! va te le faire bénir.

— Un soufflet! tu m'as donné un soufflet!!!

— En voici un autre! As-tu ton compte?

— Au mien, maintenant, dit à son tour la Marquise.

Des soufflets les deux jeunes femmes couchées passèrent aux coups de pied, et ils étaient aussitôt donnés que rendus, on le conçoit, dans la pose horizontale qu'elles occupaient l'une et l'autre. Elles se mordirent profondément comme deux tigresses du Bengale.

Ce qu'il y a de singulier dans cette bataille, c'est que, sachant toutes deux que l'étranger blond pouvait les entendre, elles se souffletaient, se mordaient, se déchiraient, se pinçaient jusqu'au bleu sans faire le moindre bruit. Elles hurlaient en dedans. C'étaient des panthères enragées et muettes.

— Assez! dit la Marquise la première; j'ai tort : maintenant il n'en coûte rien à mon honneur de l'avouer. Oui, j'ai tort. Cette

nuit tu n'as pas été plus heureuse que moi à l'écarté. Tu mérites
des égards et quelques considérations. Ta main?

— La voilà, dit Mousseline.

— Ce n'est pas assez : embrassons-nous.

Les deux jeunes femmes, encore rayées de leurs sanglantes
égratignures, se jetèrent dans les bras l'une de l'autre avec
autant de cordialité qu'elles venaient de mettre de l'acharnement et un bonheur féroce à se déchirer à coups d'ongles et de
dents.

— Écoute-moi donc, Mousseline.

— Parle, Marquise.

— Te céder sans condition cet homme du Nord, ce jeune et
intéressant Germain, ce serait chose blessante pour ta délicatesse...

— Marquise, où veux-tu donc en venir?

— Que les cartes réparent le tort des cartes à ton égard. Je
te joue l'étranger à la *dame de cœur*.

Mousseline, à cette proposition, s'élança au travers du lit en
développant son torse de sirène, allongea un bras blanc, potelé
et rose, et alla saisir sur une table de nuit un jeu de cartes. —
Ça me va! Et si je gagne?

— Si tu gagnes, Mousseline, je m'exécute; je te présente
l'étranger, puisque c'est à moi qu'il est recommandé, et tu en
feras ensuite ce que tu voudras.

Ce pacte fait, la Marquise mêla vivement les cartes. Un silence
grave, suprême, avait succédé à cet échange de conditions entre
les deux jeunes femmes. Le désir enflait les veines de leur cou,
soulevait l'arcade mouvante de leur poitrine à peine voilée par
la batiste de la nuit et la dentelle des rêves. Leur âme folle et
capricieuse montait et descendait de leur cœur à leurs yeux;
ceux de la Marquise, bleus et faux comme l'émail; ceux de
Mousseline, noirs comme ses noirs cheveux; leurs lèvres, les
ailes transparentes de leur nez palpitaient; elles avaient fortement entrecroisé leurs jambes ainsi que deux lutteurs antiques,
et comme fait de nouveau leurs ongles pour cet autre combat
singulier.

On n'entendait plus sous les rideaux de l'alcôve que le frôle-
ment des cartes.

Le jeune major de Morghen attendait toujours une réponse.

La Marquise nommait tout bas une carte, Mousseline nommait tout bas la suivante.

— Sept de pique ! disait la Marquise.

— Huit de trèfle ! murmura Mousseline.

— Valet de pique !

— Neuf de carreau !

— Roi le cœur !

— Dame de cœur ! s'écria Mousseline. J'ai gagné ! Il est à moi ! ajouta-t-elle en jetant les cartes en l'air ; il est à moi !

— Comme la France est au roi, répliqua la Marquise qui sonna aussitôt.

Le groom reparut.

— Fais entrer ce monsieur blond.

C'est de cette manière que le jeune major de Morghen, à l'occasion d'une lettre de recommandation dont la suscription avait été mal mise, connut à Paris la fameuse Mousseline, bien moins fameuse cependant alors qu'aujourd'hui : car, ne l'oubliez pas, elle commençait, et quand vous la retrouverez avec le comte de Madoc, elle aura déjà fait le voyage de Londres, vingt autres voyages encore, et elle aura des rentes sur le grand-livre.

Il s'écoula plus d'un mois avant que le jeune major s'aperçût de l'erreur, charmante erreur, s'avoua-t-il, qui lui valait la fréquentation d'une femme comme il n'en avait jamais rencontré dans les trois capitales où il avait résidé pour orner son éducation.

A la vérité, Mousseline ne paraissait pas très-forte sur la morale, la politique et la littérature, mais en elle que d'esprit, de jet, de vivacité, de souplesse ! Quelle fécondité de réparties ! Ce gaz français qui brûle sans jamais se consumer courait dans ses veines, pétillait dans ses yeux.

Dans sa société, le major de Morghen apprit à vivre comme on vit à Paris quand on veut y faire quelque figure.

Il eut un logement coquet et riche, un mobilier au type de chaque époque pour ses appartements. La pièce d'attente était gothique ; la salle à manger, Louis XIII ; le salon, plus sévère, était meublé dans le goût du temps de Louis XIV ; sa bibliothèque rappelait le style contourné et capricieux du dix-huitième siècle, et son boudoir laque et or était tout à fait Du Barry.

Le major se crut tout de suite à la mode, et ne fut d'abord que ridicule, comme la plupart des étrangers qui viennent briller à Paris et qui ne savent pas que le velouté parisien ne s'acquiert qu'à force d'art; art immense, minutieux, que ne possèdent, à vrai dire, que les petits-fils des marquises et des comtesses de l'ancien régime.

Mais comme le major de Morghen était bon, simple, naïf, généreux, la jeunesse des salons l'accueillait avec une espèce de fraternité moins rare qu'on ne pense parmi ces jeunes gens blasés : il plaisait surtout par la gravité et la profondeur qu'il mettait dans le plaisir; il traitait le plaisir comme une étude, comme il aurait étudié le sanscrit; il ne faisait rien à demi ni légèrement. A force d'être curieux, il finit par se faire accepter; mais, pour être fort, il s'exagéra.

Personne ne tenait table aussi longtemps que lui, personne ne buvait autant que lui, personne ne poussa le scepticisme aussi loin que lui quand on le plaça sur le terrain où les philosophes de la restauration firent la guerre aux idées religieuses. Et pourtant il était Allemand.

Quelle bonne école que la maison de Mousseline !

Chez elle on démolissait tout à coups d'esprit : la science, la politique, la morale, la vertu, la poésie. On s'y tuait le cœur, l'estomac, la raison, et puis, entre deux vins, on allait jouer chez Frascati.

C'est chez elle que fut parodié le fameux mot de Leibnitz. On y disait : Un peu de philosophie éloigne du vin de Champagne; beaucoup de philosophie y ramène.

Quand le jeune major gagnait, il versait le gain dans les mains de Mousseline; s'il perdait, il allait se consoler avec elle et bien d'autres au Rocher de Cancale, où il jouait encore.

Le lendemain, il se levait à midi, allait déjeuner au Café Anglais, d'où il se rendait régulièrement, un jour à la salle d'armes, le jour suivant au tir. Il acquit une adresse incroyable au pistolet; il devint même d'une adresse ridicule. Il touchait toujours le but si petit qu'il fût. C'étaient des épargnes pour les mauvais jours.

12

On voit que notre Allemand se formait de plus en plus : il se perfectionnait le cœur et la main.

Quand il se trouvait à sec, il écrivait à son père ; le brave baron, qui commençait à s'étonner pourtant que les livres coûtassent si cher en France, car il supposait dans sa naïveté teutonique que son fils dépensait tout son argent en achats de livres.

Le baron envoyait aussitôt de nouveaux ordres à son banquier à Paris, et le major puisait comme auparavant.

Des joueurs honnêtes, le major descendit aux joueurs douteux, de ceux-ci aux *grecs*, sorte de joueurs très-habiles à corriger les erreurs du sort, et ceux-ci non-seulement le dépouillèrent sans pitié, mais ils lui firent souscrire beaucoup de lettres de change.

Le *grec*, pour le dire en passant, est partout ; il y a le *grec* marquis, le *grec* de passage, le *grec* ancien colonel, le *grec* homme de lettres, le *grec* anglais ; il est peu probable seulement qu'il y ait des *grecs* grecs.

Et plus le major devenait joueur, plus il devenait dupe, homme de restaurant, et plus il devenait épris de Mousseline. Tels sont les marins : ils aiment la mer pour ses tempêtes.

C'est une fascination.

— Écrivez donc à votre père, ne cessait de lui dire Mousseline. A quoi ça lui sert d'être votre père s'il ne vous envoie pas de l'argent ? Et le jeune major écrivait, quoiqu'il sentît de loin en loin, au fond de la conscience, combien sa conduite était peu digne envers son père. Mais à Paris a-t-on le temps de réfléchir sur les conséquences d'une mauvaise action ? On s'aperçoit à peine qu'on change de société ; qu'on passe des jeunes gens legers aux filous, des filous aux galériens.

Le major n'avait pas parcouru toutes les marches de l'échelle, mais il occupait l'échelle ; un beau jour il reçut cette réponse de son père, à qui il avait demandé de l'argent pour la cinquantième ou pour la centième fois. « Vous avez fait de la peine à votre père. »

Ces paroles étaient fort simples, mais le major de Morghen, quoique abruti par les excès de tout genre, en comprit parfaitement le sens terrible et la portée. Quand un homme du carac-

tère auguste du baron disait cela à son fils, c'est comme s'il lui
eût dit : *Je vous maudis!*

Dès ce moment, en effet, toute correspondance cessa entre le
père et le fils. Le major, pour satisfaire les caprices de Mousseline, fut obligé de vivre sur le crédit qu'obtiennent toujours à
Paris ceux qui ont beaucoup dépensé.

Mais Mousseline, très-forte sur l'instabilité des choses hu-
maines, ne se dissimula pas la prochaine décadence du major.
— Il n'a plus d'argent, c'est vrai, mais il peut faire des dettes,
beaucoup de dettes encore, se dit-elle. C'est même le bon moment pour en faire. Elle l'en accabla.

Elle se fit acheter une maison de campagne à Sceaux, elle
l'obligea à répondre pour la Marquise qui devait trente mille
francs à un usurier, enfin elle en fit une machine à signer des
lettres de change. Son père le tirera du guêpier, se disait-
elle ; il ne voudra pas le laisser pourrir dans la prison pour
dettes.

Le baron était peu connu de Mousseline, qui, sous le charme
de cet espoir assez mal fondé, plaisantait ainsi du vieillard
allemand avec son fils, le major de Morghen : — Quel âge a
donc ce cher papa? Est-il sujet à la goutte remontée? N'a-t-il
jamais ressenti des symptômes d'apoplexie?

Mais le moment étant venu pour le major de se cacher ou de
se voir un beau matin appréhendé au corps par les gardes du
commerce, Mousseline devint froide pour lui ; elle admit peu à
peu d'autres intimités qui le désespérèrent, car l'amour du
major suivit les progressions de sa misère. Il lui fit des remon-
trances, puis des reproches, puis il eut des emportements ; mais
obligé d'éviter la prison pour dettes, il fut aussi obligé de ralentir ses visites chez Mousseline, qui avait prévu ce résultat.

Un instant elle crut s'être tout à fait débarrassée de lui. Depuis deux mois, il n'était venu faire aucune scène de violence
chez elle. Son roman avec le jeune de Morghen lui sembla complétement fini.

Mais le jeune major aimait Mousseline plus que jamais ; il
l'aimait au moins autant pour ses vices brillants et pour ses
dilapidations que pour sa beauté vraiment remarquable, quoique tachée, aux yeux de l'observateur, de mille signes de

cruauté. Il ne pouvait plus vivre sans elle ; il traînait sa chaîne partout.

— La voir ! la voir ! criait-il pendant ses jours d'accablante oisiveté, dans ses nuits d'insomnie. La voir ! dussé-je être arrêté par tous les gardes du commerce de Paris, dussé-je être conduit à l'échafaud en sortant de chez elle !

Un jour il n'eut pas la force de résister à la persécution de ses désirs ; il se rendit chez elle. Il sonne, le domestique lui dit d'attendre. C'est à peine s'il peut se conformer à cette injonction. Lui, attendre ! Le domestique revient et lui dit que sa maîtresse n'est pas visible. — Vraiment ! réplique le major en repoussant le domestique ; on est toujours visible pour les gens dans les meubles desquels on est, sache cela, mon ami, et fais-le savoir aux autres.

Ces paroles sont entendues du boudoir dont Mousseline a interdit l'entrée au major. Celui-ci s'avance ensuite hardiment, soulève la portière abaissée devant la porte du boudoir ; mais là il est arrêté par un jeune homme presque aussi blond que lui, aux petites moustaches, d'un air doux, mais ferme cependant, de taille moyenne, mis fort élégamment, et qui lui dit :

— Monsieur le major, je suis chargé de faire respecter la consigne.

— Vous, monsieur de Plenef ?

— Moi-même, monsieur de Morghen.

— Et par qui en êtes-vous chargé ?

— Par madame, répond le jeune comte de Plenef, en montrant Mousseline assise sur un divan.

— Et vous êtes décidé, monsieur le comte, à la faire respecter jusqu'au bout, cette consigne ?

— En douter, ce serait me faire injure.

— Très-bien, monsieur le comte, dit le major en s'adossant contre un des montants de la porte, tandis que le jeune comte russe s'adossa contre l'autre montant. — Très-bien ! Croyez-vous, reprit le major en conservant son attitude, croyez-vous avec saint Thomas que nous allions dans le sein de Dieu quand nous quittons la terre ?

La question était d'une belle étrangeté en un pareil moment : le nouveau protecteur de Mousseline ne s'en effaroucha pas.

—Ma foi, je n'y ai jamais pensé, monsieur le major.

Et le major reprit :

—Peut-être êtes-vous du sentiment de saint Augustin sur l'état de l'âme après la mort?

—Je n'ai pas plus lu saint Augustin que saint Thomas.

—Mais vous avez infailliblement entendu parler de Spinosa et des naturalistes; êtes-vous de leur avis? Pensez-vous qu'en mourant nous nous répandions dans la nature d'où nous nous sommes dégagés un instant?.

—Spinosa, monsieur le major, ne m'est guère plus familier que bien d'autres philosophes.

—Vous connaissez à coup sûr du moins le paradis de Mahomet? Croyez-vous que nous soyons appelés à en jouir en passant de ce monde dans l'autre?

—Je le désirerais assez, monsieur le major; mais malheureusement je n'en sais rien.

—Eh bien! mon cher monsieur de Plenef, demain à la même heure vous saurez à quoi vous en tenir sur ces divers systèmes de philosophie...

—Moi?

—Vous, monsieur le comte.

—Vous ou moi du moins?

—Non, vous seul, monsieur de Plenef. Vous ne me demanderez pas, je présume, par quel moyen je vous mettrai à même d'acquérir cette expérience...

—Où donnez-vous vos leçons de métaphysique, monsieur le major?.

—Au bois de Vincennes.

—Et l'heure de vos leçons?

—Midi, après mon déjeuner.

—Eh bien! monsieur le major, j'irai vous entendre demain à midi dans le bois de Vincennes. Le point de réunion?

—La tourelle de Saint-Mandé.

—Je n'y manquerai pas.

—Ni moi non plus, dit le major de Morghen en saluant la sentinelle mise par Mousseline à l'entrée de son boudoir. Quant à Mousseline, il lui envoya un éclat de rire auquel Mousseline répondit de son côté par un autre éclat de rire.

12*

Le défenseur, le champion de Mousseline, le comte de Plenef était un de ces très-jeunes gens élevés à engraisser le minotaure appelé Paris, qui en mange deux ou trois douzaines par an. Ils accourent de leur province avec un héritage ou deux, quelquefois aussi avec un nom de famille, des prétentions outrées à l'élégance. Ils ne tardent pas à se montrer, le lorgnon à l'œil, le cure-dents à la bouche, la frêle cravache à la main, sur les marches du Café de Paris.

Et le badaud n'en demande pas davantage pour croire que ce sont des lions, des membres du Jockey-Club, qu'ils font courir, qu'ils jouent un jeu d'enfer et qu'ils sont du dernier bien avec l'actrice du Vaudeville. Leur règne est court ; deux ans après, il n'est plus question d'eux : Paris les a digérés dans son estomac de bronze et de feu. Ne les cherchez plus nulle part.

Quelques-uns cependant parviennent par grande faveur du sort à l'apothéose du duel et à la gloire de la mort violente. Ce sont les martyrs de la spécialité, les victimes du boulevard de Gand, où ils ont vécu et trôné pendant quelques mois. Ils s'imaginaient qu'on ne peut sans honte manger chez soi, ne pas porter des moustaches, refuser un duel stupide et accuser moins de trente mille livres de rente.

Ils se ruinent, ils se font tuer pour l'amusement de la galerie, qui n'a pas, elle, la niaiserie de leur donner l'exemple.

A midi, le nouvel amant de Mousseline et le major de Morghen se rencontrèrent ponctuellement à Saint-Mandé, au pied de la tourelle, d'où ils s'enfoncèrent dans le bois, suivis des quatre témoins sacramentels. Ils s'arrêtèrent derrière la butte du Polygone. Là devait se vider le combat. L'affaire était trop simple pour pouvoir s'arranger.

Quand on s'est disputé pour rien, donné rendez-vous pour rien, il serait absurde et ridicule de ne pas se battre pour rien. On ne tenta aucun raccommodement. Les pistolets furent chargés et les adversaires placés à cinquante pas de distance, avec la faculté laissée à chacun d'eux de faire dix pas.

L'adversaire du major, le comte de Plenef, tira le premier, et n'atteignit pas ; le major fut plus habile : il logea sa balle dans la poitrine du champion de Mousseline. Quand celui-ci fut par terre, pouvant à peine soulever ses paupières mourantes, car il était mortellement frappé, le major alla vers lui, s'inclina avec un respect ironique et lui dit :

—Mon cher élève, la leçon de philosophie est complète : dans un instant vous saurez ce que devient notre âme séparée du corps. Ne manquez pas, je vous prie, de me faire part de ce que vous aurez appris.

Le major de Morghen se retira. L'honneur était satisfait. L'honneur de qui ? l'honneur de quoi ?

Quoi qu'il en soit, le corps du malheureux jeune homme tué fut à peu près abandonné aux corbeaux et aux chiens. On comprend que ses témoins ne pouvaient pas se compromettre en le faisant transporter. La gendarmerie locale le releva.

Ruiné, sombre, aigri, désespéré, la conscience chargée de la mort d'un pauvre jeune homme qui ne lui avait fait d'autre mal que de prendre sa place si peu enviable auprès de Mousseline, le major de Morghen disparut de Paris, cette belle capitale où il était venu achever son éducation morale, politique et littéraire, et où il avait dépensé trois cent mille francs, laissé quatre cent mille francs de dettes, sa jeunesse, son bon cœur, sa naïveté, sa raison et presque son honneur.

—Mais, monsieur le chevalier, interrompit le marquis de Saint-Luc, quand j'ai connu le major de Morghen, il était loin, je l'avoue, de ressembler au portrait que vous venez de tracer de son caractère et de sa vie; c'était un homme fort gai, fort amusant, parlant chevaux, théâtres, jouant beaucoup, il est vrai, mais sans passion, gagnant avec indifférence, perdant sans sourciller.

—Nos deux portraits sont vrais, répliqua le chevalier De Profundis, et si le vôtre diffère du mien, c'est tout simplement parce que vous avez connu le major de Morghen à son second voyage à Paris, et que je vous l'ai présenté dans mon récit tel qu'il était quand il y vint pour la première fois.

—Il revint donc à Paris après tous ces événements?

—Oui, monsieur le marquis.

—Et très-riche encore ?

—Sans doute. Mais écoutez la suite de son histoire, si étroitement liée, par Mousseline, à celle de lady Glenmour.

La chambre de la sonnette.

—Je vous ai dit en commençant l'histoire du major de Morghen que son père était excessivement riche ; — le major n'eut
plus qu'une pensée en quittant la France pour retourner en Allemagne, c'est qu'après tout, il serait un jour l'unique héritier de
son père. Restait à savoir quand se lèverait l'heureux jour : les
plus habiles n'ont, en pareille circonstance, qu'à se croiser les
bras et à attendre. Il y en a peut-être de plus habiles... mais
n'anticipons pas.

Trop positif depuis son voyage à Paris pour se faire la moindre illusion, le jeune major n'espérait pas beaucoup dans le
pardon de son père en se rendant auprès de lui.

Un Allemand n'a que deux ou trois volontés dans sa vie,
mais elles sont de fer.

A l'aide de quelques parents, il comptait seulement obtenir du
vieillard un notable avancement d'hoirie, quelque chose comme
le tiers de ses biens à venir. Ce tiers lui suffirait pour recommencer, et, cette fois, sans crainte d'interruption, la magique
existence de Paris, à laquelle il ne voulait pas renoncer. Aussitôt qu'il aurait en sa possession ce beau fragment d'héritage, il
repartirait donc pour la France ; il irait de nouveau à Paris et,
le croirait-on, partager son nouveau bonheur avec Mousseline
qui l'avait ensorcelé.

Et, à ce propos, permettez-moi de vous dire, monsieur le
marquis, que les gens, que les esprits forts qui ne croient pas
aux fées, aux sorciers, aux sortiléges, n'ont jamais arrêté leur
réflexion sur les femmes de l'espèce de Mousseline, femmes qui
se moquent ouvertement d'un homme, le trahissent à sa face,
le volent à pleines mains sous ses yeux, le chassent ou le font
chasser par de nouveaux amants, le battent, le pillent, le désho-
norent, le rendent parfois escroc, voleur, assassin, et n'en sont
pas moins aimées jusqu'à l'adoration, jusqu'à la frénésie.

Que faisaient de plus les fées ? Croyez-vous qu'elles étaient
autre chose ? qu'elles possédaient de plus perfides enchante-
ments ?

Mais revenons à notre major, et voyons-le en présence de son père qu'il espérait attendrir par le concours de tous les grands parents de la famille.

Quand le baron les eut laissés parler l'un après l'autre en faveur de son fils, il ouvrit un secrétaire et en sortit la lettre qu'on va lire et qu'il lut lui-même.

Voici à peu près dans quels termes elle était écrite. Il est inutile de vous dire que c'est à lui qu'elle était directement adressée :

« Vieux colimaçon de père,

» Qu'apprends-je, ô vieillard ! Que tu ne veux plus envoyer
» de l'argent à ton fils; mais tu t'exposes à sa malédiction et
» même à son mécontentement. T'oublier à ce point ! Mais ton
» fils, tu ne le sais donc pas, attend cet argent pour m'acheter
» un cachemire, trois robes de poult de soie, et une foule de
» bijoux plus précieux les uns que les autres. Ton avarice me
» prouve clairement que tu ignores de fond en comble la vie que
» ton fils mène à Paris depuis que tu l'as recommandé à mon
» amie, la Marquise.

» Sa vie est un songe, ô vieillard ! Il vit au Café de Paris, au
» Rocher de Cancale et à Frascati. Personne ne porte mieux son
» vin que ton héritier. A propos d'héritier, dis-moi, ô vieillard!
» quand tu désires qu'il le soit. Prends six mois, prends un an,
» prends davantage, mais ne passe pas dix-huit mois pour effec-
» tuer ses espérances.

» Si tu prolongeais trop indéfiniment son attente et celle de
» tous ses véritables amis, tu le réduirais à ne plus t'accorder
» son estime, avec laquelle je suis pour le moment,

» Votre belle-fille,

» MOUSSELINE. »

Jugez de l'impression que dut produire sur quinze ou vingt têtes carrées allemandes la lecture d'un pareil morceau de style: tous les grands parents se levèrent et allèrent avec respect demander pardon au vieux baron d'avoir un instant pris son fils sous leur protection.

Ils se retirèrent ensuite dans le plus dédaigneux silence.

— Ce coup m'assomme, pensa le major de Morghen ; Mousseline m'a porté le coup de grâce. Je croyais n'être que maudit, maintenant je suis sûr d'être déshérité. Déshérité ! vivre sans fortune ! cela m'est impossible à présent. Impossible, comme de ne plus retourner à Paris, de ne plus voir Mousseline, ce démon auquel ma vie est attachée. Elle est si jolie, si folle ! si surprenante ! si terrible ! Je voudrais la broyer sous mes pieds et je ne puis l'oublier. J'ai tué quelqu'un pour elle, cela me la fait aimer davantage. Ces femmes-là, murmurait-il, sont comme les bouchères : l'odeur du sang les fait plus fraîches, plus belles, plus séduisantes. Il faut mourir ou avoir ces femmes-là. Mais que d'or elles coûtent ! Après tout, ce n'est que de l'or. Que représente l'or ? du plaisir ; que représente Mousseline ? du plaisir cent fois davantage. Mais où prendre cet or ? Il m'en faut, j'en veux, il m'en faut !

Les craintes du jeune major de Morghen paraissaient devoir se vérifier, et l'on ne s'en étonnera guère après l'abominable lettre de Mousseline. Son père avait souvent de longues conférences avec des notaires et des docteurs en droit ; les collatéraux venaient aussi plus souvent à la maison. Tout laissait présumer les intentions du baron. De jour en jour elles paraissaient plus manifestes.

Nul ne voit sans amertume un riche héritage passer en d'autres mains : le major, moins que personne, n'était d'humeur à souffrir avec tranquillité une pareille spoliation, quoique légitimement fondée. Il ne se possédait pas à la vue de ses cousins, admis dans la plus cordiale intimité chez son père, qui ne l'appelait, lui, que monsieur le major quand il se voyait forcé de lui adresser la parole. Il les aurait volontiers provoqués tous en duel et étendus sur le carreau ; mais, en Allemagne, le moyen n'était pas praticable ; il n'y fallait pas songer.

Il n'avait réellement aucun moyen de conjurer l'orage qui s'amassait sur sa tête et près à chaque instant d'éclater ; car la santé du baron déclinait beaucoup, malgré sa robuste constitution.

D'un autre côté, le major, habitué à la vie convulsive de Paris, prenait en horreur l'existence calme et monotone où il était plongé. Le simple l'exaspérait; il avait des envies, des rages de se pendre au milieu de ces prairies qui ne devaient plus lui appartenir. La plus belle nature à ses yeux était le boulevard de Gand, et le plus radieux lever du soleil, la rampe de l'Opéra.

La douleur qui le rongeait au sujet de l'héritage paternel porta sur sa raison. A la plus légère occasion, il s'abandonna à des colères terribles.

Un jour qu'il était livré à une de ces crises mentales, un domestique vint lui dire que monsieur le baron l'attendait dans son cabinet pour lui parler.

Le jeune major répondit qu'il allait s'y rendre. Il s'efforça aussitôt de maîtriser son irritation nerveuse, de se composer un visage tranquille.

Il se présenta ensuite dans le cabinet de son père. Le baron avait, comme de coutume, ôté sa cravate noire et rabattu son large col de chemise sur sa robe de chambre. Jamais peut-être il n'avait offert une tête plus belle, plus vénérable. Il était assis au fond d'un fauteuil de velours noir en face du portrait en pied de feu la baronne de Morghen.

— Asseyez-vous là, dit-il à son fils, en lui indiquant un siége.

Le major de Morghen se découvrit avec un respect forcé, et s'assit en silence.

— Cette entrevue, commença par dire d'un ton calme le baron, est la dernière que nous aurons ensemble; je vous prie donc de ne pas l'oublier.

— Je ne l'oublierai pas, monsieur mon père.

— Je prends Dieu et votre excellente mère à témoin, reprit le baron, que j'ai fait pour vous tout ce qui est imposé à un bon père. Descendez dans votre vie. Comment avez-vous reconnu mes soins, mes bontés? Encore, si vous n'aviez été qu'ingrat! Vous avez été injuste, méchant, sacrilége envers moi. J'ai pardonné plusieurs fois, mais mon indulgence n'a servi qu'à vous encourager dans le mal.

Le baron s'arrêta un instant.

— Pourquoi, reprit-il, vous considérerais-je encore comme mon fils? pourquoi... mais ma résolution est irrévocablement prise...

— Et cette résolution?...

—Vous allez la connaître, patientez.

Mes neveux et mes petits-neveux m'entourent d'une affection filiale ; ils honorent ma vieillesse quand vous souillez le respect qui lui est dû. En vous retirant toute ma tendresse, à qui pouvais-je la donner, consultez-vous, si ce n'est à eux ? Il est de raison que mes grands biens, ceux dont je suis sûr que vous auriez fait un détestable usage, leur soient donnés à ma mort, c'est justice, et je les leur donnerai...

—Prenez garde, mon père, prenez garde ! s'écria le major d'un ton de colère et de menace... Prenez garde à ce que vous dites... à ce que vous faites...

—Étant votre père, monsieur le major, je dis ce que je dis, je fais ce que je fais.

—Vous ne me déshériterez pas... non... non !...

—Mon devoir est de vous déshériter, et je vous déshérite sans remords, sans crainte...

—Mon père ! répéta le major de Morghen d'une voix encore plus terrible, plus effrayante, et en se plaçant devant la croisée qui s'ouvrait sur le parc du château, vous ne ferez pas cela, vous dis-je, car vos biens sont à moi par ma mère.

—Votre mère est de mon avis, n'est-ce pas ? ajouta le vieux baron en s'adressant au portrait de sa femme.

—Ils sont à moi par le sang...

—Je renie le mien en vous...

—Par la nature...

—Vous plaisantez...

L'ironie superbe du baron exaspéra le major.

—Ils sont à moi par les lois, alors ! s'écria-t-il en fermant les poings comme un homme qui cherche à se dompter.

—Les lois... dites-vous ? Voyez si les lois s'opposent à mes intentions, repartit avec le même calme le vieux baron, et en se levant de son fauteuil pour aller vers son secrétaire.

—Quand les lois, la nature, l'usage ne s'opposeraient pas à l'acte d'autorité que vous voulez commettre, dit le major en frémissant et en posant sur son père un regard sanglant comme celui de Caïn, je vous conseillerais encore d'y renoncer, et d'y renoncer sur-le-champ... M'entendez-vous ? m'entendez-vous, mon père ?...

—Ma détermination est aussi arrêtée que celle de Dieu, monsieur le major.

—Tenez, mon père, n'ouvrez pas ce secrétaire... je vous devine... je... ne l'ouvrez pas ! !

Le vieux baron ouvrit le secrétaire et il y prit un papier qu'il déroula avec lenteur.

—Ceci est mon testament...

La croisée du cabinet avait deux volets en dedans.

—Ceci est mon testament, répéta le baron de Morghen, qui ajouta en lisant les premières lignes de l'acte qu'il tenait : « Déshéritant celui qui fut mon fils unique, je lègue et laisse » tous mes biens à mes neveux et nièces, à mes chers petits- » neveux et petites-nièces dont les noms suivent... »

Le premier volet fut fermé avec violence.

Le second volet qu'avait saisi le major tremblait dans sa main ; il avait dans ce moment le dos tourné du côté du parc : il n'abandonnait pas de son regard fixe et féroce son père et le testament qu'il lisait, il le couvrait de ce regard, de son ombre qui commençait à se courber et de son effrayant silence.

— Et maintenant, dit le vieillard, je vais signer le testament devant vous.

— Vous ne le signerez pas ! s'écria d'une voix étouffée le major en repoussant violemment le second volet, et en se précipitant dans l'obscurité au cou de son père, qui ne jeta qu'un seul cri, un seul râle, un seul soupir.

— Il est mort ! dit le major, plus de testament. Je suis héri- tier... Il est mort, répéta-t-il en se penchant sur le visage de son père...

Le major souriait, mais ses cheveux étaient dressés sur sa tête.

Il appela un domestique...—Mais le testament, le testament ! le testament, qu'en ai-je fait ? se demanda-t-il en sursaut... Il le cherchait près de lui, autour de lui, dans son trouble il ne savait ce qu'il était devenu ; et l'on allait entrer !... Il était fou !... il avait appelé !... Qu'allait-il dire ? Il se fouilla trois fois préci- pitamment... le testament était placé entre son gilet et sa che- mise, où il l'avait mis lui-même...—Ah ! dit-il, quel bonheur ! Il est là...

On entra ; c'était un domestique.

— Mon père est tombé tout à coup évanoui, dit-il au domestique, qui se hâta de relever le baron... Allez ! allez vite ! qu'on aille chercher un médecin... Non, restez ici, j'irai moi-même le chercher...

— Revenez au plus vite, monsieur le major ; car il y a encore peut-être quelque espoir...

Le major de Morghen sortit pour aller chercher un médecin, quoiqu'il sût parfaitement l'inutilité de cette démarche.

Le médecin déclara en effet qu'il n'y avait plus d'espoir à conserver ; le baron était mort d'une apoplexie foudroyante ; les signes de la face l'indiquaient pleinement. D'ailleurs le baron était gras et replet ; pareil accident ne devait pas beaucoup surprendre. Il ordonna l'inhumation pour le surlendemain.

Tous les parents du baron de Morghen accoururent au château, croyant à peine à cette fatale nouvelle, à ce malheureux accident, dont ils ne se convainquirent que trop.

Ils furent bien plus affectés de la perte d'un aussi digne homme que de celle d'une fortune qui leur était presque assurée pourtant. Mais les décrets de Dieu sont impénétrables, dirent pieusement les bons parents allemands, et ni la pensée ni le soupçon ne vinrent à leur esprit que le jeune major de Morghen avait pu devancer l'exécution des décrets de Dieu.

Ils prirent part à sa feinte douleur, et, comme lui, ils se vêtirent de deuil.

Le parricide ne demeura pas tout à fait sans effroi ; ses mains étaient agitées d'un tremblement nerveux qu'il ne parvenait pas à faire cesser. Il allait et venait sans trop savoir où. Son unique pensée était de voir bien vite enterrer son père, afin de pouvoir partir tout de suite. Il irait en France, de là il écrirait pour qu'on vendît ses biens. Avec l'or, l'immense quantité d'or qu'il toucherait de cette vente, il vivrait à Paris, il s'étourdirait, il se distrairait. Il appellerait autour de lui tous les plaisirs d'autrefois, le jeu, les flamboyantes nuits de fête, Mousseline, ses amies. Mais il fallait d'abord rendre ce cadavre à la terre... ces quelques heures de retard lui paraissaient horriblement longues.

Le cérémonial allemand est très-compliqué, très-minutieux :

et il est de rigueur, surtout pour un gentilhomme, de s'y conformer.

Parmi les coutumes qui se rattachent au service funèbre des
morts, il en est une en Allemagne que les autres nations feraient
sagement d'imiter en la modifiant selon leurs mœurs et leurs
croyances.

Voici cette coutume :

Après les vingt-quatre heures écoulées, depuis la mort de
l'individu, on le transporte au cimetière, et on le dépose sur un
lit de repos, dans une salle particulière, appelée, vous allez savoir pourquoi, la salle de RÉSURRECTION.

Quand on l'a ainsi étendu sur ce lit, on place un cordon dans
sa main ; ce cordon correspond à une sonnette posée dans une
pièce à côté qu'on appelle pour cela la chambre de la SONNETTE.

S'il arrive que l'individu ne soit pas mort, qu'il ait été porté
trop précipitamment au cimetière, et qu'il s'éveille pendant la
nuit, car il doit rester une nuit entière dans cette chambre de
résurrection, il n'a qu'à tirer le cordon placé entre ses doigts ,
et de la chambre voisine, de la chambre de la Sonnette, on vient
aussitôt à son secours.

Il est d'usage que le plus proche parent se tienne en prières
dans cette chambre et soit le premier à accourir ; c'est un devoir
et une joie qu'il ne doit laisser à personne ; joie, hélas ! qu'il a
bien rarement l'occasion d'éprouver.

Vous connaissez maintenant la raison pour laquelle la chambre
où le défunt est placé s'appelle la chambre de RÉSURRECTION.

Que de malheurs ne prévient pas une coutume d'une imitation
si facile.

Quand le corps du baron de Morghen eut passé les vingt-quatre
heures voulues par la loi sous son propre toit, il fut porté avec
pompe au cimetière et placé dans la salle de Résurrection.
Couché sur le lit dont il a été parlé, il reçut les derniers adieux
de sa famille et de ses amis.

Tout le monde ensuite s'en alla.

Le major de Morghen seul passa dans la chambre de la Sonnette, où il devait, selon l'usage, rester toute la nuit en prières.

Il entendit graduellement s'éteindre dans les allées les pas de
toutes les personnes qui avaient accompagné son père, et il vit

le jour baisser et pâlir derrière les petits carreaux de plomb de la chambre sépulcrale où il se disposait à passer la nuit. Il alluma bientôt sa lampe et attisa le feu de la cheminée : le livre de prières fut placé sur la table, près de plusieurs pipes qu'il avait eu le soin de porter avec lui. Pareille nuit n'eût pas semblé agréable à bien des gens, elle eût été impossible à passer pour bien d'autres ; pour le major, ce devait être une nuit d'épouvante, car celui qu'il veillait, il l'avait étranglé, étouffé dans ses mains, et celui-là était son père ! un père bon, qui l'avait aimé, chéri, élevé ! son père enfin !

Le parricide veillait sur le cadavre de son père !

Le jeune major de Morghen refoulait toutes ses terreurs au fond de son âme ; il se raidissait contre le remords ; restait la peur : il était militaire, il n'avait pas peur, il ne pouvait pas avoir peur.

On était à la fin de l'automne, où les nuits sont souvent orageuses. Jusqu'à onze heures et demie, le ciel se maintint assez pur : la lune dardait sur les petits vitraux de la chambre de la Sonnette son grésil silencieux, et y plaquait l'ombre dentelée des feuilles d'arbres ; car cette pièce était entourée, comme une tombe, de peupliers déliés et de saules d'une admirable courbure ; ils cachaient presque en entier le petit monument ; mais, vers minuit, un nuage couvrit la lune, un petit vent gris s'éleva, quelques gouttes claquèrent sur les feuilles.

— Bon ! nous allons avoir un orage, se dit le jeune major, qui, jusque-là, pensant moins au mort qu'à Paris, avait vu passer, à travers les vapeurs de sa pipe, les boulevards, et les Tuileries, et la Chaussée-d'Antin, et les jolis équipages, et celui qu'il aurait bientôt, et dans lequel il se promènerait paresseusement avec Mousseline.

Si je lui écrivais d'ici, se dit-il, ce serait neuf et original ; comme on rirait à Frascati d'une lettre datée d'un cimetière, pensée et écrite dans la chambre de la *Sonnette !*

Voyons ! s'était-il dit en allumant une trentième fois sa pipe d'écume de mer, et en plaçant sous sa main qui tremblait toujours depuis son parricide, une feuille de papier à lettre, écrivons à Mousseline ; cette nuit me paraîtra moins longue.

Il était occupé à écrire cette étrange lettre, lorsque la pluie commença à pétiller diagonalement contre les vitraux de la chambre de la Sonnette. Il n'en continua pas moins d'écrire, de fumer, de rire avec ses pensées.

A minuit et demi quelques éclairs coururent comme des feux follets sur son papier ; le tonnerre se fit entendre au loin et mêla son roulement au bruit du fleuve qui grossissait. Pendant une demi-heure l'orage ne redoubla pas ; mais comme les nuages descendaient toujours, la pièce où il était fumait beaucoup ; pour ne pas étouffer, il fut obligé d'ouvrir la croisée.

Le paysage, en ce moment, était curieux ; l'endroit, vous vous l'imaginez sans peine, ressemblait beaucoup à celui où nous sommes, dit le chevalier De Profundis au marquis de Saint-Luc, mais il était beaucoup plus richement boisé.

La lune, les nuages, l'ondée et les éclairs luttant au-dessus de ce fouillis de feuilles et de branches, le losangeaient de reflets éblouissants, verts, jaunes, de feu, d'acier, d'argent et d'ombres bizarres. A une heure, la tempête ne fut plus douteuse ; elle se déclara. Les saules échevelés ployaient jusqu'à terre et se relevaient en lançant des fusées de perles. Le tonnerre se mit de la partie, il grondait aux quatre coins du cimetière. Un moment il fut si assourdissant, que le major de Morghen dit :

— Ma foi il est prudent de fermer cette croisée.

De fait, l'endroit était à peine tenable.

Les arbres plantés autour de la chambre de la Sonnette se penchaient à se rompre et cherchaient à y rentrer, comme pour se réfugier eux-mêmes. Il faisait une fumée étouffante dans la pièce, le feu de la cheminée s'éteignait ; au loin continuait le grondement du fleuve ; auprès, le tonnerre ; partout, et à chaque seconde des éclairs.

Un moment le vent fut si impétueux que, descendant par le tuyau de la cheminée, il s'engouffra dans la pièce et feuilleta rapidement le livre de prières, en même temps qu'il collait contre le mur la lettre que venait d'écrire le major à Mousseline. Il éteignit la lampe.

A ce moment-là, la sonnette retentit.

— La sonnette ! balbutia le major, la sonnette ! et il recula jusqu'au mur ; le tremblement nerveux de sa main était passé dans sa mâchoire ; il dit en claquant des dents : La sonnette !

la sonnette !... Puis, avec une joie sinistre qui sortait de sa
terreur même et n'en différait guère, il se dit : Que je suis
stupide ! mais c'est le vent, oui, c'est le vent qui a agité la
sonnette, c'est le vent qui a emporté la lettre, éteint ma lampe ;
assurément, très-certainement, c'est le vent, et je n'y ai pas
d'abord songé !

Marchant à tâtons, le major de Morghen chercha la table et
la lampe qui y était posée pour la rallumer.

La sonnette allait toujours.

Et toujours avec le même frisson dans le sang, dans les membres, le jeune major essaya deux fois de rallumer la lampe ; à
la troisième, enfin, il y parvint.

— Cette sonnette !... Voyons, mais voyons cette sonnette,
dit-il, et il monta sur une chaise pour examiner de plus près la
sonnette.

— Mais on dirait... oui, on dirait que ce n'est pas le vent qui
la remue ; on dirait que le fil de fer qui s'y attache est tiré, se-
coué par quelqu'un... Oh ! non, c'est le vent...

Mais le vent s'était tout à coup apaisé sous le poids de la
pluie qui tombait comme une masse de plomb fondu.

Tout en continuant à dire : C'est le vent, c'est le vent ! le
major ne détournait pas ses regards effarés de la sonnette en
branle.

— Le fil se tend, murmura-t-il ; le vent ne le tendrait pas
ainsi ; ce n'est donc pas le vent ?... c'est donc quelqu'un ?... c'est
donc ?...

Sa voix sécha dans son gosier.

Il n'osa pas dire : C'est mon père, mais il saisit frénétiquement
la lampe qui allait en tous sens dans sa main tremblante, et il
se dirigea vers la porte ; il crut du moins s'y diriger.

Dans son trouble, il avait pris la croisée pour la porte ; il l'a-
vait ouverte, mis déjà le pied hors de la chambre et touché la
terre, qui venait jusqu'au bord de cette croisée.

Il ne savait plus ce qu'il faisait.

Tout à coup, un des saules bafoués par la tempête lui cingle,
du revers d'une de ses branches, un coup si violent au visage,
qu'il est repoussé au milieu de la chambre, avec mille éclairs
dans les yeux, un torrent d'eau glacée sur la poitrine.

Le tintement de l'implacable sonnette ne cessait pas.

Il rallume sa lampe une seconde fois et s'élance dans les ténèbres du corridor qui joint la chambre de la Sonnette à la chambre de Résurrection. Une fraîcheur de caveau le frappe au visage. Le bruit de la sonnette le poursuivait sans cesse ; il avance, il recule, il avance encore, il est enfin à deux pas de la porte vitrée derrière laquelle il peut voir le lit funéraire sur lequel son père est couché.

Il approche, se soutenant avec effort de sa main gauche ouverte et crispée qui effleure les carreaux de cette sinistre porte. Il ose regarder ; il regarde... Il cherche à distinguer... il croit voir, dans le demi-jour de la pièce de *Résurrection* ou une lampe est allumée... il voit réellement un bras s'agiter.

Il pousse un cri, la lampe s'échappe de sa main : le corps est sur son séant... Son père appelle, son père n'est pas mort !...

Il ouvre la porte vitrée ; il entre, et le voilà face à face avec son père qui le regarde.

La Chambre de Résurrection.

Le vieux baron cherche, s'examine longtemps avec terreur ; ses regards effrayés, mais d'un effroi surhumain, se portent alternativement sur lui et autour de lui : il a peur de croire ce qu'il devine ; ses paupières se dressent extraordinairement sur ses yeux hagards... il comprend enfin !... Il fait silencieusement signe à son fils qu'il l'a vu.

Le major reste cloué à sa place. A la couleur de son visage, à l'immobilité de son corps, on l'eût dit de bronze.

— On m'a cru mort, dit enfin le vieux baron.

— Oui... oui... mon père,.. on vous a cru...

— Et c'est vous !... c'est vous !... qui m'avez assassiné... Je me souviens...

Le major de Morghen fit machinalement un pas vers la couche funèbre de son père, mais comme un corps qui, ayant perdu l'équilibre, va tomber.

— Mon père !

— N'approchez pas, parricide !

— Il se souvient ! murmura le major entre ses dents qui grinçaient de terreur.

— Fuyez ! je saurai bien me découdre sans vous : ne me touchez pas ! quel réveil ! oh ! quel réveil ! poursuivit-il : vous ne vous y attendiez pas ?

Et le vieux baron cherchait à sortir, par ses propres efforts, du linceul dans lequel il était enfermé. Au milieu de ses mouvements il disait : « Demain, j'irai chez le grand-juge, demain » je publierai votre crime, sans exemple dans notre Allemagne; » demain, parricide, vous serez accroupi dans le coin d'un » cachot, comme une araignée venimeuse; après demain, nu- » tête, sur l'échafaud tendu de noir de la place publique. Vous » serez ensuite à ma place et l'on n'aura pas besoin de vous veil- » ler, vous ! »

— Grâce ! mon père ! oh ! pardon ! votre pardon ! — Si vous saviez dans quel gouffre profond ma jeunesse a été entraînée; si vous saviez quelle ivresse s'est emparée de moi, de mes sens, de ma raison dans cette ville où chaque respiration est un enivrement irrésistible, où celui qui a de l'or est suivi, appelé, provoqué, saisi par mille bras invisibles, par mille voix qui lui disent : « Viens ! viens ! viens ! c'est moi qui suis la sagesse, » c'est moi qui suis le plaisir, c'est moi qui suis le bonheur... » On écoute, et l'on est perdu ; on marche, et l'on chancelle ; on sourit, et l'on est déshonoré; on veut fuir, et on ne le peut... Oh ! pardonnez-moi ! pardonnez-moi ! et toute ma vie sera un long repentir, un éternel remords.

— N'approchez pas ! n'approchez pas ! Voulez-vous encore m'assassiner ? une seconde fois être parricide ? Fuyez !

— Jamais ! mon père. Je ne vous quitte plus. Laissez-vous dégager de ces horribles liens, et puis, si cela vous plaît, vous me tuerez.

— Croyez-vous que tout le monde tue ? répondit le baron.

— Oh ! mon père !...

— Votre père ! vous l'avez tué, en doutez-vous !

Le major de Morghen était enfin parvenu à se traîner jusqu'au lit de son père, et là il lui avait pris la main. Cette main, il la couvrait de larmes douloureuses, de prières sans suite, mais ardentes, de caresses précipitées, convulsives.

— Oh! mon Dieu! mon Dieu! s'écria-t-il, sa main devient froide!... comme elle est froide!!!

Il regarde... son père était plus pâle que son linceul... Il approche avec terreur son visage; il examine... deux lèvres murmurent en s'éteignant : « Je vous pardonne. »

Les lèvres se fermèrent.

Cette fois le vieux baron était bien mort.

— Et moi, mon père, et moi, s'écria le major de Morghen, en tombant à deux genoux, je ne me pardonne pas. Je veux être damné, et je le serai!

Il resta à genoux jusqu'au matin ; quand il releva pesamment la tête, les oiseaux éveillés chantaient dans les branches, et le feuillage, encore humide de la tempête de la nuit, se relevait et s'épanouissait à la moite chaleur du soleil.

Ce même jour le jeune major de Morghen quitta l'Allemagne qu'il ne devait plus revoir.

— Effrayante histoire! dit le marquis de Saint-Luc.

— Elle n'est pas finie, lui répondit le chevalier De Profundis en souriant.

On sut bientôt à Paris que le major de Morghen y était revenu plus riche que jamais. Ses anciens amis accoururent pour le féliciter; la belle Mousseline, comme vous le supposez, ne fut pas la dernière à se présenter chez lui.

— Nous avons donc inhumé papa! lui dit-elle en l'embrassant.

— Mais oui... chère, répondit le major en cachant sous un sourire forcé le sentiment qu'il éprouvait.

— C'est très-bien... et nous avons hérité de papa, il paraît?

— Nous avons hérité...

— Eh bien! mon cher, puisque vous voilà riche, c'est l'occasion de ne faire du bien à personne. Il faut en profiter.

— Toujours folle!

— Nous allons encore nous aimer, j'espère?

— Serais-je revenu sans cela!

— Il est charmant, cet orphelin! Nous aurons tous les soirs un petit jeu...

— Un gros jeu!... un jeu d'enfer.

— Comme il s'est formé !...

— Quelques fins soupers ?...

— Continuellement des soupers.

La réconciliation, on le voit, n'avait été ni longue ni difficile entre Mousselin et le major de Morghen, qui fit exactement comme il l'avait dit. Il tint table ouverte, joua un jeu d'enfer et effraya Paris par ses prodigalités, avec l'argent provenant de l'héritage de son père, argent qu'il eût bien mieux fait de donner à ses cousins, braves gens restés inconsolables de la mort du vieux baron. Mais c'eût été une bonne action, une action expiatoire, et dans les calculs du major il n'entrait pas du tout de faire de bonnes actions.

Ses dépenses dépassèrent en peu de temps le chiffre de ses revenus, et il entama alors le capital avec le même acharnement. Il s'était promis de beaucoup jouer ; il se tint grandement parole. Il joua et il perdit à l'excès.

— C'est à cette époque sans doute, dit le chevalier De Profundis au marquis de Saint-Luc, qu'il dut perdre avec vous les cent mille francs que vous prétendez lui avoir gagnés.

— Que je prétends lui avoir gagnés !... Toujours le même doute injurieux..,

— Eh ! ne voyez-vous pas, s'écria le chevalier, que le major de Morghen ne menait à Paris une vie aussi dissolue, aussi scandaleuse, que pour accomplir le serment qu'il avait fait sur le cadavre de son père, celui de se damner en punition de l'exécrable crime dont il s'était rendu coupable. Chacune de ses actions tendait directement à ce but ; il s'était remis avec sa maîtresse, il avait repris son ancien genre de vie ; il jouait à pleines mains un argent qu'il avait volé à ses cousins à l'aide d'un assassinat, d'un parricide, pour obtenir plus sûrement sa damnation éternelle. Il n'aimait plus cette femme, cause de ses malheurs ; il abhorrait la débauche, conséquence du jeu : il exécrait le jeu, mais il faisait semblant de céder à toutes ces passions. Par là il s'assurait nfailliblement la possession de l'enfer, ne se jugeant pas digne du pardon de son père. Quand il jouait, c'était uniquement pour perdre ; les moyens scandaleux pour gagner qu'il avait autrefois appris à connaître dans la société des grecs et des fripons, il les mettait maintenant en pratique à la seule fin

de perdre. Il faisait sauter la coupe, il employait des cartes biseautées uniquement dans l'intérêt de ses adversaires. Je puis
vous assurer que toutes les cartes dont il fit usage avec vous, le
jour où vous lui gagnâtes cent mille francs, avaient une marque
particulière.

— Grand Dieu! s'écria le marquis de Saint-Luc, vous n'aviez
que trop raison, je ne lui ai pas gagné ces cent mille francs!
Et quand on songe que son duel avec le comte de Berne, duel
dans lequel le major de Morghen succomba, avait pour cause,
oui, je me le rappelle, une accusation d'emploi de fausses cartes,
on frémit.

— Mais oui, reprit le chevalier De Profondis, une personne
qui pariait deux cents louis contre le comte de Berne, s'aperce-
vant que les cartes étaient biseautées, accusa l'un ou l'autre des
deux joueurs, le comte de Berne ou le major de Morghen, de
friponner au jeu. De là grand bruit, scandale. On examine les
cartes; elles sont en effet reconnues fausses. Le comte de Berne,
indigné, se récrie, le major riposte; il reçoit un soufflet de la
main de celui qui ne voulait pas se laisser publiquement soup-
çonner. Le major est obligé de se battre. Il avait encore prévu
ce résultat, et tout arrangé pour qu'il eût lieu selon ses désirs.
On se battit à vingt-cinq pas. Le major manqua son adversaire
qui ne le manqua pas : sa balle frappa le major de Morghen au
milieu du front. On le ramassa mort dans une mare de sang. Il
avait sur lui un écrit où était tracée d'une main ferme sa volonté
dernière; et sa volonté était celle-ci : « Je veux qu'on place sur
ma tombe la sonnette qu'on trouvera chez moi, dans mon secrétaire. »

Et sa volonté fut remplie.

— Vous savez maintenant, ajouta le chevalier De Profundis
en regardant le marquis de Saint-Luc, consterné de tout ce qu'il
avait entendu, pour quel motif il désira que cette lugubre sonnette fût placée sur son tombeau. C'était en souvenir de la sonnette du parricide; en souvenir de celle qui avait retenti à ses
oreilles effarées la nuit où il veillait sur le cadavre de son père
assassiné par lui et ressuscité un instant à ses yeux.

Ainsi s'était donc accomplie à la lettre la promesse qu'il avait
faite à son père cette nuit-là : Je serai damné !

Après une pause de quelques minutes, le chevalier De Profundis reprit ainsi :

— Si telle est la fin d'un jeune homme né avec les meilleures dispositions, un bon cœur, une âme franche et primitive, un esprit excellent ; tel est aussi le début d'existence de Mousseline, le point de départ dans la vie de cette redoutable femme, type expressif de bien d'autres, de cette créature magnifique et déchue que nous avons retrouvée ensuite à Paris chez lady Glenmour et que nous allons voir servir d'instrument entre les mains terribles du comte de Madoc, acharné à perdre froidement lady Glenmour pour se venger de son mari dans une lutte effrénée d'orgueil et de rivalité.

Vous ne nierez plus maintenant, continua le chevalier De Profundis, la grande et singulière vérité dont je vous ai révélé l'existence, celle que, sur l'échelle indéfinie qu'il parcourt, l'homme reste toujours en chemin, et toujours par sa faute. Sans les passions qu'il écoute, les folies où il se jette, les chagrins qu'il va chercher, les torts du caractère, les travers du cœur et de l'esprit, il n'en tomberait jamais, ou du moins, il irait si loin et si haut dans les temps, qu'on ne peut raisonnablement assigner le terme de sa vie. Vous avez des exemples : toutes les personnes qui ont déjà disparu de la scène de cette histoire ne sont mortes que par leur propre faute : le comte de Plenef est mort en duel, le major de Morghen s'est fait tuer volontairement ; quant au vieux baron de Morghen lui-même, il est difficile de nier qu'il serait encore en vie sans l'abominable crime de son fils...

— En vérité, je commence à douter, monsieur le chevalier.

— Le doute est la plus belle moitié de la conviction ; l'autre moitié ne vous fera pas défaut. J'achèverais facilement de vous persuader, si je n'avais à vous transporter maintenant au château de Ville-d'Avray, où nous avons laissé pour mort le jeune Tancrède, et où nous attendent tant d'autres personnages dont vous avez droit de me demander compte. La nuit est bien avancée cependant...

— Je regretterais, monsieur le chevalier, reprit le marquis de Saint-Luc, de vous imposer la tâche de poursuivre un récit déjà si long ; mais si ce ne craignais pas pour vous ce surcroît de fatigue, j'oserais vous demander en grâce la fin d'une histoire à laquelle je prends un intérêt que vous avez dû deviner à mes impressions. Avec vous, j'ai passé dans le monde si réel et si mystérieux de la peur, fermé depuis si longtemps à notre siècle positif, et que n'ont le privilége d'ouvrir que les hommes comme vous, familiers avec la mort, que les êtres de génie, comme Lewis, comme Mathurin et Anne Radcliff.

L'histoire de lady Glenmour fut ainsi continuée par le chevalier De Profundis :

Convalescence de Tancrède.

Un étourdissement, ou plutôt un anéantissement de plusieurs jours, succéda au choc terrible éprouvé par Tancrède au tournoi où le comte de Madoc l'avait vaincu.

Quand on se fut assuré qu'il n'était pas tout à fait mort, on ne fut pas sûr pour cela qu'il survivrait au coup formidable dont il n'avait pas même encore la force de se plaindre. On n'espérait guère le sauver. Y avait-il épanchement au cerveau? de quelle nature était-il? Le docteur Patrick l'ignorait; mais cette agonie prolongée n'indiquait rien de bon.

— Le sauverez-vous? lui demandait sans cesse avec anxiété lady Glenmour.

— Je soigne et Dieu guérit, répondait le docteur. Chacun son métier.

Enfin Dieu ou le docteur Patrick, et peut-être l'un et l'autre, parvinrent à mettre le pauvre Tancrède en état de promettre tout espoir à ceux qui l'aimaient; et tout le monde l'aimait au château de Ville-d'Avray; chacun faisait des vœux pour son rétablissement.

Lady Glenmour restait de longues heures auprès du chevet du malade, qui n'était pas encore assez lucide pour reconnaître tant de bontés et exprimer sa reconnaissance.

Quand lady Glenmour le crut tout à fait hors de danger, elle

songea à reprendre ses courses à Paris, où l'appelaient impérieusement les travaux de décoration et d'embellissement de
son appartement de la rue de Rivoli.

L'hiver approchait; il fallait qu'elle se hâtât de terminer
une besogne arrêtée depuis plusieurs semaines, et fort peu
avancée jusqu'ici. Mais Tancrède n'était plus là pour l'accompagner; le docteur Patrick ne pouvait le remplacer; sir Archibald Caskil vit son extrême embarras et se mit à sa disposition.

La proposition fut présentée si simplement, avec ce sans-
façon qui exige si peu de celui qui l'accepte, que lady Glenmour ne comprit pas comment elle n'avait pas été la première
à demander un pareil service. Elle accepta donc sir Archibald
Caskil pour le compagnon de ses voyages à Paris qui furent
repris aussitôt.

Il survenait souvent dans ces petits voyages des circonstances qui ne se présentaient jamais autrefois quand Tancrède
accompagnait lady Glenmour.

Dès le jour même où le prétendu sir Archibald Caskil entrait en fonctions, l'essieu de la voiture cassa entre Sèvres et
Auteuil. Heureusement, il n'y eut pas d'autre accident. Le
temps était beau. Ce qu'eurent de mieux à faire lady Glenmour
et son compagnon, fut d'abandonner la voiture aux soins du
cocher et du domestique, et d'attendre, tout en marchant à
petits pas, qu'une des nombreuses diligences des environs vînt
à passer et les prît.

Il passa beaucoup de voitures, mais toutes étaient pleines, à
cause de je ne sais plus quelle foire de la banlieue. Les voilà
donc forcés de continuer à marcher, en attendant un autre
moyen de délivrance. Pour la première fois de sa vie, la délicate lady Glenmour, l'ex-demoiselle d'honneur de la reine
d'Angleterre, allait à pied dans la poussière d'une grande route.

Son malheur l'amusa beaucoup; elle riait de toutes ses
forces, quand sir Archibald Caskil criait à quelque coucou de
Ville-d'Avray ou de Saint-Cloud : « Cocher! y a-t-il de la place
» dans votre voiture? » et que le cocher répondait : « Je n'en
» ai qu'une, mon bourgeois, et sur l'impériale; vous serez en
» lapin tout là-haut; mais on y est crânement bien. »

D'Auteuil, les deux naufragés se dirigèrent bravement sur

Passy, toujours à pied. La course est bonne ; enfin, ce ne fut que très-près de Passy qu'ils trouvèrent un fiacre où ils montèrent.

Quoique courbée de fatigue, quoique blanche de poussière et les joues ruisselantes de sueur, lady Glenmour était charmée de sa course au soleil et sur la grande route, enchantée de sa mésaventure. En vérité, elle ne croyait pas qu'il y eût tant de plaisir à aller à pied si longtemps. Comme elle égaierait le bon docteur Patrick au retour, en lui racontant tout ce qu'elle avait éprouvé.

— Cocher ! cocher ! répétait-elle en riant à gorge déployée, en agitant son mouchoir, et imitant le dialogue de sir Archibald Caskil avec les cochers de coucou : — « Cocher ! eh ! dites donc, cocher, y a-t-il de la place dans votre voiture ? — Je n'ai qu'une place pour un seul lapin, mon bourgeois ; mais on y est crânement bien ! » Et de rire encore comme une véritable enfant avec sir Archibald Caskil, qui riait aussi très-volontiers.

Qui aurait déjà reconnu dans lady Glenmour cette femme maladive, dégoûtée, triste à la mort, que je vous ai montrée au début de cette histoire ? Elle renaissait à la vie, elle commençait à ouvrir les yeux et à respirer : heureux épanouissement ! Mais pour ne pas retomber, par le poids de l'habitude, au fond de ce marasme, il lui fallait constamment la verve, le bruit, l'entrain, le tapage de sir Archibald Caskil, dont la bizarrerie et la vulgarité lui plaisaient par-dessus tout.

Elle ne pouvait même plus se passer de lui maintenant dans ses voyages de Ville-d'Avray à Paris, car, grâce à lui, à son entraînement, à ses intarissables conversations, ces déplacements étaient devenus des récréations vivantes, pleines d'intérêt, toujours nouvelles, à tel point agréables que lady Glenmour se prenait parfois à dire, en souvenir de la première journée : « Si l'essieu de la voiture pouvait casser, c'est que là-» haut nous serions crânement bien en lapin, mon bourgeois.»

Pour éviter une de ces visites importunes qui vous accablent et qui sont si bien connues des gens retirés à la campagne, elle fut obligée un jour de partir du château sans avoir déjeuné.

A Saint-Cloud, Archibald Caskil se mit à dire :

— Voyez-vous ces cabanes au bord de l'eau, milady ?

— Pauvres gens! répondit lady Glenmour, qui crut que Caskil invoquait son intérêt.

— Voyez-vous aussi ces hommes grossièrement vêtus?

— Ah! sir Archibald, pourquoi tout le monde n'est-il pas riche?

— Voyez-vous encore ces femmes brunes, aux bras nus, occupées devant leurs portes?

— Voulez-vous, M. Caskil, que je leur jette quelque menue monnaie en passant?

— Vous ne m'avez pas compris, milady. Ces hommes, loin d'être des mendiants, sont d'habiles pêcheurs, et ces femmes apprêtent admirablement le poisson que prennent leurs maris. Dans ces huttes, on vous sert très-rustiquement, mais très-proprement, ce poisson, toujours frais.

— M. Caskil, si vous ne l'eussiez dit, je n'aurais jamais imaginé cela.

— Comme je vous dépoétise tout, n'est-ce pas, milady? Où vous vous plaisiez à voir la simplicité touchante, la mélancolie de la misère, je vous montre, moi, des marchands de matelotes, de bonnes commères qui l'apprêtent pour des originaux comme moi, avec du thym, du laurier, du bouillon, du jaune d'œuf, du poivre, de la muscade, du barbillon, de la carpe, de l'anguille...

— J'ai faim, M. Caskil; le croiriez-vous?

— Et moi aussi, milady. Ma foi, milady, quel mal y aurait-il à déjeuner ici?

— Mais je n'en vois aucun, M. Caskil... pourvu qu'on ne soit pas trop vu.

— Et quand on serait un peu vu?

— En effet, quand on serait vu?

— Où est le grand crime, milady, de manger avec l'appétit que Dieu envoye?

— Cocher! dit lady Glenmour, arrêtez-nous là, devant cette cabane de pêcheur.

— Mais, c'est le cabaret du *Roi des Goujons*.

— Je vous dis d'arrêter là.

Le cabaret du *Roi des Goujons* a, comme la plupart des cabarets de Saint-Cloud, de Sèvres et de Boulogne, une entrée sur la route et une entrée sur la Seine.

Par l'entrée fluviale s'introduisent les poissons, et par l'entrée terrestre ceux qui les mangent. La campagne, qui est incomparable à cet endroit, contribue aussi à embellir ces huttes branlantes; elle prête ses paquets de roseaux, ses bouquets de saules et ses faisceaux de peupliers pour former des bosquets plantés presque dans l'eau, et sous lesquels viennent s'asseoir, l'été, l'automne et aux premiers beaux jours du printemps, des couples non moins amoureux les uns des autres que de la nature.

Quand lady Glenmour et sir Archibald Caskil entrèrent dans la salle basse dont les croisées donnent sur la Seine, il y avait sous une tonnelle couverte de feuilles de vignes vierges déjà bien rougies par les approches de l'hiver, un de ces couples venus de Paris pour déjeuner avec leur estomac et leur cœur.

La jeune grisette riait du meilleur de son âme en plantant la fourchette de plomb dans une matelote de la table digne de Neptune.

La charmante fille de Paris laissait voir à la fois, au même instant, et comme si elle eût vidé un écrin, ses petites dents de souris, ses yeux de chatte, ses folles boucles de cheveux blonds, sa gaieté, ses rubans cerise, et ses vingt ans. Il n'était pas moins enjoué qu'elle, ni moins jeune, ni moins heureux, le jeune homme qui lui faisait compagnie sous la tonnelle de vignes vierges.

Ce tableau de liberté si vrai, mais si neuf pour lady Glenmour l'étonna, l'émut comme un aveu, et étendit deux couches de feu sur ses joues.

Pendant quelques minutes, elle resta penchée sur la croisée pour le voir tout à son aise, quoiqu'elle fît semblant d'admirer les jolis coteaux de Sèvres et de Boulogne.

Comme elle ne confia pas sa jolie découverte à sir Archibald Caskil, celui-ci de son côté eut l'air de ne rien voir quoiqu'il eût tout vu, et l'on se mit à table en causant de tout autre chose.

A ce déjeuner maritime, lady Glenmour mangea avec l'appétit de la grisette qui était au jardin; elle mangea de la matelote, de la sole normande, de délicieux goujons frits empilés en pyramide, et but, sans trop sourciller, deux ou trois verres d'un petit vin qui était vert! mais vert!... Qu'importe! Tout parut charmant. Déjeuner aux senteurs rurales du foin, des algues, du goudron et de l'eau du fleuve, sur une table boiteuse très-court vêtue d'une demi-nappe, avec des fourchettes de plomb !

D'où ils étaient assis, ils voyaient en déjeunant les champs, les vignes couleur de safran, la Seine finement moirée, les petits bateaux, les grands bateaux, les moulins de Meudon, joyeux sur leur tapis de faire la roue comme des saltimbanques, un joli ciel pomme d'api, le soleil dans sa gloire d'automne, les ponts de fer, les ponts de bois, les châteaux pensifs sur la montagne, les cabanes de chaume ! Sir Archibald Caskil fut ébouriffant de propos rustiques ; il célébra l'églogue, l'idylle, il cita des vers de Pope, il bêla de bonheur ! mais il buvait toujours.

Il se leva à la manière anglaise, au dessert, pour prononcer un *speech* ou discours de table.

Son verre taillé à côtes dans la main, il dit solennellement, avec cette demi-ivresse anglaise qui ne compte pas, qui passe même pour de la sobriété chez la grande nation : « Je ne suis
» qu'un prosaïque négociant du Cap, mais je ne donnerais pas
» le déjeuner que je viens de faire en si noble et si délicate
» compagnie pour une couronne, pour deux couronnes, — le
» nombre des couronnes n'y fait rien. — Quel édit royal vaut
» la savoureuse matelote que nous avons mangée ? Le roi dit :
» Moi, le roi ! Moi, sir Archibald Caskil, je dis : J'ai divine-
» ment mangé. Qui de nous deux a l'estomac plus satisfait ? Le
» roi ne dit que ce qui plaît à ses ministres, moi j'ai le droit
» de dire tout ce qui leur déplaît, si tel est mon bon plaisir.
» Mais mon bon plaisir en ce moment est de boire une fois,
» deux fois, éternellement de fois à la santé de mon ami, lord
» Glenmour, à celle de la femme de mon ami, lady Glenmour,
» et à la santé des amis de leurs amis. » Sir Archibald Caskil se tut pour boire encore un nombre infini de fois, et cela à la grande hilarité de lady Glenmour qui, de sa vie, n'avait jamais vu un homme ivre

Plus d'une surprise et plus d'un mensonge..

Lady Glenmour suivait avec une curiosité adorable cette surprenante dégradation de l'intelligence. Lorsqu'elle vit sir Archibald Caskil presque assoupi, elle prit doucement dans son sac le numéro du journal anglais qu'elle avait emporté avec elle, et alla, sous prétexte de le lire, se placer à la croisée d'où elle avait aperçu avant le déjeuner le jeune couple parisien.

Il y était encore, mais il ne mangeait plus, car lady Glenmour recula discrètement de deux pas en rougissant un peu et en déployant aussitôt son journal ; les journaux anglais sont d'admirables éventails.

Sous l'abat-jour de ses paupières, sir Archibald Caskil suivait lady Glenmour d'un regard, on peut le croire, qui n'avait rien de trouble.

— Ah ! mon Dieu ! s'écria-t-elle tout à coup, M. Caskil !

— Milady, répondit sir Archibald Caskil.

— Avez-vous vu le journal ?

— Non, milady, pas encore.

— Il renferme un article.., un singulier article.

— Curieux, milady ? Mais comme vous paraissez surprise !

-- Oui, mais oui, très-curieux pour moi...

— Pour vous ?

— Oui... M. Caskil, pour moi... je ne suis pas nommée dans cet article. Il n'eût plus manqué que cela ! Mais je suis assez désignée pour m'y reconnaître.

— Ce ne peut être un secret, je suppose, ajouta sir Archibald Caskil, puisque... puisqu'il s'agit d'un journal.

— Je vais vous lire cet article, dit fort émue lady Glenmour ; mais vous n'y prendrez pas un grand intérêt, j'y pense maintenant, faute d'être au courant de certains usages d'une certaine société. Ah ! vraiment, c'est ridicule... c'est outrageant...

— Quelle société, milady ? demanda sir Archibald Caskil, qui, pour beaucoup, aurait voulu deviner ce que lady Glenmour tardait tant à lui apprendre.

— Une société inouïe, extravagante, impudente, qui existe à Londres... La société des Dangereux.

— En effet, je ne connais pas cette société, milady ; et que fait-elle cette société?

— Elle se compose de séducteurs d'élite, d'hommes dangereux, comme ils s'intitulent, d'hommes...

— Mais quel rapport, milady, peut-il exister entre vous et cette société, ce club?

— Mon mari, disait-on, en faisait partie, ainsi qu'un comte de Madoc, le fameux comte de Madoc... vous savez!

— Pardon, milady, interrompit tranquillement le faux sir Archibald Caskil, quoiqu'il brûlât d'envie de connaître le contenu du journal anglais; mais par quoi est donc fameux le comte de Madoc!

— Mais par beaucoup de choses, assure-t-on, par sa beauté particulière comme homme, par le choix de ses manières, la distinction de son esprit, surtout par l'art, poussé au plus haut degré chez lui, d'exercer la séduction, par sa rare élégance, sa grande fortune et son courage personnel!...

— Que d'avantages! s'écria Archibald Caskil : il est bien peu croyable qu'un homme en réunisse autant.

— Cela est vrai, pourtant, M. Caskil.

— Vous l'avez donc connu, milady?

— Je ne l'ai jamais vu... Mais permettez, M. Caskil, que je vous lise cet article, puisque vous avez désiré le connaître...

« Depuis quelques semaines nous pouvons assurer que le fa-
» meux comte de Madoc n'est plus à Venise, où l'on avait fini
» par connaître sa mésaventure et sa position assez ridicule. »

— Mais qu'avez-vous, M. Caskil?

— Rien... milady... rien, j'ai renversé mon verre au moment où j'allais vous demander si le nom du comte de Madoc est imprimé en toutes lettres dans cet article.

— En toutes lettres, M. Caskil.

— Poursuivez, je vous prie, dit Archibald Caskil en sentant les flammes de la colère lui monter au cerveau... Il sourit pourtant au fond de l'âme. Si l'affront était là, la vengeance était là aussi. Il pouvait patienter.

— Je poursuis, dit lady Glenmour, qui reprit : « Où l'on
» avait fini par connaître sa position assez ridicule. Tout le

» monde savait que le fameux comte de Madoc et lord Glen-
» mour, tous deux membres de la société des Dangereux,
» s'étaient trouvés rivaux auprès d'une demoiselle d'un rang
» très-élevé et d'une comédienne française... »

— La demoiselle d'un rang très-élevé, c'est moi ! s'interrompit vivement lady Glenmour.

— La comédienne, c'est Mousseline, et le comte de Madoc,
c'est moi, pensa le faux sir Archibald Caskil.

— D'une comédienne ! répéta avec un dédain de reine lady
Glenmour en froissant le journal anglais. J'ignorais cela... on
ne m'en a rien dit. Mais qui me l'eût dit, en effet?...

— Quelle histoire, milady !... Et la suite? la suite... s'il vous
plaît ?

— La voici, répondit lady Glenmour en étouffant son indignation ; la voici. Elle lut encore :

« Lord Glenmour eut l'adresse, la gloire et le bonheur d'é-
» pouser la fille de haut rang, tandis que le comte de Madoc,
» le superbe comte de Madoc, dut se contenter, — triste avan-
» tage, — d'être l'amant de la comédienne. »

— Convenons, s'arrêta pour dire lady Glenmour, que la défaite est fort humiliante, et ce qui la rend encore plus humiliante, c'est qu'elle est très-comique.

— Très-comique, milady, dit sir Archibald Caskil en mettant
les convulsions des muscles de son visage sur le compte d'un
rire forcé.

« Déshonoré, se reprit à lire lady Glenmour, souffleté par cet
» outrage qui a causé dernièrement beaucoup de scandale en
» Angleterre, particulièrement à Londres, le comte de Madoc
» s'est enfui de ville en ville. Il espérait peut-être vivre ignoré
» à Venise. Il s'est trompé : on y a su son histoire. Le comte a
» été chansonné, raillé comme à Londres; il s'est battu, car il
» est très-brave et fort adroit à toutes sortes d'armes : il a blessé
» ses adversaires. Mais que peut-on contre l'opinion et le ridi-
» cule? Il est parti, il a quitté Venise ; il a fini par aller cher-
» cher sans doute une retraite plus obscure dans une des villes
» de l'archipel Grec. »

— Il doit y être, dit sir Archibald Caskil en priant du geste
lady Glenmour d'achever.

Elle acheva ainsi :

« Que les maris se rassurent donc, la galanterie, dans la per-
» sonne du fameux comte de Madoc, a eu enfin son Wa-
» terloo. »

Mais c'est un véritable héros que notre cher Glenmour ! s'é-
cria sir Archibald Caskil, aussi jaune en ce moment que lady
Glenmour était pâle. Après tout, milady, *tout est bien qui finit
bien*, comme dit notre William Shakspeare... Je félicite lord
Glenmour... Vous avez été le prix de sa belle victoire...

— Victoire sans combats, M. Caskil, dit lady Glenmour en
relevant la lèvre avec une fierté royale.

— Comment cela, milady ?

— C'est que je n'ai jamais vu de ma vie, je vous l'ai déjà dit,
ce fameux comte de Madoc.

— Mais, en effet, cela diminue beaucoup alors le mérite de la
victoire remportée par notre cher Glenmour.

— S'il y a eu rivalité, je n'en ai rien su... M. Caskil...

— Après tout, soyons justes, continua le comte de Madoc,
c'est toujours Glenmour, avouez-le, que vous eussiez préféré....
Le comte de Madoc n'est pas ici pour en rougir.

— J'aurais voulu du moins, M. Caskil, qu'on eût attendu ma
préférence, puisqu'on dit qu'il y avait eu rivalité. — Je comprends maintenant, pensa alors lady Glenmour, je comprends sa
froideur, son indifférence, ses égards somptueux que je donnerais pour... Non, il ne m'aime pas, il m'honore ! Il m'a épousée
par calcul de vengeance, par orgueil, pour l'unique plaisir d'é-
craser un rival... Mais, dit-elle à haute voix à sir Archibald
Caskil, craignant par la longueur de ses réflexions de paraître
trop vivement froissée, comme vous l'avez dit : *Tout est bien
qui finit bien.*

— Vous avez raison, milady... Tenez ! il n'y a de parfaitement heureux... et sir Archibald Caskil fit semblant de chercher
au ciel et à l'horizon ce qu'il y a de parfaitement heureux au
monde ; puis, en abaissant comme par hasard son regard découragé sous la croisée, il dit : il n'y a de parfaitement heureux
que ces gens-là... Il désigna à lady Glenmour les jeunes gens de
la tonnelle, qui sommeillaient en ce moment la main dans la
main, et la tête de l'un mollement penchée sur l'épaule com-

plaisante de l'autre, sous le bosquet de vignes vierges. Mais, à vos ordres, milady.

Charmés de cette douce matinée, quoiqu'elle eût eu son nuage, lady Glenmour et le faux sir Archibald Caskil quittèrent le cabaret du *Roi des Goujons* et remontèrent en voiture pour se rendre à Paris. En traversant Boulogne, lady Glenmour aperçut un des domestiques du château. Celui-ci sortait de la boutique d'un pharmacien et paraissait très-pressé de rapporter le bocal qu'il tenait à la main.

— Jean ! lui cria-t-elle, où allez-vous donc ? Quelqu'un est-il indisposé au château ?

— Ah ! madame... monsieur Tancrède...

— Eh bien !... parlez... qu'y a-t-il ?

— Pendant un quart d'heure nous l'avons cru mort...

— Oh ! mon Dieu !... que nous apprenez-vous ?

— Le docteur a dit que c'était le cerveau... le sang... enfin il a un peu repris connaissance... monsieur Patrick m'a aussitôt envoyé chercher cinquante sangsues...

— Cocher ! cria lady Glenmour, au château !

Bientôt la voiture passa au galop sur le pont de Saint-Cloud et fila comme le vent vers la côte de Ville-d'Avray.

— Remarquez, dit à cet endroit du récit le chevalier De Profundis au marquis de Saint-Luc, que la visite importune qui avait obligé lady Glenmour à quitter le château avant le déjeuner, que le déjeuner à Saint-Cloud, au cabaret du Roi des Goujons, que l'épisode des deux jeunes gens assis et mangeant sous le bosquet de vignes vierges étaient des moyens préparés d'avance par le comte de Madoc pour arriver à son but.

— Parbleu ! qui est maintenant assez visible, repartit le marquis de Saint-Luc. Le comte de Madoc avait découvert, par une étude patiente et préparatoire, que lady Glenmour, femme blasée à l'excès, morte pour ainsi dire à tous les plaisirs difficiles et délicats, ne serait éveillée que par la puissante commotion du trivial, de l'énergique, je n'ose dire de la brutalité... Mais de là à se faire aimer d'elle, la distance est infinie. Et non-seulement elle est infinie, ajouta le marquis de Saint-Luc, mais sur le chemin de la séduction où elle est entraînée par le comte de Madoc, je vois, immense obstacle, si je ne me trompe, le jeune Tancrède, tout amour, dévouement et poésie, enfant rendu plus intéressant encore par un accident funeste et causé par celle-là même qui est aimée, adorée ; enfin par lady Glenmour.

— Tancrède, j'en conviens, répliqua le chevalier De Profundis, est un rival redoutable pour le comte de Madoc, mais... mais retournons à Tancrède.

Tancrède.

L'accident n'était qu'une crise comme il s'en produit souvent dans les lésions au cerveau, siége si délicat de la sensation, de l'intelligence et de la vie. Les meilleurs jours de la convalescence brillèrent de nouveau, et Tancrède rendit à ceux qui l'aimaient un espoir qu'ils avaient cru perdu. Il était heureux, et son fragile bonheur se lisait derrière le glacis de sa pâleur, lorsqu'il savait lady Glenmour près de lui, lisant ou brodant. Il se prenait d'un plaisir infini à écouter la respiration de cet ange gardien ; la sienne semblait alors devenir plus libre, plus facile, lui apporter des régions saines du ciel la santé et la vie.

Sa quiétude était si pleine de molles extases, volupté des malades, qu'il craignait souvent de guérir trop vite. Plus d'une fois il eut la fantaisie de demeurer les yeux obstinément fermés, de s'interdire tout mouvement, afin d'attirer sur lui l'attention inquiète de lady Glenmour. Il savait qu'elle se pencherait doucement, et que ses yeux s'arrêteraient longtemps sur lui.

On voit que le malade allait beaucoup mieux.

Un soir pourtant, nouvelles alarmes, la convalescence, jusqu'alors en progrès, sembla rebrousser chemin : le teint de Tancrède s'anima à l'excès ; les pesanteurs de la tête reparurent, au grand effroi du docteur Patrick, qui pourtant ne constata pas d'altération sensible dans le pouls. Il exigea qu'on veillât le malade comme au commencement de la maladie. Il connaissait la perfidie des rechutes. Lady Glenmour voulut veiller jusqu'à minuit ; de minuit au matin, Paquerette la remplacerait.

Dès huit heures du soir, lady Glenmour s'installa près du lit de Tancrède, et commença la veillée en compagnie du docteur Patrick.

Maracaïbo, qui, la nuit venue, ne quittait pas les pieds adorés de sa chère maîtresse, s'était accroupi en rond à deux pas du fauteuil, et de là il dardait deux rayons d'ambre jaune sur le malade.

L'orang-outang le respectait beaucoup depuis qu'il gardait le lit, car il avait l'habitude de ne jamais le laisser en repos lorsqu'il était en bonne santé. Son regard sauvage et intelligent ne se détournait de la figure intéressante de Tancrède que pour se porter affectueusement sur celle de lady Glenmour. Il ne quittait sa place que si son jeune ami, son compagnon de jeux, lui jetait du bord du lit, en riant, une pomme ou une orange. En deux bonds Maracaïbo la saisissait, en deux coups de dents il l'avait dépecée et dévorée.

— Ne trouvez-vous pas, docteur, dit lady Glenmour à voix basse, de peur de fatiguer Tancrède, que le silence de lord Glenmour est triste et bien singulier ?

— En effet, milady, et je ne sais en vérité ce qu'il faut en penser.

— Deux mois! nous laisser deux mois et demi même sans lettres ni nouvelles.

— Sans lettres, oui, mais sans nouvelles, non.

— Vous en avez eu, milady ?

— Oui, dit lady Glenmour, et le mot jaillit de ses lèvres comme une étincelle sous un coup de marteau.

— Lord Glenmour n'a pas été malade?

— Nullement ; sa seigneurie ne s'est jamais mieux portée. Une amie à qui j'avais recommandé de m'écrire pour me rassurer sur la santé de lord Glenmour, dont le silence me causait une vive inquiétude, lui disais-je, m'a répondu qu'il n'avait fait que passer à Londres, que de Londres il était parti en poste pour l'intérieur de l'Angleterre. Il allait de ville en ville avec la rapidité étourdissante d'un homme qui cherche à se distraire. Je présume, docteur, qu'il a fini par rencontrer cette distraction dont il avait besoin pour nous oublier... puisqu'il nous a oubliés.

— Milady.

— Eh bien! docteur, puisque lord Glenmour n'est ni mort ni malade, dites-moi quel prétexte vous inventeriez pour expliquer ses courses et son silence...

— Attendons, milady, attendons qu'il soit revenu, et vous verrez alors qu'il eût été injuste de le condamner sans l'entendre.

— Lord Glenmour ne reviendra pas, docteur.

Comme le docteur Patrick n'avait jamais été dans la confidence entière du ménage, il n'osa pas contredire lady Glenmour, dont le ton de profonde et pénible persuasion l'étonna. Ce qu'il ignorait justifiait sans doute ce triste pressentiment. Mais alors, pensait-il, ce serait une prochaine séparation. Quelle affreuse chose! Que deviendraient-ils tous les deux? Il n'osa pas croire à la possibilité d'un tel malheur...

— C'est que je sais bien des choses que vous ignorez, docteur, reprit mélancoliquement lady Glenmour après une douloureuse pause. J'ai été sacrifiée... Ah! si vous saviez!... Mais c'est accompli... Il me reste heureusement mon rang, ma fortune et l'appui de la reine.

— Et un ami, dit le docteur en tendant la main à lady Glenmour, qui la saisit avec empressement et la posa sur son cœur.

Elle la retira avec un tressaillement qui n'échappa pas au docteur. Le faux sir Archibald Caskil entrait; il n'avait pas manqué un seul jour de venir s'informer de l'état du malade. Il dit avec sa joviale humeur:

— Mes bons amis, mes chers amis, je pars ce soir, je vais partir, je pars.

— Pour votre promenade dans le bois de Saint-Cloud, selon votre habitude? demanda lady Glenmour.

— Non, je vais plus loin, milady, un peu plus loin, cette fois.

— Vous serez cependant de retour au château avant minuit?

— Je ne le pense pas... car je vais d'abord joindre quelques amis qui m'attendent sur les boulevards, et de là je monterai en chaise de poste...

— En chaise de poste!... quelle idée!...

— Oui, milady, en chaise de poste pour Marseille.

— Pour Marseille, dites-vous?

— Oui, milady, je vais en Chine.

— En?...

Lady Glenmour fut dans l'impossibilité d'achever sa phrase d'étonnement.

— C'est comme je vous le dis, milady, je vais en Chine, où je dois être rendu en cent quarante-quatre mille minutes, ou deux mille quatre cents heures, ou, si vous l'aimez mieux, en cent jours.

Lady Glenmour resta immobile, la bouche attentive, le regard grand et étonné, surprise que partageaient le docteur Patrick et Tancrède. Elle ne fut pas maîtresse de vaincre cette foudroyante stupeur qui la paralysa.

— C'est un pari, reprit le faux sir Archibald Caskil, un pari que j'ai fait. J'ai gagé cinq cent mille francs d'accomplir ce prodigieux voyage en aussi peu de temps et d'effectuer mon retour dans le même nombre de minutes; en sorte qu'il faut que dans l'espace de six mois j'aille en Chine et que j'en revienne. Cela ne s'est jamais vu, mais cela se verra. Que désirez-vous que je vous rapporte au retour, milady? Vos commissions pour Canton, sir Patrick? Cher Tancrède, je promets de vous rapporter des nids d'hirondelles de Samarang, première ponte, que nous mangerons ensemble dans six mois, au milieu du parc du château, si les feuilles sont revenues.

Tancrède se prit à sourire du fond de son oreiller. Il tenait beaucoup moins à manger des nids d'hirondelles qu'à voir s'éloigner celui qui s'engageait si témérairement à lui en offrir dans six mois.

Une des plus complètes satisfactions morales qu'il soit donné à un honnête homme d'éprouver fut ressentie par le docteur à la nouvelle de ce départ de sir Archibald Caskil pour la Chine. Il en était radieux pour lui et pour son ami lord Glenmour.

Lady Glenmour, qui ne pouvait être vue à la place qu'elle occupait que par sir Archibald Caskil, continua à être si embarrassée et si pâle qu'elle se leva à demi pour sortir. La réflexion lui conseilla de rester. Mais son trouble n'avait pas échappé un seul instant à celui qui le causait. Dans la même minute elle sourit, elle fut sérieuse, elle toucha à ses cheveux, à son livre, à son travail de broderie. Elle était à tout et à rien.

— Mais en vérité, balbutia-t-elle enfin, c'est à ne pas y croire; personne ne le croirait... Partir ainsi! aller en Chine! six mois d'absence!... un pari!... non, c'est à ne pas y croire...

— Pourquoi ne pas y croire? demanda le malade, dont la subtilité d'organe, comme du reste chez tous les malades, découvrait les moindres mouvements de l'âme sous les expressions ; et la voix de lady Glenmour avait inquiété sa perspicacité. — Pourquoi ne pas y croire? répéta-t-il.

— Tancrède a raison ; pourquoi ne pas croire à un pari? Plus les paris sont incroyables, moins ils le sont. Le mien s'est engagé hier au moment où je pensais le moins à vous quitter.

— A quoi tiennent les résidences, dit lady Glenmour, atterrée mais souriante.

— Dites plutôt à quoi tiennent les affections, dit Patrick, et c'est ce qu'avait voulu dire lady Glenmour.

— Docteur! se récria chaleureusement le faux sir Archibald Caskil, je ne change pas mes affections, puisque je les emporte avec moi.

— Merci pour tout le monde, dit ironiquement le docteur Patrick.

— A propos, reprit sir Archibald Caskil, si je ne reviens pas, car on meurt aussi en voyage et l'on meurt beaucoup en Chine, où je puis mourir, quoique je compte n'y rester que vingt-quatre heures en tout, veuillez exprimer mes profonds regrets à lord Glenmour de ne l'avoir pas attendu, et distribuer aux domestiques du château tout ce que j'aurai laissé ici.

— Tenez, M. Caskil, c'est une véritable plaisanterie que votre voyage en Chine, dit à son tour le docteur Patrick qui voulait encore douter de son bonheur et le maniait en tous sens comme une pièce d'or, pour être sûr qu'il n'était pas faux.

— Si lord Black contre lequel je parie veut que ce soit une plaisanterie, il perdra deux cent cinquante mille francs de dédit.

— Mais en si peu de temps aller en Chine?...

— C'est fort peu de temps, en effet, docteur, et si peu de temps qu'un retard de douze heures, pris sur le temps qui m'est accordé pour faire mon voyage, ferait gagner le pari à mon adversaire. Ainsi sur un voyage si prodigieusement long, il ne faut pas que plus de douze heures, de douze heures seulement! soient négligées.

— Vous perdrez votre pari, dit lady Glenmour, pour dire quelque chose

— Et moi qui comptais si bien, milady, sur vos bons encouragements !

— Encourage-t-on l'impossible ?

— C'est l'impossible qu'il faut encourager, milady. Le possible
n'a pas besoin d'encouragements.

Le regard ferme et insinuant du faux sir Archibald Caskil
n'avait jamais été aussi passionné que dans ce moment ; celui
de lady Glenmour fut obligé d'errer vaguement au hasard autour
de l'appartement.

— Eh bien ! nous penserons à vous... n'est-ce pas, Tancrède ?
reprit-elle en jetant son attention sur le jeune malade, complé·
tement oublié depuis quelques minutes.

Tancrède ne répondit pas.

— Et nous prierons pour vous... M. Caskil, ajouta-t-elle afin
de mettre aussi la religion en cause avec son cœur.

— Vous êtes trop généreuse, milady ; mais on ne l'est jamais
trop avec ceux qu'on ne doit peut-être jamais plus revoir.

— Jamais ! M. Caskil.

Que lady Glenmour eût bien mieux fait de se taire !

— On leur donne une fois pour toujours, milady. Oh ! oui,
reprit Caskil d'un ton presque pathétique qui fit d'autant plus
d'effet qu'il l'employait rarement: je tiens singulièrement à
vos prières, milady. Voyez si j'y tiens ! Le temps que je suis si
heureux de vous donner en ce moment est pris, depuis ce soir
six heures qu'a commencé mon pari avec lord Black, sur les
cent quarante-quatre mille minutes qui me sont accordées pour
mon voyage. Je n'ai à perdre que douze heures.... je vous l'ai
dit....

— Et vous en avez déjà perdu trois ! Partez, M. Caskil, quit-
tez-nous !

— Oui, partez, disait aussi en lui-même le docteur aveugle.

— Non, milady, répondit sir Archibald Caskil avec une lenteur qui était du meilleur goût après ce qu'il venait de dire, mais
désespérante pour sir Patrick ; je ne mettrai aucune hâte à vous
quitter, dussé-je, par ce temps passé près de vous, perdre mon
pari. J'ai auparavant une grâce à solliciter de vous, ajouta-t-il
sans embarras, mais comme s'il eût été véritablement et profondément ému, lui !

14*

Et le docteur pensa :

—Que va-t-il encore demander?

—Une grâce, M. Caskil! et que désirez-vous que je puisse vous accorder, à vous, l'ami de lord Glenmour?

—Une grâce bien hardie, peut-être.

—Je suis sûre que la hardiesse, de la part d'un gentilhomme comme vous, n'en exclut pas la possibilité; voyons cette grâce.

—Milady, je vous demande la faveur de vous emmener avec moi en Chine.

Sir Patrick éclata de rire en entendant cette proposition en effet bien hardie. —Bouffon jusqu'au bout, pensa-t-il.

Tancrède s'était brusquement levé sur son séant; il croyait rêver.

La véritable comédie humaine.

—Je demande la faveur non de vous emmener, vous, en Chine, dit sir Archibald Caskil, mais un autre vous-même, votre portrait, celui qui est en ce moment suspendu à votre cou. Vous êtes, continua-t-il du ton bonhomme qu'il savait prendre si à propos, la digne femme de mon meilleur ami, d'un ami excellent, noble marin comme je suis loyal négociant. Il me serait doux de regarder quelquefois en voyage les traits de la compagne de celui qui m'est, qui me sera toujours si cher. Au retour, je vous rendrais fidèlement ce portrait, si vous l'exigiez.

—Le voici, dit lady Glenmour ; je vous le donne, acheva-t-elle d'une voix aussi tremblante que sa main, au nom de notre ami commun, de mon mari...

—A qui je vous prie de remettre le mien, ajouta sir Archibald Caskil en remettant à lady Glenmour une miniature enfermée dans un cercle d'or et de diamants.

Tancrède suivait d'un regard ardent et inquiet cet échange inopiné de portraits.

Que sir Archibald Caskil était long à s'en aller pour le docteur! —Maintenant, s'écria le faux Archibald Caskil, redevenu le négociant du Cap, bon souvenir au docteur Patrick, bon souvenir au valeureux Tancrède, bon souvenir de la part de l'honnête voyageur à milady ! Et contrairement à sa très-familière habitude d'embrasser lady Glenmour, il lui dit adieu sans l'embrasser. Il ajouta :

— Je ne vous reverrai plus que dans six mois, ou je vous reverrai cette nuit, mais avec deux cent cinquante mille francs de plus dans mon portefeuille... ou bien, jamais ! Adieu ! adieu ! adieu !

— Que Dieu t'accompagne, et que le diable t'emporte, murmura Patrick ; mais, pars donc !

On le croyait déjà au bas de l'escalier ; il rentra aussitôt pour aller vers Maracaïbo étendu aux pieds de sa maîtresse depuis le commencement de la soirée. L'ayant poussé du pied, le singe se réveilla en sursaut et fixa sur lui ses yeux assoupis, mornes et de mauvaise humeur.

— Monsieur Maracaïbo, j'avais oublié en partant, lui dit sir Archibald Caskil, de vous faire mes adieux ; j'accours en galant homme réparer mes torts. Mettez ceux-là avec les autres et soyez assez indulgent pour les excuser tous et les oublier. Je vous ai souvent raillé et battu, monsieur Maracaïbo, mais j'ai toujours conservé pour vous au fond de l'âme une estime profonde que n'ont jamais diminuée les corrections que vous avez reçues de ma main.

Cette allocution dont le sens littéral échappait complétement à Maracaïbo le frappa par l'appropriation directe que parut en faire à son individu le faux sir Archibald Caskil, qu'il n'aimait guère, on le sait, et par le rire bouffon qu'elle excita chez lady Glenmour, malgré sa tristesse, chez le docteur Patrick et Tancrède.

Les singes sont de la nature des journalistes ; ils veulent avoir le droit de railler tout le monde, mais ils souffrent horriblement si on les raille.

Trop faible, il le sentait, pour se venger de son ennemi, Maracaïbo se contenta dans sa rage concentrée de lui lancer de travers un de ces regards terribles et résignés qu'envoient les esclaves noirs à leurs maîtres qui les ont brisés sous le bâton. Un œil accuse la douleur, l'autre promet le poison. Ils se taisent pourtant Maracaïbo se tut.

Ainsi, fidèle jusqu'au bout à son caractère ou plutôt au caractère qu'il s'était donné, le faux sir Archibald Caskil marquait
son départ du château de lady Glenmour par une grosse bouffon-
nerie, le même qu'il avait signalé son arrivée par ses bruyantes
excentricités.

Il dit encore une vingtième fois adieu à ses amis, qui après son
départ, cette fois définitif, gardèrent pendant une heure un silence différemment expressif dans l'appartement dont il sortait.

Dans le cœur du docteur Patrick se murmurait cette prière :

« Je vous remercie, mon seigneur et mon Dieu, d'avoir éloi-
» gné ce jeune homme, qui depuis son arrivée ici m'a sans cesse
» inquiété pour le repos de la femme de mon noble ami. Grâces
» vous soient rendues, Seigneur, maintenant et dans l'éternité.
» Amen! amen! amen! »

A dix heures, le docteur Patrick, jugeant le malade endormi,
se leva sans bruit pour aller se coucher. Il assura lady Glenmour que si le délire ne survenait pas, il considérait Tancrède
comme à peu près guéri, mais que si, au contraire, le délire, à
ce point délicat de la convalescence, se montrait encore, le
symptôme était des plus fâcheux. Rien ne pouvait plus répondre
de lui, excepté le hasard, ce président-né de toutes les facultés de
médecine.

Il espérait bien qu'il n'en serait pas ainsi : ce sommeil tranquille du malade dénotait un mieux absolu.

Après avoir baisé avec un attendrissement profond la main de
lady Glenmour, qui n'avait rien entendu ni rien senti, le docteur
Patrick se retira.

Lady Glenmour resta seule avec Tancrède, dont le visage
était caché derrière un des pans du rideau du lit.

Sa poitrine alors se dégagea, les cordes de son cerveau se détendirent, et la lutte devint libre entre elle et elle. Elle ne s'a-
voua rien, elle affronta tout. La clarté se fit dans son âme, non
celle du soleil; mais la clarté discrète des amours souffrantes,
celle des étoiles.

D'un côté, elle se vit abandonnée, trahie, jouée par son mari,
dont le silence — il durait depuis plus de deux mois — ne prouvait pas autre chose; de l'autre, elle se sentit avec honte, mais
avec sincérité, malheureuse, désolée, du départ de cet étrange

ami de son mari, dont la présence au château avait été pour elle comme une brillante résurrection. Lord Glenmour, elle en avait la conviction, ne reviendrait plus; de pareils hommes, élégants, froids, résolus, ont de ces déterminations romanesques comme leur vie; le roman est leur histoire.

Il l'avait épousée par défi, il la quittait comme on quitte le jeu après un pari gagné. Point de pitié; de la galanterie froidement exquise un instant, mais enfin la rupture que rien n'annonçait mieux que son silence obstiné, que son absence absolue comme la mort.

« — S'il l'eût voulu pourtant! pensait-elle, s'il l'eût voulu, il se serait fait aimer. Il a préféré m'honorer de son indifférence! » Et lady Glenmour se trouvait, après ce triste parallèle entre deux hommes, assise et perdue au milieu de deux vides. Celui-ci ne venait pas, celui-là ne reviendrait plus. L'un l'avait oubliée! pourrait-elle oublier l'autre? Elle le voudrait! Mais comme elle est distraite, agitée!

Jamais elle n'a ressenti de pareille crainte : sa main droite s'est posée involontairement sur son cœur. Dans cette attitude, elle se laisse conduire par sa pensée sur les pas de sir Archibald Caskil, de ce jeune homme qui lui avait dit en riant, mais que d'autorité dans ce sourire! qu'il voulait l'emmener avec lui. Que ne l'a-t-il emmenée? Puissance inouïe de l'imagination chez les femmes qui ne l'ont pas encore fatiguée! Elle suivait pas à pas, elle croyait accompagner réellement sir Archibald Caskil dans son lointain voyage. Elle appuyait son bras confiant sur le bras de ce jeune homme d'un si heureux caractère, et elle allait, la joie, la confiance dans l'âme, partout où il lui plaisait d'aller.

Il était pour elle le contraire de l'uniformité accablante, de la monotonie mortelle dont elle avait eu tant à souffrir avant de le connaître; il était le bruit qui éveille, le mouvement qui secoue, le naturel dont on a tant besoin, la force, la franchise, la santé, la joie, la gaieté. Avec lui elle écoutait la tempête qui se brise à la proue du vaisseau, elle prenait un repas de hasard dans une auberge, elle galopait à ses côtés, dans son regard elle mettait le sien, dans sa force musculaire sa faiblesse, dans ses bras puissants son corps frêle, gracieux et soumis.

— J'entends pleurer, s'interrompit-elle tout à coup au milieu de sa rêverie poursuivie à la lueur douteuse de la lampe de nuit; elle tira brusquement le rideau qui lui cachait la figure du jeune malade.

— Vous ne dormez pas, il me semble, Tancrède? Des pleurs! vous pleurez!

Le visage convalescent de Tancrède était ruisselant de larmes.

— Qu'avez-vous? vous souffrez! Oh! mon Dieu! mais qu'avez-vous? répondez-moi...

Tancrède lui répondit par un éclat de rire qui la fit frissonner.

— Oh! mon Dieu! le voilà dans le délire, s'écria-t-elle; il est perdu; le docteur Patrick l'a dit...

— Milord... venez; approchez, milord... j'ai à vous parler tout bas... si bas, que je ne voudrais pas m'entendre moi-même... murmurait Tancrède dans une fiévreuse agitation, et en passant ses deux mains sur son front en sueur... Et il se mit une seconde fois à pousser un éclat de rire frénétique.

— Mon ami, parlez-moi... Mais cessez ce rire qui m'alarme...

— Vous saurez donc, milord, dit Tancrède d'une voix faible et étouffée, — et il s'était placé sur son séant, — que je suis un jeune homme faux, sans honneur, indigne d'habiter chez vous qui avez été mon protecteur, qui êtes mon soutien...

— Oh! pourquoi dites-vous cela, Tancrède? Revenez à vous. Vous ne parlez pas à lord Glenmour, qui est absent, et auquel vous n'avez fait aucun mal... je vous le jure...

— Je vous ai fait du mal, milord... Ordonnez qu'on me fusille à la proue de votre vaisseau... Mon crime, le voici : j'aime votre femme!... Oui, votre femme!

— Silence! dit lady Glenmour en retournant la tête et en tirant ensuite le rideau sur elle, pour que la voix de Tancrède ne sortît pas de l'alcôve... Silence!

— Je l'aime, milord, depuis que je l'ai vue.

— Il m'aimait! pensa lady Glenmour... Mais, Tancrède, c'est moi qui suis là, qui vous écoute, ajouta-t-elle, et non lord Glenmour... Mais son égarement l'empêche de me voir... Il m'aimait!

— Quand vous êtes parti, milord, reprit Tancrède, dont les yeux étaient toujours fermés, au lieu de regretter votre départ, je m'en suis lâchement réjoui. Quelle sauvage ingratitude !!... Et pendant votre absence, loin de veiller sur le précieux, sur l'inestimable trésor que vous m'avez confié en partant, je l'ai désiré de toutes les forces de mon âme... Jetez-moi sans pitié à la mer, milord, avec deux boulets de quarante-huit aux pieds et au cou...

Tancrède s'arrêta un instant comme pour permettre aux larmes, qui gonflaient ses paupières, de couler.—Avec son mouchoir, lady Glenmour les séchait doucement, oubliant elle-même qu'elle en répandait goutte à goutte sur l'oreiller du pauvre Tancrède, qui reprit :

—Car votre femme est belle, milord, mais belle à épouvanter ma raison, à désoler ma jeunesse, à me faire oublier les plus purs sentiments de la reconnaissance que je vous dois... Oui, milord, j'aime ma faute quelque grave qu'elle soit ! Je ne veux pas y renoncer par tous les anges du paradis et tous les démons de l'enfer !... Vous êtes averti, milord, faites votre devoir... j'ai fait le mien.

Oh ! comme le cœur de lady Glenmour frappait avec une violence sourde contre sa poitrine en présence de cette explosion qui jetait de si redoutables lueurs dans son âme. Tancrède s'accusait de trahir lord Glenmour parce qu'il aimait sa femme, et elle, lady Glenmour, que dirait-elle ? L'amour de cet enfant racontait le sien.

Ces reproches qu'il s'adressait, ne pouvait-elle pas se les adresser aussi à elle-même ?—Malheureuse ! j'aime donc, moi aussi, pensa-t-elle ; et cette pensée lui indiqua sur-le-champ la seule vengeance qu'elle eût à tirer de son mari, qui l'exposait au malheur de ne plus l'aimer, et la seule conduite qu'elle eût à suivre pour ne pas le faire rougir de lui avoir donné son nom a défaut de son amour. « J'aime, se répéta-t-elle, mais, comme cet enfant, je ferai aussi mon devoir. La reine recevra la lettre qu'elle me remit le jour de mon mariage avec lord Glenmour, et par sa volonté souveraine, ce mariage ne sera plus : je rentrerai dans ma famille, et cela dans huit jours, le temps d'envoyer ma lettre et d'avoir la réponse. »

— Mais, reprit Tancrède d'un accent encore plus pénétré et plus plaintif, rassurez-vous, milord, rassurez-vous doublement;

cet amour me tue, il me tue bien plus que la formidable chute que j'ai faite pour elle, pour lady Glenmour, pour être un instant remarqué d'elle !... Vous n'avez pas de vengeance à tirer de moi ; le hasard vous a devancé : je vais mourir...

— Mais, Tancrède, s'écria lady Glenmour désespérée de l'effrayante durée de cette aberration, vous vous exaltez au point d'en mourir... c'est votre exaltation qui vous tue... Lord Glenmour n'est pas là... oh ! heureusement, ajouta-t-elle à voix basse... c'est moi qui vous écoute... moi sa femme... moi que vous aimez... que vous ne devez pas aimer... que personne n'a le droit d'aimer... entendez-vous ? ajouta-t-elle en pressant sur elle toute frémissante d'étonnement, de peur, de dignité, de honte et d'attendrissement le jeune malade d'amour.

— Je vous ai dit, milord...

— Son erreur ne cessera donc pas ! qu'elle est longue !

— Que vous étiez vengé doublement, car je meurs et votre femme ne m'aime pas.

Lady Glenmour fut encore plus émue.

— Mais... que vais-je lui dire ?... Il ne m'entend pas !

— Elle en aime un autre, continua Tancrède dans un nouvel accès de rire frénétique.

— Taisez-vous, Tancrède, dit à haute voix lady Glenmour... Mais il ne m'entend pas, reprit-elle avec ce double sentiment de terreur et de confiance ; il ne m'entend pas !

— Elle en aime un autre, et ce n'est pas vous ; c'est...

D'un mouvement nerveux, irrésistible, lady Glenmour appliqua son mouchoir sur la bouche de Tancrède ; mais comprenant non moins soudainement le danger de son action, même avec quelqu'un qui n'avait pas la conscience de ses révélations, elle le retira vite, et Tancrède acheva sa redoutable phrase.

— Celui qu'elle aime, c'est sir Archibald Caskil.

— Oh ! Tancrède ! vous n'avez pas dit cela ! Ne dites pas cela !

— Elle aime sir Archibald Caskil, votre ami, un faux ami comme moi, contre lequel je ne l'ai défendue que pour la garder.

Affaibli par tout ce qu'il venait de dire, Tancrède allait s'affaisser sur l'oreiller, lady Glenmour le retint autour de son bras gauche ; et alors son visage enflammé et celui de Tancrède furent si rapprochés, qu'ils se touchaient presque par le front.

D'un souffle mourant, il continua à murmurer sur le bras de lady Glenmour :

— Depuis le jour où cet homme maudit a mis le pied chez vous, je l'ai haï pour vous et pour moi... et lady Glenmour l'a aimé !...

— Non ! oh non ! vous dis-je, Tancrède.

— Elle ne se plaît qu'avec lui ; il fait le bonheur de sa solitude...

— Mais il n'est plus au château, il n'est plus ici, il est parti, vous le savez, disait lady Glenmour sur les lèvres de Tancrède, comme si celui-ci pouvait l'entendre.

— Ils vont toujours ensemble à Paris...

— Sa jalousie vient de là, pensa lady Glenmour ; de nos voyages... Il a tout vu...

— Ainsi, milord, cet homme qui est l'ennemi de votre bonheur, elle l'aime plus que moi, plus que vous...

— Oh ! non ! cela n'est pas !... appuya lady Glenmour effarée et entr'ouvrant le rideau pour s'assurer que personne n'écoutait.

— Et voilà pourquoi je meurs, milord... C'est ce qui me tue ; la jalousie...

— Tancrède ! s'écria lady Glenmour, ne mourez pas ! Car ce n'est pas lui que j'aime, je vous l'atteste, je vous l'affirme...

Comment ne pas la croire ? lady Glenmour pleurait sur le cou de Tancrède.

— Oui, voilà pourquoi je meurs...

— Non, vous ne mourrez pas, mon ami... je ne le veux pas...

Tancrède laissa tomber sa tête défaillante sur l'épaule charmante de lady Glenmour...

— Non, vous ne mourrez pas, car c'est vous que j'aime... Oui, c'est vous !...

Tancrède ne fit plus aucun mouvement.

— Mon Dieu ! il va mourir !...

— C'est moi qu'elle aime, murmura-t-il d'une voix si petite et si faible que lady Glenmour, dont la bouche effleurait la joue de Tancrède, l'entendit à peine.

— Oui ! c'est vous ! vivez donc ! vivez ! ne songez plus à sir Archibald Caskil, il n'est plus là ; je vous le répète, il est parti...

15

parti pour toujours, vous dis-je. Oui, je vous aime, vivez, Tancrède !

Tancrède ne remuait pas.

Elle le baisa alors au front et sur les yeux en lui répétant :

— Oui, pauvre et cher enfant, je t'aime !

Tancrède ouvrit alors doucement les yeux.

— Il rêvait ! s'écria-t-elle. O bonheur !

Au bout de quelques minutes :

— Que faites-vous là, milady? demanda Tancrède dans un long étonnement.

— Je... je relevais votre oreiller, mon ami... votre sommeil était si agité !... J'ai craint... il m'a semblé...

— Oh ! merci, milady... mais quel mauvais rêve j'ai fait !... On me fusillait à la proue d'un vaisseau...

— Je suis sauvée, se dit intérieurement dans la joie troublée de son âme lady Glenmour... Son délire est passé... Il ne se souvient plus de rien... de rien...

— Mais je me sens mieux... je suis même très-bien... milady, ajouta Tancrède en prenant dans ses deux mains langoureuses les deux mains de lady Glenmour. Que de grâces je vous dois, milady !

— Et pourquoi, Tancrède?

— Pour m'avoir veillé si longtemps... mais vous aurez hâté ma guérison.

— Plaise au ciel !

Lady Glenmour retira vite ses mains, que tenait encore Tancrède. Paquerette entrait pour veiller à son tour le jeune malade. Minuit sonnait à l'horloge du château.

— Il ne se souvient de rien, pensa encore lady Glenmour en se retirant.

Ici le chevalier De Profundis s'arrêta et abaissa la tête sur sa poitrine ; en la relevant, il dit au marquis de Saint-Luc :

— Quelle comédie que l'âme humaine !

— D'où naît chez vous en ce moment, demanda le marquis de Saint-Luc, cette réflexion si décourageante ?

— Voici d'où elle naît. Tancrède n'avait pas eu un seul instant le délire pendant cette nuit, pendant cette veillée de passion, d'aveu et de larmes.

— En vérité, chevalier ?

— Il avait tout simplement simulé le délire pour avoir le courage, et le moyen était admirablement imaginé, de dire à lady Glenmour son amour et les tourments de sa jalousie ; il avait feint cet égarement d'esprit pour savoir d'elle s'il était aimé. Et la conclusion est qu'il croyait l'être !

De son côté, lady Glenmour touchée, effrayée de cette passion qui allait la compromettre si elle la repoussait, qui causerait la mort d'un enfant qu'elle chérissait comme enfant, n'avait pas eu d'autre moyen pour se sauver que de dire à Tancrède qu'elle l'aimait.

Elle était convaincue d'ailleurs qu'il avait eu véritablement le délire, et que, par conséquent, il ne gardait plus trace dans sa mémoire de ce qu'il avait dit et de ce qu'elle lui avait répondu.

Ce que lady Glenmour avait dit à Tancrède, ce faux aveu de son amour pour lui, tandis que son âme s'attachait aux pas du comte de Madoc, lui avait causé une ivresse indicible, presque extravagante, pareille à celle qu'aurait produite en lui dans son état de convalescence un verre de vin de Champagne. Aussi, dès que Paquerette se fut assise près du lit, à la place de lady Glenmour, il lui dit en lui prenant les mains avec transport :

— Paquerette, avant de m'endormir, je sens que je n'ai plus qu'un sommeil à goûter pour recouvrer tout à fait la santé ; voulez-vous que je vous apprenne ce qu'est le bonheur... mais le vrai, le seul bonheur ?

— Je veux bien, monsieur Tancrède.

— Ce n'est pas une belle tempête sur l'océan indien.

— Je le crois sans peine.

— Ce n'est pas un grand combat acharné de vaisseau à vaisseau, proue à proue

— Mais je ne le suppose pas non plus.

— Ce n'est pas de recevoir l'épée d'amiral, au bruit de cent vingt bouches à feu, au nom de la reine d'Angleterre.

— Cependant...

— Non, ce n'est pas là le bonheur : le bonheur, Paquerette, pour un jeune homme, c'est d'aimer et d'être malade.

— Et quand on n'est pas un jeune homme, mais une jeune fille, qu'est-ce donc alors que le bonheur ?

— Ah! je le sais un peu moins, Paquerette.

— Je le sais, moi .. c'est d'aimer et de mourir.

Tancrède, qui aimait trop pour n'être pas égoïste, ne s'arrêta pas plus aux paroles de Paquerette qu'il ne chercha à lire sur son visage l'expression de la pensée qui les lui inspirait.

Qu'il l'aurait trouvée changée ! Chez les jeunes personnes qui s'en vont d'amour comme Paquerette, on dirait que le corps suit l'âme qui rebrousse chemin et l'attire à elle, toujours, toujours, jusqu'au moment où elle s'envole et laisse le corps au bord du fossé. Les yeux, la bouche suave, la poitrine élégante de Paquerette se retiraient sans rien perdre pourtant de leur charme virginal ni de leur finesse. Ils s'éloignaient, ils ne se flétrissaient pas. Par moment elle en était plus belle; la fièvre ardente qui la minait jetait dans ses yeux des lueurs d'inspirée; elle avait des illuminations de regard à défier les plus radieuses peintures de martyre. Que la vie allait vite dans ces moments-là chez elle ! Tout brûlait, et l'incendie montrait ses flammes derrière la transparence de la peau et l'émail des yeux. Une heure après, tout était cendre au dedans et pâleur au dehors.

Que c'était charmant, ironique et triste à la fois ! L'amour qui voulait vivre, était veillé par l'amour qui voulait mourir. Quel était le plus trompé des deux?

Vers dix heures du matin environ, le docteur Patrick entra à pas rapides dans la chambre de Tancrède, où se trouvait encore Paquerette, qui avait veillé le malade pendant la seconde moitié de la nuit, et lady Glenmour, plus défaite, plus brisée que si elle eût passé trois longues nuits de suite au bal.

La lettre à la reine était déjà envoyée.

L'accomplissement de cette grande détermination l'avait laissée pâle et inerte comme la mort d'un père ou d'un enfant.

— J'apporte la bonne nouvelle ! s'écria le docteur à son entrée.

Il tenait une lettre à la main, qu'il élevait au-dessus de sa tête.

— Quoi donc? demanda le premier le malade d'un son de voix qui rassura pleinement Patrick.

Paquerette sentit quelque chose de froid lui couler autour du cœur.

Lady Glenmour eut un étonnement de complaisance sur son visage macéré.

— Oui, la bonne nouvelle, reprit le docteur; une lettre de lord Glenmour pour vous, milady.

— De lord Glenmour! s'écrièrent à la fois trois voix bien différentes.

Si aucune des expressions peintes sur les traits attentifs des trois personnes réunies dans l'appartement n'était visible pour le docteur, il supposa du moins avec son ordinaire sagacité ce qui se passait en elles, ayant le secret de toutes les trois. Quel silence autour de quel drame de famille! réfléchissait-il.

Il faut le dire, il se réjouissait d'avance, il s'épanouissait de bonheur, à la pensée de tout ce que lady Glenmour allait apprendre de mauvais sur ce sir Archibald Caskil de la bouche de lord Glenmour lui-même. Elle allait voir comment il était sans doute traité dans cette lettre, et si elle aurait jamais lieu de regretter son départ.

Toutes les prévisions du docteur, ses premiers doutes, ses longues méfiances, ses craintes, ses certitudes sur le caractère de ce jeune homme trouveraient une éclatante justification, pensait le docteur en lui-même, dans cette lettre si longtemps attendue.

L'heure du triomphe s'était bien fait désirer, mais elle sonnait.

Lady Glenmour décacheta la lettre de son mari.

La lettre.

Lady Glenmour sachant causer un grand plaisir à tout le monde, résolut de lire à haute voix la lettre de son mari; mais que sa voix était faible et contrainte!

« Milady,

» Deux mois et demi sans vous écrire! quel oubli impardon-
» nable! quelle légèreté et quelle ingratitude! vous êtes-vous
» écriée sans doute. J'ai hâte de me justifier.

» Comment vous aurais-je écrit plus tôt? Dès mon arrivée
» à Londres, j'ai trouvé, en descendant à l'hôtel, l'ordre de

» l'Amirauté de partir sur-le-champ pour Plymouth avec une
» mission, libre ensuite à moi, ajoutait cet ordre, de jouir im-
» médiatement de la prolongation de congé que j'étais venu
» solliciter.

» Rien au monde, au premier abord, ne paraissait plus con-
» forme à mes vœux : j'arrivais à Plymouth, j'y remplissais ma
» mission ; je regagnais aussitôt la France. Quoi de plus facile,
» me disais-je ; sans doute, vous vous le dites aussi. Erreur
» de votre part comme de la mienne. J'arrive à Plymouth ; ma
» tâche officielle terminée, je me dispose à quitter ce port, mais
» au même instant un autre ordre émané encore de l'Amirauté
» m'envoie dans un autre port, toujours avec la promesse que
» j'entrerai en jouissance de la prolongation de mon congé
» quand ma mission sera remplie. J'obéis ; mais le croirez-vous ?
» l'accident de Londres et de Plymouth se reproduit une troi-
» sième fois ; il se reproduit une quatrième, une vingtième fois.
» Toujours des missions, toujours la même promesse retardée
» dans son exécution par une mission nouvelle. Ce phénomène
» a duré deux mois et demi : j'avais fini par croire, milady,
» que j'étais sous la mauvaise influence de quelque enchanteur
» qui tenait, je ne devine pas dans quel but, à me priver indé-
» finiment et peut-être pour toujours de vous revoir ainsi que
» ceux que j'aime. »

A cet endroit de la lecture, le docteur Patrick s'agita tout à
coup d'une façon si expressive, que lady Glenmour, involontairement aussi, s'arrêta interdite et gênée. Il fut obligé de lui dire :

— Continuez, milady ; pardon de vous avoir interrompue.

« Le seul résultat heureux de ces ennuyeux voyages, c'est à
» vous que je le dois. Le hasard m'a fait rencontrer dans un
» hôtel de Plymouth le fournisseur des modes de la reine. En
» causant avec lui, j'ai su quelles seraient les robes et les den-
» telles qui seront portées cet hiver par Sa Majesté. Aussitôt, je
» lui ai acheté pour vous les mêmes tissus et les mêmes brode-
» ries, en sorte, milady, que vous serez cet hiver exactement
» parée comme la reine d'Angleterre, et que vous représenterez
» son goût exquis au milieu de la société parisienne. »

— Pauvre Glenmour ! pensa Patrick, allons ! il la traite toujours en reine. Il ne reviendra pas de son erreur !

Sans remarquer que ce paragraphe coûtait peut-être deux cent mille francs à son mari, lady Glenmour continua :

« Grâce au ciel ! l'enchantement a cessé, ou du moins est-il
» suspendu, car j'ai pu enfin revenir à Londres où l'on m'a re-
» mis vos lettres et celles du docteur Patrick.

» Dans l'audience que j'ai obtenue du premier lord de l'Ami-
» rauté, Sa Seigneurie, en me remerciant de mon zèle, m'a dit
» de demeurer encore quinze jours à Londres, après quoi aucun
» obstacle ne m'empêcherait plus de retourner en France pour
» y jouir de ma prolongation de congé.

» Ainsi, dans quinze jours, milady, je serai près de vous ;
» c'est bien long ! mais le devoir le commande, et vous ne
» souffrez pas plus que moi, je vous l'assure, de ce dernier délai.

» Puissé-je, à mon prochain retour, vous trouver en meilleure
» santé et plus satisfaite de cœur et d'esprit qu'à mon départ
» pour Londres. Cela sera ainsi, n'est-ce pas ? »

Lady Glenmour suspendit sa lecture par un silence de médi-
tation triste que respectèrent ceux qui l'écoutaient de toutes les
puissances de leur âme.

Elle poursuivit ainsi :

« Dites à Tancrède, je vous prie, que le vaisseau du capitaine
» Hog, destiné au voyage en découvertes au cercle polaire,
» mettra à la voile dans douze jours... »

—Dans douze jours ! répéta Tancrède, un voyage de six ans !...
Il pensa : — Pourquoi ne suis-je pas mort dans ma chute ?

Chacun ne s'occupa plus en ce moment que du sort de ce
pauvre jeune homme obligé de s'embarquer pendant l'hiver pour
un voyage au pôle, sous les ordres du plus indigne loup de mer.

Lady Glenmour changea tout à coup l'expression des physio-
nomies, en reprenant :

« Mais que Tancrède se rassure, j'ai obtenu qu'il ne serait pas
» de cette expédition, à cause de l'état de sa santé encore chan-
» celante. »

Un rayon de bonheur tomba sur le front du jeune convalescent.

« Je pense, continua lady Glenmour, qu'il a rempli près de
» vous, pendant ma trop longue absence, l'office d'un brave et
» et fidèle chevalier d'honneur, ainsi qu'il s'y était engagé. »

— Milord ! s'écria chaleureusement Tancrède honteux de tant de générosité et comme si lord Glenmour eût été là, milord !... lady Glenmour vous dira la vérité ; et puis quand vous l'aurez entendue...

— C'est bien, l'interrompit à son tour la noble lectrice.... on est content de vous, Tancrède... on le dira à lord Glenmour.

Que de réflexions ne roulait pas dans sa tête l'attentif et silencieux docteur en attendant toujours qu'il fût question de sir Archibald Caskil dans cette lettre.

Et que n'attendait pas non plus la douce et tremblante Paquerette dont l'âme en peine errait autour de ce papier que tenait lady Glenmour, qui continua sa lecture.

« Le bon docteur me demande dans sa première lettre si je
» connais sir Archibald Caskil, descendu chez moi d'une façon
» si excentrique et dont l'excentricité a failli vous noyer tous
» dans le grand canal. »

Patrick poussa un : Enfin ! qui fut entendu de lady Glenmour.

« — Si je connais sir Archibald Caskil ! qui connaîtrais-je si
» je ne le connaissais pas ? Sir Archibald Caskil est bien certai-
» nement un richissime négociant du cap de Bonne-Espérance,
» et cela est aussi vrai qu'il m'a autrefois sauvé la vie ; oui,
» il est mon ami ; oui, il est mon ami, mon grand ami, et je le
» reconnais bien à ses prodigieuses extravagances dont vous
» vous êtes effrayés, du reste avec beaucoup de raison , vous
» gens tranquilles de ce côté-ci de l'équateur.

» Je vous en prie, et je vous l'ordonnerais, si j'avais quelques
» droits sur vous, milady ; retenez sir Archibald Caskil chez
» moi, au château, jusqu'à mon retour ; et retenez-le par les
» meilleurs procédés que vous imaginerez, vous, Tancrède, et le
» docteur Patrick ; qu'il ait liberté entière comme chez lui ;
» passez-lui toutes ses folies, et quand vous ne pourrez pas
» en rire , accommodez-vous-en ou incommodez-vous-en par
» amitié pour moi. Je vous en saurai un gré infini ; ma re-
» connaissance ne vous manquera pas.

» On n'a pas deux fois dans sa vie l'occasion de voir et d'en-
» tendre un pareil ami, un ami qui vient exprès pour moi du

» cap de Bonne-Espérance ! Quel bonheur de la serrer sur mon
» cœur à mon retour ! »

Il faut renoncer à peindre la profonde stupéfaction du docteur
Patrick, stupéfaction qui alla presque jusqu'à l'hébètement, jusqu'à la pétrification, en entendant ce paragraphe si chaleureux
et si concluant de la lettre de lord Glenmour.

— Je me suis trompé ! se disait-il, et trompé à ce point ! sur
le compte de sir Archibald Caskil. Il est bien ce qu'il est : l'ami,
le meilleur ami de lord Glenmour. La confusion intérieure du
bon docteur le navrait pour la misère de sa propre intelligence.
Il s'avouait dépourvu de tout sens d'observation, imbécile à tous
les degrés, et pourtant... Mais Dieu le veut, se dit-il avec résignation ; et d'ailleurs ce jeune homme, ce sir Archibald Caskil,
est parti ; il court vers la Chine, et que je me sois trompé ou
non, il n'est plus ici.

« Ainsi donc, milady, » acheva lady Glenmour, dont la situation était fort difficile à cette dernière partie de sa lecture,
« employez toutes les ressources de votre amabilité et de votre
» éloquence, toutes les douceurs de votre persuasion, en y joi-
» gnant bien entendu celles de Tancrède et du bon docteur,
» pour empêcher Caskil, dont je connais l'humeur voyageuse et
» aventurière, de partir du château avant mon arrivée ; ne pas
» le trouver chez moi à mon retour ! j'en mourrais, je crois, de
» chagrin. »

— Tu ne mourras pas de chagrin, excellent Glenmour ! s'écria
quelqu'un qui avait entendu la fin de la phrase, et c'était sir Archibald Caskil lui-même qui entrait.

— Vous n'êtes donc pas parti pour la Chine ? s'écria le docteur qui n'aurait pas été plus étonné s'il eût tout à coup recouvré
la vue, et murmura aussi Tancrède ; et pas plus l'un que l'autre,
ils ne prirent la peine de cacher leur désappointement.

Au milieu du cri d'étonnement et de joie qui lui échappa,
lady Glenmour se dit: « Il est revenu, mais moi, je partirai ! »

C'est à lady Glenmour seulement que Caskil répondit : —
Milady, hier je vous ai dit, je crois, qu'un dédit de deux cent
cinquante mille francs serait payé par celui de nous deux, lord
Black ou moi, qui renoncerait au pari.

— Et lord Black a renoncé à ce pari qu'il était si sûr de

15*

gagner? dit lady Glenmour, ranimée sans s'en apercevoir.

— Ce n'est pas lui qui y a renoncé, c'est moi.

— Vous, Monsieur ! vous avez préféré perdre une pareille somme, quand vous paraissiez si décidé !...

— Oui, milady, au moment de quitter la France, de m'en aller de Paris, le regret m'a saisi et j'ai reculé. J'ai payé ce dédit, mais je reste près de vous.

S'approchant ensuite de Tancrède et du docteur, dont la mine sournoise et de désagréable humeur ne lui avait pas échappé, lorsqu'il avait fait sa réapparition si peu désirée, il leur dit : — « Mais si je compte rester près de vous, messieurs, je ne puis plus rester avec vous. Je vous quitte, mes bons amis. J'ai compris qu'abuser plus longtemps de l'hospitalité serait importun. Mon homme d'affaires m'a loué un logement à Paris, et aujourd'hui je compte en prendre possession... »

— Mais cela n'est pas possible, interrompit lady Glenmour ; lord Glenmour veut, dans cette lettre, que vous restiez chez nous jusqu'à son retour...

— Il ne peut demander cela...

— Il fait plus, il l'exige ; et vous ne voudriez pas, par votre refus, causer autant de peine à lui qu'à nous.

— J'obéirai donc, répondit Caskil, qui offrit son bras à lady Glenmour pour descendre au salon ; car la cloche sonnait le déjeuner.

Il reprenait tranquillement ses anciennes habitudes. Ils sortirent tous les deux, lady Glenmour et lui, de la chambre du malade.

La joie de Tancrède s'était un peu affaissée depuis ce retour inespéré.

Paquerette n'avait que cette pensée. — Pas un mot pour moi dans sa lettre : il a pourtant reçu la mienne puisqu'elle était dans celle à laquelle il répond. Il sait mon amour, maintenant. A son retour, il me chassera ; mais au moins il aura su mon amour !

Avant de sortir, le docteur Patrick, qui était resté le dernier, s'approcha du lit de Tancrède et lui dit :

— Il faut que dès aujourd'hui vous ne soyez plus malade, entendez-vous ? il le faut !

Tancrède se leva, le lendemain il descendit ; trois jours après il était guéri ; et lorsqu'il demanda à Patrick le motif pour lequel il lui avait ordonné si impérieusement de n'être plus malade, et quelle était son arrière-pensée, le docteur lui répondit :—« Mon arrière-pensée était que vous vous portassiez bien. »

Le docteur n'attendait pas de Tancrède que sa guérison ; il avait besoin de ses deux yeux de dix-sept ans ; de ses deux yeux d'amoureux pour surveiller les pas, les démarches, les actions de sir Archibald Caskil, toujours véhémentement suspect dans son esprit, malgré la lettre si rassurante de lord Glenmour. Par la réflexion, il se démontrait que ce sir Archibald, qu'avait connu lord Glenmour, pourrait bien ne plus être le même homme. On change de caractère comme de visage avec les années. A tout hasard, il s'en tiendrait à son opinion défavorable sur lui ; le pari de deux cent cinquante mille francs, le voyage en Chine, le retour au château, n'étaient pas propres à la modifier. Jusqu'au retour de lord Glenmour, qu'il désirait plus instamment que jamais, il ne renonçait pas à épier la conduite de cet excellent ami de la maison.

Il se disait avec raison que si ce faux prétexte de voyage en Chine était un moyen, le retour au château ne pouvait manquer d'avoir un but. Ce but, — le docteur ne se le dissimulait pas maintenant, — était la séduction de lady Glenmour, qu'il jugeait beaucoup plus à plaindre qu'à blâmer de ne pas résister davantage au charme particulier qu'elle ressentait en la compagnie de Caskil.

Ce surcroît d'attention de la part du docteur amena pour lui, quelques jours après la réinstallation au château du comte de Madoc, une découverte dont il s'effraya beaucoup plus que de tous les événements antérieurs ; il va en être question.

Malheureusement, il n'était pas en position de conjurer le danger avec toute l'énergie nécessaire ; d'abord, parce que, étant aveugle, il ne pouvait agir lui-même ; ensuite, parce qu'en se confiant sans réserve à Tancrède, il ouvrait à ce jeune homme, trop passionné pour se conduire avec adresse, un champ illimité d'imprudences, de coups de tête et de folies ; enfin, parce que lady Glenmour n'était ni sa femme, ni sa fille, et que les mœurs anglaises, promptes à s'effaroucher, sont loin d'admettre, comme les nôtres, les avertissements à demi-mot et les conseils officieux.

Il fallut donc que le docteur parât ce grand et imminent danger sans parler, sans agir, sans y voir.

Un espoir lui restait pourtant, c'est que l'on touchait au moment de quitter Ville-d'Avray, et qu'à Paris Caskil ne demeurerait pas sans doute avec eux.

Le faux Caskil allait plus souvent à Paris depuis sa fameuse gageure manquée, non pas comme auparavant avec lady Glenmour, mais seul. Il rentrait toujours fort tard. Le docteur Patrick, doué comme tous les aveugles d'une ouïe très-fine, l'entendait rentrer à minuit, une heure, deux heures. Le lendemain, quand lady Glenmour, que ces absences préoccupaient beaucoup, lui disait : « Que vous rentrez tard ! — Oh ! ne m'en parlez pas, répondait-il ; mes correspondants absorbent le meilleur de mon temps, — puisqu'il est passé loin de vous, — pour me parler d'affaires et de marchandises. Il est vrai que je médite avec eux une opération industrielle qui fera du bruit dans le monde ; j'espère qu'elle réussira. »

L'état moral de lady Glenmour était singulier, presque incompréhensible depuis ce qui s'était passé, depuis ce qu'elle avait appris sur son mari, la fuyant avec la double rapidité des chevaux de poste et de l'oubli, depuis la lettre qu'elle avait envoyée à la reine pour obtenir la rupture de son mariage, depuis la propre révélation à elle-même de son amour pour Caskil.

Au lieu de s'enfermer et d'attendre dans l'isolement la réponse de la reine qui ne manquerait pas de contenir une déclaration de divorce, elle s'abandonnait sans réserve à l'attraction bruyante de Caskil. Elle avait doublé la liberté qu'elle lui avait accordée auprès d'elle. Il était l'homme de tous les instants. Licence sans exemple en Angleterre, il fumait en lui parlant ; il fumait en se promenant avec elle. Et quand le docteur Patrick pouvait ne pas s'en douter, elle roulait très-prestement du tabac dans du papier fin, et s'en composait un cigare qu'elle fumait en compagnie du meilleur ami de son mari. On mêlait le rire et la fumée ; lady Glenmour savait jouer au billard depuis l'arrivée de sir Archibald Caskil ; elle jouait des heures entières, et tout cela malgré le déplaisir écrit sur le visage du docteur qui la quittait le moins possible. « Métier rude, métier fatigant ! se disait-il ; lord Glenmour, revenez vite ou ne revenez plus. »

La conduite de lady Glenmour n'eût pas étonné celui qui eût été dans le secret de sa pensée.

Elle touchait au moment de rentrer dans sa famille, la plus sombre et la plus puritaine des familles anglaises ; elle n'attendait pour cela que la réponse de la reine, qui assurément ne tarderait pas. C'était un deuil pour toute sa vie qu'elle se préparait, elle le savait. Elle voulait s'étourdir jusqu'à ce moment avec la présence du seul homme dont l'humeur ronde, les manières franches et la verve exubérante l'avaient arrachée à un état de langeur qui l'aurait conduite à la mort. En lui se trouvaient à ses yeux un sauveur, un ami, une distraction perpétuelle, un miracle.

Elle jouait sans crainte avec une passion, quoiqu'elle sût fort bien comment il fallait la nommer depuis le délire de Tancrède, mais une passion que la force des choses allait briser, anéantir. Elle se donnait avec exagération de la liberté comme on donne du poulet et du vin de Bordeaux aux condamnés à mort. Dans dix jours elle n'existerait pour plus rien de ce qu'elle voyait autour d'elle.

Naturellement de l'hypocrisie se mêlait à cette gaieté trop excessive pour être entièrement vraie. S'il y avait du vrai, il y avait aussi de l'étourdissement. Ces deux éléments produisaient en elle un vertige heureux et triste à la fois, comme celui de l'opium. Elle sentait parfaitement qu'elle n'habitait pas les palais qui montaient du fond de son imagination.

Il lui semblait par moments qu'une voix plus forte que la conviction, plus vraie que la vérité, lui disait au cœur : « Tout » ce qui vous paraît être n'est pas ; votre mari vous aime et » Caskil est un mensonge. » Que de fois les femmes, même les plus passionnées, entendent ce cri qui vient traverser leur ciel tout parfumé d'un bonheur adultère.

Si Tancrède ne se montrait pas aussi sérieusement jaloux qu'auparavant des assiduités de Caskil, quoiqu'il eût encore ses angoisses poignantes et ses tempêtes, c'est qu'il était convaincu, depuis la nuit de son feint délire, que lady Glenmour l'aimait autant qu'il l'aimait, et qu'elle ne prodiguait tant de preuves d'intérêt à ce grossier Caskil, fermier du cap de Bonne-Espérance, qu'afin de mieux cacher à tous les yeux la passion sincère qu'elle avait pour lui, heureux Tancrède !

Quoi qu'il en soit, sir Archibald Caskil était toujours au château de Ville-d'Avray, pour le grand chagrin du docteur Patrick.
L'alarme de celui-ci fut vive un matin au déjeuner, et cet effroi
se liait à la découverte du danger qu'il ne se sentait pas assez
fort pour éloigner tout seul.

Lady Glenmour se mit à lui dire :

— Oh ! comme vous êtes encore rentré tard au château, cette nuit !

— Et que vous avez le sommeil léger ! lui répondit Caskil ;
vous m'entendez presque toujours rentrer.

— Oh ! non, je n'ai pas le sommeil léger ; mais je n'étais pas
encore couchée... je lisais...

— Sans cela, milady, j'éviterais la nuit de rentrer par la grille
du château, je passerais par la petite porte du parc...

— Non, en vérité, je n'ai pas le sommeil très-léger, répéta
lady Glenmour.

— Toutefois, si pendant votre sommeil des voleurs brisaient
les volets ?...

— Je ne les entendrais pas.

— Si, à l'aide de fausses clefs, ils s'introduisaient dans votre
chambre ?...

— Je ne les entendrais pas davantage, je crois.

Le propos en resta là.

Le déjeuner fini, le docteur, que ce propos avait fort inquiété,
prit Tancrède à part, et il eut une longue conférence avec lui. Il
faut croire que ce que le jeune homme entendit lui parut fort
extraordinaire, car il s'en alla en criant :

— Docteur, c'est impossible ! c'est trop monstrueux. Je vous
demande bien pardon, mais je ne vous crois pas.

Quelques jours après, le comte de Madoc rentrait au château
à trois heures après minuit, quoiqu'il eût dit dans la soirée
que peut-être il coucherait à Paris.

Il entra dans son appartement sans produire le plus léger
bruit, envoya son valet de chambre se coucher, et, quand il eut
fermé sa porte à double tour, il croisa les volets et tira soigneu-
ment les rideaux.

Le château dormait de la cave au grenier. Trois heures sonnaient.

— Maintenant, dit-il, examinons ces deux petites clefs, parfaitement en état comme hier et tous ces jours derniers. Monsieur le duc de Richelieu, le héros des serrures secrètes, vous y chercheriez en vain un défaut.

Il posa ses deux clefs sur le marbre de la cheminée ; il se prépara ensuite pour son expédition nocturne.

Ses pieds, qu'il dégagea de ses bottes, coulèrent dans des pantoufles de cachemire ; une étroite robe de chambre de velours fut nouée à sa ceinture par une élégante cordelière. Il rabattit son col de chemise, et sa tête mâle, brune et caractéristique, ressortit admirablement sur ce fond blanc, rehaussé des reflets sombres et vigoureux de sa robe de chambre.

On eût dit le fatal Antonio, le moine de Lewis, allant au rendez-vous donné par le faux Rosario dans sa cellule. Murillo n'a jamais imaginé de plus chaud coloris. Le comte jeta un coup d'œil dans la glace, et véritablement la réflexion de ce regard noir et rapide eût rempli de terreur et d'amour une imagination romanesque. La glace était profonde, l'homme était beau, la nuit silencieuse ; un frisson plissa l'air de l'appartement.

— Il est temps ! dit le comte de Madoc. Il avança alors vers la porte de l'escalier dérobé, l'ouvrit avec une des deux petites clefs sans causer le moindre grincement au papier, et s'enfonça dans une spirale obscure. Dix-sept marches contournées en éventail glissèrent sous ses pantoufles ; bientôt il ne lui resta plus à franchir que l'obstacle de la porte derrière laquelle reposait avec confiance la femme la plus belle des trois royaumes.

La seconde clef glisse dans la serrure, elle tourne avec moins de bruit que si le comte l'eût tournée dans l'eau. La porte s'ouvre un peu, mais si peu qu'elle s'ouvre, elle laisse cependant échapper une lueur mystérieuse et un courant de ce tiède parfum de vie et de volupté qui est comme la respiration de l'appartement d'une jolie femme.

Le comte s'arrête un instant pour agrandir l'ouverture de la porte, il passe de profil et il est dans la chambre de lady Glenmour, à six pas du lit où elle repose.

Le lit de lady Glenmour s'allongeait sous une alcôve qui ne faisait point face à la porte secrète qu'il venait d'ouvrir avec tant de précaution et de bonheur ; en sorte qu'il put gagner l'un des côtés de la ruelle avant de se placer à l'entrée de l'alcôve.

Cette tactique nécessaire était protégée par une des tombées des rideaux blancs et jaunes qui descendaient royalement du dôme suspendu sur la tête de lady Glenmour.

Il est inutile de dire que le comte de Madoc, ce roi des Dangereux, n'éprouvait aucune émotion en passant par tous les incidents de cette tentative hardie, si ce n'est la crainte de ne pas réussir.

Sa main effleure les rideaux ; il suit ce mur mouvant sans l'agiter jusqu'à l'endroit où il s'ouvre comme un manteau ducal pour laisser passer les pieds du lit. Le comte est arrivé, le voilà en face de l'alcôve, il avance curieusement la tête pour s'assurer que lady Glenmour dort... Il aperçoit de l'autre côté de la ruelle un pistolet dirigé sur lui. La lueur de la lampe de nuit en mouillait le canon.

Ce pistolet, c'est Tancrède qui le tient, et qui le tient d'une manière à ne pas permettre le moindre doute sur la fermeté de ses intentions.

Les deux jeunes gens se regardent, leurs yeux, allumés dans l'ombre, ne se quittent pas ; ils se croisent à la distance seulement du lit qui les sépare.

Le regard de Tancrède, clair, fixe, résolu, disait : — Si vous avancez d'une ligne, je vous brûle la cervelle ; vous êtes mort.

Celui du comte de Madoc, non moins hardi, semble répondre : — Je ne bougerai pas d'ici, soyez-en sûr, malgré la balle que j'aperçois dans le creux de votre pistolet.

Les deux réveils

C'est entre ces deux cariatides terribles que la belle lady Glenmour, qui n'avait pas prévu cette double visite, dormait paisiblement.

Elle était fraîche et souriante comme Ève à son premier sommeil. On eût dit que l'ombre d'une vigne jouait sur son front.

Un de ses bras, à demi nu, s'enfonçait dans une peau de tigre jetée sur son lit ; l'autre bras était mollement passé derrière sa tête, et sa bouche, qui s'y appuyait, s'était à demi ouverte sous cette pression, qui laissait voir la rangée étincelante de ses dents et l'intérieur rose de sa bouche, comme une belle pêche ouverte par le soleil de septembre laisse voir la pulpe aurore de sa chair parfumée. Une boucle de ses cheveux était détendue, et cette flamme noire courait sur sa joue et venait lécher son menton. La pâleur du sommeil la rendait plus belle encore ; ses longs cils paraissaient bleus sur cette chair blanche et pure.

La situation était délicate et suprême entre les deux jeunes gens.

Point de milieu possible.

Il fallait à fin de compte qu'un des deux fût un assassin ou l'autre un lâche. Si l'un avançait, l'autre tirait ; et s'il reculait, c'était un lâche.

Tancrède, qui, malgré son courage, était un peu fat, comme on l'est toujours à son âge, se mit à sourire avec une supériorité impatientante.

Le comte de Madoc lui renvoya son sourire avec pitié.

Tancrède redoubla de raillerie.

Le comte de Madoc redoubla de mépris.

Mais ils ne bougeaient ni l'un ni l'autre.

L'arme ne variait pas non plus d'une ligne.

Tancrède, au bout de quelques minutes, fit signe de la main gauche au comte de Madoc de regagner la porte par où il était venu, et qu'il aurait la générosité de l'épargner.

Le comte de Madoc, blessé de cette compassion outrageante, écarte brusquement le rideau et marche vers le haut du lit.

A l'instant même, Tancrède arme son pistolet ; le double ressort d'acier fait entendre un coup sec ; le coup va partir.

Madoc s'arrête, mais c'est pour opposer un pistolet au pistolet de Tancrède. Il était armé, lui aussi. Il pose son doigt sur la détente : ils vont se tuer tous les deux. Ce lit de tulle et de satin va être couvert de sang...

Quel réveil pour lady Glenmour !

Tout à coup, un troisième personnage sombre, difforme, obscur, indistinct, hideux, s'élève soudainement du pied du lit entre les deux jeunes gens qui, à cette apparition, reculent tous deux d'épouvante, mais pas assez vite cependant pour que le fantôme velu ne saisisse d'autorité le pistolet du comte de Madoc.

C'est Maracaïbo, le singe gigantesque de lady Glenmour, celui qui couche toujours aux pieds de son lit et qui s'est dressé sur ses pattes ayant senti remuer près de lui.

Il s'est réveillé et le voilà!

Sur l'un et sur l'autre jeunes gens il darde le fluide jaune de ses yeux; il se ramasse ensuite sur sa croupe nerveuse et velue, et entre ses bras, durs comme une corde de fer, il est prêt à étrangler jusqu'à ce que mort s'ensuive celui qui fera un pas, un geste de plus. Ses deux longs fléaux de bras se joignent ensuite, et Maracaïbo est alors un singe, plus, un homme. Il serre, il étreint par le tube le pistolet qu'il a pris, et le soulevant sur sa tête, le rejetant en arrière pour en décupler la pesanteur, il menace de briser le crâne du comte de Madoc. C'est à lui qu'il en veut, à lui qui l'a si souvent raillé, battu, souffleté.

Sa pose est burlesque et sinistre, sa grimace bouffonne et satanique, sa menace est la mort.

Encore une seconde et il va piétiner avec mille ricanements sur un cadavre.

Ce silence animé a ému l'espace; lady Glenmour fait un brusque mouvement; elle ouvre les yeux. Mais Tancrède souffle sur la lampe. Tout tombe et s'évanouit dans une obscurité profonde.

— Qui est là? demanda en sursaut lady Glenmour.

— Mais qui est là? répète-t-elle avec effroi. Oh! mon Dieu! il y a quelqu'un ici...

Elle sonne.

— Venez, Paquerette! accourez!

Paquerette vient, une lampe à la main.

— Qu'y a-t-il, madame?

— J'ai entendu du bruit dans la chambre... j'ai eu peur... regardez bien... cherchez...

— Il n'y a rien; mais je ne vois rien, madame, dit Paquerette, après avoir parcouru la chambre en tous sens. Maracaïbo est couché à vos pieds.

— Allons, c'est que j'aurai rêvé. C'est bien. Allez vous coucher, Paquerette.

Voici ce que se dit Tancrède quand il fut remonté dans sa chambre : — Je tuerai cet infâme sir Archibald Caskil ce matin avant le déjeuner ; ma faute envers lord Glenmour en sera du moins plus légère ; et s'il me tue... je l'aurai effacée.

Quant au comte de Madoc, son très-bref et très-froid monologue se réduisit à ces mots : — Mon coup a parfaitement réussi, à l'accident près de ce maudit singe. J'ai voulu être vu au milieu de la nuit dans la chambre de lady Glenmour, j'y ai été vu.

— Ainsi donc, s'écria le marquis de Saint-Luc, le comte de Madoc comptait rencontrer quelqu'un dans l'appartement de lady Glenmour?

— Il avait tout arrangé pour que cela arrivât, répondit le chevalier De Profundis. En provoquant l'attention timorée du docteur, en parlant devant lui à lady Glenmour de sommeil, de fausse clef, de voleurs, il était sûr que Patrick préviendrait Tancrède, ce qui avait eu lieu, et que Tancrède à son tour aurait sans cesse l'oreille au guet pendant la nuit. Vous voyez s'il s'était trompé.

— Mais dans quel but le comte de Madoc commettait-il cette imprudence calculée?

— Dans quel but? D'abord pour que lord Glenmour le sût, et ensuite vous allez connaître pourquoi.

Le lendemain matin le faux sir Archibald Caskil et Tancrède se rencontrèrent comme d'habitude au salon quelques minutes avant le déjeuner.

Tancrède, sans perdre de temps, alla le regard en fureur vers sir Archibald Caskil et il lui dit tout bas en frémissant :

— Monsieur, j'ai à vous parler.

— Moi aussi, répondit le comte de Madoc en souriant.

— Mais tout de suite.

— Moi aussi, mon ami.

— Sortons.

Sur le perron, sir Archibald Caskil dit à Tancrède en allumant un cigare : — Voulez-vous me permettre, mon cher Tancrède, de parler le premier?

— Parlez, monsieur.

— Je vous ai surpris cette nuit, aventureux jeune homme, dans la chambre à coucher de lady Glenmour. Chut!... c'est très-bien!...

— Monsieur !...

— Je ne vous demanderai pas le motif qui vous y appelait.

— Monsieur ! la plaisanterie est un peu trop forte !

— J'ai toutes les discrétions, mon jeune ami. C'est hardi ! ma foi !...

— Monsieur ! je vous dis...

— Mais je vous excuse ; car j'espère que vous recommencerez.

— Monsieur ! à la fin !..

— Cette nuit, quand j'ai entendu du bruit sur ma tête, continua paisiblement le comte de Madoc, j'ai cru qu'un voleur s'était introduit chez lady Glenmour. Je suis monté aussitôt par l'escalier dérobé...

— Vous aviez donc une clef de cet escalier? interrompit Tancrède.

— Et vous en aviez une aussi, il paraît, répondit sir Archibald Caskil. Mais moi, j'avais trouvé la mienne derrière une malle... par hasard... Je ne vous demande pas comment vous avez eu la vôtre. Je monte donc par l'escalier dérobé, croyant toujours surprendre un voleur ; mais je vous vois et je change aussitôt d'avis. Je me suis dit que je n'avais pas affaire à **un** voleur. Une autre fois... je ne me dérangerai plus.

— Mais monsieur, c'est vous, au contraire, qui vouliez... s'écria Tancrède à bout de patience...

— Moi !... je voulais !... qu'est-ce donc que je voulais?... Quoi? voler lady Glenmour?...

— Non, mais abuser...

— Abuser de quoi? quand c'est vous que je surprends chez elle. Tenez, continua le comte de Madoc, acceptez les choses comme elles sont. Vous aimez beaucoup lady Glenmour et vous avez tenté la petite séduction nocturne. Allons donc !

— Mais, monsieur, je vous dis encore une fois...

— Cher Tancrède, la défense est inutile. N'êtes-vous pas descendu le premier, avec une fausse clef, dans la chambre à coucher de lady Glenmour? Raisonnons un peu. Quel est de nous deux celui qui a surpris l'autre? D'ailleurs lady Glenmour est à déjeuner : voulez-vous que nous allions lui poser cette simple question, qui terminera tout?

Tancrède se croyait trop aimé de lady Glenmour pour accepter une proposition qui les aurait singulièrement embarrassés tous les deux.

— Vous voyez donc que j'ai votre secret, s'écria le faux sir Archibald Caskil.

— Mon secret... mon secret! dites-vous?

— Très-complétement...

— Comment?... qui vous fait croire?... quel est enfin ce secret?...

— Vous aimez...

— Monsieur, prenez garde!...

— Vous aimez, dis-je, passionnément...

— Passionnément!

— Eh! le plus ou le moins en pareil cas ne fait pas le crime. Vous aimez passionnément lady Glenmour.

— Parlez plus bas!...

— Si bas que vous voudrez. Mais vous aimez lady Glenmour depuis trois mois et vous me l'avez prouvé cette nuit...

— Mais encore une fois, cette nuit...

— Encore une fois, vous êtes un jeune homme charmant, digne d'être aimé... Comptez d'ailleurs sur la discrétion d'un honnête homme aussi simple que moi.

La colère de Tancrède fut littéralement étouffée entre son embarras et sa confusion.

— Mais venez donc déjeuner, messieurs, cria lady Glenmour du fond de la salle à manger. J'ai un rêve à vous raconter, oh! un rêve affreux... Venez donc!

Les deux jeunes gens rentrèrent dans la salle à manger. Tancrède était consterné.

Quand lady Glenmour eut fini de raconter son rêve qui se composait, on le suppose, de deux ombres, d'un singe, d'une lampe éteinte, Patrick se pencha vers Tancrède et lui demanda tout bas :

— Mais ce n'est qu'un rêve?

— Ce n'est qu'un rêve, répondit Tancrède.

— Cependant... murmura Patrick.

— Docteur, je vous l'assure, ce n'est qu'un rêve.

— Maintenant il est aisé de comprendre la ruse du comte de Madoc, dit le marquis de Saint-Luc. En prouvant à Tancrède qu'il savait son amour pour lady Glenmour, il pouvait désormais agir librement sans lui porter ombrage. Tancrède demeurait convaincu que le faux sir Archibald Caskil n'était monté dans la chambre de lady Glenmour que parce qu'il avait entendu du bruit : et lui, Tancrède, était ainsi tombé dans le piége qu'il avait tendu à un autre sur les indications du docteur Patrick, décidément visionnaire au premier degré, aveugle ennemi au moral comme au physique de l'honnête sir Archibald Caskil.

—C'est parfaitement cela, ajouta le chevalier De Profundis ; et maintenant il importait à sir Archibald Caskil ou au comte de Madoc d'agir vite, très-vite ! car le temps pressait : il fallait qu'avant dix jours lord Glenmour fût déshonoré.

— Vous oubliez, dit le marquis de Saint-Luc, que dans moins de huit jours la lettre de la reine d'Angleterre arrivera, et qu'une fois le divorce prononcé, le comte de Madoc n'aura plus aucune raison de perdre cette femme, puisqu'elle ne sera plus celle de lord Glenmour.

—Je n'ai pas oublié cette lettre, monsieur le marquis, mais quand elle arrivera, c'est au comte de Madoc qu'elle sera remise par un domestique gagné, et le comte de Madoc la mettra dans sa poche.

--- Ainsi, voilà Tancrède et le docteur Patrick, qui n'agissait qu'avec l'aide de Tancrède, complétement hors d'état de nuire au comte de Madoc ?

— Peut-être, monsieur le marquis. Attendons.

—Cet homme, en vérité, me fait peur. Don Juan, du moins, déshonorait pour son plaisir, et votre comte de Madoc pour sa vengeance.

— Reste à savoir, reprit le chevalier De Profundis, si la vengeance, pour certaines âmes, n'est pas le premier des plaisirs. Avouez, du reste, que lord Glenmour l'avait cruellement rendu ridicule. Ce n'était, après tout, qu'un combat à armes égales.

—Mais empoisonnées, chevalier.

—Oui, mais égales.

Fort peu satisfait avec raison des éclaircissements qu'il avait reçus de Tancrède à l'occasion du rêve de lady Glenmour, rêve trop mêlé à des détails réels pour n'être rien qu'un rêve à ses yeux, Patrick alla sans transition au but alarmant de ses doutes.

Dans la journée il prit à part lady Glenmour et lui dit :

— Milady, vous avez rêvé la nuit dernière qu'on entrait dans votre chambre à coucher?

— Oui, docteur, mais je n'y pense plus.

— Et qu'un voleur à l'aide d'une fausse clef s'y introduisait?...

— Oui, mais c'est passé.

— Que ce voleur se tenait près de votre lit ?

— Je vous l'ai dit; pour quel motif revenir?...

— Qu'il éteignait votre lampe?

— Laissons cela.

— Vous ne rêviez pas, milady.

— Allons, docteur... vous voulez m'effrayer...

— Non, milady, sur mon honneur...

— Et qui aurait osé s'introduire dans ma chambre?

— Quelqu'un qui est chez vous...

— Ce n'est pas possible... Patrick!

— Sur votre honneur, milady, c'est quelqu'un qui est chez vous.

— Et pour me voler?

— Non, milady, pas pour vous voler.

— Ah!... Et qui? demanda impétueusement lady Glenmour toute rouge de la pudeur anglaise.

— Un jeune homme; j'attendrai pour le nommer que vous l'ayez nommé, milady.

Croisant son châle sur sa poitrine, lady Glenmour s'écriait :

— Tancrède aurait osé!... Mais ce serait sa mort, si lord Glenmour le savait!... Je ne le reverrais plus de ma vie...

— Milady, ce n'est pas Tancrède qui s'est introduit la nuit dernière dans votre chambre à coucher.

— Ce n'est pas Tancrède!... Je ne soupçonne pas alors... je ne devine pas... balbutia lady Glenmour, qui passa graduellement en une minute de la peur à l'étonnement, de l'étonnement à la curiosité.

— Mon Dieu! docteur, dites-moi vite son nom. Ces énigmes m'impatientent.

— C'est sir Archibald Caskil.

— Ah ! l'excellente plaisanterie... Lui ! docteur, c'est vous qui rêvez en ce moment.

— Milady, c'est lui-même, sir Archibald Caskil, qui a osé pénétrer dans votre chambre...

— Tenez, docteur, je vous ai laissé dire jusqu'ici, mais je n'ai qu'une simple observation à émettre pour renverser votre acte d'accusation. Mon rêve est un rêve ou non, n'est-ce pas ? Si c'est un rêve, je n'ai rien à supposer, tout est dit : si, au contraire, c'est une réalité, il y avait évidemment deux hommes au lieu d'un dans ma chambre à coucher, car j'en ai vu deux : et quel serait alors le second ?

Là-dessus lady Glenmour partit, laissant le docteur Patrick atterré. En effet, se disait-il, quel serait le second des deux hommes, si le premier est sir Archibald Caskil... Tancrède ? Mais Tancrède dit que c'est un rêve... Oh ! mon Dieu ! s'écria le docteur, je perds donc tout à fait la tête !

Quelques heures après sa conversation avec lady Glenmour, et quelques instants seulement avant de quitter le château pour aller s'installer, avec toute la maison, dans l'appartement de la rue de Rivoli, le docteur Patrick reçut une lettre de lord Glenmour.

Paquerette, la lectrice confidentielle, fut aussitôt appelée pour la lire...

— Venez, mon enfant, venez me rendre encore un service.

— Quoi donc, docteur ?

— Lisez-moi cette lettre de lord Glenmour.

Paquerette n'ignorait pas qu'elle était de lord Glenmour ; elle avait vu le facteur porter la lettre, et elle l'avait suivie de main en main jusqu'à celle du docteur.

— Mais comme vous avez la voix souffrante et fatiguée...

— Je suis venue si vite.

— Vous êtes malade, Paquerette, et cette lecture vous fatiguerait...

— Oh ! non, docteur, bien au contraire...

— Comment, au contraire ?

— Cela me distraira... je veux dire...

Paquerette tendait toujours la main pour prendre la lettre de lord Glenmour.

— Voyons ce visage, approchez, vous savez que je vois avec les mains.

— Pauvre enfant, dit le docteur en promenant lentement ses deux mains ouvertes sur le front délicat et flétri de Paquerette, sur l'arcade saillante de ses yeux, sur les pommettes de ses joues et les arrêtant ensuite au cœur. Pauvre enfant ! vous n'avez pas voulu vous soigner, et... il est trop tard maintenant, se dit-il mentalement.

— Ne parlons pas de cela, docteur...

— Mon enfant, il faut que vous retourniez bientôt en Angleterre.

— Jamais ! docteur.

— Il faut partir, vous dis-je, dans huit jours, demain si c'est possible : l'air des montagnes ! l'air natal !

— Impossible, docteur ; je veux rester ici, je veux rester.

— Je dirai votre état à lady Glenmour...

— Docteur, par pitié ! par pitié ! ne lui dites rien ; elle me ferait partir !

— Je ne lui dirai rien ; mais dès votre installation à Paris, vous vous mettrez au lit, et nous commencerons un traitement rigoureux. Vous entendez. Tancrède aujourd'hui me lira cette lettre...

— Docteur, je vous en prie à genoux, que ce soit moi qui la lise ; et ensuite je serai très-malade si vous l'exigez...

— Allons, lis-la, dit le bon docteur en relevant la pauvre créature qui se mourait d'amour ; lis-la... mais bien doucement...

Et Paquerette, dont les palpitations redoublèrent, lut aussitôt :

« Que viens-je d'apprendre, cher Patrick ? le comte de Madoc » est à Paris ! »

Patrick, de ses deux poings fermés, frappa violemment sur la table... Continuez, Paquerette... Il est à Paris !... Continuez !

« Comprenez-vous tout ce que m'inspire de justes craintes la » présence de cet homme que je croyais pour longtemps, pour » toujours disparu de la scène du monde ?... Il est à Paris, et » je suis à Londres ! Heureusement que je n'y suis plus que » pour huit jours... Ces huit jours vont me sembler huit éter- » nités... Comment est-il à Paris ?... Devinez-vous pourquoi ?... » Il y est, voilà le fait... On l'a vu, et vous n'en saviez rien,

16

» mon ami?... Comment n'en savez-vous rien?... Il est vrai que
» je ne vous ai pas prévenu de son arrivée... Est-ce que je la
» prévoyais?... Oui, on l'a vu à Paris, et l'on ne se trompe pas
» sur le signalement d'un pareil homme... »

—Le comte de Madoc est à Paris, répétait avec inquiétude
Patrick qui aurait voulu ne pas interrompre, et qui, par ses
exclamations brusques et involontaires, arrêtait à chaque mot
Paquerette, fort étonnée aussi de son côté, car elle ne savait pas
le premier mot de la cause de cette crainte inspirée par le
comte de Madoc.

« D'ailleurs, poursuivit-elle, ne cachant pas son nom, il se
» montre partout avec l'éclat de son luxe, la distinction origi-
» nale de ses belles manières. On l'a rencontré récemment à
» l'Opéra, aux Italiens, dans les plus hautes réunions, aux bals
» des ambassades... Il s'est mis au-dessus, il paraît, de l'im-
» mense ridicule que mes derniers égarements de jeunesse lui
» ont attiré. »

Ici le docteur poussa un soupir, auquel Paquerette répondit
par un autre soupir parti du fond du cœur.

—Allez toujours, mon enfant...

« Vous ne supposez pas, cher Patrick, qu'il a découvert ni
» même cherché à découvrir notre retraite de Ville-d'Avray; il
» nous croit sans doute aux environs de Lisbonne, où j'avais
» fait courir le bruit que j'étais avec lady Glenmour. Lady
» Glenmour a dû sans doute entendre parler de lui au château,
» quoiqu'elle y ait vécu fort retirée depuis mon départ... Qu'a-
» t-elle dit?... qu'a-t-elle pensé?... Mes appréhensions, je le
» gage, vous semblent exagérées... »

Patrick fit un signe de tête négatif.

« ... Tant mieux! je voudrais qu'elles le fussent encore davan-
» tage... On m'assure, du reste, que le comte de Madoc se montre
» encore plus froid et plus réservé qu'autrefois à Londres... Il
» est vrai que cette froideur ne l'a jamais empêché de réussir.
» Mais il a surpris moins avantageusement, dit-on, les femmes
» de Paris par ce bon ton glacial, cette dignité hyperbolique
» qu'il apporte dans ses manières... »

Paquerette était étourdie de cette énigme déroulée avec tant
d'émotion et de peur par lord Glenmour... D'elle, pas un mot

encore... Elle attendait toujours la ligne qui renfermait son congé pour avoir osé écrire à son maître.

« Mais pourquoi, je me le demande encore, est-il à Paris?
» Après tout, pourquoi n'y serait-il pas? Paris n'est-il pas le
» rendez-vous banal du monde entier? Je me dis cela... Tenez,
» docteur, j'aimerais mieux, ma parole de gentilhomme, rece-
» voir dix boulets rouges dans les œuvres vives de ma frégate,
» la voir démâtée de tous ses mâts que d'apprendre que le comte
» de Madoc est à Paris, à quelques lieues de mon château, à
» quelques pas seulement de notre porte bientôt; car je calcule
» qu'aujourd'hui ou demain vous serez installés dans votre nou-
» veau logement, à la rue de Rivoli. Le nom de cet homme me
» fait jaillir le sang au cœur, aux yeux, au cerveau.—J'y vois
» rouge!—Et mes mains vingt fois plus nerveuses que de cou-
» tume briseraient du fer comme une paille, je le sens... Ciel et
» enfer! »

Paquerette, bouleversée, s'arrêta. Était-ce bien l'élégant lord Glenmour qui parlait? Était-ce là l'homme paisible, doux, qu'elle aimait pour sa figure suave, pour son caractère égal, pour sa voix d'ange?

Sous le coup étourdissant de cet étonnement elle continua:

« Voilà la douzième plume que j'écrase depuis que j'ai com-
» mencé cette lettre, dans laquelle je voudrais mettre toute ma
» clairvoyance exercée... toute ma fiévreuse inquiétude, toute
» mon expérience infaillible... toute ma colère... pour vous les
» communiquer... »

Les bras de Paquerette fléchirent détendus et brisés. Quel style! quel langage! quel incroyable violence! il lui sembla recevoir un soufflet au cœur et un rire moqueur au visage.

C'est à peine si dans son vertige elle chercha à deviner le motif de cette brutale colère.

« Voici en mon absence ce qu'il faut faire, mon cher docteur,
» quoique au fond le péril ne soit peut-être pas grave, immi-
» nent... il faut... il faut que je me repose un instant, mon ami,
» le sang vient de me jaillir avec violence par le nez... J'étouffe
» d'être si loin de cet homme qui est si près de vous... Si ce
» sang pouvait être le sien... »

— Votre voix s'éteint, Paquerette, dit le docteur; reposez-vous.

—Non, docteur; plus tard je me reposerai.

Ce plus tard était d'une étrange mélancolie dans la bouche de la désenchantée lectrice.

« Voici donc ce qu'il faut faire en attendant mon prochain
» retour : prévenir lady Glenmour que le comte de Madoc, dont
» je lui ai parlé... dont elle m'a parlé... veux-je dire, est à Paris...
» Ensuite... Non! non! mille fois non! Ne dites rien à lady
» Glenmour... c'est inutile... c'est peut-être imprudent... Ah! j'y
» suis!... Ce qu'il faut faire, le voici... Ne laissez absolument
» pénétrer aucun étranger chez moi; aucun; entendez-vous?...
» Et mort à qui résiste! »

—Serait-ce de la jalousie? Il aimerait à ce point lady Glenmour! pensa Paquerette qui fut obligée de s'interrompre pendant un quart d'heure sous le poids de l'oppression qui l'étouffait.

« Mais la précaution, » continua enfin Paquerette en lisant la
lettre de lord Glenmour, « me semble bien fausse, car comment,
» au premier abord, ne pas reconnaître le comte de Madoc? Pa-
» reille surveillance alors est à la fois odieuse et ridicule. D'ail-
» leurs, ce n'est pas le pistolet au poing, le poignard aux dents,
» que le comte de Madoc s'introduirait chez moi... Les armes
» de cet homme sont moins visibles et infiniment plus à crain-
» dre... Elles sont dans son langage, dans ses regards mysté-
» rieux, dans son art infini d'entourer peu à peu l'existence
» d'une femme et de la charmer, de l'envahir mollement par
» mille ondulations lentes, savantes, calculées, irrésistibles.

» Alors tranchons la situation; puisque ce n'est pas chez moi
» que le comte de Madoc peut me nuire, c'est ailleurs, c'est par-
» tout qu'il est à éviter; à la promenade... dans les salons... au
» temple... Il importe donc qu'il n'approche pas de lady Glen-
» mour... S'il en approche, je le sens, elle est perdue... »

— Et moi, et moi qui croyais qu'il n'aimait pas lady Glenmour! pensa Paquerette... Ce n'est peut-être que de l'amour-
propre exalté...

« Mais, allez-vous vous récrier, lady Glenmour n'est ni assez
» faible ni assez peu digne pour céder ainsi aux attaques d'un
» jeune homme qu'elle ne connaît pas; et vous la jugez bien
» peu honorablement... Vous avez raison, cher Patrick : c'est

» mai de douter ainsi d'elle. Mais si vous connaissiez comme
» moi le comte de Madoc, mes craintes vous paraîtraient moins
» injurieuses...

» L'art de pareils hommes est de déplacer toutes les règles
» admises. Quand une femme est aimée et qu'elle aime, sa chute
» est dans l'ordre ; mais quand une femme n'est pas aimée et
» qu'elle tombe, il faut croire qu'elle fléchit devant d'autres
» raisons dont le secret échappe. Il échappe complétement sur-
» tout... »

Paquerette étouffait de nouveau sous ses palpitations ; elle
lisait pour ainsi dire sa vie, son erreur et sa condamnation.

« Surtout, » reprit-elle, « à celles qui en sont dupes. Après tout,
» ces hommes sont infiniment rares ; j'ai pu en être un... »

Les yeux de Paquerette se fermèrent à demi, et ce n'est qu'à
travers une voûte de larmes qu'un rayon continua à parcourir
la lettre de lord Glenmour.

« J'ai pu en être un... le comte de Madoc est un de ces hom-
» mes assurément... Les femmes vont à eux comme l'eau suit
» fatalement la pente, le fer l'aimant ; ils ne sont souvent ni plus
» beaux, ni plus aimables ; ils sont quelque chose qu'on ne peut
» pas plus dire qu'on ne peut dire pourquoi dans ce monde on
» est heureux, prince ou somnambule. »

— Je vous disais bien que cette lecture était au-dessus de vos
forces, interrompit le docteur, n'entendant plus Paquerette...
L'air vous manque... Prenez un verre d'eau sucrée... Vous ne
répondez pas ?... Qu'avez-vous ?... Paquerette !

Surmontant l'horrible oppression qui, tout à coup, lui avait
éteint la voix, et comprimé la respiration, Paquerette poursuivit :

« Ainsi donc, cher Patrick, je crois à la haute vertu de lady
» Glenmour ; mais en attendant, ne vous fiez pas, par tous les
» diables ! au comte de Madoc.

» Le meilleur moyen de se mettre à l'abri de ses projets, s'il
» en a... car tout ce que je dis est peut-être un rêve... c'est de
» ne la jamais laisser seule dans le monde : mais de la faire
» constamment accompagner par deux amis qui en valent cent.
» Vous devinez que je veux parler de notre Tancrède, son che-
» valier d'honneur, et de notre brave, digne et excellent sir
» Archibald Caskil. Un pareil ami n'a pas besoin de deux aver-

16*

» tissements : glissez prudemment deux mots dans l'oreille de
» ce cher Caskil ; racontez-lui, si vous le jugez nécessaire,
» l'histoire de ma rivalité avec le comte de Madoc. et ne craignez
» plus rien de ce fameux comte, fût-il trois fois plus subtil et
» plus dangereux.

» Entre ces deux jeunes gens, Caskil et Tancrède, je laisse-
» rais aller sans crainte lady Glenmour au milieu d'une contrée
» peuplée de Madocs.

» Ainsi il est bien convenu, cher Patrick, que lady Glenmour,
» dont vous ne gênerez en rien la liberté, sera, jusqu'à mon re-
» tour, toujours accompagnée de Tancrède et de Caskil. Le
» dernier seul s'en plaindra peut-être, car le brave jeune homme
» aime mieux son coin du feu, l'hiver, et son grog au genièvre,
» qu'une soirée du grand monde ; mais il est assez mon ami
» pour que je lui cause ce grave ennui.

» Je vous aurais épargné ces importunités-là si j'avais pu
» partir sur-le-champ pour Paris, mais j'ai encore huit jours à
» passer ici, et je ne sais pas trop pourquoi, par exemple. J'ai
» beau le demander, on ne me rend que des réponses évasives

» Ainsi donc, attention, vous, Caskil et Tancrède ! C'est
» que lady Glenmour n'est pas ma maîtresse... Aurait-elle été
» ma maîtresse, je l'aurais disputée aux atteintes du comte de
» Madoc avec non moins de résolution et d'énergie ! Et ne l'ai-je
» pas déjà conquise une fois sur lui ? Qu'il ne vienne pas après
» coup, je l'y engage, rôder en ennemi sournois autour de ma
» conquête ; qu'il se souvienne, et qu'il tremble ! Son ridicule
» saigne encore. Je sais défendre ce que j'ai conquis... Qu'il
» songe à ce que je lui ai laissé quand la rivalité nous a mis en
» présence de deux femmes... J'ai eu lady Glenmour, et lui
» qu'a-t-il eu ? »

— Mon Dieu ! mon Dieu ! disait tout bas Paquerette dans la
désolation et le désenchantement de son âme, mon ange était un
démon !

« J'ai tort de m'emporter, » continua-t-elle, reprenant d'un
dernier souffle sa lecture, « de m'enflammer à ces souvenirs du
» passé, quand je cherche à en prévenir, à en conjurer les der-
» niers résultats. Non, cette colère ne vaut rien. Les épées qui
» tuent sont froides. Il faut être épée avec un pareil homme. Je

» parle au moral. Je ne prévois pas, grâce au ciel, de collision
» entre lui et moi.

» Tout ceci, cher docteur, tous ces discours flottants, décou-
» sus, extravagants, mêlés d'accents de colère et de confiance ;
» tous ces emportements que je ne puis réprimer à propos du
» comte de Madoc, qui ne pense peut-être pas à moi, attribuez-
» les nettement. je n'en rougis pas, à mon amour extrême pour
» ma femme. L'absence est une fée : elle découvre le bien, elle
» guérit le mal, elle fait oublier ; oui. mais elle fait aussi rendre
» justice. Elle éloigne et ramène. Lady Glenmour est belle,
» charmante, adorable, unique ; je l'aime comme si je ne l'avais
» pas épousée par dépit, pour ne pas mourir sous le coup du
» ridicule que m'avait asséné sur la tête le comte de Madoc. »

La voix déjà si faible de Paquerette diminua encore ; elle fit
un effort violent sur elle-même et poursuivit :

« Je l'aime, docteur, tout bonnement comme si elle était la
» fille d'un marchand de gants de la Cité, et comme si j'étais le
» fils d'un honnête mercier. Je l'aime, non pas comme un gen-
» tilhomme, comme un riche lord, ah ! bath ! mais comme un
» jeune homme qui a du sang dans les veines, du feu dans le
» cœur, comme un marin, mais pour la faire sauter dans mes
» bras jeunes et robustes et la laisser retomber dans mes bras ;
» je l'aime pour la montrer à mes côtés, au milieu de l'Océan,
» sur le pont de ma frégate, en disant à mes matelots : « Amis,
» voilà le beau temps à bord ! » Je l'aime pour la montrer avec
» fierté dans toutes les contrées où le vent me poussera, et pour
» dire aux étrangers : Messieurs, voilà l'Angleterre ! Je l'aime,
» docteur, bon Patrick, comme un enfant, comme un vieillard,
» comme tout. Allons ! Patrick, debout ! chapeau bas ! le verre
» de wisky à la main ! trois hourras partis du cœur pour ma
» femme : hourra ! hourra ! hourra ! »

— Il y est enfin venu. je crois, s'écria le docteur. Son masque
se détache.

La voix de Paquerette diminua encore : ce n'était plus qu'une
lueur de voix.

Où prit-elle assez de force, la malheureuse fille, pour terminer ?

« Sacrebleu ! docteur ! sacrebleu ! prenez ma femme par la
» tête et je n'en serai pas jaloux ; pressez-lui le front entre vos

» deux mains et embrassez-la dix fois chaudement pour moi en
» lui disant : Votre matelot vous adore, ma belle Flavie.

» Je crois que vous aviez raison, docteur : il faut être avec une
» femme ce qu'on est ; ni plus ni moins : nous verrons cela à
» mon retour... Mais d'ici là, mille millions de tonnerres ! ayez
» toujours le pied sur l'ombre du comte de Madoc, et votre main
» près de son épaule.

» Tout mûrement pesé, ne communiquez rien de cette lettre
» à lady Glenmour ; qu'elle ignore le jour, le moment de mon
» arrivée. Je veux la surprendre, comme disent, comme font les
» bons bourgeois de la Cité.

» Mon cœur à elle, à vous, à sir Archibald Caskil, à Tancrède.

» Votre GLENMOUR. »

Paquerette manqua de force pour ramasser la lettre qui lui
tomba des mains. C'est machinalement qu'elle obéit à la voix des
gens de lady Glenmour, l'appelant de tous côtés pour monter
en voiture. On quittait le château de Ville-d'Avray, toute la
maison se rendait à Paris.

En arrivant dans le nouveau logement, Paquerette tomba
évanouie. Sa puissance nerveuse, longtemps surexcitée, l'avait
pourtant suivie et soutenue jusque-là. On attribua sa longue dé-
faillance à la fatigue du voyage, au changement d'air, et on la
coucha. Ensuite, on la laissa, on l'oublia, comme on en use
d'ordinaire envers les domestiques. Ses premiers mots, en revenant à elle, furent ceux-ci :

— Ah ! mon Dieu ! j'ai un doute !... un doute horrible !...
cette lettre de lord Glenmour me l'a donné... à qui le confier ?

La loge des Italiens.

— J'avais commencé à vous peindre la fameuse Mousseline
dans son intérieur luxueux, dit le chevalier De Profundis au

marquis de Saint-Luc, lorsque vous m'avez interrompu fort à
propos pour connaître l'histoire du major de Morghen. Maintenant il est temps, si vous y consentez, d'aller la retrouver et de
vous la montrer conspirant avec le comte de Madoc, à qui elle
doit en grande partie la magnificence de sa position, contre lady
Glenmour et l'honneur de son mari.

Mousseline tenait depuis longtemps un bout du réseau où lady
Glenmour allait être enveloppée, si une circonstance miraculeuse
ne venait la protéger et la sauver. Après avoir partagé l'exil
volontaire du comte en Italie, elle était revenue à Paris quelques
mois après lui. Une riche dotation payait la part active et mystérieuse qu'elle prenait à ses sourdes menées ; elle occupait le
premier rang de sa classe équivoque.

Rien ne lui manquait, ni chevaux, ni riche mobilier, ni nombreux domestiques, ni rentes sur l'État ; car, je vous l'ai dit,
fille de son siècle, Mousseline songeait sérieusement à l'avenir.
Elle avait les plus grands vices et le plus bel ordre ; c'était l'inconduite la mieux réglée. Vous l'avez vu, elle avait un teneur de
livres!... Elle ne jetait rien par les fenêtres ; il est une chose
cependant qu'elle aurait désiré faire passer par cette voie, c'est
son honorable famille, dont nous avons connu l'esprit et les
mœurs pendant son séjour à Londres.

Elle s'était déjà débarrassée de son frère Félix ; mais il lui
restait encore son père et sa sœur Eurydice sur les bras.

Mousseline était dans une colère furieuse contre son père (qui
était aussi son cuisinier, s'il vous souvient), le jour même où
lady Glenmour prenait possession de son appartement de la rue
de Rivoli. Ce jour-là le comte de Madoc qui, depuis longtemps,
avait patiemment tracé ces lignes d'opération autour de lady
Glenmour, devait venir dîner chez Mousseline et ouvrir avec
elle le siège dans la soirée. Il avait promis de se présenter chez
elle à quatre heures ; il en était quatre, et son père, sorti depuis
dix heures, n'était pas encore rentré. Comment dîner sans lui,
le cuisinier de la maison ? Elle l'envoya chercher chez ses confrères, dans les cuisines des environs, aucun ne l'avait vu.

A cette inquiétude de Mousseline s'en joignait une autre qu'elle
n'osait pas approfondir ; elle avait prié son père d'aller porter
pour elle trois cents francs à la caisse d'épargne, heureux résul-

tat de son gain au jeu, la veille. Si son père, détourné de sa
voie, avait été volé, assassiné !... l'argent est si rare !

Enfin, à cinq heures, le vieux Trabucq arriva à la maison,
mais dans un état qui prouva à sa fille, que s'il n'avait pas
perdu la vie, il avait beaucoup perdu de sa raison. S'il n'avait
encore perdu que cela !...

— Figure-toi mon enfant... commença-t-il par dire d'un ton
animé et en s'asseyant sur un divan de satin rose.

— Je ne veux rien me figurer du tout, interrompit Mousseline, où est mon argent ? répondez-moi et quittez, je vous
prie, cette place... vous allez tacher mon divan...

— Apprenez, ma fille, qu'un père ne fait tache nulle part.

— Mon argent ?... les trois cents francs que je vous ai remis
pour les porter à la caisse d'épargne, où sont-ils ?

— Ils sont placés.

— Le livret, voyons le livret !...

— Le voici... vous vous défiez donc de votre père ?

— Vous n'avez rien placé ! s'écria Mousseline.

— Pardon, j'ai placé, mais pas à la caisse d'épargne.

— Et où donc ?

— Selon mon cœur.

— Pas de farce !

— Soit : figure-toi que deux amis d'enfance m'ont engagé à
déjeuner, ce matin, comme je sortais d'ici.

— Et vous avez dépensé ?... demanda Mousseline en colère.

— Quarante francs : c'est pour rien...

— Et le reste, le reste de l'argent ?

— Ah ! le reste... En sortant du marchand de vins, j'ai encore rencontré, figure-toi... deux autres amis encore plus d'enfance, qui m'ont engagé à aller faire, à petits pas, à petits pas,
une promenade à Saint-Cloud. La caisse ne ferme qu'à cinq
heures ; et l'appétit, comme dit l'autre, vient en ne pas mangeant ; allons à Saint-Cloud !.me suis-je dit.

— Misérable ! murmura Mousseline.

— Arrivés à Saint-Cloud, nous avons mangés à la *Tête-Noire*
quelques fritures arrosées de quelques bouteilles de chambertin ;
ç'a été la mort violente de soixante francs.

— Brigand !

— Ce titre à celui à qui vous devez le jour et la nuit !

— Et les deux cents francs qui restaient ? Les avez-vous encore, du moins !...

— Ah ! ceux-là, par exemple, je comptais bien les placer, mais voilà qu'en rentrant à Paris, je rencontre sur les boulevards ton frère, ce chou de Félix...

— Un monstre qui a mis ma voiture en gage et vendu mes chevaux; ne me parlez pas de lui... Où sont les deux cents francs ?

— Figure-toi...

— Je vous défigurerais volontiers...

— Tu ne défigureras pas ton père, dit la Bible... Or, ton frère m'a fait pitié... il avait besoin d'argent, je lui ai prêté les deux cents francs... et je l'ai pardonné.

— Vous êtes un fier gueux ! comme dit M. Hugo.

— Ensuite je me suis dirigé vers la caisse d'épargne...

— Mais vous n'aviez plus rien à y porter ?

— C'est ce que je me suis dit, et je ne suis pas allé à la caisse d'épargne... je viens te faire à dîner...

— Allez vous coucher !

— Ton père ! tu envoies se coucher ton père !

— Ou je vous fais mettre au violon.

C'est sur ce propos que vint le comte de Madoc, pour y mettr un terme. Il pria Mousseline de passer vite dans son boudoir, il avait à lui parler. Tous deux s'éloignèrent alors du vieux cuisinier qui s'étendit sur le divan de satin rose en chantant à tue-tête.

> « Quand on fut toujours vertueux,
> » On aime à voir lever l'aurore. »

— C'est ce soir que nous commençons l'attaque, dit-il à Mousseline ; lady Glenmour est à Paris.

— Elle est à Paris ! s'écria Mousseline avec la joie féroce du pirate qui aperçoit blanchir une voile à l'horizon ; et dans ses yeux se peignit la même expression qu'elle y laissa voir le jour où elle dit sur la pelouse du château de Ville-d'Avray : *Encore une vertu au sac !* mot qui la révèle tout entière ainsi que celles de son espèce, ennemies acharnées de ce qu'elles nomment dé-

daigneusement une honnête femme. Ce mot leur cause des grin-
cements de dents ; le Corse ne hait pas plus le Génois, le Por-
tugais, l'Espagnol, que la femme déchue n'abhorre l'honnête
femme ; sa haine irait jusqu'à l'anthropophagie. Mousseline ca-
ressa sa proie de la pensée, et dit en se campant en Romaine
devant le comte de Madoc :

— Eh bien ! puisqu'elle est ici, me voilà ! Qu'allons-nous faire,
comte ?

— Nous allons ce soir aux Italiens.

— Est-ce qu'elle y sera ?

— Non ; mais après-demain...

— Mais alors ?...

— Tout vous sera expliqué ; ne perdons pas de temps... Je
viens vous dire le costume qu'elle aura après-demain soir, pour
que vous en mettiez un exactement semblable aujourd'hui. Vous
avez, n'est-ce pas, un double de toutes ses robes ?

— De toutes. Parlez. Dites-moi d'abord sa coiffure.

— Des torsades de perles dans les cheveux et des nattes re-
jetées très en arrière.

— Ensuite ?

— Une robe de soie lilas avec de grands volants de dentelle
noire.

— Très-bien !

— Une mantille pareille aux volants.

— Ensuite ?

— Une parure d'émeraudes.

— Et le bouquet ?

— Camélias et violettes de Parme.

— Dans une heure, je serai prête ; j'ai ici tout ce qu'il me
faut. Eurydice me coiffera.

— Faut-il vous attendre ?

— Oui... seulement...

— Quoi ?

— Je n'ai pas dîné, et je ne sais comment vous donner à
dîner ; mon père...

— Eh bien ! tandis que vous vous ferez habiller, je vais envoyer commander un dîner au Café de Paris ; nous dînerons ici
quand vous serez prête.

— Du vin de Champagne frappé, surtout.

— Nous en aurons.

— Et du café très-fort pour remonter la fibre.

— Soyez tranquille.

Mousseline se déshabilla lestement tout en causant avec le comte de Madoc. Ses cheveux se dénouèrent, sa robe quittait ses épaules; elle sonnait ses femmes de chambre...

— A propos, demanda-t-elle, que faudra-t-il que je fasse aux Italiens?

— Bien vous mettre en vue d'abord.

— C'est facile.

— Détourner le plus possible l'attention des spectateurs pour l'attirer de votre côté.

— Sans trop de scandale cependant?

— Un peu de scandale.

— Vous me direz quand il y en aura assez. Est-ce tout?

— Non.

— Quoi encore?

— Vous me compromettrez en parlant très-haut et en prononçant mon nom.

— Fiez-vous à moi pour compromettre.

— Et enfin?

— Enfin être excessivement jolie.

— C'est déjà fait, dit Mousseline, en retirant son bas et en donnant un coup de pied, de son petit pied rose, au comte de Madoc pour le prier de sortir.

Elle entr'ouvrit une demi-minute après la porte de son boudoir, pour crier au comte qui était déjà loin dans la galerie :— Si je vous mets à la porte, c'est que j'ai faim, vous ne songiez plus au dîner... n'allez pas vous y tromper...

Après avoir reçu la lettre de son ami lord Glenmour, le docteur Patrick se trouva dans la disposition d'esprit où à sa place nous serions probablement tous.

Entre deux dangers, il fut entraîné à s'occuper du plus grand aux dépens de l'autre; il n'avait que des doutes plus ou moins graves sur les intentions du jeune négociant du cap de Bonne-Espérance, et l'on venait de lui porter d'alarmantes certitudes sur les projets du comte de Madoc. Naturellement c'est sur le comte de Madoc qu'il lui importait de diriger toutes les forces de son attention au lieu de continuer à les tendre vers sir Archibald Caskil. Les diviser, c'était les employer sans profit.

D'ailleurs, un géant comme le comte de Madoc réclamait toute la puissance et toute l'habileté de ses adversaires.

Patrick ne vit donc rien de mieux que de suivre à la lettre les avis timorés de lord Glenmour à l'égard des mesures d'extrème précaution qu'il convenait de prendre pour garantir sa femme des piéges du comte.

Il garda envers celle-ci le silence que son ami, dans un intérêt de surprise, lui recommandait d'observer.

En sorte que lady Glenmour se raffermit encore dans l'opinion funeste que lord Glenmour ne reviendrait plus et que la réponse à la lettre adressée par elle à la reine était sur le point d'arriver.

Elle se laissait vivre entre ces deux faits et conduire par les événements. Rien ne lui paraissait mettre obstacle à son habitude passionnée de recevoir sir Archibald Caskil qu'elle n'avait plus à voir que pendant un très-petit nombre de jours. Lui, la France, que sa présence avait fini par faire aimer à lady Glenmour, Paris et ses fêtes qui commençaient aux premières lueurs des neiges de l'hiver, disparaîtraient bientôt de ses yeux comme un décor.

Sa jeunesse était aussi une bien légitime excuse à cet attachement de confiance pour un jeune homme qui s'occupait d'elle tous les instants, sans diminuer jamais de gaieté, sans rien perdre de son naturel fougueux et entraînant, tandis que son mari se bornait à lui envoyer de froides parures de bal.

— Encore une soirée à passer avec lui, se dit-elle sous l'impression du même sentiment de plaisir et avec la même pointe de regret, en montant, toute parée, en voiture, pour aller aux Italiens, entre Tancrède et sir Archibald Caskil.

— C'est vous qui avez voulu me conduire aux Italiens, ne l'oubliez pas, disait Caskil à lady Glenmour pendant le trajet de l'hôtel au théâtre; vous avez entraîné l'ours hors de sa tanière ! et puis, se penchant vers Tancrède, il ajoutait tout bas : — Il est convenu, cher Tancrède, que nous ne dirons pas à lady Glenmour que son mari nous a chargés de veiller de près sur elle, par crainte de ce comte de Madoc.

— C'est parfaitement convenu, repartit Tancrède, et ironiquement il pensa : — Ce jeune homme ne se guérira donc jamais de sa naïveté !

Quand lady Glenmour et ses deux jeunes cavaliers entrèrent dans leur loge, le spectacle était commencé depuis une demi-heure.

De l'étonnement produit par un bruit qui passe, la foule s'éleva à une surprise plus caractérisée en voyant la dame que le comte de Madoc accompagnait. Les immuables habitués semblaient la reconnaître pour l'avoir déjà vue l'avant-veille. On se serait mépris à moins. C'était le visage de Mousseline, sa même toilette, sa même parure. C'était bien elle : est-ce bien elle ? Pour s'en convaincre, on attendait que la jeune femme ainsi lorgnée de tous les points de la salle recommençât ses licences de la dernière représentation. Car Mousseline, on le suppose, n'était pas demeurée au-dessous des instructions qu'elle avait reçues du comte de Madoc.

Elle s'était mise au balcon de sa loge comme au balcon de sa croisée, le corps en avant, la tête presque au-dessus du parterre qu'elle affrontait avec une dédaigneuse impertinence. Elle avait causé tout haut, laissé tomber son bouquet sur les crânes aristocratiques de la galerie, redemandé toute seule, au milieu du silence général, un morceau d'ensemble très-insignifiant, et vingt fois prononcé le nom du comte de Madoc, assis près d'elle.

Il n'est pas une personne de la salle qui ne l'eût remarquée.

On ne parlait que d'elle et du comte de Madoc le lendemain à l'Opéra. Eh bien! c'est avec cette femme hardie que deux jours après le même public des Italiens confondait lady Glenmour et la confondait à juste titre, grâce à cette ressemblance extérieure, œuvre perfide du comte.

Ni elle, ni Tancrède, ne s'aperçurent d'abord qu'ils étaient l'objet de l'attention universelle; mais le comte remarqua tout. Il était placé sur le devant de la loge, à la droite de lady Glenmour; Tancrède, qui occupait seul le second rang, était assis derrière elle. Il pouvait la voir, et de sa place elle pouvait le voir dans une des deux glaces latérales fixées aux deux côtés de la loge.

Ce n'est que dans la salle que lady Glenmour et Tancrède remarquèrent la riche et élégante toilette du comte sur laquelle leur attention ne s'était pas portée dans la demi-obscurité de la voiture.

Voulant qu'il n'y eût pas d'erreur, pas de doute de la part du public sur son identite, le comte de Madoc s'était habillé comme l'avant-veille, et il était délicieusement mis.

A une époque effacée, où l'on ne peut citer ni la couleur des étoffes puisqu'elles ont toujours à peu près la même couleur, ni la finesse des broderies puisqu'on n'en porte plus, il devient fort difficile de préciser la supériorité d'une toilette d'homme sur une autre toilette.

Cette supériorité est presque tout entière dans les façons, la tournure, les mouvements, la grâce personnelle, la civilisation de l'individu. Cela suffit, il est vrai, pour qu'un homme soit très-différent d'un autre homme. Pour résumer les éloges écrits sur les lèvres attentives de toutes les femmes en voyant le comte, il faut se borner à dire qu'il partagea avec lady Glenmour la surprise générale, non à cause de sa beauté, le comte de Madoc n'était pas réellement beau, mais à cause de l'excellence de sa tenue, de la noblesse et de la sobriété de ses manières, déjà célèbres du reste dans tous les clubs élégants de Paris.

Ce soir-là le comte avait trouvé le difficile secret de paraître encore plus distingué, tout en perdant cependant un peu de sa sévérité accoutumée Il fallait qu'il fût encore un peu l'honnête sir Archibald Caskil pour Tancrède et pour lady Glenmour, déjà bien étonnés du changement opéré dans son extérieur.

Nous avons dit que Tancrède était placé au second rang derrière lady Glenmour. Dans cette position, il la voyait parfaitement dans la glace latérale, malgré le comte placé entre elle et cette glace. Ses yeux n'en déviaient pas : aucun mouvement de lady Glenmour ne lui échappait.

On jouait I Puritani, à chaque morceau amoureux de cet opéra qui en abonde la tête de lady Glenmour se tournait involontairement vers le comte de Madoc, qui lui souriait avec une bonhomie tendre qui tenait un peu de sir Archibald Caskil, mais beaucoup plus en ce moment du comte de Madoc. Ce mélange adroit trompait sa confiance; elle croyait ne s'associer qu'aux suffrages d'un homme sensible au charme d'une belle musique, et elle s'enivrait avec lui d'une émotion triplée par les feux de la salle, l'influence de l'harmonie, et cette vapeur qui circule à longs flots, toute faite d'haleines jeunes, et du parfum des fleurs rares.

Tancrède prenait pour lui ses regards humides et doux, timidement dirigés du côté du comte : il les suivait, il y répondait en dardant les siens dans la glace; il se fondait dans l'extase : « Comme elle m'aime! comme elle éprouve la même ardeur que moi aux sons de cette musique divine : oui, c'est son existence et la mienne qui se rencontrent au fond du foyer lumineux de cette glace, où trois mille personnes se peignent, et où je ne vois qu'elle et où elle ne voit que moi, que moi seul! »

Il se penchait vers cette ombre aimée, placée si près de la réalité, mais si près, qu'il n'y avait entre l'une et l'autre, pensait-il, que l'épaisseur de sir Archibald Caskil. Caskil n'était pas un obstacle, au contraire; il servait merveilleusement au jeu de cette pantomime du cœur, qui se joue si souvent dans les loges de spectacle.

Et comme la touchante musique de Bellini, qui exprimait en ce moment un adieu, vint à redoubler de passion, la main gauche de lady Glenmour, tandis que sa main droite, couverte d'un gros bouquet, s'allongeait sur le rebord de la loge, tombait aveuglément, fatalement, chaste encore, mais vaincue, sur la main du comte, tout à fait cachée par l'ombre du bouquet et d'ailleurs placée sur ses genoux.

Tancrède qui, dans la glace, ne voyait que la main chargée du bouquet, commit une des plus étranges et pourtant des plus naturelles erreurs : il s'imagina que ce bouquet de camélias et de violettes de Parme, où lady Glenmour avait longtemps posé ses lèvres pendant la soirée, s'avançait vers lui, c'est-à-dire dans la glace, afin qu'il le vît et y cherchât une expression de ce qu'éprouvait pour lui lady Glenmour à cette minute d'extase.

Son illusion fut des plus complètes.

A dix-huit ans qui n'a pas de ces illusions? Ébloui, passionné, fou jusqu'aux larmes de cette preuve d'amour dans un lieu où tout commande la retenue, Tancrède s'agenouilla à demi dans le fond de la loge et alla poser ses lèvres sur la glace, à l'endroit où la réflexion reproduisait le bouquet de lady Glenmour. Pendant ce temps le comte de Madoc relevait la main de lady Glenmour et y posait ses lèvres.

L'amour vrai baisait une glace, l'amour menteur embrassait la réalité. Triste vérité ! charmante allégorie !

Si Tancrède, de sa place, ou plutôt dans son attitude, ne pouvait pas voir le comte de Madoc, le public, qui était beaucoup moins amoureux et moins distrait, s'aperçut de la scène un peu galante entre le comte de Madoc et la jeune dame qui ressemblait tant à Mousseline, si toutefois ce n'était pas Mousseline elle-même.

Les plaisanteries, les rires, murmures ricaneurs de l'avant-veille recommencèrent sourdement, et alors lady Glenmour s'aperçut qu'il était question d'elle dans la salle. Tremblante de confusion, lady Glenmour se dit :

— Oh ! mon Dieu ! je me suis oubliée, on me regarde ! c'est nous qu'on désigne ! où me cacher ?

Tancrède n'avait rien vu, il ne voyait rien. Quant au comte, il se dit : — Tout va bien !

Pour que tout allât encore mieux sans doute, il dit, cinq minutes après, quand la rumeur de la salle commençait à s'apaiser : — Si nous nous retirions, milady, vous paraissez souffrante ?...

Là seulement Tancrède sortit de sa léthargie... S'en aller, c'était le meilleur moyen de raviver le scandale.

— Oh ! oui, allons-nous-en, répondit lady Glenmour, la chaleur m'incommode... j'ai besoin d'air...

— C'est moi, pensa Tancrède, qui suis cause de l'indisposition qu'elle éprouve ; j'aurai été trop hardi, trop imprudent..... Oh ! quelle maladresse !

Ils quittèrent aussitôt le spectacle pour rentrer bien vite à l'hôtel.

Lady Glenmour se retira à l'instant même dans ses appartements.

— Je ne me trompais pas, se redit Tancrède, mon imprudence lui a déplu ; elle en a été blessée, offensée peut-être..... J'ai tout perdu...

Un moment après, le comte de Madoc, qui ne perdait pas Tancrède de vue, s'approcha de lui et lui dit :

— Vous n'ignorez pas, je présume, la cause de la rumeur qui vous a fait partir sitôt du spectacle?

— Je l'ignore, balbutia Tancrède.

— Vous ne vous en doutez pas?

— Mais non... Est-ce que lui aussi m'aurait vu?

— Écoutez-moi alors, mon cher Tancrède; vous aimez passionnément, follement, lady Glenmour, et cet amour effréné vous accompagne partout. Je vous ai suivi des yeux ce soir au Théâtre-Italien.

Tancrède pâlit.

— Les leçons de morale, mon cher Tancrède, ne me plaisent guère; mais les leçons de physique, qui se gravent davantage dans la mémoire, sont infiniment plus de mon goût. Voulez-vous recevoir de moi une leçon de physique?

Cette leçon, la voici : Vous, et tous les jeunes gens et toutes les jeunes filles, sachez bien une chose fort importante, c'est que toutes les fois qu'on voit une personne dans une glace, on en est vu. Dans la glace de notre loge, aux Italiens, vous voyiez la moitié de la salle; eh bien! par la même raison, la moitié de la salle vous voyait aussi... Elle a vu, quand vous avez posé vos lèvres sur la glace...

— Oh! comment me faire pardonner de lady Glenmour? s'écria Tancrède, confondu par cette confidence qui ne lui permettait plus le doute sur la publicité de son imprudence.

— Comment, enfant? en lui demandant pardon, et en l'aimant toujours davantage.. Mais allez vous reposer, Tancrède... vous rêverez le bonheur...

— Tenez, Monsieur Caskil, je vous ai méconnu... Vous êtes un excellent homme...

— Ah! je crois bien... Mais allez vous reposer, mon ami.

— Encore un mot : vous croyez, Monsieur Caskil, qu'elle m'aimera encore quoique je l'aie gravement compromise?

— Axiome, mon cher Tancrède : plus on compromet une femme, plus elle vous aime.

Le comte ajouta mentalement : « Oui, pourvu qu'elle vous aime. »

Tancrède et Paquerette.

Tout le monde avait oublié Paquerette depuis l'installation à Paris; elle seule n'oubliait pas : sa fatale maladie, au contraire, avait exalté chez elle, comme chez toutes les personnes qui en sont atteintes, les principales facultés de l'intelligence, la réflexion et la mémoire : aimer et se souvenir forment les deux moitiés des frêles existences qui s'éteignent de langueur.

Paquerette, dont le corps manquait de force pour se soutenir, n'avait jamais tant vécu par le cœur et l'esprit. Ardente et dévorée comme la sybille antique, elle pénétrait non pas dans l'avenir, mais dans le passé, qui n'avait plus d'illusion pour elle. Le vase de cristal était brisé; l'eau et les mille couleurs qu'il renfermait avaient fui entre ses doigts.

Elle avait aimé ce qui n'existait pas : elle avait adoré dans un homme des apparences. Lord Glenmour, tel qu'il s'était montré à elle, tranquille et pur, était un mensonge, un mirage : un jour, après avoir beaucoup marché dans cette voie trompeuse, elle s'était trouvée, comme les voyageurs d'Orient, au milieu de l'aride désert.

L'oasis verte et parfumée n'était que dans son cœur. Glenmour la tuait, comme le désert tue après avoir longtemps égaré. Qu'importe au désert? Qu'importait à Glenmour?

Elle se mourait donc de l'un des plus mystérieux amours qu'il y ait eu peut-être sur la terre; d'un amour que celui qui l'inspirait n'avait jamais connu ni soupçonné; d'un amour non pas simplement solitaire, mais qui avait eu, comme tous les amours terrestres, ses phases, ses rares beaux jours et ses tempêtes, mais en lui et sans écho.

Elle voyait si clair et si loin au fond du passé qu'elle ne put se défendre dans ses nuits d'insomnie de percer dans celui des autres.

Et à l'occasion de cette lettre de lord Glenmour, son premier et dernier désenchantement, elle revint, conduite par cette clairvoyance prophétique, sur bien des passages qu'elle n'avait pas d'abord remarqués.

Du doute traînant elle s'éleva, par l'effet de sa perspicacité
fébrile, jusqu'au dernier degré de certitude.

Alors, avec un soupir qui attestait la pureté et la noblesse de
cette âme mortellement blessée, car il lui était arraché par l'intérêt qu'elle portait à une femme qu'elle aurait pu sans crime ni
aimer ni plaindre, elle fit demander Tancrède.

Depuis le retour de la campagne, elle n'avait pas quitté le
fauteuil dans lequel elle achevait de consumer ses forces. C'est
là qu'elle attendait un sommeil réparateur qui ne venait pas, en
tressant des couronnes de fleurs artificielles avec d'anciennes
parures de sa maîtresse. On sait qu'elle était excellente fleuriste.

Elle avait peu maigri, malgré l'activité du mal ; mais son teint
se recouvrait de jour en jour de la pâleur de la cire. Ses longs
cheveux cendrés, défaits comme ceux des anges et mollement
bouclés, se détachaient avec des nuances délicates sur le fond
jaune-souci du vieux fauteuil. Le soleil se plaisait à venir la
trouver à cette place. On dirait qu'il redouble de soins envers
ceux qu'il n'a pas longtemps à voir. Il a des rayons de tendresse
pour la fantaisie du malade, comme il a des reflets brillants pour
le casque du soldat. Le soleil est l'ombre de Dieu.

Par moments, lorsque ses bras détendus flottaient à l'abandon
de son corps, et que son visage, collé contre le velours du fauteuil, demeurait dans une immobilité extatique, au milieu de
cette clarté dorée qui l'enveloppait, elle ressemblait à une de
ces admirables peintures de Scheffer, le peintre de Marguerite.

Elle attendait Tancrède dans l'impatience si inquiète qu'ont
tous ceux qui voient le temps leur échapper.

C'était le lendemain et dans la matinée du jour où Tancrède
s'était proclamé le plus heureux des hommes pour avoir effleuré
du bout des lèvres dans une glace l'ombre du bouquet de lady
Glenmour. Il se berçait encore au milieu des plus jolis nuages
roses, quand un domestique vint lui dire que Paquerette désirait
lui parler.

Il monta aussitôt à la chambre de Paquerette, et les deux
jeunes gens se trouvèrent encore une fois en présence comme à
Ville-d'Avray ; mais dans la position inverse.

Paquerette était assise, malade, au fond d'un fauteuil, et Tancrède était debout près d'elle, rayonnant de santé et de bonheur.

— Que j'ai de regret, que j'ai de reproches à m'adresser de n'être pas encore venu vous voir, chère Paquerette... mais les occupations... mais lady Glenmour... mais...

Paquerette s'arrêta quelques minutes pour s'assurer si sa résolution de parler était irrévocable.

— C'est de lady Glenmour que j'ai à vous entretenir, monsieur Tancrède.

— Parlez... je ne me doute pas...

Le fluide magnétique empreint de crainte qui s'échappait de Paquerette, courut frapper les nerfs de Tancrède.

Il y eut à l'instant un frémissement éprouvé et communiqué.

— Avant de parler, dit Paquerette, je vous demande votre serment de chrétien de ne dévoiler à personne ce que je vais vous révéler.

Tancrède parut fort étonné de la solennité de ce début.

— Recevez mon serment.

— Maintenant, joignez à ce serment votre parole d'homme d'honneur et de loyal marin.

— Je vous la donne aussi.

— Ainsi, monsieur Tancrède, sur votre foi et sur votre honneur, vous jurez de ne confier à personne ce que vous allez apprendre de ma bouche?

— Je l'ai juré.

— Eh bien! apprenez que sir Archibald Caskil est le comte de Madoc, dit Paquerette.

— Le comte de Madoc!!! cria Tancrède en se précipitant sur le fauteuil de Paquerette, et en plongeant son regard dans le sien pour voir si elle disait vrai; allons donc!

— C'est le comte de Madoc, vous dis-je.

— Lui! le comte de Madoc!... Ah! et je lui ai serré les mains hier... Lui chez lord Glenmour! Et lady Glenmour!... Et pour... mais... ce n'est pas possible!... voilà une surprise!... Et personne ne s'en doutait!... Depuis trois mois je le vois tous les jours... nous le voyons tous les jours... le comte de Madoc... Mais il m'a joué! Oh! comme il m'a joué!... comme il me joue encore... comme il nous a tous joués, le docteur... moi!... lady Glenmour.... Mais il veut donc.... Que veut-il?.... Quelle hardiesse! quelle insolence!... ce qu'il veut? je le sais... lord Glen-

mour le sait !... Quelle épouvantable clarté... quel homme !...
mais il a donc métamorphosé, changé son caractère, sa voix,
ses goûts ?... C'est un Protée... c'est... c'est le comte de Madoc...
Mais il faut que tout le monde sache ici ! partout ! que sir Archibald Caskil c'est le comte de Madoc !...

Paquerette l'arrêta :

— Et votre serment ?

— Oui, mon serment... c'est vrai...

— Songez-y !

— Et vous ne m'en dégagez pas ?

— Non !

— Vous avez raison... je le tuerai sans le dire à personne,
sans le dire à lui-même... Le secret sera bien gardé.

— Un assassinat ?

— Peut-être.

— Oh ! Tancrède !

— Adieu, Paquerette, adieu, merci !... — Il revint sur ses
pas. — Vous ne m'avez pas dit comment vous saviez que sir
Archibald Caskil était le comte de Madoc.

— Je le sais.

— Mais la preuve ? car enfin, il faut des preuves.

— Je n'en ai pas.

— Mais...

Paquerette baisant à son tour la Bible, dit :

— Je jure sur le saint livre que sir Archibald Caskil est le
comte de Madoc.

. Tancrède ne voulut pas en entendre davantage pour être convaincu... Il sortit en criant : — Malheur à lui ou à moi !

— Tout se simplifie à merveille, s'écria Tancrède en marchant
dans le feu de sa colère ; rien n'est plus aisé que la conduite
que j'ai à tenir jusqu'au retour de lord Glenmour. Je ne quitterai
pas sa femme. Le jour je serai près d'elle ; la nuit je veillerai à
sa porte. Je serai le double de son ombre ; je marcherai dans
ses pas. Et cela sans lacune, sans relâche, sans pitié pour les
convenances, sans pitié pour elle, sans pitié... ajouta Tancrède
en ouvrant le tiroir de son secrétaire, et en y saisissant deux
pistolets chargés... et sans pitié pour le comte de Madoc. Je ne
l'assassinerai pas, comme je l'ai dit ; non ! Mais s'il élève seule-

ment la voix pour railler mes incessantes importunités auprès de lady Glenmour, je lui réponds par un soufflet et je lui mets un de ces deux pistolets dans la main. Fût-ce dans la rue, fût-ce en voiture, fût-ce dans un salon ; je lui laisse le choix de tirer ensemble ou de lui fracasser le crâne. Il ne me refusera pas.

C'est dans ces pacifiques dispositions que Tancrède descendit au salon.

Lady Glenmour et le comte de Madoc y étaient ; ils avaient déjeuné sans lui, retenu par la confidence de Paquerette. Un peignoir liseré rose et blanc enveloppait lady Glenmour qui, pour tout autre que Tancrède, montrait visiblement cet étonnement, cette douce stupidité, si l'on ose s'exprimer ainsi, écrite sur le visage des femmes coupables d'une faute commise la veille, d'une première imprudence. Celles-là sont marquées d'une empreinte particulière : elles ont comme un voile diaphane qui tient à la fois du blanc d'Espagne et de l'imbécillité.

Tancrède dissimula la crispation de ses nerfs, il boucla sa colère autour de son front sans jeter les yeux sur le comte ; il écoutait celui-ci qui discutait en ce moment avec lady Glenmour la toilette qu'elle choisirait pour aller le soir même chez la comtesse de Boulac, une des deux vieilles femmes avec lesquelles vous avez fait connaissance au château de Ville-d'Avray, dit le chevalier De Profundis au marquis de Saint-Luc.

Madame de Boulac donnait une soirée ; elle avait invité lady Glenmour, à peine installée, sans oublier Tancrède ni sir Archibald Caskil, l'ami de la maison.

Sir Archibald Caskil assurait lady Glenmour qu'elle n'avait pas de meilleur moyen de se distraire de la petite contrariété causée par l'événement de la veille, du reste déjà oublié comme tout s'oublie à Paris. Tancrède, ajoutait sir Archibald Caskil avec intention, était assurément de son avis : il se joignait à lui, il n'en doutait pas, pour décider lady Glenmour, fort indécise, mais bien à tort.

Tancrède, qui distillait sa rage en silence, ne répondait que par des monosyllabes secs, hachés. — C'était une soirée un peu fanée, disait encore sir Archibald Caskil, mais les bonnes gens, — et les vieilles gens sont toujours de bonnes gens, — on doit en prendre de temps en temps comme des eaux du Mont-d'Or.

Toujours même indécision de lady Glenmour, encore abasourdié de l'événement de la veille, malgré les assurances de sir Archibald Caskil ; toujours même réserve de Tancrède, dont l'unique pensée était celle-ci : Je vois l'endroit de sa tête où je viserai mon coup de pistolet.

— Ainsi, reprit le comte de Madoc en se levant, c'est convenu ; je ne disposerai pas de ma soirée en faveur de mes correspondants ; je la consacrerai tout entière à partager l'ennui que vous craignez de rencontrer chez la comtesse de Boulac.

— Mon Dieu ! ce n'est pas parce que je crains de m'ennuyer à cette soirée que j'hésite à y aller... C'est parce que je n'ai pas en moi de disposition... balbutia enfin lady Glenmour. Qu'en dites-vous, Tancrède ?

— Milady, vous n'avez d'avis à recevoir de personne... répondit Tancrède sans même lever les yeux.

— Quand j'en demande un pourtant...

— Je ne suis pas en veine de conseil ce matin, dit-il en se versant du thé.

— Alors, nous nous en passerons, reprit lady Glenmour, piquée de cette réponse un peu impolie. Puis, se tournant vers sir Archibald Caskil, elle ajouta : — Sir Archibald, tenez-vous prêt à dix heures et demie ; vous m'accompagnerez ce soir chez madame de Boulac.

Le comte de Madoc, en passant près de Tancrède pour sortir, lui dit tout bas :

— En vérité, je ne vous comprends pas ; c'est vous qui boudez, vous, qui êtes cause de la mauvaise humeur de lady Glenmour.

Tancrède, se maîtrisant à peine, répondit avec un sourire aigre qu'il s'efforça de rendre charmant :

— Merci ! mille fois merci ! monsieur, je vais réparer ma maladresse. Comptez-y.

Le comte de Madoc quitta le salon ; Tancrède se leva alors, et prenant la main de lady Glenmour fort étonnée de ce mouvement qu'elle ne comprenait pas après une réponse inconvenante, il lui dit :

— Milady, n'allez pas à cette soirée.

— Et pourquoi n'irais-je pas à cette soirée, s'il vous plaît ?

— Parce qu'il ne convient pas que vous y alliez.

— Et à qui cela ne convient-il pas? Est-ce à vous? En ce cas
vous donneriez mieux des ordres que des conseils...

— Milady, ce n'est pas un ordre, c'est un avis.

— Il vient trop tard, monsieur.

— Milady, encore une fois...

— Insisteriez-vous par hasard?

— Oui, milady.

Lady Glenmour retira sa main; elle ajouta : Vous êtes libre
ce soir de ne pas m'accompagner.

— Je ne profiterai pas de cette liberté, milady.

— Et moi je vous engage à en user.

— Je refuse...

— Et moi j'ordonne! monsieur, dit lady Glenmour qui se
leva pour s'en aller.

— J'obéirai donc, milady, répondit Tancrède en se laissant
tomber sur le canapé, je ne vous accompagnerai pas... Mais se
reprenant aussitôt avec impétuosité : — C'est impossible! c'est
impossible, ce que je vous dis là... — Vous n'irez pas à cette
soirée ou je vous accompagnerai, milady.

Étonnée de cette obstination inouïe de Tancrède, lady Glenmour s'arrêta fièrement à la porte et le regarda... comme une
jeune femme regarde un jeune homme en pareil cas.

Le visage caché dans ses deux mains, Tancrède, consterné,
murmurait : — Me recevoir ainsi, quand je cherche à la sauver!
Sa colère, son mépris, son indignation! A moi qui l'aime tant!
à moi qu'elle aimait hier... Car cette soirée aux Italiens... ce
bouquet!... A moi qui accours pour me mettre entre elle et le
piége infâme où elle va tomber... mais elle n'y tombera pas!
Elle me défend de l'accompagner à cette soirée... elle ne saurait
pourtant me défendre d'y aller... J'y serai... je serai partout...
mes yeux ne la quitteront pas; ils ne se détacheront pas non
plus de cet homme dont un miracle m'a fait découvrir l'incroyable hypocrisie. Je le tiendrai toujours à deux distances: la
première, celle d'un soufflet; la seconde, celle d'une balle. Ah!
que n'ai-je pu dire à lady Glenmour ce que m'a appris Paquerette!... quelle lumière j'aurais jetée dans son esprit! J'ai manqué de prudence... ma colère a percé... lady Glenmour a vu de

l'impertinence pour elle, là où il n'y avait que du ressentiment contre un autre... elle a eu raison. Elle m'aime encore... Oh ! oui, elle m'aime encore... je lui dirai tout... tout ce que je pourrai lui dire sans violer mon serment... Elle me devinera, et je serai pardonné. Ah ! que cet homme s'éloigne, et je partirai aussi... un jour... plus tard... Partir ! Cependant il le faut... Si lord Glenmour venait à savoir !... est-ce que j'ai besoin qu'il sache pour me condamner ?... Mais, j'ai une réparation secrète à lui offrir... je le vengerai avant même qu'il ait eu le soupçon du danger que sa femme a couru avec le comte de Madoc...

Pendant plusieurs heures, Tancrède s'égara à travers ce labyrinthe de bonnes, de mauvaises, de passionnées raisons que plantent eux-mêmes, comme un forêt enchantée, autour d'eux les amants aux prises avec une brouillerie, une infidélité, une trahison.

Quand il eut assez espéré, assez pleuré, assez souri, assez souffert, il se leva. Il était temps, la journée entière s'était écoulée. Il faisait nuit. Les domestiques allaient mettre le couvert pour diner... même le service était en retard, à cause de sir Archibald Caskil, qui, sorti depuis le déjeuner, venait de faire dire seulement qu'il ne dînerait pas à la maison, où il ne rentrerait que pour accompagner lady Glenmour à la soirée de la comtesse de Boulac.

Tancrède apprenant cela, dit aux domestiques de prévenir qu'étant légèrement indisposé il ne dînerait pas non plus.

A six heures il n'y eut donc que lady Glenmour et le docteur Patrick qui se mirent à table.

Le docteur n'était pas gai, quoique lady Glenmour fût déjà coiffée et à demi parée pour la soirée.

— Quelque peine vous attriste, docteur ? dit la première lady Glenmour.

— Je viens de faire ma visite accoutumée à notre malade et son état m'inquiète... me désespère.

— En vérité !

D'une voix émue le docteur prononça ces mots :

— Paquerette est perdue...

— Oh ! mon Dieu !... Et il n'est pas de remède ?...

— Je n'en connais pas, milady...

— Son mal a donc acquis bien vite de la gravité ?

— Il couvait depuis longtemps ; il a éclaté tout a coup, quoique j'eusse déjà observé des symptômes d'un caractère dangereux... Mais elle a négligé tous mes avis...

— Et pourquoi cela ?

— Ennui profond de la vie...

— Si jeune ! cela ne se conçoit pas. Et quelle cause a pu produire chez elle cette mélancolie ?

— Il est beaucoup de causes à ces maladies noires.

— Vous dites vrai, docteur... Mais on en guérit... le hasard... le temps... Moi-même, j'ai éprouvé...

Lady Glenmour s'arrêta ; le docteur poursuivit :

— Quand la cause est connue... quelquefois l'art... pas toujours... peut parvenir... Mais il n'est plus temps...

— Alors vous supposez ; reprit lady Glenmour embarrassée, que quelque passion peut-être...

— Je ne dis pas cela, milady.

— Cette jeune fille est si sage...

— Elle aimerait, qu'elle ne serait pas moins sage...

— Sans doute, docteur, sans doute...

— Dans ce cas, reprit Patrick, la lutte entre le devoir et la passion expliquerait son mal.

— Vous croyez, docteur ?

— Et amènerait la mort.

— Grand Dieu ! s'écria lady Glenmour, qui étouffait depuis le commencement de ce dialogue, en apparence si indifférent, mais qui la faisait revenir pas à pas sur le plus périlleux et le plus déchirant sillon de son existence. Allez la revoir, je vous en prie, docteur, et dites-lui de ma part... que je lui assure dix mille francs pour sa dot. Puisse la joie de cette nouvelle lui rendre un peu la santé. Allez, allez vite, docteur.

C'est pensive et très-abattue que lady Glenmour alla ensuite compléter sa toilette.

Elle ne descendit qu'à dix heures, dans la soirée, lorsqu'on vint lui annoncer que sir Archibald Caskil l'attendait au salon et que les chevaux étaient attelés.

La double maison.

— Magnifique ! ravissante ! divine ! s'écria le faux sir Archibald Caskil en voyant paraître lady Glenmour.

— Vous allez rire, lui dit aussitôt lady Glenmour, je renonce à aller à cette soirée...

— Vous renoncez !... j'ai mal entendu...

— Oui, je reste chez moi...

— Et vous dites que je vais rire... mais je ne ris pas du tout. Comment ! lorsque tout est prêt ?...

— Mon cœur ne l'est pas, dit lady Glenmour avec un grand ton de sincérité.

— Nous nous passerons de son agrément.

— Je ne puis, en vérité...

— Vous plaisantez ?...

— Non, très-sérieusement...

— Alors je ne vous crois pas davantage.

— Je vais sonner pour qu'on me déshabille.

Et lady Glenmour porta la main sur le cordon.

— Et moi, je vais sonner pour que votre chasseur fasse avancer la voiture.

Il avait saisi l'autre cordon.

— Non ! Monsieur, je vous en prie...

— Mais si, milady !

— Sir Archibald, vous ne voudriez pas, je pense, me faire violence ?

— Je vous demande pardon, milady.

— Je ne le crois pas, dit moitié riante, moitié fâchée lady Glenmour.

— N'essayez pas.

— Eh bien ! Monsieur, résolument, je n'irai pas à cette soirée...

— Puisqu'il en est ainsi, s'écria sir Archibald Caskil, c'est donc au plus fort ; et s'emparant d'autorité de lady Glenmour dont il cerna la taille sous son bras arrondi, il la souleva et la renversa sur lui. Elle perdit tout à fait terre après une inutile résistance...

— Sir Archibald Caskil, arrêtez !... mais arrêtez !

— Non, à moins que vous ne consentiez à venir...

Lady Glenmour se débattait toujours, et elle ne parvenait qu'à serrer l'étreinte dans laquelle elle était prise. .

— Sir Archibald ! mais sir Archibald ! je vous en prie...

— Je n'écoute rien...

— Je vous le demande...

— Rien !...

— Je vous l'ordonne !

— Inflexible !

— Je vous dis que je vous l'ordonne !...

Des pas retentirent. Tancrède parut.

Le cri de stupéfaction qu'il allait pousser fut coupé par ces paroles de sir Archibald Caskil :

— Milady s'est trouvée mal ; je la portais au grand air. Comment vous trouvez-vous, milady, ajouta-i! en la mettant sur ses pieds. Quel fâcheux accident !

— Beaucoup mieux, répondit lady Glenmour... la voiture... l'air de la rue me soulageront... Sortons.

— Vous ne venez pas avec nous ? demanda sir Archibald Caskil à Tancrède qui allait probablement lui répondre quelque impertinence méritée ; mais lady Glenmour l'en empêcha en disant à Tancrède : — Oui, venez avec nous ; et elle ajouta tout bas et très-expressivement : — Je le veux !

Cette soirée était à la fois une des plus décisives pour les projets du comte de Madoc sur lady Glenmour, pour la réputation de lady Glenmour qui, en allant chez madame de Boulac, ne soupçonnait pas qu'elle allait aussi ailleurs, pour Tancrède, décidé à obtenir son pardon à tout prix, à force d'amour.

La soirée promettait d'être charmante, délicieuse, comme en donnent les vieilles gens quand elles ont la prétention de surpasser les jeunes.

Tout parut être ordonné en vue de plaire à lady Glenmour. Madame de Boulac et son amie madame de Martinier allèrent la recevoir sur l'escalier. La musique joua à son entrée ; et quel luxe ! quelle fraîcheur d'appartements, quel faste sans confusion. Paris seul a dans ses recoins des surprises féeriques de ce genre. Du reste, il importait de mettre tout en usage pour fasciner la raison de la milady, ainsi que l'appelaient les deux vieilles comtesses, dont la perfide adresse va se démasquer bientôt.

Tancrède reportait sur lady Glenmour les émotions sans nombre qui s'échappaient de son âme si jeune et si ardemment éprise, soumise en ce moment à l'influence de ces lumières vaporeuses et douces, de ces fleurs répandues partout, de ces guirlandes de femmes. C'était elle qu'il aimait dans tout cela.

Comme il se l'était promis, il ne la quittait pas, il ne la perdait pas une minute de vue ; il dansait dans les quadrilles dont elle faisait partie ; il causait dans les groupes dont elle était : si bien que le comte de Madoc fut rudement tenu en échec par cette inflexible barrière toujours posée devant lui et entre lui et lady Glenmour. Il n'y a pas de finesse, de ruse, d'habileté qui tiennent contre un tel système de défense. Rien ne prévaut contre ce parti pris ; l'obstination des enfants est comme leur poésie : on ne sait jamais jusqu'où elle peut aller.

Madoc enrageait ; il avait bien voulu, pendant un temps, se servir de Tancrède comme d'un plastron, s'amuser de son ingénuité, prêter à lady Glenmour un écran afin qu'elle l'aimât, lui, Madoc, sans trop se découvrir ; mais ces résultats obtenus, et ils l'étaient surabondamment, Tancrède devenait une gêne, un empêchement, un obstacle qu'il fallait briser, puisqu'il prétendait ne pas fléchir. Toute temporisation était désormais périlleuse. D'un moment à l'autre Glenmour menaçait d'arriver. Madoc le savait, il savait tout par ses amis du club des Dangereux, épiant à Londres dans les ministères, à la cour, à l'amirauté, les moindres démarches de son ennemi.

En moins de six jours rien ne s'opposait plus à ce qu'il tombât au milieu de ses plans : alors ils étaient détruits, anéantis ; et les reprendre lui paraissait chose impossible. Sa victoire ou sa chute dépendait donc de la promptitude des coups qu'il comptait encore frapper. Et il fallait si bien s'y prendre, que Glenmour arrivât juste au moment où son déshonneur, longtemps miné, éclaterait en pièces.

Il était donc plus que temps de se débarrasser du chevalier Tancrède, toujours de plus en plus noyé dans la contemplation extatique de lady Glenmour. « — Puisqu'il veut l'aimer seul,

pensa Madoc en ricanant, qu'il tente de l'avoir ! » Et il passa
dans une autre pièce.

Il parut renoncer tout à fait à tenir compagnie à lady Glenmour. Tancrède, dupe de cette tactique, respira ; sa première
pensée de liberté fut de réaliser un projet de jeune homme, un
plan qui roulait dans sa tête depuis son entrée dans les salons
de la comtesse de Boulac.

Au fond de toutes les pièces qui enfilaient l'une dans l'autre
était une dernière pièce formant le coude et destinée aux joueurs.
Soit qu'elle fût trop éloignée, soit qu'elle fût trop fraîche, personne, excepté Tancrède, n'y était allé ; et encore n'y était-il
allé que parce que le faux Archibald Caskil avait dit assez haut
pour qu'il l'entendît : « — C'est étrange ! tout le monde ignore
ici qu'il y a une surprise au bout de cette galerie. »

La surprise était en ceci, qu'au lieu de fermer la galerie, cette
pièce éloignée donnait naissance à un couloir élégamment drapé,
bordé à droite et à gauche de pots de fleurs.

Des lumières douces et cachées éclairaient ce passage mystérieux, conduisant, ce qui était extraordinaire, vu la largeur que
cela supposait à la maison, à un boudoir d'une rare somptuosité, d'un bon goût de fée. Ce qu'on en voyait de loin attirait
par mille flammes rayonnantes, mille lueurs capricieuses.
Comme cela se sent bien et s'exprime peu ! Lampes voilées,
tapis neigeux, fresques italiennes, sofas endormis, paysages
calmes, tentures mollement abandonnées, feu solitaire dans la
cheminée de marbre blanc.

Comment expliquer l'existence de cette gracieuse pièce qui,
non-seulement ne répondait pas à l'âge sérieux de la locataire,
mais qui semblait même ne pas pouvoir appartenir à la maison ?
Mais les prodiges ne s'expliquent pas.

— Quelle foule ! dit Tancrède ; on est écrasé.

— On étouffe, en effet, répliqua lady Glenmour.

— Si nous avions un peu de cet air pur de Ville-d'Avray...

— Oui, il fait bien chaud ici, Tancrède.

— Si milady veut prendre la peine de faire quelques pas...
j'ai découvert à l'extrémité de cette galerie une pièce fraîche et
tranquille.

— Eh bien ! allons-y, Tancrède...

Le pian du jeune homme avait réussi.

Lady Glenmour s'appuya sur le bras de Tancrède qui frémit de bonheur à cette légère pression ; l'incommodité causée par la chaleur n'était pas la seule cause qui lui faisait désirer de s'isoler un instant. Son esprit n'était pas à elle ; à chaque minute elle pouvait recevoir de Londres la lettre qui lui rendait la liberté qu'elle avait déjà engagée, non pas contre son désir, mais contre son gré, et presque à son insu.

Un déchirement s'opérait en elle.

Ce qu'elle aurait voulu aimer se détachait violemment de son existence, ce qu'elle craignait d'aimer venait s'emparer de sa volonté. Suspendue entre ces deux abîmes, elle cherchait un appui ; elle se repliait sur Tancrède comme à une branche saine et fidèle. C'était une langue de terre entre deux mers orageuses.

Mais Tancrède, qui raisonnait moins, allait à son amour avec la netteté d'une ligne droite, sans s'apercevoir qu'il menait en ce moment un rêve par la main. Il n'eut pas de peine à conduire lady Glenmour jusqu'au délicieux boudoir perdu au fond de toutes les pièces. Là, elle s'assit sur un divan, s'abandonna aux douces impressions du repos, de la fraîcheur et du silence.

Elle fut la première à dire à Tancrède, car la préoccupation d'une retraite austère dans sa famille ne la quittait pas :

— Vous penserez toujours à moi, n'est-ce pas ?

— Oh ! milady, s'écria Tancrède, dans une explosion de bonheur, je ne vous demandais que mon pardon, et vous m'accordez...

— Je ne vous accorde que cela, répliqua lady Glenmour en souriant.

— Je veux croire que vous me donnez davantage ; je veux... je veux mourir ou être aimé de vous... aimé comme cette nuit de désespoir où vos lèvres...

— Il n'était pas dans le délire !... pensa lady Glenmour. Je l'ai perdu en cherchant à le sauver... Tancrède ! vous vous trompez !... jamais... De quelle nuit parlez-vous ?

— Je me trompe, dites-vous ? Oh ! non, on n'oublie pas de telles paroles, de telles tendresses, on oublierait plutôt sa mère... on oublie tout... mais cela, jamais !...

— Votre délire vous a fait croire...

— Oh! rendez-moi, alors, mon délire! car je veux que vous m'aimiez ainsi, avec des larmes, des protestations brûlantes...

— Tancrède!

— Sachez tout, milady. C'est moi qui vous ai trompée; mon délire était feint... C'est par votre pitié que j'ai voulu arriver à connaître votre amour... Je l'ai connu... Je resterai là à vos pieds jusqu'à ce que vous me le confirmiez, cet aveu... Ce n'est pas trop de l'entendre deux fois pour y croire.

— Levez-vous!... on vient...

— Non, ce n'est pas trop de deux fois, de mille fois pour y croire...

— Levez-vous!... je vous dis qu'on vient!

— Que m'importe!

— Tancrède!...

— Répétez-moi cet aveu!

— Tancrède! Tancrède! vous voulez me compromettre!...

— Moi!

— On approche! oh! levez-vous! levez-vous! Voulez-vous donc me perdre?,..

— Oui!... et me perdre avec vous...

— Eh bien! vous l'exigez?... Mais on vient... on vient!...

— Non, je resterai à cette place...

— Je vous aime!... eh bien! je vous aime!...

Tancrède était déjà debout; un domestique entra et lui remit une lettre.

— Qui donc m'écrit?

Il prit la lettre en tremblant, la décacheta et lut à haute voix:

ORDRE IMPÉRATIF DE L'AMIRAUTÉ ANGLAISE.

« Sur le vu de cet ordre, l'officier de marine Tancrède partira
» immédiatement pour Londres, où il s'embarquera sur-le-champ
» à bord du vaisseau l'*Océan*, sous voile pour le voyage au pôle,
» et qui appareillera le 13 octobre à huit heures du matin.

         » LE LORD DE L'AMIRAUTÉ. »

— Le 13 octobre ! s'écria désespérément Tancrède, et c'est
aujourd'hui le 11 ! Il ne me reste que trente-deux heures seulement pour me rendre à Londres, et si je ne m'y rends pas, je
suis déserteur, je suis jugé, condamné, dégradé ! Quelle heure
est-il ? se demanda-t-il avec un effrayant changement dans le
son de sa voix. Onze heures et demie ! se répondit-il. Le courrier de Boulogne part à minuit... il faut que je parte sur-le-
champ !

— Oh ! mon Dieu, milady, cria-t-il avec des larmes qui lui
ruisselaient sur les lèvres, votre aveu m'a porté bonheur. Je vais
mourir ! Je pars pour six ans... avec le capitaine Hog... ce
voyage est ma mort... je le sais... six ans sans vous voir !...
Puis fermant la porte du boudoir que le domestique avait laissée
entr'ouverte, et s'approchant d'un air effaré de lady Glenmour,
il lui dit : — Milady ! prenez bien garde à vous !... Savez-vous
avec qui je vous laisse ?

— Parlez !... Oh ! que vous me faites peur !

— Avec... mais mon serment m'enchaîne !...

— Un serment ?...

— Milady, jetez-vous aux pieds de Paquerette, s'il le faut,
suppliez-la de vous dire ce qu'elle m'a dit... ou bien...

— Ou bien ?

— Vous êtes perdue, milady.

Après ce cri de désespoir, Tancrède, dont les secondes étaient
comptées, quitta les salons de la comtesse de Boulac pour courir
à l'hôtel des Postes, où il n'arriva que cinq minutes avant le
départ du courrier de Boulogne. Il monta dans la malle et partit.

— Ainsi, interrompit le marquis de Saint-Luc, voilà la belle
lady Glenmour entièrement sous la dépendance du comte de
Madoc...

— Entièrement. Le comte gardait cet ordre de départ communiqué à Tancrède pour une occasion désespérée, et vous
voyez qu'il en a fait bon usage... Ce pauvre Tancrède est parti,
abusé une troisième ou une quatrième fois sur l'amour de lady
Glenmour. C'est le lot de ceux qui aiment sincèrement.

Ses voyages et les événements dont il fut le héros forment
une suite d'aventures des plus curieuses que je connaisse...

— Le reverrons-nous encore ?

— Peut-être.

— Vous me devez pourtant la fin de sa première histoire.

— Il y a tant de dettes qu'on ne pyae pas.

— Je vous somme de vous exécuter.

— Nous verrons, mon créancier... mais reprenons.

Obéissant à une de ces inspirations que toute femme prudente fera toujours bien d'écouter en pareille situation, lady Glenmour s'esquiva par une des portes de service et se fit conduire chez elle. Elle envoya dire ensuite aux fau sir Archibald Caskil qui s'étant trouvée tout à coup indisposée, elle avait été obligée de quitter la soirée de la comtesse de Boulac. Elle le priait de présenter ses excuses à cette excellente dame.

— Encore une question? dit le marquis de Saint-Luc, ce boudoir où l'avait introduite Tancrède était celui de Mousseline?...

— Vous l'avez deviné.

— Les deux maisons, celle de Mousseline et de la comtesse de Boulac étaient donc voisines?

— Voisines et adossées. Celle de la comtesse de Boulac était dans la rue du Mont-Blanc; celle de Mousseline à l'angle d'une des rues transversales. Un simple mur les séparait; ce mur fut percé, et d'une maison à l'autre, il n'y eut plus qu'à établir le petit couloir dont il a été parlé.

— J'entrevois un piége funeste... dans cette double maison et ce boudoir de circonstance.

— Funeste, en effet, dit le chevalier De Profundis... Vous comprenez maintenant le sens et le but de ce billet écrit au crayon par madame de Boulac, et envoyé par elle à Mousseline le jour où elles se rencontrèrent toutes les deux à la course de chevaux à Ville-d'Avray, sur la pelouse du château de lady Glenmour?

— Parfaitement.

— Ce que vous avez vu est le résultat, et ce que vous verrez bientôt sera la dernière conséquence de ce pacte abominable.

— Poursuivez, je vous prie, chevalier.

— Arrivée chez elle, lady Glenmour fit aussitôt appeler Patrick, et lui annonça le départ foudroyant de Tancrède; mais avant de lui donner le temps de s'étonner de cette nouvelle, elle ajouta:

— Je veux voir Paquerette, j'ai le plus grand besoin de lui

parler... et voici pourquoi... à quoi bon le cacher?... En me quittant, Tancrède m'a dit... et vraiment j'en suis encore toute bouleversée... que j'étais perdue, si Paquerette ne me confiait pas un secret. Vous jugez si c'est grave... docteur... à moins que ce ne soit insensé...

— D'abord, Paquerette est trop malade pour vous parler... ensuite, je connais ce secret...

— Vous allez me l'apprendre, alors...

— C'est inutile...

— Un secret qu'une de mes femmes connaît et que je ne sais pas, docteur !... Mais, réfléchissez !...

— C'est fort simple : je suis aveugle, Paquerette ou Tancrède lisaient mes lettres. C'est Paquerette qui m'a lu la dernière lettre de lord Glenmour..

— Ah ! il s'agit de lord Glenmour... Mais il est encore plus étonnant, docteur, que ce qu'il vous écrit soit connu de tout le monde excepté de moi... J'ai droit d'être blessée d'une pareille réserve ..

— Après tout, reprit Patrick avec réflexion, la défense de lord Glenmour n'est ni juste au fond, ni fort sensée dans la forme. Je prends donc sur moi, milady, de vous dire ce secret...

— Je vous écoute, docteur...

— Lord Glenmour vous a parlé avant son départ du comte de Madoc?...

— Certainement, docteur... un séducteur, un héros d'intrigue, un Dangereux, enfin...

— Je vois qu'il vous en a parlé...

— Mais ce personnage, reprit lady Glenmour, a disparu depuis quelques mois, il me semble... m'a-t-on dit...

— Il est à Paris.

— Ah ! il est à Paris ! s'écria lady Glenmour avec un certain caractère d'étonnement... Mais, se reprit-elle aussitôt, quel rapport y a-t-il entre le comte de Madoc, lord Glenmour et le secret que vous m'avez tenu caché?...

— Lord Glenmour, dit Patrick, a craint que ce jeune homme n'eût la coupable fantaisie de chercher à vous voir.

— Et quand il m'aurait vue ?

— Qu'il n'eût aussi celle de vouloir vous approcher.

18

— Eh bien! quand il aurait encore eu ce désir-là?

— Milady, je ne justifie pas lord Glenmour, je vous dis sa pensée et ses craintes... Appréciez-les.

— Ses craintes!... mais il n'y a donc qu'à chercher à me voir pour me plaire?...

— Vous manquez, je crois, de justice, milady, envers notre excellent Glenmour qui n'a beaucoup de craintes que parce qu'il a beaucoup d'amour...

— Docteur, dit lady Glenmour en soupirant, ne faites pas tant d'honneur à un caprice de sa seigneurie... Mais reprenons: qu'a prétendu dire Tancrède en me disant: — Vous êtes perdue.

— C'est la fin du secret, milady. Effrayé de savoir le comte de Madoc à Paris, lord Glenmour m'a écrit pour me prier de charger Tancrède et sir Archibald Caskil de veiller soigneusement auprès de votre personne...

— Toujours dans la crainte du comte de Madoc?

— Oui, milady. Se voyant obligé de partir, Tancrède a pensé avec effroi que vous n'auriez plus auprès de vous votre meilleur défenseur, et tel est le motif pour lequel il vous a crue perdue. S'il vous a ensuite engagée à voir Paquerette, de qui il tenait probablement que le comte de Madoc est à Paris, c'est que Paquerette, lectrice ordinairement très-discrète, ne lui a fait cette révélation que sous la condition absolue du serment... Voilà tout ce secret.

— On ne saurait dire, en vérité, s'écria lady Glenmour, lequel est le plus fou des trois, de lord Glenmour, ridiculement effrayé du comte, de Tancrède, avec son cri de détresse, ou du comte de Madoc lui-même, s'il pense, — mais y pense-t-il seulement? — à augmenter à mes dépens sa réputation de Dangereux.

Au surplus, ajouta-t-elle, il me reste toujours pour fidèles gardiens, sir Archibald Caskil et vous, docteur... j'en sais un troisième pourtant qui vaut encore mieux que vous deux, docteur...

— Votre mari, n'est-ce pas? et vous avez raison.

— Non, répondit amèrement lady Glenmour.

— Et qui? si j'ai le droit de le savoir.

— La fuite!

Patrick se tut sur cette réponse de triste présage.

Lady Glenmour, avant de se retirer dans ses appartements, revint sur ses pas :

— A-t-on, que vous sachiez, reçu de Londres quelque lettre pour moi, dans la soirée ?

— Non, milady, aucune.

— Quand donc arrivera cette lettre ! dit lady Glenmour en s'en allant.

— Quand donc reviendra Glenmour ! pensa Patrick obscurément triste, vaguement affecté de savoir lady Glenmour privée de la surveillance de Tancrède, très-affligé au fond du départ de ce bon jeune homme, mais plus affligé par-dessus toute chose de la perte inévitable, hélas ! et très-prochaine de Paquerette.

Il y eut un point d'arrêt fatal au milieu de ce flux et de ce reflux de pressentiments éprouvés par lady Glenmour et par le docteur.

Depuis trois jours Tancrède était parti, depuis trois jours lady Glenmour ne quittait pas sa croisée, dans l'espoir et toutefois dans la crainte de voir arriver le facteur qui lui apporterait la lettre de la reine ; depuis trois jours aussi le comte de Madoc n'avait pas paru à l'hôtel ; depuis trois jours, enfin, l'agonie de Paquerette se prolongeait.

Pourtant la journée caractéristique s'avança sous les plus radieux auspices : la fatalité a de ces ruses à la Néron et à la Caligula. Quoiqu'on fût en hiver, le soleil se montra dans toute son éclatante majesté : il se costuma en printemps. Il fut chaud, il fut doux, il fut limpide ; à défaut de verdure à caresser, il embauma l'air, vernit le ciel et dora les maisons. Ceux qui étaient en santé rajeunirent, ceux qui souffraient se crurent guéris. Paquerette alla de son fauteuil à la croisée sans trop d'efforts, et de sa croisée elle envoya un sourire au peu de pâle végétation des carrés des Tuileries. Elle se regarda ensuite dans sa glace, arrangea le foulard bleu attaché autour de sa tête, releva une boucle par-ci, une boucle par-là.

Le petit souffle de vie qu'elle eut fut partagé entre sa reconnaissance pour une si belle journée et la coquetterie.

Comme il était dit que tout le monde, jusqu'à un certain moment, devait être heureux ce jour-là, lady Glenmour reçut la visite du faux Caskil, qui s'était fait désirer. Il ne donna aucune raison de son absence, de peur de laisser maladroitement supposer qu'il avait pu être trop regretté. C'eût été de la fatuité : il ne se croyait pas à tel point indispensable. Lady Glenmour lui sut gré de cette réserve. Elle préféra ce silence après une absence dont elle avait horriblement souffert, à toutes les paroles explicatives. Il laissait sous-entendre des torts réciproques.

Sir Archibald Caskil s'était montré bien familier quand il avait forcé lady Glenmour à se rendre à la soirée de la comtesse de Boulac ; lady Glenmour, de son côté, était partie bien vite de cette soirée... mieux valait donc cette discrétion des deux parts ; et puis sir Archibald Caskil, on le savait, avait pour habitude de brûler tous les petits sillons de l'étiquette. Il n'exigeait rien ; qu'exiger de lui ?

— Milady, dit-il, grande et magnifique représentation à bénéfice ce soir à l'Opéra. La fameuse danseuse nous quitte pour toujours : tout Paris veut assister à ses adieux. J'ai pensé qu'il vous serait agréable d'y être aussi, et j'ai pris une loge dans l'espoir que vous consentiriez à y occuper une place...

— Ce soir ?...

— Oui, milady, ce soir... Auriez-vous quelque autre invitation ?

— Aucune.

— Alors vous acceptez ?

— Il est si tard... déjà quatre heures...

— Mauvaise raison, milady... Vous avez jusqu'à sept heures et demie...

— Je ne sais, en vérité...

— Cette fois, milady, je renonce à employer la force brutale. Si le cœur ne vous attire pas... restez...

Lady Glenmour allait dire : — Oui, je reste. Un domestique entra une lettre à la main.

— De Londres ? demanda lady Glenmour.

— Oui, milady.

— Lady Glenmour regarda l'adresse. — C'est bien de Londres ; mais c'est de lord Glenmour au docteur Patrick... Encore quelque secret, sans doute... Qu'on monte cette lettre au docteur...

Elle se tourna ensuite avec résolution du côté de sir Archibald Caskil.

— Monsieur Caskil, lui dit-elle, je suis des vôtres ; à ce soir, à l'Opéra.

Quelques minutes après, Patrick descendait et priait le bon sir Archibald Caskil de lui lire la lettre qu'il venait de recevoir de lord Glenmour... leur ami commun.

— Est-ce que vous ne voulez pas en entendre la lecture, milady?...

— Non... docteur... Si un secret allait encore s'y trouver...

— Milady...

— Non, lisez... J'ai ma toilette à disposer pour ce soir... et je n'ai pas trop de temps, comme vous voyez. Sans adieu, messieurs.

Lady Glenmour se retira.

— A nous deux, docteur, dit ensuite le faux sir Archibald Caskil ; nous allons donc avoir des nouvelles de ce cher Glenmour qui tarde bien de se rendre à nos vœux.

Et le comte de Madoc lut à haute voix l'effrayante lettre de lord Glenmour.

Révélations.

Voici ce que contenait la lettre de lord Glenmour :

« Ce serait à vous tuer tous deux sur place, vous, docteur,
» et Tancrède, car c'est... c'est tout simplement une infamie des
» plus inouïes, des plus noires... Vous me déshonorez... vous
» me laissez déshonorer... Oh ! j'en pleure, j'en souffre !... je
» me vengerai !... Je me vengerais encore, je crois, fussé-je
» mort depuis vingt ans... »

— Oh ! mon Dieu ! qu'est-ce donc ? demanda le faux sir Archibald Caskil. Comprenez-vous quelque chose à ce début furieux, docteur?

— J'en suis atterré... qu'avons-nous donc fait à Glenmour?...

— Voyons, tâchons de le savoir.

« Comment ! oh ! comment, Patrick ! je vous écris longuement,
» je vous préviens que mon plus habile ennemi, le comte de
» Madoc, est à Paris ; je vous crie, sous toutes les formes, qu'il

» ne cherche qu'à me déshonorer dans ma femme... et l'on a vu,
» il y a quatre jours, le comte de Madoc et ma femme en pleine
» loge des Italiens... Entendez-vous cela, mon respectable, mon
» véritable ami, en pleine loge des Italiens !... Dites encore que
» ce n'est pas possible, donnez-vous la joie de ce doute. Oh !
» les amis ! les amis ! Le dernier des espions vaut le meilleur
» des amis, dans ce monde, pour servir votre honneur. »

— Ceci est profondément insensé, dit le comte de Madoc, puisqu'il y a quatre jours, lady Glenmour était aux Italiens, entre
Tancrède et moi.

— Parfaitement insensé, ajouta le docteur Patrick. Mais qui
s'amuse donc ainsi de la confiance, du repos et de la raison de
Glenmour ? On n'a jamais vu d'erreur aussi complète, aussi avérée.

— Aussi comique, dit encore sir Archibald Caskil, qui continua à lire :

« Voulez-vous en savoir davantage ? Le comte de Madoc a eu
» l'incroyable audace de baiser la main de lady Glenmour devant
» le public, qui les a vus, raillés, bafoués !... Ma femme !... une
» comtesse de Wisby !... une lady Glenmour ! Une pareille souil-
» lure !... Je ne connais rien de plus abominable que cet homme,
» si ce n'est elle, si ce n'est vous, si ce n'est Trancrède, qui était
» aussi avec eux dans leur loge... »

— C'est trop fort d'extravagance, cher Glenmour, s'interrompit sir Archibald Caskil, vous admettez que Tancrède, ce lynx
de dix-sept ans, était dans la loge de lady Glenmour, et que le
comte de Madoc a pu lui baiser publiquement la main !...

— C'est trop fort, en effet, répéta Patrick, qui n'en était pas
moins affligé de l'emportement de son ami.

— Voyons jusqu'où ira son erreur, dit le comte de Madoc,
qui lut :

« Par où, par qui commencerai-je le cours de mes vengean-
» ces ?... Vous ne savez donc pas cela ? L'affaire de la loge, le
» baiser sur la main... Vous ne savez rien ?... Est-ce que le comte
» de Madoc vous a corrompus, achetés comme mes valets, vous
» et Tancrède, et toute mon infâme maison ?... »

— Il m'aurait aussi acheté, moi, dit en plaisantant le comte
de Madoc, enchanté, au milieu de son apparente incrédulité, du
ton de conviction de cette étrange lettre.

« N'importe ! je suffirai seul à ma vengeance. Je lui consacre
» toute ma vie, tous mes instants, toute ma raison, si je l'ai en-
» core... Oh! que de sang!... que de sang il me faut ! Aurai-je
» jamais mon compte?... »

— Pauvre ami, murmura Madoc, qu'il arrive vite pour que
nous le désabusions.

« Je viens de voir un des chefs de l'amirauté, afin de le pré-
» venir que je n'attendrai pas les quatre jours que je devrais
» encore passer à Londres pour obtenir la permission de quitter
» l'Angleterre. »

— Très bien ! pensa Madoc... arrive donc!... tu n'es pas seul
à compter les minutes.

« Il m'a répondu, poursuivit Madoc, que je violerais les règle-
» ments en agissant ainsi. Je violerais avec bonheur la grande
» charte d'Angleterre, lui ai-je répliqué, plutôt que de rester un
» quart de minute de plus à Londres... Il a insisté... je lui ai ri
» insolemment en plein visage... ce doit être un ami du comte
» de Madoc... »

— Il ne se trompe pas, se dit Madoc.

« Ce doit être un de ceux qui m'ont joué, qui m'ont impitoya-
» blement promené par toute l'Angleterre, pour donner au comte
» le temps de corrompre ma femme... Oui, ce doit être un de
» ceux-là, car mon rôle a fait monter à son visage un nuage de
» pâleur... Je l'ai cru mort... L'aurais-je poignardé sans y faire
» attention? —Je n'ai plus qu'à me rendre au palais de Saint-
» James, où je vais de ce pas... c'est l'affaire d'une demi-heure.
» J'y vais pour remettre mon épée de capitaine de frégate à celle
» à qui je la dois, si elle refuse aussi de me laisser partir à l'in-
» stant même. Je ferai mieux, je la briserai sous ses yeux ; je
» n'en garderai qu'un tronçon pour le plonger dans le cœur du
» comte de Madoc... »

— C'est de la dernière frénésie ! s'écria Patrick.

— Oui, docteur, de la frénésie, répéta Madoc, distrait en ce
moment par l'entrée d'une marchande de modes de lady Glenmour, qui apportait un gracieux bonnet de soirée. Très-bien,
dit-il ; lady Glenmour fait ses dispositions pour ce soir. Il poursuivit sa lecture.

« Patrick , malgré les apparences, et elles sont accablantes

» contre vous, je ne puis vous croire complice de cet exécrable
» guet-apens... mais ne me demandez pas des excuses dans ce
» moment... car je n'en ferais pas à Dieu le père. Je ne crois pas
» Tancrède coupable non plus... Pourquoi m'aurait-il trahi?...
» Je ne lui ai fait que du bien... Mais dites-lui hautement que je
» lui défends de toucher à un seul cheveu de cet homme; je le
» veux tout entier... Merci, mon père, de m'avoir donné du cœur
» et une épée. Vous verrez si je sais en faire un bon usage...
» vous verrez.

» Je vais de ce pas au palais de Saint-James. En sortant de
» mon audience, et quoi qu'il arrive, je m'embarquerai à l'in-
» stant pour la France... Que c'est loin!... A quatre heures je
» serai à Boulogne... que c'est long!... ce soir donc... cette nuit
» vous me verrez... Pas un mot à lady Glenmour; pas un mot.
» Ne lui causez pas la joie de la peur... ne lui ouvrez pas le re-
» fuge de l'épouvante... Je couvrirai silencieusement sa faute
» d'un cadavre... Lequel?... je n'en sais rien... et tout sera dit.

» GLENMOUR. »

— Si Glenmour n'était pas notre ami, dit le comte de Madoc,
après la lecture de la lettre, nous ne saurions trop nous amuser
de sa longue et véhémente hallucination. Sa femme sans doute
est assez belle pour qu'il en soit jaloux; il a fait en outre assez
de conquêtes hardies pour craindre qu'on ne soit tenté d'entreprendre une conquête aussi riche que celle de lady Glenmour;
mais sa femme est plus ferme sur son honneur, il a tort de l'oublier, que toutes celles qu'il a broyées sous son char de triomphe;
et quel homme possède comme lui l'art de séduire sans rencontrer d'obstacles? S'il ne nous annonçait son prochain retour en
termes qui ne nous permettent pas d'en douter, j'irais tout de
suite à Londres, cher docteur, pour le dissuader, le calmer et le
ramener à des sentiments plus justes... Mais je ne crois pas que
dans l'état des choses...

— Vous, partir! s'écria Patrick effrayé de l'impuissance de sa
cécité et de son isolement pour veiller sur lady Glenmour, vous,
partir! mais c'est impossible... il faut au contraire que vous restiez près d'elle... que vous ne la quittiez plus... que vous soyez

plus que jamais son protecteur... Heureusement, et Dieu en soit mille fois loué ! Glenmour arrive enfin ce soir... cette nuit... il arrivera au plus tard demain matin... et d'ici à demain, quelle puissance au monde, à moins que l'esprit malin ne s'en mêle, serait assez forte pour nous causer réellement tous les malheurs imaginaires enfantés par les craintes exagérées de lord Glenmour? En quelques heures, ce comte de Madoc, jusqu'ici invisible, ne se produira pas, il faut l'espérer ; il ne triomphera pas ; il ne se jouera pas de nos précautions, de notre prudence, enfin de la vertu inattaquable d'une femme — placée après tout au-dessus de toute faiblesse, — et des efforts de ses véritables amis...

Patrick saisit en tremblant les mains du comte de Madoc :

— N'est-ce pas, sir Archibald Caskil?

— Assurément non, répondit le faux sir Archibald Caskil, troublé d'une si grande confiance, et d'une confiance si mal placée.

Il se hâta de retirer ses mains...

Le mouvement fut si brusque que Patrick le remarqua.

Instinctivement il chercha à reprendre les mains de sir Archibald Caskil, mais au même moment un domestique entrait, et cette diversion coupa le fil électrique d'une révélation qui eût peut-être évité de bien grands malheurs...

— Monsieur le docteur, venez vite, dit le domestique, mademoiselle Pâquerette... en vérité je ne sais ce qu'elle a...

— Mais je l'ai vue ce matin... elle était mieux... beaucoup mieux...

— Elle a sonné, aussitôt je suis monté dans sa chambre... mais elle n'a pas eu la force de me parler ; elle m'a fait des signes seulement... j'ai compris que c'est vous qu'elle désirait, et j'accours...

— Je monte chez elle, allez !... je vous suis... Sir Archibald Caskil, un mot encore !...

— Sir Archibald Caskil n'est plus là, répliqua le domestique; il est parti comme j'entrais.

— Ah ! il est parti... Eh bien ! veuillez prier lady Glenmour de ne pas aller à l'Opéra avant de m'avoir fait appeler... Recommandez-le lui bien !..

Comme presque toutes les personnes atteintes de la cruelle maladie dont elle se mourait, Paquerette ressentit un mieux perfide au moment désespéré.

Un rayon de soleil oublié par l'été, un brin d'air avait suffi pour ranimer en elle un atome de vie ; ombre elle-même, elle put s'appuyer un instant sur une ombre. Son erreur dura l'intervalle d'un lever de soleil et son coucher. Au déclin de l'astre, elle ferma ses ailes.

Quand le docteur entra, elle occupait le fauteuil dans lequel l'avait laissée Tancrède après l'épouvantable confidence qu'elle lui avait faite quelques jours auparavant ; seulement, elle portait sur son visage ce reflet doux et blanc, glacé de rose, que jettent les lampes d'albâtre au moment de s'éteindre, et les jeunes filles à leur dernier crépuscule.

Le docteur s'approcha du fauteuil ; il passa lentement ses mains sur le visage de la malade.

Paquerette ne sentit rien.

La nuit sombre se fit vite ; on était dans l'hiver... Le docteur, après une heure d'attente, avança à tâtons des lèvres amincies de la jeune fille un cordial énergique qu'il avait fait préparer pour elle, en prévision d'un cas extrême.

— C'est inutile, bon docteur, murmura enfin Paquerette, surprise par la fraîcheur du cristal qui toucha sa bouche.

— Au contraire, prenez cela... vous vous trouverez mieux...

— Mieux ! redit amèrement Paquerette.

— Vous voulez de la lumière ?... j'appellerai.

— Est-ce qu'il est nuit ?

— Oui...

— Il me semble, à moi, qu'il fait grand jour... ma chambre est pleine de ce beau soleil d'or qui est entré ici tout le jour... vous vous trompez, docteur, il n'est pas nuit... je suis inondée de clarté.

Le docteur ne chercha pas à contrarier la vision de la malade, placé entre la veille et le sommeil, sur les limites déjà bien éloignées du monde réel.

Il hocha douloureusement la tête... « Ceci n'est pas le délire, pensa-t-il, c'est autre chose. »

— Mais que tenez-vous là, dans la main ? dit-il ensuite à la malade ; car en voulant s'assurer de l'état du pouls il avait touché comme des feuilles sèches...

Paquerette ne répondit pas.

— Qu'est-ce donc? se demanda le docteur... Ah! fit-il ensuite en lui-même, c'est une guirlande de fleurs... une couronne... Pauvre enfant! elle a tressé quelque parure, son occupation chérie, pour se distraire de ses longues et dernières douleurs...

Au bout d'une demi-heure de silence, Paquerette reprit :

— Oh! mon Dieu! que c'est beau! que c'est éclatant partout! cela me fait mal aux yeux... il y a trop de lumières ici; ce n'est plus le soleil que je vois dans ma chambre... mais je ne suis plus dans ma chambre...

— Et où êtes-vous, mon enfant?

— Vous y êtes aussi : nous sommes au bal... à Ville-d'Avray... Comme on parle, comme on rit! comme on chante! comme on danse!... Voici lady Glenmour... qu'elle est belle!... voici Tancrède... voici... Ah! mon Dieu! on l'a donc laissé entrer? Chassez-le, docteur, chassez-le... c'est le comte de Madoc! mais chassez-le donc!

— Ce nom lui est obstinément resté dans la mémoire depuis l'avant-dernière lettre de Glenmour qu'elle m'a lue.

— Ah! reprit plus librement Paquerette... il est parti du bal... lady Glenmour en est partie aussi... ils ne sont plus dans les salons...

Rapprochement bizarre : au moment où Paquerette annonçait dans son hallucination le départ de lady Glenmour et du comte de Madoc du bal de Ville-d'Avray, la voiture de lady Glenmour roulait sous la voûte de l'hôtel pour la conduire, elle et le comte de Madoc, à l'Opéra, ce qui fit aussitôt souvenir le docteur Patrick de l'ordre qu'il avait donné au domestique. Celui-ci avait-il oublié de prévenir lady Glenmour? Mais elle partait pour l'Opéra, sans lui avoir parlé... Ce contretemps ajouta à l'accablement d'esprit du docteur.

— Nuit mauvaise, dit-il... en croisant désespérément ses bras et toujours debout devant le fauteuil de Paquerette; nuit mauvaise!

— Non, ils ne sont plus dans les salons, continua Paquerette... On les cherche... Qui donc les cherche?... C'est lui!... c'est lui!.. dit-elle en descendant de ton et en poussant un soupir fait du reste de sa vie... Où est ma couronne de roses blanches? se demanda-t-elle ensuite brusquement. Ah ! la voilà sur ma tête.

La couronne de roses blanches est sur ses genoux, murmura Patrick... elle n'est pas sur sa pauvre tête.

— Que c'est singulier ! continua Paquerette, qui s'exprimait avec la lenteur prolongée d'un dernier écho ; voilà trois femmes habillées de noir, placées chacune à un coin de la salle de bal... Elles sont belles, mais pâles... pâles... pâles ! Elles ne dansent pas... elles ne parlent pas... elles ne rient pas : pourquoi sont-elles ici ?

Tancrède m'a fait signe qu'il les a vues aussi.

De qui sont-elles en deuil ? sont-elles sœurs ?... Ah ! je le remarque... elles sont encore plus blanches que tantôt. Elles blanchissent encore... elles blanchissent toujours. Leurs mains semblent de craie.

— Étrange illumination cérébrale, pensait le docteur...

— Mais le bal touche à sa fin, il se dégarnit peu à peu... cependant on danse toujours... Les trois femmes pâles, vêtues de deuil, ne s'en vont pas... Elles ne rient pas... elles ne dansent pas... elles ne causent pas... Seulement elles se rapprochent à mesure que le cercle se rétrécit... c'est de moi qu'elles se rapprochent !... La salle est bientôt vide... Tancrède est parti... je ne le vois plus... je vais donc rester seule ?... Et ces trois femmes noires toujours plus près de moi !... Me voilà seule avec elles !...
— Laissez-moi !... j'ai peur ! .. oh ! j'ai peur !...

— Docteur ! s'écria Paquerette en se levant, en se jetant, en se cramponnant convulsivement au cou de Patrick, ces trois femmes, c'est la mort !... je ne veux pas mourir ! Je suis trop jeune... je veux encore vivre... beaucoup vivre... faites-moi vivre ! Oh ! faites-moi vivre ! C'est si bon de vivre... j'aime tant à voir le ciel et les premiers lilas... Docteur... tenez ! rien qu'un peu !... Mais vivre ! vivre !

Et la poitrine de Paquerette se gonflait et ses yeux s'emplissaient de larmes, et ses bras raidis un instant se détendirent; elle abandonna le cou du docteur et retomba dans le fauteuil.

Cet affaiblissement dura plus d'une heure. Paquerette n'en sortit que pour dire : — Docteur, je suis chrétienne et je veux mourir en chrétienne...

— Très-bien, mon enfant... c'est une bonne pensée, quoique
le danger soit loin...

— Songeons au danger de l'âme, mon ami... c'est le plus pressant...

— Je ne suis pas ministre du Seigneur... vous savez... Mes
lumières sont bornées, ma vertu...

— Qu'importe !... vous croyez en Dieu comme moi, docteur...
Et puis, j'ai besoin de soulager mon âme ; elle est pleine, elle
est lourde... Il faut être léger pour aller là-haut. Il faut que je
parle. Je souffre de mon silence... j'ai soif de m'épancher...
Écoutez ma confession.

— Moi ?...

— Hâtez-vous, mon ami... ma vue se trouble, mes forces s'en
vont... mon intelligence...

Patrick étendit alors ses mains sur la tête de la pauvre enfant,
comme pour conduire au ciel cette âme si pure, qui se croyait
égarée et chancelante.

Paquerette, à demi levée sur son séant, et s'appuyant, brisée
et détendue, sur un bras du fauteuil, dit pourtant avec la netteté
d'une jeune martyre :

— Mon ami, je m'accuse devant Dieu qui m'écoute d'avoir eu
de l'orgueil...

— Vous, pauvre Paquerette ?

— D'avoir voulu et d'avoir cru être plus jolie que lady Glenmour... Me pardonnez-vous ?...

— Dieu vous pardonnera...

— Je m'accuse de n'avoir pas révélé à monsieur Tancrède un
secret que j'aurais pu lui dire douze heures plus tôt.. Un éclair
de jalousie...

— Encore ce secret, pensa Patrick, cette recommandation de
Glenmour de surveiller sa femme, parce que le comte de Madoc
était à Paris.

— Me pardonnez-vous ?... ceci est grave, docteur, ceci est
très-grave.

— Je vous pardonne... vous êtes un ange !

— Dieu vous entende, ami... car j'ai encore une faute plus
grave à vous confesser...

— Parlez...

19

—Une faute plus grave... et dont je meurs...

Paquerette se donna un coup sourd dans la poitrine...

—Oui, je meurs de cette faute... J'ai eu la témérité, l'orgueil, la faiblesse... Mais la voix de Paquerette s'éteignit... le malheur!... Ah! c'est un malheur aussi... le malheur d'aimer...

—Assez, mon enfant... vous allez vous tuer...

—Patrick! cria tout à coup une voix qui venait du bas de l'escalier, Patrick! Tancrède!... Au son de cette voix, Paquerette exhala un suprême soupir, raidit ses bras sans ouvrir ses mains, qui tenaient la couronne de roses blanches, et elle expira. Sa confession s'acheva dans le ciel.

—Patrick! Tancrède, continua à appeler lord Glenmour en allant de pièce en pièce déserte et muette, et sans prononcer jamais, par un scrupule d'honneur, le nom de sa femme.

Mais aucune voix ne répondait à la sienne.

Les domestiques, profitant de l'absence de leur maîtresse, du départ de Tancrède, de l'agonie de Paquerette qui retenait le docteur dans les pièces hautes, étaient tous sortis.

Glenmour traversa comme une tempête les appartements de sa femme, ceux de Tancrède, et il murmurait toujours : — Personne! personne! Que sont-ils devenus? où sont-ils? ne suis-je pas chez moi?... est-ce un rêve?... Rêve ou non, je saurai ce qui se passe ici!...

Il s'élance au second étage de l'hôtel, toutes les portes en sont fermées. Il frappe, l'écho vierge des chambres récemment meublées lui répond. Il redescend, remonte, écoute penché sur la rampe; point de bruit, pas de mouvement.

Dans un dernier effort, il gravit jusqu'au troisième étage, longue rangée de petites portes cellulaires. Une de ces portes laisse passer un filet de lumière; il frappe.—Qui est là? répond une voix... Glenmour la reconnaît, c'est celle du docteur.

—Patrick! Patrick! ouvrez-moi donc!... c'est moi... Glenmour... Mais ouvrez... par le diable!

La porte s'ouvre, Patrick se présente.

—Et lady Glenmour?

Tel est le premier mot qui jaillit des lèvres de lord Glenmour.

—Vous dites, mon ami?...

—Docteur, êtes-vous sourd?... Je vous demande lady Glenmour.

— Mon ami, regardez...

—J'ai bien le temps de regarder !... Je vous dis...

— Elle est morte...

— Qui ?...

— Paquerette...

— C'est bien... mais lady Glenmour ! lady Glenmour !

— Mes devoirs qui m'ont attaché ici toute la soirée...

—Vous ne voulez donc pas me dire où elle est?...

—Au spectacle... je crois... je présume...

— Lequel ?

—Ami, ce cadavre...

— Lequel ? vous dis-je.

—A l'Opéra... il me semble...

— J'y cours...

Lord Glenmour se retourna brusquement, un pied sur la porte, un pied dans la chambre.

— Et avec qui ?... Avec Tancrède, sans doute ?

—Tancrède est parti pour Londres.

—Parti !... qui l'a fait partir ?

—L'amirauté... un ordre...

— Ce n'est pas vrai... Mais enfin... avec qui lady Glenmour est-elle au spectacle ?

—Avec sir Archibald Caskil...

—Avec sir Archibald Caskil... Toujours sir Archibald Caskil !..

— Oui...

— C'est faux ! c'est faux ! vous dis-je, Patrick. C'est une trahison !

—Mon ami, je suis sûr qu'ils sont allés ensemble à l'Opéra.

—C'est faux ! mille fois faux ! sir Archibald Caskil est au Cap, d'où il n'a pas bougé depuis cinq ans. Voilà une lettre de lui, je l'ai reçue hier...

—Est-il possible ?... Mais alors...

— Docteur ! vous avez été abominablement joué depuis trois mois...

— Joué ! ce jeune homme n'est pas sir Archibald Caskil !

—Moi qui vous avais donné ma femme à garder !... Vous n'êtes bon qu'à garder des cadavres.

Sur ce dernier et terrible reproche adressé à Patrick qui reprit tranquillement sa prière auprès de la jeune morte, lord Glenmour descendit à la rue et courut vers l'Opéra.

Il était plus de minuit et demi : le calme le plus profond régnait dans l'air.

—Comme mon épouvantable malheur s'agrandit et se découvre à chaque pas que je fais! murmura-t-il en arpentant les rues solitaires voisines des boulevards; Tancrède est parti, il a été éloigné par le comte de Madoc... Aux blessures je reconnais l'arme... Sir Archibald Caskil n'est jamais venu en France...

Pourquoi sir Archibald Caskil mêlé à tout ceci? Quel est cet homme qui a pris son nom?... Je vais le voir... c'est quelque ami du comte de Madoc... Dans quel intérêt a-t-il pris ce nom, le nom d'un homme qui habite une autre partie du globe?... Y aurait-il quelque ressemblance? Pourquoi le comte l'aurait-il introduit chez moi?... Que de mystères terribles!...

Oh! lady Glenmour! lady Glenmour!... je vais les découvrir tous... Mais le plus honteux de tous ces mystères, le plus douloureux, le plus avilissant pour moi est celui de vous voir jetée au milieu de tous ces doutes, de ces soupçons, de ces pièges scandaleux où vous ne seriez pas tombée si vous m'eussiez aimé...

Que vais-je apprendre, que vais-je voir dans quelques minutes?...

Lord Glenmour et le comte de Madoc.

Lord Glenmour fut obligé de s'arrêter un instant en face de la rue de Grammont et de s'adosser contre un arbre; il étouffait comme s'il eût été plongé dans la vapeur d'une étuve.

—C'est un combat, se dit-il après quelques instants donnés au besoin de reprendre sa respiration... et un Glenmour doit se montrer ferme dans le combat.

Ce raisonnement artificieux lui inspira assez de force pour accomplir le trajet qui lui restait à faire pour arriver jusqu'à

l'Opéra. Il entre, jette une pièce de quarante francs au contrô-
leur pour qu'il le laisse passer, car les bureaux sont fermés depuis longtemps, et il monte les marches intérieures.

La salle est comble, elle regorge, c'est un bénéfice. De place,
nulle part. Par la lucarne d'une loge, il plonge un regard dans
l'immense pourtour de la salle. Qui voir? qui distinguer sur les
parois mouvantes de ce puits formé de têtes superposées, agitées,
bariolé de couleurs, éblouissant, fatigant de lumières?

Le spectacle vient de finir, c'est le moment suprême où tous
les spectateurs, levés en masse, attendent en silence la présence
de la bénéficiaire. Jamais Glenmour n'eût rencontré parmi ces
milliers de visages celui qu'il cherchait avec le vertige le plus
profond, si dans ce moment tous les regards n'eussent été tour-
nés, non du côté du rideau, près de se lever une seconde fois,
mais vers une loge du milieu.

Le magnétisme général l'entraîne, sa vue se porte vers cette
loge... Il pousse un cri de rage qui s'éteint dans le murmure de
la foule. Il se précipite, furieux, dans les couloirs, s'élance à
travers les marches qui conduisent aux galeries supérieures, où
il a vu sa femme : mais dans la confusion de ses idées qui bouil-
lonnent, il ne sait ni où il est ni où il va.

Ce labyrinthe brumeux de marches, d'escaliers, de couloirs à
demi obscurs, confondent toutes ses notions... Sa tête n'y est
plus... ses pieds et ses lèvres s'agitent... Ses pas tombent au
hasard, ses lèvres répètent avec frénésie : Madoc! Mousseline...
lady Glenmour... lady Glenmour... Madoc... Mousseline!... C'est
qu'il les a vus tous les trois sur la même ligne, dans la même
loge, lady Glenmour, Madoc et Mousseline, exposés à la mitraille
des commentaires railleurs, des moqueries d'une salle entière...
Et ne pas arriver jusqu'à eux! ne pas briser les barreaux de
cette cage dorée autour de laquelle il rôde en rugissant!...

Nouveau contre-temps plus désastreux que le premier : le
spectacle est fini, les portes des loges s'ouvrent toutes béantes,
et trois mille personnes coulent comme les ondes multiples
d'une cataracte et envahissent l'espace en battant les murs.

Il veut s'élancer, pas d'issue, pas de passage ; il pousse, il est
poussé ; le fleuve vivant s'échappe... on descend... on se croise...
le désordre est partout... Un désordre mouvant et compact. Des

murs qui marchent. De quel côté se diriger? Mais le double perron intérieur est pavé de gens qui sortent, qui vont lentement, qui se pavanent, qui se coudoient délicatement de peur de se blesser. Glenmour se rue pourtant à travers ces riches toilettes qu'il chiffonne et déchire sans nul égard, pousse, écrase, renverse; il arrive enfin à la porte d'entrée.

Trente voitures au moins, s'ouvrent et se referment avec fracas.

Chaque femme qu'il aperçoit, c'est la sienne... Il approche... Visages étrangers, portières qui se ferment, chevaux qui partent... Cependant deux voix connues frappent son oreille au milieu du tumulte. Il marche à cette indication... Oh! cette fois, il les tient; il se précipite sur le comte de Madoc, entrant le dernier dans la voiture où sont déjà sa femme et Mousseline. Sa main effleure le bord de son petit manteau de soirée; mais le cocher a donné un coup de fouet, et les chevaux emportent le comte et les deux femmes qui sont avec lui... Rage et désespoir!

Hors de la ligne des voitures privilégiées, était un fiacre qui attendait fortune.

—Cinq cents francs pour toi, dit-il au cocher, si tu rattrapes cette voiture là-bas! là-bas! vois-tu?

—Montez, mon bourgeois.

Par un prodige à noter dans les fastes hippiatriques, les deux chevaux du fiacre étaient excellents.

Fouettés jusqu'au sang, ils courent comme des éperdus, et bientôt ils galopent dans le sillon de la voiture poursuivie. Celle-ci s'arrête, au bout de dix minutes, à une porte-cochère de la rue du Mont-Blanc. Le cocher du fiacre où était lord Glenmour comprend qu'il s'agit de quelque espionnage. Il s'arrête sans affectation à dix pas plus loin, devant une porte bâtarde et descend.

—C'est bien ça, n'est-ce pas, mon bourgeois?

—Parfaitement. Voilà ta course.

—Prenez mon numéro, si vous avez jamais besoin de moi...

—Sont-ils entrés? lui demanda Glenmour.

—Ce qu'il y a de plus entré.

Descendu du fiacre, Glenmour s'avance vers la maison où sa

femme, Mousseline et le comte sont entrés, et il cherche alors à se souvenir... Il connaît cette maison... le numéro qu'elle porte revient à sa mémoire... Qui loge dans cette maison?

Il cherche, il cherche longtemps... Enfin il lui semble que les lettres d'invitation écrites de Ville-d'Avray à la comtesse de Boulac portaient le nom de cette rue et le numéro de cette maison. — Mais comment, se dit-il, Mousseline, le comte de Madoc et lady Glenmour vont-ils en même temps chez cette vieille dame?... Me tromperai-je, cette maison serait-elle celle de Moussiline?... Lady Glenmour chez cette... Allons! c'est impossible! ce serait à regretter de s'être mis en colère...

Il sonne, on ouvre, il traverse une cour obscure au fond de laquelle se trouve le corps du logis.

— Qui va là? demande le concierge du fond de sa tanière...

— N'est-ce pas ici que demeure une femme, une jeune femme?

— Il n'y a jamais eu de jeune femme ici, répond en grommelant le concierge.

— Une certaine femme connue sous le nom de Mousseline?...

— La maison à l'angle de la rue, réplique l'interlocuteur hargneux.

— Mais alors?... s'écrie lord Glenmour au milieu de la cour.

— Mais alors, allez-vous-en, monsieur, et fermez la porte...

— Est-ce que je ne suis pas chez madame la comtesse de Boulac?

— Vous avez attendu jusqu'à présent pour le demander? Au premier, la porte à droite, mais elle doit être couchée... A une heure et demie... excusez!...

Lord Glenmour grimpait déjà dans l'escalier et sonnait en maître à la porte de l'appartement de la comtesse de Boulac... Personne ne répond.

Il sonne encore... Une chienne enrhumée aboie dans une troisième ou quatrième pièce.

— C'est ici qu'ils sont entrés, se dit lord Glenmour; c'est ici que j'entrerai. Ils ne peuvent être ailleurs; il n'y a qu'une maison, et la maison n'a qu'un étage...

Le troisième coup de sonnette de lord Glenmour était de ceux qui n'admettent pas le doute sur les intentions de celui qui sonne. Il signifie ceci : Vous ouvrirez, ou j'ouvrirai...

On vint lui ouvrir.

Un vieux domestique à demi déshabillé le reçut dans l'antichambre.

— Votre maîtresse ?

— Madame la comtesse est couchée.

— Conduisez-moi dans sa chambre.

— Mais, monsieur...

— Vous savez qui je suis, vous êtes venu à mon château.

— Allez m'annoncer.

Il n'y avait pas à balancer ; le domestique alluma un second
flambeau à celui qu'il tenait, le posa sur le marbre du salon où
il introduisit lord Glenmour, et alla remplir sa commission.

Tous ces incidents étaient, pour ainsi dire, l'amusement du
martyre qu'il subissait ; c'étaient les fleurs de la torture... Mais
il avait dit : C'est un combat, et il tenait bon...

Comme tout est calme, silencieux, ici... Pas le moindre bruit
de paroles... Si je m'étais trompé... Impossible... Pourtant, on en-
tendrait quelque chose... Mais rien... rien !... Où sont-ils donc ?...

Le domestique revint.

— Madame la comtesse peut recevoir monsieur... Il passa devant lord Glenmour en ajoutant : —C'est drôle ! je croyais madame la comtesse couchée depuis onze heures... je me trompais...
madame lisait encore.

— Tu mens ! se dit lord Glenmour ; je ne suis pas dupe de ton
mensonge... Il y a quelque chose...

Il fut introduit dans la chambre à coucher de la vieille comtesse de Boulac, qui, en effet, relevant ses lunettes d'or et fermant un volume, parut s'être livrée à la lecture tout le cours de
la soirée.

— A cette heure ! s'exclama la vieille comtesse ; à cette heure,
vous recevoir chez moi, lord Glenmour ! Savez-vous que si j'é-
tais plus jeune ?...

— Mon excuse, madame, est dans le motif qui m'amène

— Et quel motif si grave, si impérieux ?...

— Je ne sais si je suis sous le coup d'une préoccupation folle,
mais il m'a semblé que lady Glenmour venait d'entrer chez
vous...

— Ce n'est pas sensé, ce que vous dites là ; permettez-moi de
vous le dire...

— J'ai le mérite de vous l'avoir dit le premier, madame la comtesse.

Lord Glenmour ne cessait, en parlant, d'étudier les dispositions de l'appartement qui était, il s'en rendait parfaitement compte, tout en surface, et prenait la longueur de la cour. Il continua :

— Il m'a semblé aussi qu'une autre femme était avec la mienne... une... une autre femme, enfin...

— Je ne connais pas cela...

— Ah ! vous ne connaissez pas cela ! il me semble aussi qu'un jeune homme accompagnait ces deux dames.

— Mon cher lord, il vous a semblé beaucoup de choses, cette nuit. Mais où donc aurais-je logé tous ces gens-là ? Voyez mon appartement...

— Puisque vous le permettez, dit lord Glenmour en s'emparant du flambeau, je verrai votre apppartement.

Et marchant d'un pas délibéré de pièce en pièce, lord Glenmour alla de la première à la dernière ; quand il les eut toutes parcourues il revint, posa le flambeau sur la table et reprit sa place.

— Vous avez oublié la cave et les toits, lui dit la comtesse de Boulac, dont la pâleur se cachait sous une couche de rouge et la peur sous l'ironie. Eh bien! êtes-vous convaincu ?

— Je suis convaincu, répliqua lord Glenmour en se levant, que ma femme n'est pas ici.

— C'est bien heureux...

— Mais qu'elle est venue ici il n'y a pas dix minutes!

— Cher lord, je vous rappellerai que c'est l'heure où je devrais être couchée.

Par cette remarque assez crue, la vieille comtesse exaspéra son étrange visiteur.

Celui-ci, la regardant avec un nouvel accès de frénésie, redit :

— Oui, elle est venue ici !...

— Pourquoi faire, monsieur ? demanda-t-elle.

— Pourquoi faire ? répéta lord Glenmour, qui suivait en ce moment la direction du regard de la comtesse, et qui ajoutait l'interprétation qu'il en tirait aux observations dont il s'était déjà entouré en examinant la disposition de l'appartement et de

19*

la maison. Elle est venue ici pour passer ailleurs... Ces deux femmes et cet homme, madame, ont laissé, en traversant votre chambre, des traces de leur passage : les parfums de leur toilette les ont trahis. Mais où sont-ils allés ? où sont-ils allés ? s'écria violemment Glenmour, qui ne quittait pas les regards de la comtesse de Boulac fixement portés vers un point du mur.

— Monsieur ! à la fin cette inquisition me lasse et je vais appeler mes gens... vous m'y forcez !...

— Pourquoi les appeler, madame ? je n'ai pas besoin d'eux pour enlever ce tableau, enfoncer ce panneau qu'il cache et m'introduire dans ce mauvais lieu, dont votre chambre est le vestibule et vous la matrone.

La menace de Glenmour était déjà exécutée ; le tableau avait été enlevé, le panneau ouvert et il s'avançait hardiment dans un étroit couloir au bout duquel il vit luire des lumières...

— Je craignais, dit froidement la vieille comtesse, qu'il ne remarquât pas ce passage secret que je me donnais tant de mal à lui désigner par mes regards... Enfin, il l'a vu. La Martinier sera contente demain quand elle apprendra l'aventure. Ce cher Zéphirin et ce cher Beaurémy seront vengés des quolibets de la course de chevaux à Ville-d'Avray, et la Martinier et moi de l'exclusion des samedis de lady Glenmour, de la milady ! Pas mal pour deux vieilles... Ah ! nous sommes deux vieilles ! attrape !...

Au milieu de son élan dans l'obscur couloir qu'il franchissait, Glenmour ravisé s'arrêta... La vengeance a ses instincts... Il diminua ses pas, les assourdit, fit patte de tigre, et c'est sans bruit qu'il arriva jusqu'à la porte du boudoir...

Un coup d'œil lui révéla tout ; il aurait vu le monde entier dans l'explosion de ce regard.

A demi morte de frayeur, — quoi qu'il paraissait évident qu'aucun des trois personnages de cette scène n'eût entendu l'invasion de Glenmour, — lady Glenmour avait une main dans la main du comte de Madoc, l'autre main dans celle de Mousseline.

Il fut impossible à lord Glenmour d'entendre un seul mot de ce qu'ils disaient ; ils étaient trop loin de lui, et ses oreilles sifflaient comme au milieu d'un combat, quand toutes les batteries lâchent leurs bordées.

Un instant après, Mousseline se leva et tourna le dos à lady

Glenmour et au comte comme pour chercher un flacon sur sa toilette...

Profitant de cet instant, prolongé avec affectation par Mousseline, le comte de Madoc prit doucement par la tête lady Glenmour, l'attira vers lui...

Lord Glenmour parut...

Pas un cri ne fut jeté.

Après ce calme de terreur et de mort, lord Glenmour dit à sa femme :

— Madame, cet homme est le comte de Madoc, et cette femme est une prostituée.

Lady Glenmour, sans pousser un seul cri, tomba sur le parquet comme une masse de plomb.

Mousseline disparut.

— Milord, dit alors le comte de Madoc à lord Glenmour avec le ton glacial qu'il retrouvait en reprenant son caractère, milord, je vous ai déshonoré.

— Oui, monsieur le comte.

— Que voulez-vous maintenant ?

— Vous le savez.

— Je le sais en effet. Et quelle arme ?

— La carabine chargée de trois balles mâchées.

— La distance ?

— Cinq pas, et nous tirerons ensemble.

— L'endroit ?

— Je vous le ferai connaître demain.

— J'attendrai vos ordres.

Lord Glenmour sonna.

Il dit au domestique :

— Allez chercher une voiture...

— Il y en a une à la porte, répondit le domestique.

— Emportez cela, lui ordonna Glenmour, en désignant le corps évanoui de sa femme.

Le domestique obéit en tremblant.

— Marchez, je vous suis.

Le comte de Madoc arrêta lord Glenmour.

— Un mot, s'il vous plaît. Et nos témoins ?

— Pas de témoins.

Lady Glenmour était encore évanouie quand le fiacre arriva à l'hôtel de la rue de Rivoli. Des domestiques la montèrent au salon et la déposèrent sur le divan.

Lord Glenmour s'enferma avec elle après avoir demandé tout ce qu'il fallait pour écrire.

Pendant plusieurs heures il mit ordre à ses affaires; il écrivit à ses amis et rédigea son testament. Il ne s'interrompait que pour s'approcher du divan où était sa femme, qu'il contemplait en se tordant les mains de rage, de tristesse et de désespoir.

Voilà ce que lui livrait le comte de Madoc!!!

Comme cet homme s'était vengé!

Il achevait de tracer ses dernières dispositions quand lady Glenmour sortit enfin de son long évanouissement. Elle ouvrit pesamment les yeux, se redressa peu à peu, passa les mains sur son front, chercha...

Il lui fallut quelques minutes pour se rendre compte de l'endroit où elle était et de l'état de son esprit. Sa pâleur n'avait pas encore disparu; elle semblait encore plus livide sous ses longs cheveux noirs, défaits, ruisselants sur sa riche robe de soirée, et entortillés, emmêlés avec ses fleurs et ses diamants.

Elle ressemblait à Ophélia retirée des eaux.

— C'est bien vous, madame, et c'est bien moi...

— Oui, milord.

Ici il se fit une longue pause, après laquelle lord Glenmour reprit en souriant, mais quel sourire!

— Avez-vous peur?... Vous tremblez...

— Milord, j'ai froid...

— Du courage... en un pareil moment?... Mais c'est de l'effronterie... c'est...

— Non, milord...

— Qu'est-ce donc?

— Ce qu'il vous plaira...

Une seconde pause amena un silence de quelques minutes.

— Mon parti est pris, et le vôtre, madame?...

— Il est pris depuis longtemps, milord.

— Votre trahison était donc méditée, calculée?

— Il n'y a pas de trahison.

— Et ce que j'ai vu? Et le comte de Madoc?

— Milord, vous ne m'aimez pas...

— Continuez, dit Glenmour en brisant d'un coup de poing une superbe table en malachite, continuez.

— J'ai fini...

Avec un ricanement infernal, Glenmour reprit :

— En effet, que me diriez-vous ?... Est-ce que je ne sais pas tout ?... Vous avez fini ?... Je commence, alors, madame ; et je vous dis en face que c'est vous qui ne m'avez jamais aimé, que c'est vous qui ne m'avez jamais rendu que froideur pour...

— Pour froideur... interrompit tristement lady Glenmour.

La poitrine gonflée de douleur et de larmes, son mari poursuivit :

— Mais, madame, vous ne savez pas tout ce qu'il y avait d'ardeurs contenues, de tendresses comprimées, d'élans étouffés au fond de cette âme loyale qui se couvrait de neige pour se confondre avec la vôtre. A femme de cour je tenais le langage de cour, à lèvres de marbre j'opposais un cœur de marbre, et dans ce pénible mensonge imposé à ma franche et noble nature, je sentais crier et se révolter mon énergie d'homme et de marin. Je m'abaissais en rougissant, je m'humiliais en brisant toutes les fibres de ma volonté ; je faisais de mes nerfs des fils de soie et de mon sang de l'eau, pour vous plaire, pour attirer votre attention, pour ressembler à tous ces mannequins de cour auxquels vous étiez habituée... Et vous dites que je ne vous ai pas aimée ?...

Lord Glenmour, en parlant ainsi, s'était, sans s'en apercevoir, rapproché du divan où était sa femme, qui le regardait avec une effrayante curiosité, le coude enfoncé dans un coussin, la bouche béante...

— Moi, chacun le sait, qui ne parlais autrefois qu'avec la liberté brutale des marins à toutes celles que j'ai aimées avant vous. Et qu'auriez-vous donc fait, madame, continua lord Glenmour, si au lieu de ce langage blafard et musqué, au lieu de ces manières mielleuses dont la fadeur devait pourtant merveilleusement vous convenir, si au lieu de ces attentions poussées jusqu'au fanatisme de l'afféterie, je vous eusse traitée...

Ici lord Glenmour, qui s'amusait avec une distraction féroce, depuis quelques minutes, à arracher avec les cheveux de lady Glenmour les diamants et les fleurs qui y étaient pêle-mêle

enchevêtrés, glissa sa main droite sous cette sombre chevelure,
et à mesure qu'il parlait il l'enroulait autour de son poignet.

— Si au lieu de cela, reprit-il, je vous eusse traitée comme
mes amours de voyage et de garnison ; si je vous eusse parlé le
commandement à la bouche, le juron aux lèvres, la menace dans
les yeux, la cravache à la main, car nous autres officiers de marine nous traitons ainsi les belles, et si je me fusse servi de cette
cravache pour caresser vos bras et votre visage si beau, si jeune
et si affreusement hypocrite, et si...

En disant cela, Glenmour avait tellement roulé la chevelure
de sa femme autour de son bras, qu'il la lui avait raidie, et que
le dernier tour de ces circonvolutions cruelles lui tendait déjà le
front... Il ne se connaissait plus ; il s'était peint avec tant de
force d'expansion que le naturel avait éclaté dans cette peinture.

— Qu'auriez-vous dit alors... répondez ! s'écria-t-il en la traînant sur le sofa, comme s'il eût voulu l'étouffer, nouvelle Desde-
mona, à la manière d'Othello... et en la redressant ensuite d'un
coup sec, toujours par sa chevelure, et opposant sa face renversée par la colère à la face décolorée de lady Glenmour ; vous
qui, lorsque j'étais complaisant et doux, m'avez joué, trahi,
déshonoré... qu'auriez-vous fait, alors ?

— Je t'aurais aimé ! répondit lady Glenmour.

— Tu m'aurais aimé !!!

Ce cri d'amour, sorti vivant des entrailles de la douleur, fut
si vrai, si brûlant, si impérieux, si spontané, si expressif, qu'il
éclata sur le front de lord Glenmour comme une révélation... Il
s'arrêta ; il redescendit dans le passé, se souvint des conseils de
Patrick, se rappela la lettre où celui-ci, en lui dépeignant le caractère du faux sir Archibald Caskil, lui disait : « — Il est vif,
» colère, il vous ressemble, et pourtant, malgré sa trivialité, il
plaît à lady Glenmour... »

Lord Glenmour déroula involontairement un tour de la chevelure passée autour de son bras...

— Cet homme, pensa-t-il, a été ce que j'aurais dû être, et c'est
ainsi qu'il a plu à ma femme... Il a été dangereux en étant moi,
et je n'ai pas eu l'amour de ma femme en voulant être lui...

Il déroula encore un tour de la chevelure...

— Milady ! s'écria-t-il ensuite, par l'âme de ma mère et de la vôtre, deux nobles âmes, dites-moi si cet homme...

Lady Glenmour ne lui donna pas le temps d'achever.

— Non, milord ! répondit-elle.

— N'importe, il m'a toujours déshonoré ! et c'est tout ce qu'il voulait... l'infâme !

Il était tombé dans un abîme de réflexions ; il en sortit en disant d'un ton grave et solennellement résolu :

— Milady, avez-vous du courage ?

— Oui, milord.

— Mais beaucoup ?

— Je le crois.

— Plus qu'aucune femme dans votre position n'en a jamais eu ?

— J'essaierai...

— Plus que n'en a jamais eu aucun homme ?

Lady Glenmour hésita.

— Vous balancez ?

— Non, milord, commandez.

— Déshabillez-vous et mettez-vous au lit.

— Ensuite ?

— Vous m'attendrez... Nous nous reverrons.

— Quand ?

Dans cinq minutes.

Lord Glenmour quitta sa femme et monta au troisième étage de l'hôtel, dans la chambre où il était entré à son arrivée et où il avait trouvé le docteur Patrick en prière près de Paquerette morte.

Son ministère de médecin et d'homme pieux étant fini, Patrick avait abandonné la jeune fille à la paix de cette première solitude par laquelle passent les morts avant d'être tout-à-fait livrés à celle dont ils ne sortent plus. Ils s'essaient à la grande indifférence qui les attend.

La crise.

Paquerette était seule, à côté d'elle veillait une lampe, dernière clarté qui avait frappé ses yeux sur la terre. Glenmour saisit la morte, la souleva, et après avoir éteint la lampe, il descendit furtivement avec son fardeau à l'appartement de sa femme. L'escalier était obscur ; tous les domestiques dormaient. On ne vit, on n'entendit rien.

Glenmour déposa la jeune morte sur le divan qu'occupait sa femme il n'y avait qu'un instant ; il alla ensuite vers l'alcôve de lady Glenmour, en écarta les rideaux.

— Grand Dieu ! s'écria-t-elle, qu'est-ce que j'aperçois sur ce canapé ?... ce visage pâle !...

— Plus bas, milady... vous avez promis d'avoir du courage. Ce cadavre est celui de votre demoiselle de compagnie...

— Paquerette !

— Morte cette nuit.

— Morte ! Mais pourquoi, milord, ce funèbre spectacle offert à mes regards ?

— Vos questions, milady, prolongeraient d'une manière nuisible à mon projet le temps fort restreint que j'ai à donner à son exécution...

— Mais que faites-vous, milord ? que faites-vous ?... de grâce !...

— J'ôte les diamants, les perles et les fleurs noués à vos beaux cheveux pour les nouer aux cheveux de la morte...

— Dans quel but ?

— Silence !

— Pourquoi ?... mais pourquoi ?...

— Silence, milady !...

— Vous m'effrayez... mais, milord, daignez me dire...

— Levez-vous maintenant, passez un peignoir et aidez-moi à habiller Paquerette avec ces habits de soirée que vous venez de quitter...

— Une pareille bizarrerie exige au moins une explication... jouer ainsi avec la mort !...

— Voulez-vous que je vous aide à vous lever ?

Forcée d'obéir, lady Glenmour descendit d'un pied effaré de son lit et commença avec des répugnances pleines d'effroi, des frémissements nerveux, des scrupules, pieux jusqu'à l'épouvante, la toilette de la morte. Rude tâche ! de manier, de soutenir, de lacer ce corps qui s'en va et veut toujours toucher la terre, la dernière volonté qu'il ait.

Et puis il était nuit, le silence était profond, et lord Glenmour, avec un front d'airain, poursuivait l'exécution de cette formidable fantaisie. Il fallut une heure à lady Glenmour pour coiffer, parer et ganter Paquerette, qui fut digne ensuite d'aller au bal des fantômes.

— Oh ! milord, cette grande profanation !...

— N'est pas la dernière qui aura lieu pendant les vingt heures qui vont s'écouler pour vous et pour moi. Mais notre temps, je vous l'ai dit, est précieux. Rejetez vite la couverture de votre lit, et pas de remarque, je vous prie.

D'une main convulsive lady Glenmour renversa la couverture, et son mari ayant pris une seconde fois la morte dans ses bras, la porta et l'étendit dans le lit de lady Glenmour.

— Et vous allez, milord, me faire coucher maintenant dans ce lit ?... s'écria lady Glenmour, qui recula jusqu'à la porte.

— Non, mais sur ce divan...

— Pourquoi me coucherais-je? Je n'ai pas sommeil.

— Il faut pourtant que vous vous couchiez et que vous ayez un sommeil profond, si profond, que vous soyez aussi immobile que cette jeune fille-là... c'est facile... Le docteur Patrick est aveugle. Pourvu que vous ne bougiez pas, il sera dupe.

— Dupe de quoi ?... Je voudrais vous comprendre...

— Milady, la morte avait ce foulard bleu autour de la tête; mettez-le, et couchez-vous, je le répète, sur ce divan. Plus vite ! mais plus vite ! Elle tenait aussi dans les mains cette couronne de roses blanches.

— Milord, une seule question, demanda lady Glenmour qui se coucha sur le divan : votre projet est-il de me faire mourir ?...

Pour toute réponse lord Glenmour posa énergiquement sa main gauche sur la bouche émue de sa femme ; de la droite il tira tant qu'il eut de force le cordon de sonnette placé près du divan...

Un valet de chambre répondit du fond de plusieurs pièces : —
Qui appelle ?

— Levez-vous ! lui cria fortement lord Glenmour, et appelez
tout de suite le docteur Patrick... dites-lui que lady Glenmour
se trouve mal... qu'elle est très-mal... qu'elle est en danger...
Allez vite...

Dans le temps que le domestique allait éveiller le docteur Patrick, lord Glenmour s'assit encore devant la table sur laquelle
il avait écrit pendant l'évanouissement de sa femme. Il plia ensuite une lettre, la mit sous enveloppe et la cacheta. La suscription portait : *au Comte de Madoc.*

On frappa en ce moment à la porte de la chambre. C'était le
docteur. Glenmour courut ouvrir...

— Ah ! mon ami ! accourez !... ma femme... est dans un état
qui réclame tous vos soins...

— Qu'a-t-elle ?

— Vous savez, je suis allé ce soir à l'Opéra... Je l'ai trouvée...
Une scène terrible... scandaleuse... J'ai vu le comte de Madoc !...

— Quelle nuit ! s'écriait le docteur, quelle nuit !

— Nuit horrible, mon ami... Ma présence... la conduite que
j'ai dû tenir... les propos échangés avec le comte de Madoc, et
ma femme présente à cet entretien... enfin lady Glenmour a
perdu connaissance, elle est tombée ; je l'ai fait porter ici ; mais
depuis ce moment elle n'a pas rouvert les yeux.

— Où est-elle ? demanda Patrick... où est-elle ?

— Sur son lit.

— Conduisez-moi vers elle, mon ami.

— Malheur sur malheur, disait le docteur aveugle en marchant
vers le lit de lady Glenmour. Quand il fut tout auprès, il tâta,
prit le bras de Paquerette, que lady Glenmour avait couvert d'un
long gant de soirée... et il dit : — Je vois qu'elle est encore parée... Il aurait fallu la délacer... ces vêtements gênants l'étouffent.

Patrick se hâta de déchirer ensuite le gant de peau dans toute
sa longueur, afin d'arriver plus vite au poignet... enfin il parvint à la chair ; il pose son doigt sur l'artère. — Oh ! mon Dieu !
est-ce que je me tromperais ?... je ne sens rien... pas de pulsa-
tion !... plus haut... rien ! le docteur jeta un cri d'étonnement
sinistre...

— Patrick !...

— Glenmour ! s'écria Patrick d'un ton déchirant, il y a deux mortes dans votre maison cette nuit.

— Deux mortes !

— Lady Glenmour n'est plus qu'un cadavre ; son évanouissement était la mort.

— Ma femme est morte !!

— Oui... oui... oh ! oui... Et Patrick fondait en larmes amères, en pressant contre son cœur la main de son ami et la main glacée de celle qu'il croyait être sa femme.

Lady Glenmour se souleva un peu et examina avec terreur cette scène hypocrite et lugubre à la fois, pleine d'épouvante, d'obscurité et de mystère pour elle.

— Patrick, reprit Glenmour, affectant la plus sombre désolation, je n'eus jamais plus besoin de votre amitié, de vos services...

— Ne suis-je pas tout à vous ?

— Je compte donc sur vous... entièrement...

— Parlez, Glenmour...

— Qu'une chaise de poste m'attende demain soir, depuis onze heures jusqu'à... jusqu'au jour ; qu'elle m'attende enfin toute la nuit à la barrière d'Aulnay, à l'extrémité de la rue de la Roquette... Faut-il vous écrire ces indications ?...

— Non, mon ami...

— En sortant d'ici, vous irez d'abord à cette adresse avec quelqu'un de la maison, et vous direz à la personne qui vous recevra que je l'attends dans la journée...

— Je le ferai...

— Et cette lettre avant midi chez le comte de Madoc, place Vendôme.

— C'est pour moi la plus pénible de toutes les commissions, ami. car je prévois que cette lettre...

— Pourrions-nous regretter de quitter la vie, ami, interrompit Glenmour, sombre et lent comme la fatalité dans le son de sa voix, quand deux femmes, l'une et l'autre jeunes, belles, accomplies, partent de ce monde le même jour, presque à la même heure, et avant vingt ans ?... Patrick, cher Patrick, vous verrez que je n'ai oublié ni l'une ni l'autre dans ma douleur..

— Merci, Glenmour... dit Patrick en donnant libre cours à ses larmes.

— Je n'ai pas voulu, en attendant la triste cérémonie, que Paquerette restât reléguée sous les combles d'une mansarde, comme une créature indifférente... Elle était de notre maison... Je l'ai fait descendre... Paquerette est ici... près de nous...

— Cette bonne pitié aura sa récompense au ciel ; où est-elle, que je pose encore une fois mes mains sur son front glacé...

Glenmour s'arrêta interdit. Il ne s'attendait pas à cette demande.

Lady Glenmour semblait dire à son mari : — Que faut-il faire ?

— Vous ne me conduisez pas vers elle ?...

— La voilà, docteur... approchez...

— Ah ! oui... c'est elle... Cette couronne blanche dans ses mains... Que c'est navrant, mon Dieu !... Ami, veillez sur elles deux !... sur nos mortes chéries... Priez... moi, je cours...

— Allez vite, mon ami... allez !...

A dix heures, le comte de Madoc lisait le billet suivant, porté chez lui par le docteur Patrick :

« Monsieur le comte,

» J'aurais voulu satisfaire plus tôt à votre impatience et à la
» mienne ; mais je ne suis pas un homme outragé seulement, je
» suis aussi un officier de marine au service d'un état puissant,
» qui a le droit de me demander compte de mes actions. Je vais
» prendre le temps rigoureusement nécessaire pour régler mes
» affaires et mettre lady Glenmour dans la tombe. Je ne vous de-
» mande que ce délai... »

— Lady Glenmour est morte ! s'écria Madoc. Ah ! je suis trop vengé... Il reprit :

« Mais quelques heures après le convoi de lady Glenmour, je
» serai tout à vous. Veuillez donc vous trouver demain, à onze
» heures précises du soir, à la barrière d'Aulnay, avec l'arme
» dont il est convenu que nous nous servirons. J'aurai la pareille.

» Je serai seul, soyez seul.

» LORD GLENMOUR. »

— Barrière d'Aulnay ; où donc est cette barrière ? se demanda le comte de Madoc, en étendant sur une table le plan de Paris...

Mais cette barrière touche au cimetière du Père-La-Chaise..
Singulier choix !...

Quoique très-brave, le comte de Madoc fit une grimace sinistre...

— L'endroit n'est pas gai... Après tout, se reprit-il, un duel
à cinq pas et à la carabine n'est pas un bal non plus.

Dès que le docteur Patrick fut parti, Glenmour ferma à double
tour la porte de la chambre, et alla lentement vers sa femme qui,
accroupie sur le divan où elle avait joué le rôle de morte, attendait, avec une souffrante anxiété, l'explication de ce drame douloureux, obscur, semé de tristes pressentiments.

— Vous m'avez dit, milady, que vous étiez décidée à tout affronter pour sauver les débris de votre honneur et le mien... Si
vous avez fait d'avance comme moi le sacrifice de votre vie, rien
ne doit vous coûter...

— C'est l'inconnu, milord, dit-elle, qui m'épouvante, et non
la mort.

En disant ces paroles, elle cherchait à lire sur le visage de
lord Glenmour l'expression du sentiment qui le conduisait à
commettre cette suite d'actions extraordinaires, qui se dérou-
laient comme un crêpe sans fin sous ses yeux. Etait-il cruel?
était-il fou?

— Cet inconnu, milady, plane sur votre tête comme sur la
mienne... Je commence tout, la fatalité fera le reste...

— Ce n'est donc pas fini ?... dit lady Glenmour.
Glenmour sourit.

— Oh !... non... il s'en faut... Lisez ceci... lisez à haute voix. .

— Qu'est-ce donc? on dirait l'inscription d'une tombe...

— Lisez...

— Mais...

— Lisez !

Lady Glenmour, à la lueur blafarde au jour qui reparaissait,
lut :

Ici repose,

Et là-haut existe,

Sous

L'œil de Dieu et dans les bras des anges,

Ses frères,

Lady Flavy Glenmour,
Comtesse de Wisby,
De
Penmore et de Glendaloug;
Jeune fille, elle fut dévouée,
Femme, elle fut digne
Du nom
De son mari, lord Glenmour;
Si le charme de sa beauté
Fut incomparable
Sur la terre,
Si elle fut surnommée la perle du lac
Par ses compagnes,
Et
Si ces qualités périssables
Se sont évanouies
Comme
Le brouillard du matin
Aux
Rayons du soleil,
Sa douceur, sa piété,
Sa sagesse,
Ne passeront pas, tant qu'il y aura
Du respect dans le monde
Pour
Les nobles et belles âmes

—

Morte à dix-huit ans, mon Dieu!

—

Flavy! Flavy! la moitié de ton cœur,
Ton mari,
Te dit adieu dans le présent,
Et au revoir
Dans l'éternité.
Farewell, adieu! Farewell, adieu!

—

—Mais c'est mon épitaphe, milord! Vous voulez donc me rendre folle...

—Je veux pouvoir t'aimer! s'écria de toutes les forces de son âme lord Glenmour, en inondant de larmes le visage de sa femme, en la tenant serrée contre lui, en ouvrant enfin son cœur à un épanchement, torrent de douleurs et de pleurs amassé depuis longtemps au fond de sa poitrine. Oui, je veux pouvoir t'aimer!... et sur cette lointaine espérance je mets tout : mon rang, ma jeunesse, mon ambition, ma vie et la tienne...

—Eh bien! faites, milord! Je suis prête à tout... Je suis déjà morte... Voilà mon épitaphe... Il ne reste plus...

—Vous avez presque deviné... N'allez pas plus loin... Il est des choses qu'il ne faut pas nommer pour les accomplir..

Avertie par le docteur Patrick, toute la maison fut bientôt en deuil du double malheur qui la frappait si inopinément. Elle communiqua en quelques heures la fatale nouvelle aux personnes qui formaient le cercle d'amis et de connaissances de lord Glenmour. L'étonnement et le regret qu'elle leur causa les attira en très-grand nombre chez lui. Mais nul ne fut reçu. « Lord Glenmour, accablé, anéanti par la douleur, disaient les domestiques, s'est enfermé dans l'appartement mortuaire, et il ne veut pas de témoins à ses larmes. » On se retirait profondément ému des marques d'un chagrin si expressif, sans être étonné cependant; lady Glenmour était si jeune, si belle, si digne d'une plus longue existence!... malgré sa faute. C'est avec toutes les peines du monde qu'on parvint à faire passer au mari désolé quelques légers aliments pendant la journée.

Patrick, on s'en souvient peut-être, avait été chargé par lord Glenmour de plusieurs commissions importantes.

Il devait commander des chevaux de poste pour le lendemain dans la soirée, aller chez une personne la prier de se rendre auprès de lord Glenmour et remettre un billet au comte de Madoc.

Les chevaux avaient été commandés, le billet au comte de Madoc remis; dans l'après-midi, la personne que désirait voir lord Glenmour se présenta à l'hôtel. C'est Patrick qui l'introduisit dans la chambre mortuaire, assombrie par la nuit qui commençait à descendre et par l'interposition calculée d'épais rideaux. Patrick se retira ensuite.

Cette personne, vêtue de noir des pieds à la tête, fut conduite par Glenmour dans un cabinet presque aussi privé de lumière que la chambre, et là s'établit à voix basse ce dialogue que lord Glenmour n'entendit pas.

—J'ai été frappé, comme vous le voyez, d'un malheur très-grand, irréparable.

—Et vous voudriez honorer les cendres de madame votre épouse d'un tombeau dans tout ce qu'il y a de mieux?

—Oui, monsieur.

—C'est fort triste, mais c'est facile.

—Je prévois pourtant une difficulté... Décidé à quitter Paris, où tout me rappellerait trop souvent ma douleur, je désirerais être sûr, en m'éloignant de la France, que ma femme reposera dans un tombeau digne de son rang et de ma fortune...

—Je ne vois pas là de difficulté sérieuse, répliqua l'homme noir; je vais vous soumettre plusieurs plans de tombeaux riches et vous ferez votre choix. Quand nous serons tombés d'accord, vous pourrez partir...

—Ceci ne remplit pas mon but, répliqua Glenmour; vous mettriez au moins un an à construire le tombeau dont j'ai accepté le plan... Et c'est tout de suite qu'il m'en faut un.

—Mais nous avons aussi des tombes d'attente... On appelle ainsi des tombes toutes prêtes... qui n'attendent plus que les locataires.

—Et ces tombes d'attente sont-elles grandes?

—Grandes et magnifiques, monsieur, avec caveau sec et spacieux, porte de fer ciselé, marche en marbre et rampe de cuivre doré. Mais c'est cher...

—Ne discutons pas le prix, je vous prie, monsieur, traitons à l'instant pour un de ces tombeaux d'attente livrables à l'instant.

—J'en ai un qui fera merveilleusement votre affaire...

—Combien faut-il vous compter?

—Vingt mille francs...

Glenmour ouvrit son secrétaire et y prit vingt billets de banque de mille francs.

—Quelle épitaphe gravera-t-on en lettres d'or sur la tombe de madame votre épouse?

—Celle-ci, répondit Glenmour en donnant à son interlocuteur l'inscription qu'il avait lue la nuit dernière à sa femme.

—Oserai-je maintenant demander à monsieur s'il a pensé au cercueil?

—J'allais vous en parler... J'en veux un très-grand, d'une forme très-élevée... Tristes détails, monsieur!...

—Bien tristes. Enfin vous désirez un cercueil où l'on soit à l'aise... En plomb?...

—Non, tout simplement en bois; plus tard nous le ferons d'une autre manière.

—C'est entendu, monsieur : votre cercueil... celui de madame votre épouse, veux-je dire, sera ici dans deux heures. Et quand la conduira-t-on à sa dernière demeure?

—Demain, à quatre heures.

—Je serai là pour diriger le travail.

—J'y serai aussi, ajouta lord Glenmour... Ah! pardon, monsieur, se reprit-il, mon malheur est plus grand que vous ne le pensez... j'ai aussi perdu une autre personne qui était très-attachée à ma femme... je voudrais qu'on la déposât près d'elle.,.

—Nous avons donc un mort supplémentaire?

—Oui, monsieur.

—Votre tombeau, répliqua l'entrepreneur, est un caveau de famille, vous êtes maître d'y déposer qui bon vous semble...

Glenmour fit un signe de la main et l'entrepreneur des tombes salua jusqu'à terre; il se retira enchanté de sa journée...

Cette journée était finie et la nuit tout à fait revenue, lord Glenmour fit allumer un seul flambeau, et il persista à passer la nuit dans la chambre de deuil.

Deux heures après la visite de l'entrepreneur, deux cercueils furent déposés à l'entrée de la chambre de lord Glenmour, qui referma la porte et alla vers sa femme.

—Milady, lui dit-il en la faisant asseoir près de lui, je n'ai pas besoin de vous apprendre maintenant à qui je destine l'un de ces deux cercueils...

—Dieu lit sans doute dans votre pensée, milord; mais pour moi, je n'y vois que ténèbres épaisses... Vous rêvez des choses terribles... et tout bien pesé dans ma conscience, je refuse de me soumettre à cette épreuve,—car c'est à moi que vous destinez ce cercueil,—si vous ne me dites pas jusqu'où elle doit aller.

—Vous refusez de vous coucher dans ce cercueil?

—Oui, milord, jusqu'à ce que vous m'ayez dit ce que vous prétendez faire ensuite.

—J'allais vous l'apprendre, milady.

—Parlez, milord...

—Demain, à deux heures, des hommes entreront ici et mettront ce cadavre dans ce cercueil et le vôtre dans celui-ci... Ils jetteront un manteau noir sur tous les deux et les porteront au cimetière du Père-La-Chaise, où un tombeau les attend.

—Ma mère, s'écria lady Glenmour, secourez-moi!

—Vous saurez, milady, que vous êtes, depuis hier, au rang des femmes galantes de Paris; voulez-vous que je vous donne la liberté avec le déshonneur?... je suis prêt...

—Continuez, milord...

—Au Père-La-Chaise, on descendra les deux cercueils dans le caveau de cette tombe, qui portera, dans trois jours, l'inscription que vous avez lue; puis on fermera la porte de fer de ce caveau, et l'on m'en remettra la clef...

—Seule dans ce caveau! Seule!

—La nuit viendra...

—Et vous accourrez me délivrer, n'est-ce pas?

—Pas encore...

—Mais quand?... jamais?...

Lady Glenmour poussa un second cri et se tordit les poignets...

—Voulez-vous, milady, pouvoir être encore appelée lady Glenmour ou bien être appelée tout de suite Mousseline?

—Achevez, milord...

—A onze heures, vous entendrez peut-être du bruit près de votre tombeau...

—A onze heures!... du bruit!...

—A onze heures vous entendrez du bruit près de votre tombeau, répéta Glenmour; il sera causé par ma présence et par celle du comte de Madoc...

—Lui!... avec vous?...

—Il est prévenu.

—Mais pourquoi cette rencontre, là, dans la nuit?

—Vous voyez cette carabine, milady?

—Que signifie?

— Elle sera chargée avec trois balles. Le comte de Madoc en aura une semblable. Nous nous mettrons face à face près de votre tombeau et nous ferons feu en même temps...

— Et si vous êtes tué?... Oh! mon Dieu! que deviendrai-je?

— Vous resterez pour toujours dans votre caveau, mais vengée du moins... Si je tue le comte de Madoc, j'ouvre votre caveau... je vous délivre... et nous partons ensemble pour le Havre, où nous nous embarquerons pour les Indes... Aux Indes, je vous épouse comme si vous étiez une autre personne... Lady Glenmour n'existe plus... on l'a enterrée à Paris... chacun l'a vu... Je suis veuf... chacun le sait... Vous êtes la fille d'un négociant de Londres... vous devenez ma femme... et votre déshonneur et le mien sont à jamais lavés...

— Glenmour, je me coucherai demain dans ce cercueil, s'écria-t-elle.

Puis lord Glenmour asseyant sa femme sur ses genoux, comme s'il eût été Roméo et elle Juliette, il lui dit:

— Si vous craignez de manquer de courage, milady, vous prendrez quelques gouttes du narcotique renfermé dans ce flacon.

— Je ne veux pas de ce secours, de cette énergie factice.

— Vous aurez donc extrêmement de courage?

— Non, milord, j'aurai extrêmement peur, mais je résisterai à ma peur.

— C'est que je n'ai pas fini...

— Vous n'avez pas tout dit? Lady Glenmour demeura pétrifiée... Que lui reste-t-il à m'apprendre? pensa-t-elle, avec le frisson au cœur. Elle reprit, en plongeant un regard d'une indéfinissable frayeur dans les yeux de Glenmour : Et que comptez-vous encore faire de moi?

— Vous ne le saurez qu'au moment où vous serez délivrée par moi de votre tombeau... si toutefois je survis à mon duel avec le comte de Madoc... mais ne m'adressez plus de questions... assez pour cette nuit; silence! jusqu'à l'autre.

Le sacrifice.

Cette nuit d'angoisses eut une fin ; le jour qui suivit éclaira tous les événements annoncés par lord Glenmour à sa femme, qui fut d'une héroïque fermeté.

Enveloppée dans le linceul, elle fut placée par son mari et le docteur Patrick au fond du vaste cercueil qu'il avait fait construire. Le bon Patrick crut qu'il y plaçait Paquerette, et lorsqu'il aida Glenmour à mettre Paquerette entre les quatre planches de la seconde bière, il crut y placer lady Glenmour.

Lord Glenmour n'ayant déclaré qu'une seule mort, le médecin légal chargé de constater les décès n'avait vu que Paquerette, et il avait permis l'inhumation. Comme il n'était pas là, et il n'était pas besoin qu'il y fût quand les deux cercueils sortirent de l'hôtel, rien ne fut plus facile que cette extension donnée à son autorisation. Comment prévoir une fraude jusqu'alors sans exemple ?

Et le convoi se mit ensuite en marche, affectant les mêmes allures qu'ont tous les convois depuis le commencement du monde.

Celui-ci pourtant différait des autres en ce point qu'on ne s'y demandait pas de quoi lady Glenmour était morte.

Chacun savait la scène scandaleuse de l'Opéra, la scène tragique chez Mousseline, dénoûment de l'infernale conjuration de Madoc, et nul ne s'étonnait de la mort spontanée de lady Glenmour.

Quelle femme à sa place ne serait pas morte ?

On admirait généralement la belle conduite de lord Glenmour, qui étalait ouvertement son pardon en marchant chapeau bas et la main droite appuyée sur le cercueil de sa femme.

On l'estimait beaucoup encore d'avoir confondu dans la même cérémonie les obsèques de lady Glenmour et celles de la jeune fille qui l'avait servie.

Au cimetière, Glenmour prononça avec une émotion communicative quelques paroles touchantes, et les deux cercueils furent ensuite descendus dans le riche tombeau acheté la veille 20,000 fr.

Le vendeur dirigea toutes les manœuvres ainsi qu'il l'avait promis ; il poussa la galanterie jusqu'à pleurer.

Lord Glenmour et le docteur Patrick accompagnèrent dans le caveau les deux cercueils. qui furent séparés par une cloison.

Celui de Paquerette fut mis dans une excavation latérale, celui de lady Glenmour, exhaussé et couvert d'un manteau noir, occupa le centre même du monument.

—Ils sont à toi maintenant, ô mon Dieu ! s'écria Patrick en levant son front aveugle contre la voûte du tombeau ; puis, du haut des dernières marches du caveau, il dit encore :

— Mes enfants, à bientôt !

Quant ils furent remontés, les deux amis se trouvèrent seuls dans le cimetière. Ils le parcoururent sans se parler jusqu'à la grande porte d'entrée où Patrick monta le premier en voiture.

— Patrick, vous n'avez pas oublié, lui dit tout bas Glenmour en se plaçant à côté de lui, que c'est à quelques pas d'ici... tenez... là, en face de l'octroi, que doit m'attendre cette nuit la voiture attelée de quatre chevaux de poste...

— Je ne l'ai pas oublié... tout sera fait selon vos désirs...

— Merci, Patrick. Encore un service, ami, ajouta lord Glenmour, soyez dans cette voiture...

— J'y serai... Et où irons-nous ?

— Dans l'Inde, à Calcutta... si vous me revoyez.

Le dénouement.

Onze heures sonnent à Sainte-Marguerite ; la nuit est froide et terne, sans être trop obscure. Personne sur les boulevards extérieurs.

Les bruits de Paris, ses joies et ses misères viennent expirer au pied de ce mur qui ceint une population de neuf cent mille habitants.

Une voiture de voyage attelée de quatre chevaux, est arrêtée au bout de la rue de la Roquette, près de la barrière d'Aulnay.

Le postillon siffle, l'ombre des quatre chevaux se projette devant le bureau de l'octroi.

A deux cents pas plus loin, deux hommes cachés sous leur manteau se rencontrent hors des murs, à une petite distance de la barrière des Amandiers qui précède celle d'Aulnay : ils cherchent à se reconnaître; ils se sont reconnus; ils marchent l'un à côté de l'autre sans se parler.

Au bout de quelques minutes, l'un dit à l'autre :

—C'est ici.

—Ici! mais c'est le cimetière du Père-La-Chaise.

—Précisément.

—Que prétendez-vous, milord?

—Y entrer...

—Et comment? Cette palissade en bois...

—Elle n'est pas assez élevée, monsieur le comte, pour que, appuyé sur la crosse de cette carabine, qui vous servira de marche-pied, vous ne puissiez la franchir.

—Du moment où vous avez tout prévu, milord, je n'ai plus rien à objecter...

Et lord Glenmour ayant abaissé et placé horizontalement sa carabine, le comte de Madoc y posa le pied, et d'un second mouvement il enjamba la frêle palissade en bois pourri qui sert de prolongement au mur de clôture du Père-La-Chaise.

Du haut de cette palissade, à travers laquelle ils auraient facilement passé en enfonçant deux planches, le comte tendit à son tour le bout de sa carabine à lord Glenmour, qui s'y cramponna et parvint sans difficulté à s'exhausser.

Ils sautèrent ensuite dans un terrain vague, gypseux, triste dépendance du Père-La-Chaise.

—Veuillez me suivre maintenant, dit Glenmour à Madoc; je sais un endroit convenable.

—Mais la partie, ajouta froidement Madoc, serait difficilement, à mon avis, plus convenable que le tout... Vous avez choisi un lieu...

—Je ne l'ai pas choisi...

—N'importe, milord, il est étrange... original...

—Une autre fois je serai plus heureux, dit en ricanant lord Glenmour.

Ils se turent en continuant à marcher à travers les hautes herbes qui embarrassaient parfois leurs pas.

Comme ils étaient sûrs de n'être pas vus, ils avaient relevé leurs manteaux sur le bras gauche, et ils laissaient voir ainsi le canon de leurs carabines.

—Nous voici arrivés, dit Glenmour en s'arrêtant devant le tombeau de sa femme, qui entendit sa voix.

—Tant mieux! je commençais à être fatigué, milord... Heureusement, il y a de quoi prendre du repos ici... beaucoup même...

—Oui, répliqua Glenmour en détachant de sa ceinture une petite lanterne sourde qu'il se hâta d'éclairer.

—Milord, une grâce! Dites-moi, je vous prie, pourquoi nous sommes venus si loin, quand nous pouvions tout aussi bien nous expliquer là-bas... monter si haut!...

—C'est que ce tombeau, au pied duquel nous sommes, est celui de lady Glenmour.

Madoc se découvrit avec respect et ne reprit plus son chapeau.

Lady Glenmour, qui, depuis quelques heures, était descendue de son cercueil, écoutait, l'oreille collée aux parois du caveau, ce que se disaient son mari et le comte de Madoc...

—Comte, reprit Glenmour, je vais charger ma carabine devant vous...

La lanterne sourde était accrochée à une des têtes d'ange placées à l'angle du tombeau de lady Glenmour.

—Voilà une charge de poudre... je mets double charge... pour trois balles...

—C'est convenu, milord, faites.

—Une balle, dit ensuite Glenmour, en coulant une balle dans sa carabine.

L'écho répéta : —Une balle!... une balle!... une balle!...

Au fond de son caveau, lady Glenmour murmura : —Une balle !

—Une seconde balle, dit encore Glenmour.

—Une seconde balle, dit l'écho.

—Une seconde balle, répéta lady Glenmour en passant ses doigts crispés dans ses longs cheveux.

—Une troisième balle, reprit lord Glenmour.

— Même écho.

Même répétition dans le caveau funèbre.

Le comte de Madoc chargea ensuite sa carabine, en observant les mêmes temps de repos, pour que tout se passât avec honneur et loyauté : puis il dit :

—Milord, comptez les pas.

—Je veux bien. Un ! deux ! trois ! quatre ! cinq !

—Milord !... cria Madoc, j'ai entendu !...

—Qu'avez-vous entendu ? demanda avec impassibilité lord Glenmour.

—Un bruit quelque part... près d'ici... dans ce caveau... comme un cri étouffé... comme un soupir...

—Votre imagination, comte, est seule cause...

—Je vous assure, milord, que ce n'est pas mon imagination...

—Votre effroi, alors...

—Mon effroi ?...

Le comte de Madoc se mit à rire d'une manière si insultante, qu'on eût dit que tous les squelettes de l'endroit riaient et partageaient ce sanglant mépris du comte pour lord Glenmour, qui l'accusait d'effroi.

—Finissons-en ! cria-t-il ensuite, sa carabine à la main.

Glenmour répliqua en saisissant la sienne :

—Ce devrait être déjà fini !

Ils se placèrent face à face à la distance des cinq pas déjà mesurés.

La demie de onze heures va sonner au clocher de Sainte-Marguerite.

— Feu ! quand elle sonnera, dit Glenmour.

Ils se couchèrent en joue, et ils attendirent dans cette attitude que la demie sonnât.

— Vous n'entendez donc pas ces pleurs ? dit encore Madoc, sans changer de position.

Glenmour, qui feignait de ne pas entendre, ne dérangea pas d'une ligne l'inflexible canon de sa carabine qui touchait presque la poitrine du comte de Madoc.

— Vous n'entendez donc pas ces sanglots, milord.

Glenmour ne bougeait pas.

La demie sonna.

Deux formidables coups de carabine multipliés cent fois par les échos déchirent le silence de la nuit.

Ils sont tombés tous deux. . . . .

. . . .

Glenmour se relève, il se tâte, il se fouille, prend une clef dans sa poche, va à la porte du caveau, il l'ouvre; sa femme était debout sur les marches.

L'enlever dans ses bras, courir, franchir le corps du comte de Madoc étendu dans une mare de sang, courir encore, courir toujours... arriver à la palissade... briser d'un coup de pied deux misérables planches pourries de cette palissade, passer par cette ouverture et là s'arrêter un instant pour dire à lady Glenmour :

— Si vous êtes vivante, marchez! car je n'ai plus de force... fut un instant pour Glenmour.

Sans répondre, car elle n'en avait pas encore la faculté, lady Glenmour suit machinalement son mari sur la ligne du boulevard extérieur... ils arrivent à la barrière d'Aulnay... l'octroi est en rumeur...

— Ces coups de fusil, disent les préposés, ont été tirés sur des contrebandiers pris en flagrant délit de fraude...

Lady Glenmour est poussée dans la voiture par lord Glenmour qui la suit et qui ferme la portière.

Les chevaux partent au triple galop.

— Deux personnes! s'écrie Patrick... et Glenmour?

— Vivant! c'est lui, Patrick!

— Et l'autre? demanda le docteur.

— Sa femme, répondit lady Glenmour.

— Pas encore! dit Glenmour en dirigeant la pointe d'un poignard sur le visage de sa femme et en lui fendant la joue par un coup qui traversa les lèvres; maintenant oui, — vous êtes ma femme, — vous n'avez plus de ressemblance avec la première... et la première est morte.

. . . .

. . . .

. . . .

. . . .

Le matin, les fossoyeurs relevèrent le corps du comte de Madoc.

—Tiens! dit Mouffleton en le soulevant dans ses bras pour le mettre dans une bière : nous sommes volés!... il n'est pas mort...

—Pas encore, répondit faiblement le comte.

FIN DES NUITS DU PÈRE-LA-CHAISE.

TABLE.

FIN DE LA TABLE.

Coulommiers. — Typ. P. BRODARD et GALLOIS.